范仲淹

上册

何辉 著

图书在版编目（CIP）数据

范仲淹 / 何辉著. -- 重庆：重庆出版社，2025.
6. -- ISBN 978-7-229-19017-0

Ⅰ．I247.5

中国国家版本馆CIP数据核字第2024J8M324号

范仲淹
FANZHONGYAN

何辉 著

出　　品：	华章同人
出版监制：	徐宪江　连　果
策划编辑：	徐宪江
责任编辑：	王昌凤
特约编辑：	王　颖
营销编辑：	史青苗　刘晓艳
责任校对：	刘　刚
责任印制：	梁善池
封面设计：	末末美书

重庆出版集团
重庆出版社　出版

（重庆市南岸区南滨路162号1幢）

天津淘质印艺科技发展有限公司　印刷
重庆出版集团图书发行有限公司　发行
邮购电话：010-85869375
全国新华书店经销

开本：710mm×1000mm　1/16　印张：80.25　字数：968千
2025年6月第1版　2025年6月第1次印刷
定价：148.00元（全3册）

如有印装质量问题，请致电023-61520678

版权所有，侵权必究

范希文像

不以物喜，不以己悲，

居庙堂之高则忧其民，处江湖之远则忧其君。

是进亦忧，退亦忧。然则何时而乐耶？

其必曰：先天下之忧而忧，后天下之乐而乐乎！

噫！微斯人，吾谁与归？

目 录

第 一 章　捍海堰/001

第 二 章　丁忧与上书/029

第 三 章　秘阁校理/089

第 四 章　不安分的通判/107

第 五 章　宫廷风云/133

第 六 章　无为军/147

第 七 章　废后风波/165

第 八 章　出守睦州/177

第 九 章　移任苏州/207

第 十 章　天章阁待制/225

第十一章　得罪权相/247

第十二章　在饶州/287

第十三章　近迁润州/321

第十四章　屯卦之象/341

第十五章　经杭赴越/357

第十六章　西北风云起/383

第十七章　韩琦安抚陕西力荐范仲淹/433

第十八章　三川口喋血之谜/447

第十九章　范仲淹至陕/487

第二十章　贺兰山下/529

第二十一章　巧夺金明寨/549

第二十二章　儒帅初治军/563

第二十三章　大战塞门寨/605

第二十四章　狄青力取芦子平/633

第二十五章　互有攻守/647

第二十六章　攻守之争/677

第二十七章　范仲淹致书元昊/707

第二十八章　宋军血洒好水川/723

第二十九章　韩范遭贬/749

第三十章　降官知耀州/761

第三十一章　庆州续弦/781

第三十二章　风雪马岭镇/817

第三十三章　大顺城/833

第三十四章　三让观察使/853

第三十五章　富弼出使契丹/875

第三十六章　三条约定/907

第三十七章　中流砥柱/919

第三十八章　两府重臣/935

第三十九章　和议之争/973

第 四 十 章　庆历新政拉开序幕/1007

第四十一章　千头万绪/1035

第四十二章　变局中的革新/1049

第四十三章　韩琦上奏罢修水洛城/1063

第四十四章　范仲淹力保滕子京与张亢/1073

第四十五章　各执己见/1083

第四十六章　信任危机/1095

第四十七章　举棋不定/1129

第四十八章　范仲淹请求巡边/1157

第四十九章　有无相生，难易相成/1183

第 五 十 章　保州军之乱/1199

第五十一章　宋夏议和终达成/1217

第五十二章　未敢忘忧国/1227

尾　　声　徐州快到了吧/1257

后　　记/1265

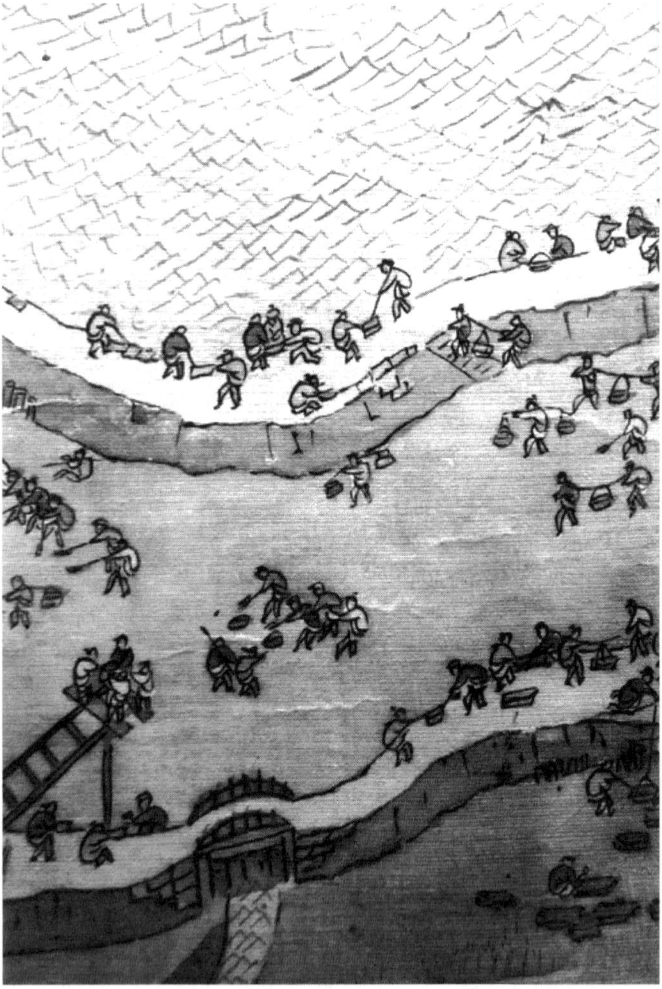

第一章
捍海堰

1

青黑色的海面不安地波动着——一种从岸边向着无尽远方延伸的、近似无边无际的波动。这种波动，使整个大海如梦如幻，显得更加深不可测。青黑色的波涛，翻滚着白沫，一次又一次卷向岸边，发出巨大的响声。

远方的天空，显得非常灰暗。空气中弥漫着寒气。海天之间，天地之间，水汽遇冷凝结，最终酝酿出一场大雨雪。

将近傍晚时，雨雪骤下，大风卷起的海面波涛一次高过一次，向海岸袭来。

北起盐城南至泰州的一百四十余里的海岸边，筑堤工程正在紧张地进行。此项筑堤工程自初秋开工以来，已进行三个多月了。

泰州海岸边，一座高大的木结构望楼上，一个男子双手按着灰黑色的木栏杆，双目紧盯着海岸，面有忧色。他的身上，穿着昭示其大宋县令身份的青色官服。三个月来，作为主持工程的地方官员，他几乎每天都要来这海岸边的工地巡视。三个月的风吹日晒，已经把他一张原本显得白净的书生脸，晒成了古铜色。他那古铜色的脸膛上，生着一对剑眉。剑眉之下，微微凹陷的眼窝中，一双眼眸闪着精光，透露出它们主人的倔强性格。他的嘴唇之上，留着黑色的密密的短须，下巴上，同样也留着黑色的短须。

这个年轻的县令名叫朱说，不过，"朱"并不是他的本姓。他于宋太宗端拱二年（989年）生于徐州。当时，他的父亲范墉为武宁军节度使。他就出生在徐州父亲的官舍中。范墉在徐州病逝后，年轻的母亲便带着两岁的他，改嫁给淄州长山县人朱文翰。从此，他便随继父改姓"朱"，名"说"。

宋真宗大中祥符八年（1015年）的春天，二十七岁的朱说举进士及第。这是一件可以改变年轻人命运的大事。很快，朱说就被任命为广德军司理参军——这是一个从九品的幕僚职务，负责掌管诉讼，审理案件。天禧元年（1017年），年近三十的朱说被朝廷擢升文林郎，权集庆军（治所亳州）节度推官。节度推官也是幕僚职，官品从八品，掌管刑事判牍。这年，朱说继父朱文翰去世。朱说奉母命，归宗复姓，取名范仲淹，字希文。"希文"之字，取自他所崇敬的先贤王通，王通字仲淹，逝后，弟子私谥"文中子"。

天禧二年（1018年），范仲淹在谯郡担任从事之职。次年，他被授秘书省校书郎，调往京城。两年后，他被朝廷委派到泰州西溪任盐仓监。天圣元年（1023年）时，他在西溪上书朝廷，为前宰相寇准辩诬。当时，宋真宗已经去世，皇太后主政，读了范仲淹的上书，颇为不悦，对其上书未作任何答复。天圣二年（1024年），范仲淹由秘书省校书郎迁大理寺丞。从寄禄官阶看，秘书省校书郎、大理寺丞皆属于京官，官品分别是从九品和从八品。这样看来，朝廷似乎对范仲淹有些冷落，不过并未阻止其正常的升迁。但是，范仲淹依然直道而行，并未因朝廷的冷落而消沉。在泰州，他注意到，前代修筑的海堤已经溃坏，因秋潮之患，海陵、兴化二邑大片土地荒芜，五谷根本无法生长，许多百姓流离失所，纷纷逃亡他处。于是，在天圣三年（1025年）时，他向当时江淮制置发运使张纶上书，建议修复捍海堰。这件事，引来很多反对之声。反对者以为，如果修筑捍海堰，必然会导致积潦之患。张纶是个非常务实的官员，一番思虑后，说："涛之患十之九，潦之患十之一，利多弊少，修堤有何不可！"于是，张纶奏请朝廷，力请重新修筑捍海堰。皇太后因为此前范仲淹上书为寇准辩诬而不悦，此时以范仲淹为兴化县令，令其主持修筑泰州的捍海堰。其实，皇太后的本意，实在是故意令范仲淹去啃一块难啃的骨头，想看看这个年轻人究竟有何本事。在皇太后的眼中，这范仲淹就是个年轻人，大宋王朝庞大官僚体系中一个小小的芝麻官。不过，此时，范仲淹已三十七岁了，也不算很年轻。就这样，便是在这一年，范仲淹经朝廷准许，调集通州、泰州、楚州、海州四州民夫四万余人，开始在泰州海岸修筑捍海堰。

这天傍晚，突如其来的大雨雪，令主持工程的兴化县令范仲淹连连叫苦。

站在泰州海岸边的望楼上，范仲淹抹了一把脸上的雨雪，皱眉看着三百步外的海岸工地，突然仿佛下了巨大的决心，扭头对亲随丁勤喝道："走！"

丁勤是一个二十岁左右的年轻人，脸色黝黑，身体壮实，是兴化县的衙役。范仲淹到兴化县当县令，便让他做亲随。此刻，丁勤听范仲淹一声呼喝，愣了愣，还没来得及回答，便见上司已经快步从他身边走过，往楼梯口走去。丁勤只好答应了一声，慌忙跟了上去。

下了雨雪笼罩的望楼，范仲淹带着丁勤，骑上早已备着的两匹官马，往海岸边的工地奔驰而去。马蹄在海边的泥沙地上翻出一朵朵黄褐色的泥花。望楼下有几个兵丁，见县令带人骑马奔往海边，犹豫了一下，也都跟着拔腿往海边的工地奔去。

离海岸越近，海浪发出的轰鸣声便越大。狂风吹起雨雪和浪花的飞沫，转眼将朱说、丁勤前胸的衣裳打湿了。

"传令下去！将应急用的沙包、石块全部垒上堤基！快！要快！"范仲淹人未下马，便冲着工地上的监工，火急火燎地大声呼喊。

命令很快传了下去。

民夫们开始手忙脚乱地将岸边应急用的沙包、石块垒上尚未完工的堤基。

范仲淹舍了马，连连抹了几把脸，雨雪、海水顺着他的手掌往下滑。他的口中，感觉到了海水的咸味。堤基在海岸上蜿蜒。在无边无际的茫茫大海前，这条蜿蜒的堤基，像是一条灰黑色的细线，显得纤弱可笑。范仲淹拔腿奔上了堤基，放眼望去，眼前如有一大锅煮沸的水，暗青色的海浪一波一波往岸边涌来。事情不妙啊！他感到自己的心在胸膛中剧烈地跳动着，仿佛随时会裂胸而出。

在众人的拼死努力之下，沙包、石块很快将堤基抬高了数尺。但是，雨雪还在继续，大海也似乎跟堤坝较上了劲。海浪还在一波一波往上涌，带着巨大的冲击力，开始拍打着临时垒上的沙包和石块。海水开始通过沙包和石块的缝隙涌入堤坝的内侧。

范仲淹看着脚下渐渐漫起的海水，心里暗暗叫苦。他使劲咬着牙关，下了决心，终于长叹一声，对着丁勤大声喊道："快！传令下去，让沿岸筑堤民夫赶紧撤！"

"明府[1]，全部撤吗？"丁勤有点犹豫。

"对！全部撤！快！"

"是！"

"得快！否则来不及了。你骑上马，多叫些人，往北去，尽快将命令传到各处！休得耽误了！"

丁勤见范仲淹瞪着眼睛，神色如狂似怒，立刻意识到事情的严重性，于是赶忙一抱拳，传令去了。

范仲淹不等丁勤骑马行远，一撩已湿透的青色官服下摆，翻身上马，冲众兵丁说道："尔等随我去南边！"他知道那里地势较低，堤坝的捍海任务更加艰巨，情况也更加危急。

"明府，您还是赶紧回撤吧！"

"丁勤已然去传令，明府不如也就此撤退到安全地带，不可冒险啊！"

一个兵丁拽住了范仲淹的马缰绳，其余几个兵丁你一言我一语，极力劝阻。

"数万民夫皆在岸边，本官怎能安心！我去那边，当有助于尽快组织撤退！尔等休要多言，愿追随本官者，请一同前往！"

众人见县令意志坚决，当下皆鼓起勇气，高声呼喝，慨然跟随范仲淹匆匆往南边工地赶去。

---

[1] 明府，北宋时期县令的别称。此书中的注释皆作者原注，以下不重复标记。

范仲淹一边纵马奔驰，一边催促沿堤民夫尽快撤离。

海岸边，一眼望去，青黑色的大海已经将它的疆域拓展到了堤坝外侧，白色的浪花已经越过临时垒高的堤坝涌向内侧的陆地。岸边，已然一片泥泞。听到县令的命令，民夫们乱纷纷地奔离堤坝，往安全地带逃命。许多人疯狂奔走间发出的或凄厉或惊惶的呼喊声，加剧了岸边的恐怖气氛。

在一片混乱中，范仲淹忽然看到前面堤坝上站着一人，在大风大雨雪中，他的衣襟在飘动，在狂舞，他的身子，却一动不动，仿如一尊雕塑。不，不仅是如雕塑，简直就如一个周身发着光的神！那人一袭青衣，上身用白色丝绦系住两只大袖，腰间悬着一柄长剑。虽然大浪已经拍打到脚下，那人却似乎毫不在乎，只是稳稳站着，镇定地指挥着那一堤段的民夫有序撤退。范仲淹暗暗称奇，仔细看在那人指挥下的民夫的工作。只见其中一部分民夫被那人指挥着继续用大石头垒在沙袋内侧，另一部分民夫，则在那人指挥下，携着筑堤器具，从容往后撤退。

范仲淹见那人危急之下指挥若定，惊奇之余，钦佩之情油然而生，纵马奔近那人。

这不是子京兄嘛！

范仲淹很快认出了那人正是自己的好友——同榜进士滕宗谅。滕宗谅是淳化二年（991年）出生的，比范仲淹小两岁，字子京。大中祥符八年，他与范仲淹同科参加科举考试，成了进士。随后，他被朝廷任用为潍、连州从事，天圣三年始任泰州军事推官。军事推官是府州的属官，就文官官阶来论，与县令同属于"选人"阶次，官品为从八品，与县令的官品相同，但因为是府州属官，故在"选人"阶次中虽然同阶次，但略比县令靠前。

当时文官寄禄官阶大致分为朝官、京官、选人三大阶次。朝官自使相（节度使兼中书令或侍中或同平章事）而下至太子中允、左右善赞大夫、太子中舍、洗马等，有二十五阶次；京官自秘书省著作佐郎、大理寺丞，至秘书省校书郎、正字、将作监主簿，有五个阶次；选人自三京府判官，留守判官，节度、观察判官，至三京军巡判官，司理、司法、司户参军，县主簿、尉等，有七个阶次。如此，总共三十七阶次。就官品而论，朝官自从一品到正八品，京官自正八品到从九品，选人自从八品到从九品。

简单说，不论范仲淹，还是滕宗谅，都是大宋初期最为基层的小官。

滕宗谅听到喊声，扭头看到范仲淹骑马而来，不觉又惊又喜。他转过身，奔了两步，纵身沿堤坝内侧的斜坡滑到地面，迎着范仲淹跑过来。

"希文兄，此处危险，你来此作甚？！"滕宗谅冲他大喊。

此时，范仲淹已经翻身下马。

"子京兄！"他奔上去，狠狠地将滕宗谅抱了抱，然后才用双手握住滕宗谅的两臂，说道，"你既知此处危险，又在此作甚？！"

滕宗谅闻言哈哈大笑，旋即正色道："说真的，得赶紧撤！看今日之情形，堤坝定然抵挡不住海浪的冲击了！"

"弟来此，也正是来让大家回撤的。子京兄，你也赶紧带人撤吧。"范仲淹亦肃然说道。

滕宗谅点点头，说道："正是，我方才已经下令撤退了，只是为尽量减少伤亡，留下一部分人再顶片刻。我现在担心，沿岸各地，监工们不敢权宜作出决定，等危难来临再被迫撤退就晚了！"

范仲淹仰起头，迎着扑面而来的雨雪长叹一声，道："我已经派人往北边传令，但马力所及，赶不上这海水侵袭之疾速。现在只能期望各段落的监工能够临阵变通，及时下令撤离了。"

说话间，两人神色渐渐凝重。

两人说话之声，在大海的轰鸣声里显得如此微弱，两步之外，便已被湮灭……

次日，雨住风停。海边一百四十多里的筑堤工地上，一片狼藉，到处散布着沙包、石块。堤基已经被海浪冲得七零八落。

三个月的筑堤努力，一夜之间付诸东流。

幸免于难的民夫们垂头丧气，在堤岸边收拾残局。四处一片凄然。

堤岸边的淤泥里陆续出现了死尸，一群群的海鸥，在海边发疯般盘旋。它们不时低低地往岸边飞来，觊觎着那些横七竖八躺在海滩淤泥里的死尸。人们不得不呼喝着，挥舞着双手将它们赶走，免得它们啄食那些尸体。

范仲淹与滕宗谅站在岸边，望着无边无际的暗青色的大海，默然无语。

检点尸体后发现，在昨日的灾难中，有两百多名民夫牺牲了。范仲淹、滕宗谅心里很清楚，如此巨大的伤亡，势必将给继续筑堤造成巨大的阻力。

"希文兄，死了那么多人，别说上司了，便是百姓们也会抵触修堤，这筑堤之事……还得先安抚好百姓啊！"

"如果我早些下令撤退，就不会有那么多伤亡。我有负父老乡亲啊！"范仲淹心头悲恸，说话的声音有些发颤。

"这不能怪你，海边天气变幻莫测。而且，昨日的大风大雨雪，是多年来少见的。连当地富有经验的渔民都没有预料到，希文兄又如何能知？先前堤坝选址，也是听取了当地渔民宿老的意见，再三勘测后定下的，已经比前代的旧址西移了。而且，你看，谁都知道这海岸线较前代已经往东、往大海一侧移动了，谁又能想到，这一场大风雨，大海好似想要夺回多年来的失地啊！兄台休要过于自责了。"

"子京兄，话虽这么说，可毕竟是这么多条性命啊！"范仲淹脸色铁青，方才紧紧攥成拳的手松开了，抬起来伸手指了指停放在岸边的民夫的尸体，沉痛地说。

"希文兄，下一步有何打算？这捍海堰……"

"这堤坝，还得修，不修好这堤坝，万千百姓终不能安居乐业。我既为地方官，不能不为百姓长久之安定着想。朝廷如治我罪，派新县令上任，还请兄台继续支持筑堤工程。"

滕宗谅扭头看了看范仲淹，见他神色悲伤，却透着一股坚定，心里暗道："希文兄不以自己安危誉毁为念，一心为公，真非我所能及也！"

"好！希文兄，无论如何，我一定继续支持筑堤工程！"滕宗谅言语铿锵地回应道。

范仲淹听了滕宗谅的话，扭头看着他，胸中一阵激动，却是说不出话来。两人四目相对，彼此沉默着点点头。当两人再次将头转向大海，再次极目远眺时，因金子般的友谊和相互理解支持所产生的情感，使他们心中的豪情，再次如金轮腾空，汹涌而起……

2

　　接连几天，通州、泰州、楚州、海州四州都有百姓陆续来到兴化县。他们是来认尸的。在灾难中死去的民夫，他们的尸体，大多都被家属认领了。兴化县拿出了一大笔钱，用来发放抚恤金和丧葬费。最后，大概还有十来具尸体无人认领。因为无人认领尸体，县里也无法发放抚恤金和丧葬费。

　　不能让这些人成了孤魂野鬼啊！范仲淹不想因丧葬再动用县里的经费，于是拿出自己的俸禄，买了一片坟地，用来安葬那些无人认领的尸体。那些在灾难中被海浪卷走失踪之人，他也为他们立了一个衣冠冢。

　　处理完这些事情，他感到筋疲力尽，休息了几日，方才重新振作起来。为了重启捍海堤工程，他将民夫再次召集起来，对捍海堤的基址也重新进行了设定。对海水在海滩上留下的痕迹进行细细勘察后，他决定将原来的堤基再往里移一百步，同时加宽堤基、增加堤高。为了减轻堤坝受到的海浪冲击力，同时为了将部分海水引入堤内侧晒海盐，堤坝上还专门增设了涵洞。

　　修堤工程重启的那天，泰州海岸上来了很多百姓，他们几乎都是被征民夫的家人。不过，他们不是来给工程重启助威的，而是来阻止工程重启的。

　　"明府，我等恳请长官开恩，停止修筑捍海堤吧！"

　　"修筑捍海堤，触犯了龙王爷，恐有更多人葬身鱼腹啊！"

　　"是啊！县令大人，你就放过我们的亲人吧！"

　　"已经死了那么多人，明府！这捍海堤不能再修了啊！"

　　求情的人中，有白发苍苍的老人，也有抱着孩子的女人，有的人还一边呼喊，一边涕泪交下。

范仲淹望着眼前这群求情的人，心情沉重。他默默地站着，听着，久久不言不语。他的左边，依次站着滕宗谅、丁勤，他的右边，站着一个身穿灰色长袍、背上斜背一柄宝剑的清瘦老人，老人右侧则是一个圆脸、白衫、两眼精光闪烁、浑身透着豪侠之气的少年。

那位清瘦的老人名叫林逋。林逋早年当过官，还在西北参加过对抗西夏人的战役。最近几年，他放游江淮之间，到西溪时结识了范仲淹，与范仲淹成了忘年之交。

那个白衫少年，名叫富弼。他的父亲是泰州酒税官富言，乃是范仲淹的同事。范仲淹比富弼大十五岁，两人是忘年交。范仲淹对富弼的才华甚是赏识，经常鼓励富弼要建功立业，造福苍生。只是富弼自己对科举不甚在意，时不时说自己适合做个侠士，浪迹江湖。不过，富弼对范仲淹倒也是发自内心地敬重，将他视为自己的老师、兄长和知己。捍海堰出事后，富弼匆匆从家中赶来，与林逋怀着同样的心情，希望能够在这艰难时刻，在范仲淹身边助其一臂之力。

此刻，不论是范仲淹、滕宗谅，还是林逋、富弼，都是心情沉重，一脸肃然，沉默不语。

范仲淹见百姓们鼓噪不安，往前走了两步，想要开口说话，无奈众人依旧乱哄哄叫嚷不休。范仲淹正想大声喝止众人的鼓噪，他身后站出一人，正是富弼。

只听富弼抢着冲众人厉声喝道："诸位乡亲，明府有话要讲，请肃静！"富弼虽然年轻，却天生自带一股威严，前来阻止工程重启的百姓一听富弼的话，仿佛被一种神奇的力量所左右，顿时安静了下来。

见众人安静下来，范仲淹冲富弼感激地点点头，开口说话了："父老乡亲们，你们且听本官说几句！不错，在前些天的那场灾难中，伤了两百余条性命，可是，这捍海堤不能不修！诸位可知，我泰州海陵、兴化县之地，自唐代以来，本来土肥地沃，每到丰收之际，田间地头皆是农人的歌声。为何我泰州从前能够五谷丰登？那是因为有前代留下的捍海堤啊！可是，后来海堤崩毁，每遇大风暴雨，海潮汹涌而至，大片肥沃的农田毁于海水，五谷不能生长，百姓逃亡他乡。父老乡亲们，你们留下来了，可是，如果任由海堤崩毁，越来越多的农田毁于海水，你们又能够留在这里多久呢？！待到剩余的农田也变得五谷不生，你们又能够去哪里求生呢？！难道诸位愿意带着自己的妻儿、带着自己的儿孙们流落他乡，行乞于街头？！难道诸位愿意看着自己的家园变成荒野鬼屋，长满野草？！难道诸位宁愿做无地无根的孤魂野鬼，也不愿意留下来与这肆虐的大海奋力一斗吗？！"

人群一片肃静。很多人的眼睛瞪大了，嘴张开了，他们被范仲淹的话语触动了。

"不错，为了修筑捍海堤，已经有很多人牺牲了。但是，他们就是义无反顾走上沙场的战士，他们是在战斗中牺牲的，他们是为了亲人们而死的，是为了家园而死的，是为了儿孙们而死的！今天，这里参与修筑海堤的民夫们，难道仅仅是听命于官府的征召，挣点糊口的钱吗？不，本官相信不是这样的。他们，一个个都是热血的男儿，都知道自己在做什么。他们冒着被海浪卷走的凶险，参与这项工程，和那些牺牲的人一样，都是好样的，都是真正的汉子！他们都是在为了保卫亲人而战，为了保卫儿孙们而战，为了保卫家园而战！"

范仲淹转过身，冲身后数百名民夫大声问道："你们说，是不是？！"

此时，众民夫早已经被范仲淹的话所感动，被他这么一问，异口同声呼道："是！是！"

那些前来阻止工程施工的百姓，亦被县令范仲淹的言语所感，皆面露惭愧之色。不知哪个在人群中率先喊道："诸位，明府所言极是！我等不能再犯糊涂了。这捍海堤，正是为了我泰州万千百姓所筑，正是为了我等的儿孙们所筑，我等应该大力支持，岂能犯糊涂来阻碍筑堤呢？咱们都回去吧！"

这个人的话旋即引来一片应和声。前来阻止工程复工的人群，开始渐渐散去。然而，范仲淹却没有露出一丝笑容，依然神色凝重。此时，他有一种非常不祥的预感——修堰之路，绝不可能就此一帆风顺。

3

羊脂蜡烛的光晃了几下，王曾揉揉眼睛，将一份奏章缓缓放回翘头书案上，微微皱起了眉头。忙到很晚才回府后，他来不及脱去身上的紫色公服，便开始看一份奏章。少年时期的孤苦，宦海多年的磨砺，使年未半百的他已经满头白发，额头上横满了深深的皱纹。乾兴元年（1022年），新皇即位，他被任命为中书侍郎兼礼部尚书、同中书门下平章事、集贤殿大学士，开始担任次相。按宋制，同平章事为真相，无常员，有二人，则二人分日知印，其上为昭文馆大学士、监修国史，其次为集贤殿大学士。有时设置三相，则昭文、集贤二学士并监修国史。其时，丁谓、冯拯并为宰相。到天圣元年，丁谓被罢相，王钦若自太子太保加司空、同中书门下平章事、昭文馆大学士，监修国史。天圣二年，冯拯罢相。天圣三年，张知白自枢密副使加同中书门下平章事、集贤殿大学士，成为副相。

到了今年——天圣三年，大宋朝堂的权力核心又发生了变化。三年前刚刚即位的皇帝只有十三岁，真正把持朝廷大权的是皇太后。就在数日之前，王曾自中书侍郎兼礼部尚书、同中书门下平章事，加门下侍郎兼户部尚书、昭文馆大学士、枢密副使。也就是说，他正式成为大宋王朝的首相。不过王曾心里很清楚，朝廷授其首相之位，一方面是因为首相王钦若刚刚于上个月去世；另一方面，则是皇太后想借机拉拢自己，因此顺水推舟，给自己一点甜头。皇帝年幼，太后听政，对于这个王朝的宰相来说，不是一种容易处理的局面。更令他头疼的是参知政事吕夷简。这位参知政事包藏野心，或明或暗地同他作对。枢密使钱惟演也站在吕夷简一边。

王曾所担心的这个吕夷简，家世显赫，大有来头。吕夷简原籍是京东路的莱州，是名相吕蒙正的侄子，光禄寺丞、大理寺丞吕蒙亨的儿子。真宗咸平三年（1000年），吕夷简考中进士，最初被朝廷任用为绛州军事推官，随后，历任通州通判、滨州知州、礼部员外郎、刑部员外郎兼侍御史。凭着卓越的才能，吕夷简取得了不少政绩，获得了"廉能"的美誉。知滨州时，他上表请免掉农具税，宋真宗颇为赞赏，遂颁行天下。待到出任礼部员外郎，他又谏言，请宋真宗不要为了建筑宫观而劳民伤财，并奏请罢黜冬天河运木石。宋真宗称赞他"有为国爱民之心"，多次将重要的使命交给他。在皇帝的重用下，吕夷简出使契丹议和，与契丹划定宋辽边界，返朝后，即升任知制诰。宋真宗末年，升吕夷简为龙图阁直学士，并迁刑部郎中，权知开封府。乾兴元年，正当朝野上下以为真宗将要任用吕夷简为宰相之际，真宗突然驾崩了。王曾自此渐渐觉得，与宰相之位失之交臂的吕夷简似乎变得更加捉摸不透。他察觉到了吕夷简的野心，所以此刻担心其借打压范仲淹来图晋升。

书案上的这份奏章，来自一位大臣。奏章主要的意图，就是请求朝廷将兴化县令范仲淹撤职查办。根据这份奏章的说法，在不久前发生的一场事故中，修筑捍海堰工程的民夫伤亡两千余人，海陵、兴化一带，民怨沸腾。除了这份奏章之外，还有十余份状、疏，也都要求将兴化县令范仲淹下狱治罪。更有甚者，要求朝廷以渎职罪将范仲淹问斩弃市。

王曾并不相信那份奏章中伤亡两千余人的说法，因为来自江淮制置发运使张纶的奏章中说，修筑捍海堰遇到大风大雨雪，造成民夫伤亡两百余名。这份奏章同时附了兴化县上报州府的呈状。泰州军事推官滕宗谅亦在呈状中做证。在王曾看来，张纶、范仲淹和滕宗谅提供的数字应该更为真实。毕竟，他们在修筑捍海堰的一线。更为重要的是，王曾相信这三位官员的品质，他们不可能谎报数字。以他们的品行，是不屑那么干的。"如今，我大宋多少官吏，为了保住乌纱帽，为了迎合上司，上面要什么数字，他们就可以报什么数据。即便有很多官员想要如实上报数字，可是上报过程中，数字却被修改了。我大宋的官吏，若都能如张纶、范仲淹和滕宗谅，天下必然大治。只是，如今……"王曾在心底对吏治之弊大为哀叹。

但是，即便是两百余名民夫伤亡，也是一个大事故，如果是当地官员真的渎职，那就应该治罪。"范仲淹！"王曾口中轻轻地念着这个名字。他早就注意到这个年轻的官员了。十年前,真宗大中祥符八年,这个当时名叫"朱说"的年轻人中了进士后,他就开始留意了。那一年的状元,名叫蔡齐,也是他非常关注的人。随后十年里,他不断听说这个名叫朱说——后又改名范仲淹的年轻人的事迹。他有时会想,自己之所以对朱说特别关注,可能是因为这个年轻人出身贫寒,两岁丧父,寄人篱下,经过苦读,才取得功名。这样的经历,多少让他觉得与他自己的经历颇为相似。这位大宋宰相,八岁便成了孤儿,由叔父王宗元抚养成人,自小读书异常勤奋,终于在发解试、省试、殿试中连中三元,以骄人的成绩走上了仕途。因此,当他听说了范仲淹的事迹后,便在心中对这个年轻的官员产生了一种特别的亲近感。今年早些时候,这个年轻官员的一份上书,更是令他又惊又喜。那份上书,题为"奏上时务书",他亲自手录了一份,置于案头,时时拿来翻阅。此刻,他又下意识地去拿起那份手抄的上书。在羊脂蜡烛摇曳的火光下,他再次小心翼翼地将它展开:

> 天圣三年四月二十日,文林郎、守大理寺丞臣范某,谨诣阁门再拜死罪,上书皇太后陛下、皇帝陛下:臣闻巧言者无犯而易进,直言者有犯而难立。然则直言之士,千古谓之忠;巧言之人,千古谓之佞。今臣勉思药石,切犯雷霆,不遵易进之途,而居难立之地者,欲倾臣节,以报国恩。耻佞人之名,慕忠臣之节,感激而发,万死无恨。况臣之所言,皆圣朝当行之事而未之行者,谅有以也。圣人之心,岂不至此?盖当乎一日万机,未暇余论。大臣之心,岂不至此?盖惧乎上疑下谤,未克果行。臣请言之,

以发圣虑。

臣闻国之文章,应于风化。风化厚薄,见乎文章。是故观虞夏之书,足以明帝王之道;览南朝之文,足以知衰靡之化。故圣人之理天下也,文弊则救之以质,质弊则救之以文。质弊而不救,则晦而不彰;文弊而不救,则华而将落。前代之季,不能自救,以至于大乱,乃有来者,起而救之。故文章之薄,则为君子之忧;风化其坏,则为来者之资。惟圣帝明王,文质相救,在乎已,不在于人。《易》曰:"穷则变,变则通,通则久。"亦此之谓也。伏望圣慈,与大臣议文章之道,师虞夏之风。况我圣朝千载而会,惜乎不追三代之高,而尚六朝之细。然文章之列,何代无人?盖时之所尚,何能独变?大君有命,孰不风从?可敦谕词臣,复兴古道,更延博雅之士,布于台阁,以救斯文之薄,而厚其风化也。天下幸甚!

臣又闻,圣人之有天下也,文经之,武纬之。此二道者,天下之大柄也。昔诸侯暴武之时,孔子曰:"俎豆之事,则尝闻之。"此圣人救之以文也。及郏谷[1]之会,孔子则曰:"有文事者,必有武备,请设左右司马。"此圣人济之以武也。文武之道,相济而行,不可斯须而去焉。唐明皇之时,太平日久,人不知战,国不虑危,大寇犯阙,势如瓦解。此失武备也。经曰:"祸兮福所倚,福兮祸所伏。"又曰:"防之于未萌,治之于未乱。"圣人当福而知祸,在治而防乱。故善安身者,在康宁之时,不谓终无疾病,于

---

[1] 郏(夹谷),地名,在今山东省莱芜县。

是有节宣方药之备焉；善安国者，当太平之时，不谓终无危乱，于是有教化经略之备焉。

我国家文经武纬，天下大定。自真宗皇帝初，犹有旧将旧兵，多经战敌，四夷之患，足以御防。今天下休兵余二十载，昔之战者，今已老矣，今之少者，未知战事。人不知战，国不虑危，岂圣人之意哉？而况守在四夷，不可不虑。古来和好，鲜克始终。唐陆贽议云："犬羊同类，狐鼠为心，贪而多防，狡而无耻。威之不悟，抚之不怀。虽或时有盛衰，大抵常为边患，属方靖中夏，未遑外虞，因其乞盟，遂许结好，加恩隆礼，有欲无违。而乃邀求浸多，翻覆不定，托因细事，嘖有烦言，猜矫多端，其斯可验。"此唐人之至论也。今自京至边，并无关险。其或恩信不守，衅端忽作，戎马一纵，信宿千里。若边少名将，则惧而不守，或守而不战，或战而无功。再扣澶渊，岂必寻好？未知果有几将，可代长城？伏望圣慈，鉴明皇之前辙，察陆贽之谠议，与大臣议武于朝，以保天下。先命大臣密举忠义有谋之人，授以方略，委之边任；次命武臣密举壮勇出群之士，试以武事，迁其等差。壮士蒙知，必怀报效，列于边塞，足备非常。其或自谓无虞，不欲生事，轻长世之策，苟一时之安，边患忽来，人情大骇。自古兵不得兵帅，鱼肉无殊。乃于仓卒战斗之间，拔卒为将，豺狼竞进，真伪交驰。此五代之鉴也。至于尘埃之间，岂无壮士？宜复唐之武举，则英雄之辈愿在彀中。此圣人居安虑危之备，备而无用，国家之福也。惟圣意详之。

臣又闻，先王建官，共理天下，必以贤俊授任，不以爵禄为恩。故百僚师师，各扬其职，上不轻授，下不冒进。此设官之大端也。我国家累圣，求理而致太平，大约纲纪，法象唐室。以臣观之，宜法唐兴之时，不宜法唐衰之后。唐兴之时，特开馆殿，以待贤俊，得学士十八人，声满天下。此文皇养将相之材，以论道经邦而成大化也。暨之中兴，往往得人。唐衰之后，此选不盛。我朝崇尚殿馆，目为清华，相辅之材，多由此选。三馆清密，古谓登瀛。近岁迁出内庭，逼居坊陌，非唐所谓集仙之馆也。又其间校仇之职，或不由科第，以恩而除，限以岁年，渐至清显。轻十八学士之选，恐非文皇养将相之材意也。伏望圣慈，与大臣议其可否，重为制度，以法唐兴之时，而延廊庙之器。此国家之大美也。惟圣意详之。

又谏官、御史，耳目之司，不讳之朝，宜有赏劝。自陛下临政以来，未闻旌一谏员、赏一御史。若言而无补，是选之不精；言而有补，岂赏之不行？徒使犯颜者危，缄口者安。以进药石为虚言，以陈丝发为供职。三载之后，进退雷同。臣恐天下窃议朝廷言路未广，忠臣末劝，将令谏官、御史之徒尸素于朝，非国家之福也。惟圣意详之。

臣又闻，先王义重君臣，赏延于世。大勋之后，立贤为嗣，余子则以才自调，不使混淆。而后大防一隳，颓波千载，凡居近位，岁进子孙，簪绂盈门，冠盖塞路，贤与不肖，例升京朝，谓之赏延，无乃太甚！此必前代君危臣僭之际，务相姑息，因为典故，以至于斯。又百司之人，本避乡役，不逾数岁，例与出官。莫非贪忍之徒，绝异孝廉之举，使亲民政，其弊如何？开此二途，岁取百数，无所不有，实累王风，恐非任官惟贤之体也。人避众怒，不敢上言，遂令仕路纷纭，禄位填委。文武官吏，待缺逾年，贪者益励其爪牙，廉者悉困于寒饿。徒于礼闱之内。增其艰难。壮士惜年，数岁一举，乃相奔竞，至于讼争。而况修辞者不求大才，明经者不问大旨。师道既废，文风益浇，诏令虽繁，何以戒劝？士无廉让，职此之由。其源未澄，欲波之清，臣未之信也。傥国家不思改作，因循其弊，官乱于上，风坏于下，恐非国家之福也。倘为长久之策，则愿与大臣特新其议，澄清此源，不以谤议为嫌，当以治乱为意，此国家之福也，惟圣意详之。

臣闻以德服人，天下欣戴；以力服人，天下怨望。尧舜以德，则人爱君如父母；秦以力，则人视君如仇仇。是故御天下者，德可凭而力不可恃也。伏惟皇太后陛下、皇帝陛下，日崇圣德，以永服天下之心。若夫敦好生之志，推不忍之心。薄于刑典，厚于恻隐，在物祝网，于民泣辜，常戒百官，勿为苛酷，示天下之慈也，唯圣人能之。耻珠玉之玩，罢组绣之贡，焚晋武之雉裘，出文皇之宫人，少度僧尼，不兴土木，示天下之俭也，唯圣人能之。鸡鸣而起，孜孜听政，每有余暇，则召大臣讲议文武，访问艰难，此皇王之勤也，唯圣人勉之。贵贱亲疏，赏罚惟一，有功者虽憎必赏，有罪者虽爱必罚，舍一心之私，从万人之望，示天下人之公也，唯圣人行之。

自古帝王，与佞臣治天下，天下必乱；与忠臣治天下，天下必安。然则忠臣骨鲠而易疏，佞臣柔顺而易亲。柔顺似忠，多为美言；骨鲠似强，多所直谏。美言者得进，则佞人满朝；直谏者见疏，则忠臣避世。二者进退，何以辨之？但日闻美言，则知佞人未去，此国家之忧也；日闻直谏，则知忠臣在右，此国家之可喜也。伏惟圣明，不可不察。自古王者外防夷狄，内防奸邪。夷狄侵国，奸邪败德。国侵则害加攀庶，德败则祸起萧墙。乃知奸邪之凶，甚于夷狄之患。伏惟圣明，常好正直以杜奸邪，此至理之本也。

臣又闻，圣人宅九重之深，镇万国之望，以静制动，以重为威，如天之高，如地之深，使人不得容易而议也。昨睹銮驾，顺动稍频，恐非深居九重镇静万国之意。况进奏院报于天下，天下闻之，恐损威重，先朝以御宇日深，功成天下，巡幸之费，尚或谏止。今继明之始，圣政方新，宜加忧勤，深防逸豫，则人心大悦，天道降康。不比先帝功成之年，未可轻为巡幸。伏惟圣慈，再三详览，每有顺动，必循典礼，以服天下之望。

臣又闻，人主纳远大之谋，久而成王道；纳浅末之议，久而成乱政。方今圣人在上，贤人在侧，取舍之际，岂有未至？然而刑法之吏言丝发之重轻，钱谷之司举锱铢之利病，则往往谓之急务，响应而行。或有言政教之源流，议风俗之厚薄，陈圣贤之事业，论文武之得失，则往往谓之迂说，废而不行。岂朝廷薄远大之谋，好浅末之议哉？伏望圣慈，纳人之谋，用人之议，不以远大为迂说，不以浅末为急务，则王道大成，天下幸甚！

臣又闻，圣人之至明也，临万机之事而不敢独断；圣人之至聪也，纳群臣之言而不敢偏听。独断则千虑或失，偏听则众心必离。人心离，则社稷危而不扶；圣虑失，则政教差而弥远。故先王务公共，设百官，而不敢独断者，惧一虑之失也；开言路，采群议，而不敢偏听者，惧众心之离也。今圣政方新，动思公共，委任两地，出入万机。万机之繁，能无得失？乃许群臣上言以补其阙，使上无蒙蔽，下无壅塞，有以见圣人之不独断也，天下幸甚！

然而臣下上言，密陈得失，未可尽以为实，亦当深究其宜。或务窥人短长，或欲希旨上下，动摇赏罚之柄，离隔君臣之情，似是而非，言伪而辩，虽圣鉴之下，能无惑焉？偶动宸衷，无益王道。似此密奏之类，更望圣慈深加详览，与大臣议论可否，然后施行。傥密奏之言，便以为实，内降处分，一面施行，则谗僭之人缘隙而进，以讦为直，以诈为忠，使内外相疑，政教不一，非致理之本也。古人有言曰"为君难，为臣不易"者，其在此乎！伏惟圣明，不可不察。又自古亲近小臣，率多纤佞，恃国恩宠，为人阶缘，公议未行，私请先至。如此则人皆由径，政有多门，伏望圣慈深为防虑，以存至公之道也。

臣曲陋之人，本无精识，览前王之得失，究圣朝之取舍，因敢罄而才陈之，伏望圣慈，详择一二。干犯天威，臣无任战汗激切屏营之至。臣某昧死谨言。[1]

他阅完文章，暗想："真乃千古佳文，论治国之道，此文几近也！范仲淹啊范仲淹，老天偏偏又为何跟你作对呢？！修筑捍海

---

[1] 《范仲淹全集》之《范文正公文集卷第九·奏上时务书》。

堰，本是好事，如今，竟然闹出这么多条人命来。张纶此前力荐你为兴化县令，是经我手呈报给皇太后和圣上的。吕夷简当时亦未反对。可事情发展成这样，也是大大出乎我的意料。不过，无论如何，我还是要尽量保护你。看张纶的奏章，此次事故，确属意外。不测风雨，天之过，非人之罪也！作为县令，该做的的确也做了。就这样定吧，明日上朝，我自当向皇太后和圣上力保你，可是，吕夷简恐怕会乘机主张治罪于你啊！那一堆请求加罪于你的奏章里，可有不少都是吕夷简一边的人。范仲淹啊，他们想要治罪于你，恐怕不完全针对你，而是针对我。毕竟，你是我举荐的啊！治了你的罪，便也是在我的脸上狠狠地抽一耳光啊！"

王曾从翘头书案前站了起来，在屋里踱来踱去，心里琢磨着明日上朝，该如何向皇太后和皇帝禀报，琢磨着该如何应对参知政事吕夷简可能发起的攻击。

不多时，他踱到书架边，从书架上抽出一卷纸。这卷纸上，写的是一份上书。文字却并非他亲自抄录，而是之前任尚书右丞的张知白抄录与他共赏的。上书的作者，也是范仲淹。这份上书，乃是三年前——乾兴元年冬十二月——范仲淹在西溪写给张知白的《上张右丞书》。此时，王曾翻出那篇上书，眼光扫过全文。

其书札中有句云：

> 知忠孝可以奉上，仁义可以施下，功名可存于不朽，文章可贻于无穷，莫不感激而兴，慨然有益天下之心，垂千古之志，岂所谓不知量也？[1]

---

[1] 《范仲淹全集》之《范文正公文集卷第九·上张右丞书》。

"仲淹有益天下之心，垂千古之志，我大宋得人矣，我岂能不助之！他曾向用晦[1]兄求引荐，用晦兄亦对其文其志赞赏有加。或许……"王曾读完全文，眼光又在书札上停留了许久，暗暗寻思着如何保护范仲淹。

过了一阵，王曾冲书房门口喊道："来人！"

房门外的仆人闻言，推门进来，作揖道："相公有何吩咐？"

"明日早一刻备马，我要提前赶到待漏院去。"王曾沉声说道。

4

"吕夷简，说说你的看法吧。"承明殿上，皇太后盯着参知政事吕夷简，不动声色，不紧不慢地说道。

吕夷简与王曾同岁，不过或许因为个子高、头发黑，看上去要比王曾年轻好几岁。他生着一张长脸，一双眉毛显得有点稀疏，一双丹凤眼下已经稍稍有了眼袋，两片嘴唇常常紧抿着，以至于两个嘴角明显下垂。他的肤色微黑，穿着紫色的公服，系着玉带、金鱼袋，足蹬黑皮履，模样甚是庄重。此时，他见皇太后指名道姓要他表态，当下略一沉吟，手持象牙笏板，走出班列，说道："西溪是个好地方，臣在西溪时，还曾在那里种过牡丹。近年来，因旧时捍海堰崩坏，土地被海水所伤，实乃百姓之灾。能修好捍海堰，自然是造福一方百姓。臣细阅州府的奏章、上表和状书，以为泰州捍海堰修筑过程中遇大风雨，造成民夫伤亡，定然是事实。只是，对于民

---

[1] 即张知白。张知白，字用晦。

夫死亡数字，各方说法不一。修捍海堰，本是大好事，可是出了事故，造成民怨，便有悖初衷。故，臣以为，此事当细查后再行定夺。"

宰相王曾听吕夷简这么说，稍稍松了一口气，心中暗想："他这一番话说得滴水不漏，但总算比较中肯。"

就在这时，只听吕夷简继续说道："不过，臣以为，在事情未查清楚前，应先下令停止修堰工程，以免造成民怨。如今，西北边境日渐吃紧，若东边再起内乱，恐怕坏我大宋王朝之根本。故，请太后与陛下先下诏，停建捍海堰！"

吕夷简这几句话一说，王曾心底暗暗叫苦，心想："这吕夷简，看来是真想叫停捍海堰工程，下一步，恐怕便会提出拿范仲淹问罪，接着，便可能牵扯上张纶，进一步则可能将矛头指向我。看来，我不能不站出来说几句话。"

不等王曾说话，皇太后说道："吕相思虑甚周，我大宋自祖宗奠基，至今已有六十余年，祖宗以民为本，伤民之事，绝不可为。重修捍海堰，本是为了百姓造福，如今工程未就，徒增伤亡，实非朝廷本意。"

皇太后话说到这里，微微扭头，朝坐在左边小龙椅上的少年赵祯皇帝看了一眼。这位少年皇帝，今年只有十六岁，一张椭圆脸，长得极其秀气，如一块白玉，纯洁无瑕。

此时，赵祯双手端端正正放在膝头，挺直着腰背，两眼正平静地看着吕夷简，一副端庄沉静的模样。"若是我亲生的孩儿，那该多好啊！"心底冒出这个念头，皇太后顿时不禁有些伤感。不过，她脸色一点没有变，将内心的波动很好地掩饰了起来。

但是，皇太后这一瞥，并没有逃过宰相王曾锐利的眼光。看来,太后暂时尚无归权之意啊!

"王相,你也说说吧。"皇太后这时似乎留意到宰相王曾正注视她。

"太后,陛下,依臣之见,不如先派中使前往泰州调查实情,之后再派大臣前往巡察,以作定夺。"

王曾说得言简意赅,对吕夷简的建议不置可否,实际上却是在维护捍海堰工程和兴化县令范仲淹。

皇太后沉吟了一下,微微颔首,说道:"如此甚好。中使调查之事,便由王相定夺。至于派出的大臣人选,诸位卿家可有考虑?"

王曾听了这话,踟蹰不语。

这时,班列里站出一双手持玉笏、身着紫服之人,白发苍苍,背脊已略显佝偻。此人正是于十一月自枢密副使加同中书门下平章事、集贤殿大学士的张知白。

"臣举荐一人。"张知白禀道。

"说来便是。"皇太后道。

"臣以为,可令淮南转运使胡令仪前往泰州巡察。"张知白道。

转运使这个官职,唐朝就有了。唐朝先天二年(713年)开始设立水陆转运使。开元二十二年(734年),始设江淮、河南转运使。大宋乾德年间,宋太祖赵匡胤欲革除唐末、五代藩镇擅留财赋之弊,开始派遣官员充任诸道转运使,以收地方利权归于中央。转运使兼有纠察官吏的职责,负责经度本路租税、军储,供邦国之用、郡县之费。转运使还负责分巡所部,检察储积,审核册账,刺举官吏臧否,荐举贤能,条陈民瘼,兴利除害,劝课农业,并可向皇帝直接汇报。张知白推举淮南转运使前往泰州，倒是顺理成章。

"淮南转运使胡令仪。"皇太后略一沉吟，便道，"此人孤家倒是略有所闻。"

参知政事吕夷简此时身子和嘴唇都微微动了一下，似乎欲言又止。

"好，就让淮南转运使胡令仪前往泰州。在事情弄清楚之前，捍海堰修筑工程暂停。陛下，你意下如何？"皇太后冲赵祯皇帝客套地问了一句。

赵祯语气沉稳地说道："太后所定人选甚好。"说完这句，便不再多言。

张知白见皇太后和少年皇帝都同意了自己推荐的人选，扭头看了王曾一眼，微微一笑。

王曾却面无表情，不作回应。捍海堰工程还是被暂时叫停了，这倒并未出王曾的意料。但让他感到庆幸的是，皇太后同意派淮南转运使胡令仪前往泰州。对于胡令仪的为人，王曾心里是清楚的，他相信只要胡令仪去泰州，捍海堰工程重启还是很有希望的。不过，此刻，他不能将这点心思流露出来。

张知白看王曾面无表情，心里暗道："孝先老弟，你一早就在待漏院托我推荐胡令仪去泰州，如今事成了，你倒当没事一般。这是要将举荐之功让我独享啊。我也是服了你咯。话说回来，即便你老弟不保范仲淹，老朽我也自会力保。"张知白比王曾长二十余岁，与王曾关系甚好。对王曾为人做事的风格亦深为了解，当下对王曾的态度，亦不以为忤。

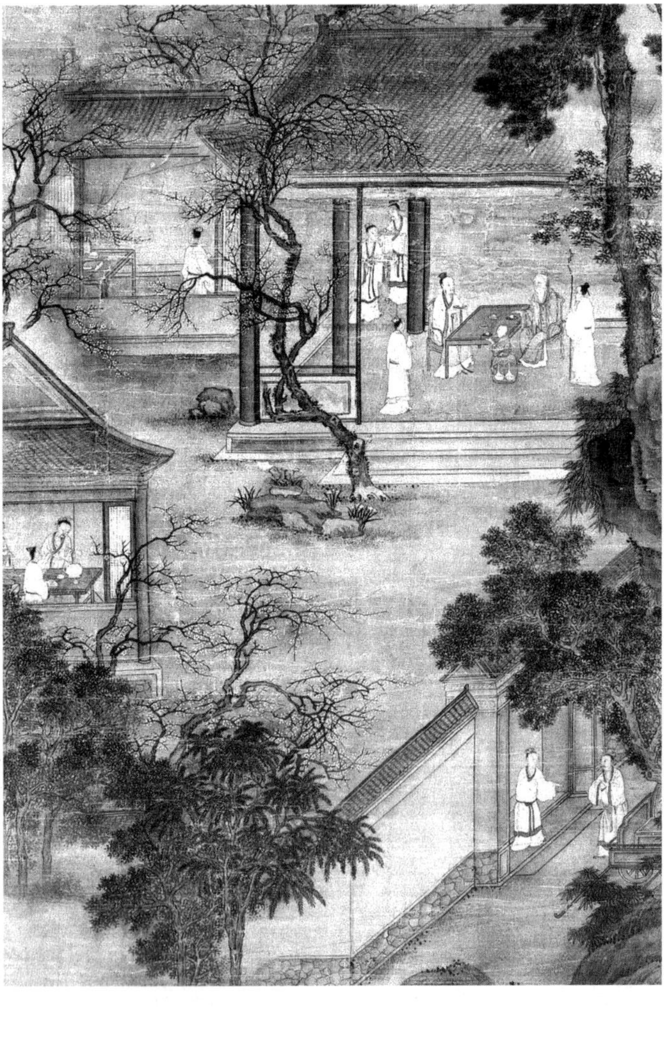

第二章
丁忧与上书

1

小纯祐站在长条木凳上，用两只小手握着父亲的两根手指头，咯咯咯地笑着。他是去年夏天出生的，现在已经十八个月了。范仲淹满眼怜爱地看着儿子，轻轻晃动着双手，将小纯祐晃悠得一摇一摆。

"娘子，你瞧这孩子多开心啊！孩子的开心，来得就是那么简单。"范仲淹扭头看了看一旁正在给自己盛饭的妻子李氏，笑着说。

"瞧你们爷俩，就知道傻乐！哎呀——别摔着他了。"李氏一边盛饭，一边满怀爱意地歪着头，笑眯眯地瞧着范仲淹父子。

她比范仲淹小五岁，是职方郎中李昌言的第三个女儿。李昌言的二哥李昌龄曾官至参知政事，已经在十多年前去世了。李氏的四妹嫁给了居天圣二年进士一甲第三名的郑戬。郑戬比范仲淹小三岁。李氏跟着范仲淹来到西溪时，虽然已经三十出头了，头上的青丝中已经开始夹杂白发，但身材依然窈窕。此时，她上身着浅灰色的窄袖短衣，下身着黑色长裙。为了干活方便，之前脱下的米色对襟就搭在靠背椅上。她长着一张瓜子脸，虽然说不上特别漂亮，但有一种端庄的美。

十年前，范仲淹——那时还叫"朱说"——在应天府学舍苦读，被李昌言相中，想纳他为婿。范仲淹自觉家贫，迟迟不答应，直到被任命为兴化县令，才迎娶李氏入门。李昌言见爱女出嫁，总算了却了一桩心愿，自然欣喜。范仲淹因为年少时在应天府读过书，又从应天府娶了妻子，便在应天府宁陵县购置了田庄。被任命为兴化县令后，他想到继父朱文翰多年前去世，朱家此时家道中落，便将母亲从朱家接到了宁陵田庄内赡养，同时将同母异父的朱氏兄弟接到宁陵管理田庄。安顿好宁陵的家后，他便安心任职，并主持捍海堰的修复工程。妻子李氏为了照顾他，便跟随他来到泰州，陪伴在身边。

"放心。哎哟，今晚的饭菜又这般好啊！这冬笋，是丁勤挖来的吗？"范仲淹望着桌上的饭菜，大声赞道。

"对啊。改天请他到家来坐坐吧。"

"成啊！"

其实，饭桌上并没有什么了不得的佳肴，也就是一碗米糊粥、两碗米饭和两碟蔬菜。一碟是当地的冬笋，另一碟是腌渍后再炒的雪里蕻。

"来，孩儿，爹爹喂你喝米糊。"范仲淹将小纯祐抱到自己的腿上，一手抱着，一手去拿木勺子舀米糊粥。

可是，小纯祐就是不好好喝米糊粥，一勺米糊从嘴里溢出了大半勺。

范仲淹笑着说:"我的孩儿呀,你可不能嫌弃这米糊粥。你可知道,你爹当年在应天府读书时,吃不上干饭,每天可就靠一碗粥来生活呢。到了冬天,早晨喝几口粥,剩下的便冻成块,你爹将它划分为小块,中午、晚上各吃一块。孩儿呀,你要从小学会忍受贫穷,但是也要从小培养自己的志气。人活着,不怕贫穷,就怕没有志气,就怕做不出有益于天下苍生的事业啊。"

小纯祐睁大眼睛,盯着自己的爹爹看,似懂非懂,照旧从口中吐着米糊。

李氏轻轻拍了一下范仲淹的肩膀,嗔笑道:"相公,怎么又唠叨起你那些陈年往事和大道理了,孩子还小呢,哪里听得懂啊?瞧瞧,米糊都流出来了。来,来,给我,给我,让我来喂他吧。"

范仲淹不好意思地笑了笑,慌忙将小纯祐递给妻子,说道:"话不能那么说,志气就得从小培养才是。只是——真是对不住娘子,让你跟着我受这穷气了。"说话间,范仲淹露出愧疚的神色,注视着李氏。此刻,他是真的内疚。

李氏只是莞尔一笑,也不说什么。

范仲淹继续说道:"胡运使来泰州已经有些日子,这些天他分巡所部,检察储积,审核册账,还亲自去海岸勘察工程状况,虽然未对捍海堰工程能否重启最后表态,但看他这般认真细致的样子,我的心倒是安下来了。"

"这是为何?"

"这说明,胡运使是在认真对待捍海堰之事。他过去在泰州任职,对这片土地是有感情的。他看到土地被海水所伤,荒芜一片,怎能不心痛?他又怎会不知道修筑捍海堰的重要呢?修捍海堰难,但再难也得修。他怎能不清楚呢?我就怕朝廷派一个官员,只看表面文章。查办我容易,可是如果轻轻松松查办了我,我心不甘啊!现在有胡运使,即便因事故查办我,如能重启捍海堰工程,这事故的罪名,我担了也值当。毕竟死了那么多人,对父老乡亲们,我心中有愧啊!"

范仲淹端着饭碗,举着筷子,说了一通,却忘了夹菜,只是呆呆盯着那盘炒笋片发起愣来。

"丁勤的兄长也遇难了。"

"莫要多想了,快吃饭吧。菜都要凉了。"李氏看着范仲淹的样子,眼中露出怜爱的神色,柔声说道。

突然,大门外传来急促的敲门声。

这个时候了,谁这么急来敲门?李氏看了范仲淹一眼,虽然没说什么,但是她眼神中流露出的疑问,与范仲淹心里的疑问是一样的。

范仲淹放下碗筷,从木凳上站起身,往大门口走去。

在打开大门的一瞬间,范仲淹心便是一沉,一种不祥的预感涌上心头。

来人是一个扎着灰色棉布头巾、头发花白的中年人,身后是一头鞍上挂着行囊的毛驴。那中年人穿着褐色的棉袄,昏暗的天色下,依然看得出他一脸焦急悲戚的神色。

"李贵!李管家,你怎么来了?"范仲淹不禁脱口问道。

"大人!"

"你从宁陵来的?"

"是,大人!太夫人……太夫人她仙逝了!"李贵带着哭腔说道。

范仲淹只觉得脑袋里面"嗡"的一声响,顿时嗓子发紧,胸口发闷，几欲跌倒。他愣在原地，失魂落魄一般盯着李贵，一时间泪流满面，哽咽无语。

李贵见范仲淹心神大乱，慌忙舍了毛驴，双手扶着范仲淹回到堂前。

李氏听闻噩耗，亦不禁抱着小纯祐垂泪不已。

范仲淹呆坐许久，方回过神来，忍住眼泪，询问起母亲逝世时的情状。

"那天午后，太夫人用过午膳，只说头晕，让丫鬟扶着回房休息，说是要在床上躺一躺。一个时辰后，丫鬟见屋内没有丝毫动静，便进去探视，一探方知太夫人已经没了气息。"李贵说道。

范仲淹听了，默不作声，心头只是反复念叨："娘就这么去了，我这个不孝子竟然不能陪在娘的身边！娘啊，你为何就这么走了？为何一句话也不给孩儿留下，就这么走了呢？！"

只听李贵继续说道："太夫人走的时候，虽然仰面而躺，脸却微微朝向东边。"

范仲淹听李贵这么说心下凄然："莫非娘在弥留之际是在惦记着我？"这么一想，他顿时涕泪交下，喉咙里发出咕噜咕噜的声音，可是因为过度伤痛，竟然一时间哭不出声来。

李贵见范仲淹如此悲恸，当下不再言语，待范仲淹再次缓过神来，方才细说太夫人去世后宁陵家中的一些事情。

原来，太夫人去世后，因为范仲淹不在家中，朱氏兄弟二人便决定先将太夫人遗体停在灵堂，同时命李贵连夜赶往泰州给范仲淹报信，并商量太夫人下葬事宜。关于太夫人在何处下葬，朱氏兄弟同时让李贵转告了他们的想法。根据李贵的说法，朱氏兄弟原曾动过念头，要将太夫人灵柩送回老家与他们的父亲朱文翰合葬，但又觉得同母异父的兄长范仲淹已经复姓归宗，此事应先得征求范仲淹的意思，是否先与苏州老范家商量，将太夫人灵柩送往苏州与太夫人的前夫范墉合葬祖坟。范仲淹心里有将母亲灵柩送往苏州与生父范墉合葬的念头，听了李贵的转述，考虑了片刻，便当下决定先带李贵回苏州与族人商量此事。

太夫人在哪里下葬，还涉及范仲淹在何处"丁忧"的安排，所以范仲淹作出这样的决定，虽然会将回应天府宁陵的时间拖上两三日，但也是情非得已。

按照朝廷的制度，现任官员要为去世的父母亲居丧，居丧的过程叫"丁忧"。所谓"丁"，就是遭逢之意；所谓的"忧"，就是父母的丧事。"丁忧"，意思就是遭逢父母之丧。朝廷官员的父母亲去世后，必须上报朝廷，同时官员本人自知道亲丧的那日算起，必须回到祖籍守制。丁忧时间，需不计闰达二十七个月。严格的丁忧，是不能住在家中的，而是要在父母亲的坟前搭建小棚屋，睡草席，枕砖石，不吃荤，不饮酒，不同房，不听乐，不洗澡，不剃头，此外还有很多规矩。唐代时，严格的丁忧之风渐息。到了宋代，朝廷欲重兴丁忧之制，要求丁忧的官员必须报请朝廷解除官职，完成丁忧的过程，若是隐匿不报，将被治罪。但是，在大宋初期，丁忧的规矩并不严格，朝廷也准许官员在家为父母丁忧。有些官员为了保住乌纱帽照拿俸禄，甚至向朝廷隐瞒父母去世的消息，从而回避丁忧之制。

次日，范仲淹冷静下来后，决定先将母亲去世的消息经由州府上报朝廷。因为淮南转运使胡令仪恰好在泰州巡检捍海堰工程，范仲淹也将母亲去世的消息向他作了报告。随后，他决定带着李贵去苏州一趟征询老家族人的意见，临行之前，嘱咐妻子李氏在泰州收拾行李，等他与李贵从苏州返回后再起程前往宁陵。

淮南转运使胡令仪这些日子仔细巡检捍海堰工程，了解当地民情，又与范仲淹、滕宗谅等人交谈多次，已经下定决心，要向朝廷建议留任范仲淹以继续主持捍海堰修筑工程。此时，他突然得到范仲淹母亲去世的消息，一边劝范仲淹节哀顺变，一边只得将此情上报朝廷。同时，他也嘱咐范仲淹休要挂念捍海堰之事，要尽早从苏州赶回，前往宁陵。

范仲淹带着李贵，骑马疾驰，前往苏州。令范仲淹感到伤心的是，苏州范家族人坚决不同意将范仲淹的母亲与范墉合葬，理由是改嫁之妇，不得入葬祖坟。当年范仲淹母亲谢氏带着年幼的范仲淹改嫁时，比仲淹稍大的大儿子仲温被留在老范家由族人抚养。这次，范仲温也出来求情，可是族老们依旧不答应。

范仲淹苦求无果，怀着一腔愤懑，带着李贵返回泰州。范仲温想为母亲下葬，也便随着范仲淹一同前往泰州。

于是，范仲淹收拾行囊，不日便告别胡令仪、滕宗谅等人，带着妻儿、兄长仲温和李贵往应天府宁陵县。离去之日，滕宗谅、富弼、林逋、丁勤等人都来送行。

与滕宗谅说了一番话后，范仲淹担心富弼依然有行走江湖之心，便拉住富弼的手说道："彦国兄，你天赋大才，不可自轻，当好好谋取功名，为国所用，为民造福啊。"

富弼一脸不以为意，笑道："弟才疏学浅，脾气又大，恐怕不适于庙堂啊。"

"休要这般说。学识可以积累，脾气可以修养，千万不可没了志气，自甘卑下。彦国兄，你务必好好走科举之路啊！"

"好了好了，希文兄，你的叮咛，我记在心里了。"富弼一副笑呵呵的样子。

范仲淹见富弼如此说,也只好打住话头。他念着丁勤兄长牺牲之事,于是又专门走到丁勤跟前,满怀愧疚地想表达歉意。

"丁勤,你兄长的事情……"范仲淹话未说完,嗓子已经哽咽。

"明府,俺兄长是为筑捍海堰而死的,死有所值。我希望捍海堰能够尽快修好,以告慰兄长在天之灵!"丁勤说道。

"是,范某亦希望捍海堰工程能够重新启动,尽快完工,祐我泰州百姓,护我泰州田地。真想在这里继续干下去……丁勤,范某此去,不知何日能再相见,多多珍重啊!"

"明府放心,以后若有机会,丁勤愿意再次追随明府!"丁勤肃然说道。

分别之时,林逋告知范仲淹,他过几日便会回杭州西湖边的孤山隐居。范仲淹记下林逋诸好友的书信地址,便同林逋、滕宗谅、富弼等人洒泪而别。

2

赶往宁陵的一路上,范仲淹心情沉郁。

"姑苏风俗太薄,母亲不得入祖坟下葬,现在回宁陵,前往老朱家商量母亲下葬之事,如果再遭拒绝,母亲在九泉之下如何能够瞑目!母亲为我辛苦一辈子,想不到人离了世,竟然会遭遇如此境况。堂堂七尺男儿,我又怎能让母亲身后受辱!"他为着母亲下葬苏州祖坟被拒之事苦恼愤懑,一路只顾纵马疾驰,即便与妻儿、李贵也少有交谈。

回到宁陵田庄中,范仲淹与朱氏兄弟见面后,相拥而泣。范仲淹把去苏州的经历简单说了，又说了自己的担心。范仲淹与朱氏兄弟左思右想，便决定在商丘东边的山内，择一处安葬母亲。

太夫人谢氏下葬之日，除了范仲淹夫妇、范仲温、朱氏兄弟二人及家眷，前来送葬的还有范仲淹妻子的堂兄李纮，此外再无他人。

范仲淹如今的官职，只是个小小县令，加之最近又因为捍海堰出了事故，前程如何，尚未可知，因此即便之前与范家有所往来之人，这时也多表现出避而远之的态度。范仲淹本因母亲去世而伤痛，加之在苏州被拒，再见参加母亲葬礼的人寥寥无几，更觉世态炎凉、人情淡薄，心情沉郁无比。所幸，他的身边，还有妻子李氏温情相伴，又有妻兄李纮与他情投意合，因此在沉郁、灰暗的心境中，尚存着一角微光。

范仲淹令人在母亲坟侧搭了一个小小的棚屋，在棚屋一侧起了简单炉灶，便决定在这个棚屋中丁忧守制。妻子李氏、妻兄李纮在葬礼完毕后，已先赶回了宁陵。其兄仲温、朱氏兄弟与他一起居丧七日后，他便劝仲温赶回苏州，毕竟那边还有家人需要照顾。朱氏兄弟也根据他的安排，返回田庄照料家计。

诸人离去后，范仲淹便一人在棚屋内孤独地住了下来。

棚屋中，只备了一些最为基本的生活必需品。范仲淹早就为长期在坟前丁忧做好了准备，为此专门带来了笔墨纸砚和数卷典籍。但是不论怎么说，在坟前丁忧的生活是异常孤独而艰苦的。所幸，由于山下这片风水宝地有不少坟地，附近因此也发展出小小的集市和居住地，他隔日出山，去买些饭食和日常用品，倒也算方便。

这日一早，蓬头垢面的范仲淹被冻醒，翻身从草铺上坐起，只觉身上缌麻衣又冰又硬。他坐了片刻，感觉头脑渐渐清醒，掐指算来，今日正是母亲下葬后的七七之日。当下，他缓缓起身，从棚屋的一角取了数日前买来的祭品，又拿了高香、火烛和数沓纸钱，出了棚屋，来到母亲坟前。他在坟前的香炉里插好蜡烛，又在盘碟里摆放好祭品，便点起蜡烛，烧起纸钱。

此时已经是天圣四年年初，正是寒冬，天气干燥，山下刮着干冷的微风，纸钱一点便着，转眼纸灰随着青烟四处飘散开来。

清冷的凛冬，天地间一片肃杀之气。范仲淹见纸灰青烟在风中飘飞，悲从中来，在母亲坟前放声痛哭起来。

痛哭一阵，范仲淹又磕了几个头，方才缓缓立起身，紧了紧身上的缌麻孝服，立在坟前，只是盯着坟头发呆。

便在这凛冬干冷的微风中，如烟往事一桩桩于范仲淹心头浮现。他模模糊糊地记起来，年轻的母亲带着幼小的他，辗转来到淄州长山县的朱家。关于地名，那也是他渐渐长大后才知道的。那一年，他只有两岁。在他后来的记忆里，朱文翰便是父亲。直到多年以后，他才知道这个"父亲"其实是继父。在他的心里，这个父亲对自己关爱有加。他记得在他成长的岁月里，大多数时候，是随着这个宦游多年的父亲在四处奔走。

他记得，父亲曾经到青阳当地方官，他便随着父亲来到青阳。青阳城的东面，有一座山叫"长山"。他被父亲安排在长山脚下读书。多年后，他考中进士，还带着同榜好友滕宗谅到青阳长山自己读过书的地方游玩。

他记得，景德元年（1004年）的时候，父亲被调回淄州担任长史，他便随父亲回到淄州，被父亲安排在秋口荆山下读书。那一年，他十六岁。多么难忘的日子。他记得，那些日子，母亲就陪在父亲与他身边，虽然读书艰苦，但是觉得很开心很快乐。他记得父亲慈祥的笑容，记得母亲关切的眼神。

他记得，在秋口读书期间的一个午后，他与朋友外出游玩，看到一座寺庙。那可是一座大庙，金碧辉煌，造像威严。可是，那寺庙叫什么名字来着？

朱说兄，咱们去求签问卜吧。
好啊。
好，小施主抽一签吧。
好啊。
小施主，你要算什么啊？
我想算算，日后能否成宰相。这签怎么说？
这是支中上签，小施主日后恐难以为宰相。
那我可以成为良医吗？
小僧不敢妄言，小施主日后恐难以为良医。

他记得，自己十九岁那年，年老多病的父亲辞官回到淄州长山县，他也便随着父亲回到长山苦读。

他记得，父亲朱文翰去世，他在父亲坟前痛哭了三天三夜。

他记得，父亲去世后，有人告诉他，他其实并不姓"朱"，他本是"范"家子！

他记得，那是一个萧瑟的秋日，他突然从别人口中知道了亲生父亲不是朱文翰。他记得，就是在那一天，他匆匆背起行囊，腰悬一柄龙泉，孤身前往应天府。

母亲啊，你真的原谅我了吗？当年我年轻气盛，遽然得知自己本姓为"范",便不辞而别前往应天府读书,你派人苦苦追我数日,终未如愿。我后来才知道,你为我这个不孝子几乎哭瞎了双目。母亲啊,是孩儿对不起你啊!母亲啊,孩儿也对不起继父。继父视我如同己出,勤加训导,孩儿我却一时负气,不辞而别,孩儿实在是有负他的养育之恩啊……

母亲啊,如今你离开孩儿去了,孩儿既未能成良相,也未能成良医,想要在泰州修筑捍海堰为民造福,却遭遇灾难牺牲了两百多条性命。母亲啊,孩儿想让你归葬苏州祖坟,却为族人所拒。母亲啊,你说我这个不孝子,是多么无用啊!

范仲淹呆呆立着,想着想着,不禁悲从中来,泪如雨下。

不知过了多长时间,他忽然听到身后有人喊了一声。

"相公!"

范仲淹木呆呆地转过身看去,却是妻子李氏在十步之外立着。李氏身边,立着妻兄李纮、朱氏兄弟和管家李贵。李氏怀中抱着小纯祐。其他几个人,或是肩头背着包袱,或是手中拎着篮筐。

原来,李氏等人雇了辆马车,日前自宁陵出发,于昨日傍晚刚刚赶到,在附近歇了一晚后,一早出发,乘马车赶到山下。一个多月未见,李氏见范仲淹一头乱发,胡须已经长得老长,身子消瘦,不禁心中发酸。其他诸人见范仲淹一副失魂落魄的愁苦模样,也不禁暗暗为他担心。

范仲淹见到妻儿等人,心神稍安。诸人同范仲淹在太夫人坟前寒暄一番,便拿出包袱中的祭品,在坟前拜祭。

拜祭完太夫人,已经近午时,诸人便在棚屋外的空地上铺了一块麻布,取出干粮菜蔬,说起话来。

范仲淹不忘先同小纯祐和妻子李氏说了一番话,随后便问李纮是否有泰州那边的消息。一个多月以来，他除了思念故去的母亲，想得最多的就是泰州的捍海堰。从李纮口中，范仲淹知晓了泰州捍海堰的近况。原来，自从范仲淹解职丁忧后，淮南转运使胡令仪回到了京城，向太后和赵祯皇帝禀报了捍海堰工程的情况，并支持重新修复捍海堰。不过，不知何因，朝廷至今尚未下诏重启捍海堰工程。范仲淹听李纮介绍完又开始打听朝廷事务和天下大事。李纮仿佛早就知道范仲淹的心思，从一个包袱中取出一沓邸报。范仲淹一把夺过邸报，如饥似渴地翻看起来。

李纮待范仲淹看了一会儿邸报，便伸手从他手中又夺了下来，说道："希文兄，过会儿再看吧。依我之见，不如今日便同我等回宁陵吧。希文兄安家宁陵，太夫人亦在宁陵家中居住多年，今虽安葬在此，希文兄在应天府丁忧，亦不算坏了礼法。死者已逝，生者自生。希文兄以天下为念，乃豁达之人，不必过度拘泥于礼法，坏了自家身体。你若出了事情，可便苦了舍妹和纯祐了。"

范仲淹听李纮这么说，朝妻子、朱氏兄弟二人和李贵看了看，只见诸人都用期盼的眼神盯着他。他心里顿时明白，李纮提出的建议是诸人早就商量好的。

攒眉沉思了片刻，范仲淹冲李纮说道："仲纲兄，道理我自然懂，我亦非迂腐之人。如今，天下看似升平，然积弊已渐多，我亦常为此心忧。不过，母亲仙逝，我悲恸于中，心神不宁，尚不堪任事。我想在此多陪母亲一段时间，待到'卒哭'之日，再回家丁忧。"

"仲纲"是李纮的字，范仲淹与这位妻子的堂兄年龄相仿，关系亲近，加之对他甚为尊敬，故以"字"相称。范仲淹所说的"卒哭"之日，就是死者去世后的百日。

李纮见范仲淹一脸严肃地说了这番话，心知这定然是他郑重思虑后的决定。当下，李纮看了看自己的堂妹。

范仲淹扭过头，对妻子李氏说道："夫人不用担心我，我少年时便曾在庙里读书，早就习惯冷清安静的生活，对于饮食，亦从来不讲究。每日的菜蔬，附近集市都有，我每隔两三日去一次集市，买些回来。这里有铁锅，附近有山涧，需要时我便去汲些山泉，自己做点热饭热菜，甚是方便。与少年时吃冷粥块度日相比，这可算要好多了！"

李氏嗔道："反正你怎么说都有理！算是我母子二人上辈子欠了你。"

范仲淹见妻子话中带气，慌忙俯身过去，一把握住她的手，又道："我心里自然舍不得让你母子二人独自在家中，不过，卒哭之日一晃便到了，到时我一定回去，你休要心中存着气，伤了自家身子。"

李氏见夫君眼中尽是关切之意，心中一暖，温言说道："行了行了，妾身知道。你在母亲大人坟前尽孝是应当的，妾身只是担心这天寒地冻的，在此待久了，恐伤了身体。母亲大人若是泉下有知，也一定希望你回家丁忧呀。"

诸人就家事国事聊了许久，范仲淹几次三番拜托李纮继续打听泰州捍海堰工程的动静。转眼便到了傍晚，范仲淹劝诸人在天黑前早早到山下乘之前所雇的马车启程赶回。于是，李氏抱着小纯祐，在李纮、朱氏兄弟和李贵的陪同下，告别范仲淹回宁陵去了。

3

妻儿、李纮、朱氏两兄弟和李贵离开后，范仲淹便又陷入一个人孤独丁忧的状态。

范仲淹既从李纮那里知道了泰州捍海堰工程尚未重启,心里便天天挂念着这件事情。不过,因为心中有了这新念想,他内心的丧母之痛倒是减轻了不少。范仲淹自小跟着改嫁的母亲来到朱家,心里对母亲的感情甚为深厚,他早早便立志以天下为念,要以做出一番事业来报效母亲养育之恩。正因有这种想法,他便不知不觉将对泰州捍海堰的用心,与向死去的母亲报恩连在了一起,仿佛只要将捍海堰修成了,便是对母亲的一种告慰。

抱着这样的念头,一连数日,范仲淹在母亲坟前呆坐,心里却一刻没有消停,反复琢磨着如何才能推动泰州捍海堰工程重启。

可是,如今自己远离泰州,对于修筑捍海堰,又能发挥什么作用呢?有好几次,望着母亲坟前插在铜香炉中无声燃烧的高香,望着那袅袅升起的青烟,他悲从中来,无声地哭泣。想起两百多位泰州民夫在修筑捍海堰时葬身于海浪,他的内心除了丧母之痛,又增添了一种彻骨的伤痛。每当这种时候,回忆便纷至沓来。香火的气息、泥土的气息、遥远的泰州海岸边大海的气息,便仿佛经过了一番共谋,以一种彼此交错融合的方式,拼命挤入混入他的回忆。于是,单调、孤独的丁忧,变成了一种在回忆中徘徊的沉迷,变成了一场与焦虑作斗争的战斗,也变成了一次在混沌思想中不顾一切追逐目标的远征。

有那么一天午后,在母亲的坟头呆坐了许久后,范仲淹徐徐站了起来。此刻,他打定了一个主意,要给江淮制置发运使张纶上书。是的,虽然我范仲淹人不能去泰州,但是捍海堰必须重修,否则泰州的黎民百姓永远不能安生!我要给张运使上书,敦促他说服朝廷重启修筑工程!

主意既定，范仲淹便回到他的棚屋中，取出笔墨纸砚，埋头疾书。他接连写了两封书札，一封是给张纶的上书，一封是写给滕宗谅的信。写完书信，范仲淹便在附近找了个代寄书信之人，请其将上书寄往泰州。他没有将上书直接寄给张纶，而是寄给了滕宗谅，请他这位同年好友代为上呈。丁忧期间上书言事，在当时是朝廷制度不允许的。范仲淹自然知道这个道理，他请滕宗谅代为上呈，一来是希望此事得到好友滕宗谅的支持，一来也希望不直接冒犯丁忧制度。

上书虽然寄出，但范仲淹想起被海浪摧毁的捍海堰，还是忧心忡忡。左思右想，他决定再写一封上书，再次陈述捍海堰对于泰州民生的重要性。在这份上书中，他还同时谈了对重修捍海堰的一些设想。第二封上书寄出数日后，他又给张纶写了第三封上书。在这份上书里，他再次恳请张纶说服朝廷尽快重修捍海堰，并同时表达了对张纶的感恩之情。这次，他考虑到卒哭之日很快就要到了，便在上书中告知了张纶自己将在卒哭之日后居家丁忧的安排。他怀着真诚的期望，期待着能够在宁陵的家中收到张纶的回信，期待着能够很快听到重启捍海堰修筑工程的好消息。

三封上书寄出后，范仲淹的心总算稍稍安定下来，不时将李纮带来的邸报拿出来细细翻阅。后来，他又到附近花钱去购买新近的邸报。邸报上的一些大臣奏章和书札，令范仲淹稍稍平静的心再次翻起了波澜，而且这波澜，从小小的波浪，变成了滔天巨浪，使他的一颗心，再也无法安宁。他的眼睛，不再只盯着泰州的捍海堰，他的眼睛，开始投向天下的苍生，开始投向遥远的边疆，他开始思考国家安定富足的根本，开始思考如何增厚民力，开始思考王朝统治与名器的关系，开始思考边疆稳定与军备的关系，开始思考君王如何防备奸雄，开始思考国家如何汲取天下的智慧。五代以来，诸侯暴酷，视民如草芥，天下生灵涂炭，我大宋祖宗取道上天，励精图治，宽以待民，不正是为了天下苍生吗？！真宗皇帝至仁如天，亦尽心于天下苍生之福祉。今上年幼，但仁心已见其迹，正是王道可行之时。治理天下，岂能只靠君主一人？治理天下，不也是宰相及天下臣子的应尽之责吗？！匡四方之政教，正百司之纲纪，澄清风俗，不正是宰相与天下臣子应该一同去做的事情吗？！如今，我虽在丁忧，又岂能以一心之戚，而忘天下之忧呢？

心头既起为天下苍生谋福祉之念头，诸般设想便在范仲淹心头或如闪电袭来，或如惊雷隐伏，或如大雾中灯塔徐明，或如云海中红日升腾，或如大地上火龙腾天。

我要给宰相上书进言！

这个念头在范仲淹心头渐渐变得清晰。这个念头，在令他自己感到兴奋的同时，也令他自己感到吃惊。在最初的兴奋之后，产生的是焦虑。一连数日，当夜幕降临，他躺在冰冷的草铺上辗转反侧，无法入眠。夜晚的寒意围绕着周身，但是他的内心却是火热的，他的头脑是没有休息的。所以，在冰冷的草铺之上，他的身上却不断冒出热汗。接连的彻夜难眠，接连的思虑过度，很快使他的身体变得极度虚弱。

不能再这样下去，我必须使自己的心坚定下来！既然决定要给宰相上书，为何还为个人得失如此忧虑！他不断地用这个信念来激励自己，终于使心中最初出现的那种带着冲动的兴奋，渐渐转变为沉稳而坚定的信念：我必须仔细地、冷静地整理自己的想法，才能打动宰相，才能说服朝廷，才能赢得百官的理解与支持！范仲淹终于冷静下来，决定好好写一封给宰相的上书。但是，他依然觉得没有准备好。

很快,"卒哭"之日到了。根据之前的安排,李氏如约安排了李贵前来,将范仲淹接到宁陵的家中。

当李氏看到归来的夫君时,她有一种感觉,虽然眼前的这个人还是自己的那个夫君,但是他的身上发生了某些变化,虽然他现在满脸沧桑,须发又乱又脏,但是他的眼中炯炯有神,闪着精光,充满了沉静而坚定的力量。她感到,她喜欢看着他的眼神,也比之前更爱被他凝视着。

在他回到家中那天晚上,她感到他将她抱得很紧很紧,她也以仿佛从未有过的热情,将他紧紧地拥在怀中……

虽然已经下定决心要给执政上书,但是这上书究竟应该怎么写,写些什么,范仲淹还没有想清楚。他想说的话何止千言万语,但是它们尚未在脑中形成清晰的思路,各种想法像是草原上狂奔的牛群,争先恐后地在他头脑中奔涌。

某日,乌云蔽空,天降大雨。

范仲淹琢磨着给执政上书的文字,暗想:"等我哪天为国为民尽力了,便当归隐山林,将名利都抛却了才好。"他这心念一动,便思念起忘年老友林逋,脑海里想象着林逋在云水环绕的孤山隐居的模样,当下手书一诗,令人寄往杭州的孤山。

诗云:

萧索绕家云,清歌独隐沦。巢由不愿仕,尧舜岂遗人?

一水无涯静,群峰满眼春。何当伴闲逸,尝酒过

诸邻。¹

数日后，范仲淹又作一诗，再次令人寄送杭州林逋处。诗云：

片心高与月徘徊，岂为千钟下钓台？
犹笑白云多事在，等闲为雨出山来。²

转眼到了九月初，这一日午后，范仲淹手中捧着一卷书，在院中的一棵大树下翻阅。李贵匆匆跑来，口中道："大人，泰州来的信。"

范仲淹听到"泰州"两字，当即从椅子上跳将起来，一把从李贵手中抢过那封书信，迫不及待地打开，仔细看了起来。

"好啊！捍海堰终于开始重修了！"范仲淹读完信，兴奋地大喊起来。原来，这封信乃是江淮转运副使兼权知泰州的张纶差人寄送来的。张纶告诉范仲淹，自从收到其三封书信后，他便向朝廷接连上表三次，愿意亲自担任总役，重新启动捍海堰重修工程。淮南转运使胡令仪也上书，力主重修捍海堰。在胡令仪和张纶的力主之下，朝廷经过一番议论，于今年八月丁亥日，终于命张纶兼权知泰州，负责捍海堰工程。捍海堰工程重启了。这次动工修复的捍海堰，从小海寨至耿庄，凡一百八十里。

捍海堰工程重启让范仲淹大为兴奋，对于这件能够为泰州百姓谋福祉的事，他一直寄予厚望，如今，事情又有了新的希望，他岂能不高兴？这件事，再次激发起他心中的热情，他酝酿的那篇上执政的大文章，继续在他心底一点点地生发。

---

1 《范仲淹全集》之《范文正公文集卷第四·寄西湖林处士》。
2 《范仲淹全集》之《范文正公文集卷第四·寄林处士》。

天圣五年（1027年）正月的一天早晨，李纮不顾天寒地冻，来到了范仲淹家中。范仲淹此时正在琢磨着给宰相上书的内容。李纮的来访，打断了范仲淹的思绪，但是也可以说，是将他从思想的混沌中拯救了出来。范仲淹对于李纮的来访，并不是很吃惊。因为，自从回到宁陵家中，来访的人寥寥无几，李纮是来得最多的一个人。除了李纮，另一个来得比较多的人是范仲淹的同榜好友蔡齐。蔡齐正在应天知府任上，公事之余，有时会来看望一下范仲淹。

世态炎凉，范仲淹自小便有体会。他深知，自己是一个从八品小县令，而且之前在他任上，两百多个民夫还因修捍海堰丢了性命。在这个节骨眼上，又有几个人愿意与他交往呢？所以，对于李纮的频繁来访，范仲淹是心存感激的。

此刻，范仲淹见李纮前来，自然欣喜万分。他暂时将头脑中的纷乱思绪撇在一边，兴冲冲地拉着李纮到书房坐下。

"仲纲兄，你之前说的许朝天等人，陛下作了怎样的安排？"范仲淹问。范仲淹提到的许朝天，是成都府的乐工。不久前，皇帝召许朝天等人入教坊。李纮官拜灵池县令，同时以外任官兼监察御史，知晓此事后便进言说："陛下即位不久，尚未显扬山野之中的隐逸之士，却先召乐人入教坊，这可不能将美德广布天下啊。"数日前，李纮将此事告知范仲淹，故这次范仲淹关切地问起。

"太后对召乐人也不支持。许朝天等已经被送回成都府了。圣上虽然年少，却善于纳言，就此事还下手谕夸赞我。"李纮颇为高兴地说。

"今上从谏如流，是天下之福啊。"

"贤弟，我今日是专程前来的，为的是同你讲一件事。"李纮说话间脸色严肃起来。

范仲淹见李纮神色凝重，不知出了什么事，慌忙道："仲纲兄请说。"

"最近太后想用老臣张耆为枢密使，没承想却遭到重臣反对。你猜是谁反对？"

"行了，别卖关子了。快快说来，究竟是谁？"

"是枢密副使晏殊反对。晏大人亲自上疏，论说张耆不宜为枢密使。"

"哦？"

"那张耆是真宗朝老臣，而且是真宗潜邸之臣。太后想任用张耆出任枢密使，无非觉得老人可信，好使唤。太后可能认为，枢密使属于差遣官，不涉及品秩，不会引起大臣的反对。但晏大人认为，枢密使与中书两府虽是差遣官，但同任天下大事，即便没有贤者，也该用中材任之。张耆不过是凭着先帝宠幸，而且天下对其已经有徇私非材之议，如何能担此大任？晏大人的进谏，阻止了太后的计划，令太后大为不悦。张耆虽然颇有谋略，在真宗皇帝在位时亦曾立有军功，但在其所历任的藩镇却对当地百姓多有侵扰。晏大人因此认为如任用张耆为枢密使，必无益边疆的防卫。晏大人的上疏，自然是触犯了太后。据说，太后见了上疏勃然大怒。晏大人不知从哪儿知道了，也是心下恼怒。数日后，晏大人陪同陛下去玉清昭应宫，他的侍从持笏迟到，他这几天正在气头上，当即一把夺过笏，以笏击打侍从，正好打在侍从的门牙上。侍从当即被打落两颗门牙，满口鲜血。这一幕，让许多人大吃一惊，连王相都皱了眉头。这些，都是吕夷简大人令人告知我的。"

"那你怎么办？吕大人是你的举荐人，他派人告知你，自然希望你站出来说话。你可是监察御史啊！"范仲淹闻言，不禁也攒起了眉头。

"我能怎样？在其位，谋其职，虽然当时我还在灵池县，但既然被告知此事，也只能出来弹劾晏大人。"

范仲淹听李纮这么说，叹道："晏大人性情倒也刚烈率直，可是这样做，颇不值得啊。后来怎样了？"

"我上书弹劾晏大人，也只是评其失礼，说得并不严重。监察御史曹修古、王沿据说也得到了吕大人的暗示，他们也站出来弹劾了。于是，太后示意今上，直接免去了晏大人枢密副使一职，贬到宣州任知州去了。贤弟，我真是对不起晏大人啊！"

"你是监察御史，也是尽责而已，不用过于自责。不过，我相信朝廷还会重新起用晏大人的。"

"但愿如此。不瞒贤弟，我因为此事心中颇不痛快，便向朝廷告假回应天府家中待几日，今日心中烦闷，便来找贤弟说说话。你知道，吕大人曾举荐过我，于我有恩，我无法回绝他的要求。"李纮叹了口气。

"你这是太心软了。不过，依我看，吕大人这是抓住晏大人的把柄，想要乘机扳倒他。"范仲淹叹了口气。

"这谁都知道。朝廷里就是这样，做事不容易啊！不过，这事错在晏大人，倒也不能怨吕大人。"

"说得也是。"

范仲淹当即安慰了李纮一番，认为晏大人一定不会因此事怪罪于他。李纮听了范仲淹一番劝解，心中稍微舒坦了些。两人又聊了将近一个时辰，李纮才告辞。数日后，李纮便返回灵池县当他的县令去了。

过了大约半个月，一个人冒雨来到了范仲淹的家中。此人来自应天府，送来了一封书札。此书札是刚刚任南京留守的晏殊所写。晏殊之前被罢去枢密副使、刑部侍郎之职，先是被贬为宣州知州，如今又被派到应天出任南京留守。

在书札中，晏殊诚恳地邀请范仲淹到应天府学去教书。范仲淹将那份书札读完放下，扭头盯着窗外的雨丝，沉吟片刻，又拿起复读一遍，不禁心潮翻涌。

丁忧日久，他心情复杂。一方面，觉得天下有很多事情等着自己去做——自己从小苦读，难道不正是为了有朝一日替苍生多做些事情吗？整日在家中待着，虽然头顶着丁忧之名，但实在是有些荒废时日；另一方面，他的内心觉得若不完成丁忧便出去做事，就是对母亲的不孝。多年前，范仲淹突然知道自己本不姓朱，负气不辞而别到应天府书院读书，母亲派人追他，却未能追及，因此几乎哭瞎了双眼。范仲淹每每想到此事，便对母亲充满了愧疚之情。在母亲的坟前，他回想起当年之事，不止一次泪流满面。如今，南京留守晏殊邀请他去教书的书院——应天府书院，正是他年少时读书之处，他怎能不心潮翻涌？

他放下书札，闭上眼睛，应天府书院的红色大门、青石砌的台阶、老旧的长条松木书桌仿佛就在眼前。书院里的淡淡墨香，阴雨天弥漫在屋内屋外空气中的混合了土壤和腐坏草木的气息，仿佛一下子钻入他的鼻孔，将他的魂魄牵引到了十二年前读书的日子。

应天府书院，久违了！

范仲淹在心头默默地念叨。

应天府书院，这个名满天下的书院，对于范仲淹来说，不仅是一个读书的地方，实际上早已经成为他的精神家园。应天府书院是在五代后晋时期创办的,最早叫睢阳学舍。后晋时,应天人杨悫倾心于教育,收徒讲学,受到赵直将军的赏识与支持,使学舍慢慢成了气候。斗转星移,王朝更迭,后汉代后晋,后周代后汉,大宋代后周,睢阳学舍亦于历史大潮中沉浮。不过,它始终没有断绝自己的传统。大宋初年,宋州楚丘有个叫戚同文的人,少年时期便拜杨悫为师,追随杨悫学习五经。戚同文无意为官,却立志从事教育,认为教育关系着天下的兴亡和苍生的福祉。他的名字"同文",就是取"书同文"之意,在立志后专门改的。师父杨悫仙逝后,他便继承先师遗志,致力于广育天下英才。睢阳学舍的名字,因此广泛传播,很快名满天下。有很多有志之士不远千里,投身于睢阳门下。真宗皇帝大中祥符二年(1009年),应天府人曹诚出资三百余万,招募匠人,在戚同文旧学之地,营造学舍一百五十间,聚书一千五百余卷,延请名师,聚徒讲学,再复学舍宋初盛况。曹诚还下决心干了一件大事,就是奏请将学舍入官。真宗皇帝为此龙颜大悦,立即批准了曹诚的奏请,还命当时的端明殿学士盛度撰文记录此事,又令名臣陈尧佐为学舍题榜,赐额为"应天府书院"。这样一来,睢阳学舍——或者说"应天府书院",顿时身价倍增。戚同文受士人尊崇,被称为"睢阳先生",他的门人则追称其为"正素先生""坚素先生"。源于戚同文的睢阳学统,也被称为"同文之学"。范仲淹年少时投奔应天府书院就读时,戚同文已经去世。不过,在少年范仲淹的心中,他无疑也是正素先生的门人,是睢阳学统的传人。

"晏殊大人邀请我去应天府书院教学,这是一个多么好的机会啊。这样,我既不用离开应天,亦可为天下多做一些事情,而且,在书院里教书的同时,我还可以完成《上执政书》的写作。同天下年轻的有志之士交流，一定更有利于集思广益。这也不算荒废光阴！母亲啊，你一定理解孩儿之心吧！"

范仲淹正是怀着这样的想法，回应了晏殊的邀请。他决定了，要尽快前往应天府书院教书。

4

时隔十二年之后，范仲淹再次回到了应天府书院。这次，他不再是昔日那个懵懂少年，内心已经对自己的使命有了更坚定的信念。

这次回来，他的任务是"掌府学"。他是带着一肚子的想法，再次步入应天府书院的。在他心里，这个少年时期就读的应天府书院，关系着国家兴亡，关系着天下苍生的福祉。将一个小小书院与国家、天下和苍生的命运紧紧联系在一起，看起来似乎有些可笑，可是他确实是怀着赤子之心，将这种联系牢牢建立在信念的基础上——他相信，教育是国家兴亡、苍生幸福的关键。激情满怀的范仲淹暗暗下定决心，要按照自己的理想来改造书院，来教导学生。但是，他几次想要动笔开写《上执政书》——尽管每次拿起笔之前，他在心底里一次次地告诉自己，要将自身的毁誉放在一边——却不知为何，还是心存疑虑，就是下不了笔。

范仲淹到应天府书院就任掌学府之职的那天下午，看起来像任何一个平凡春日的下午。将近应天府书院门前时，范仲淹抬头便见一个穿着灰色大袍的人从高高的石台阶上跑下来。

那人远远便朝范仲淹招手，衣袖在风中像小旗帜一般招摇着。"朱说兄！哦，不，应该称希文兄！"那人冲范仲淹扯起嗓子大喊，声音中透着兴奋与激动。

范仲淹愣了愣,停下脚步,定睛看那个渐渐跑近的人。只见那人三十出头的模样,面容清秀,额头很高,由于迎着风跑,大袍子紧紧地贴在身上,显出一副很瘦的身材。

"源叔!是源叔兄弟!"范仲淹很快认出了来人。真是喜出望外!他也慌忙向来人迎了过去。

两人转眼便跑到了一块,紧紧拥抱在一起。

"十多年未见啦!王洙兄弟可好,你父兄可还好?"范仲淹激动地问。源叔,名叫王洙,源叔是王洙的字。他是商丘人,比范仲淹小七岁。范仲淹少年时便结识了王洙。

"小弟甚好,家父家兄都好,劳兄长挂念了!能够在这里见到兄长,真是太好了!兄长近况,小弟都从晏大人那里知道了。以后,兄长掌府学,小弟就可以日日见到兄长了。走,快随小弟去拜见晏大人、蔡大人。"

"蔡大人?"

"蔡齐啊!"

"晏大人、蔡大人都在?"

"当然,他们还为兄长设了宴呢。"

"惭愧惭愧!劳动两位大人了。不用这般急,不用这般急,我还想与源叔兄弟多聊几句呢。源叔兄弟啊,你可是在此教书?"

"正是,小弟在书院当讲书已经有一阵子了。而且,家父家兄都在书院任教呢。"

"那真是太好了!太好了!不过……不过,你父亲不是已经出山担任屯田郎中,怎么会在书院教书?"

"说来话长,家父为人耿直,得罪了同僚,所以干脆回来教书了。家兄有志于教育，因此也来到书院教书来了。"

"原来如此——不过，教育乃是功在千秋的大事，虽不在朝廷任职，但功业亦不逊于良相良医也！"范仲淹点点头，慨然说道。

"是啊，是啊！小弟还记得十多年前，兄长在秋口读书时，小弟曾跟随兄长一起去学习、玩耍呢。我记得，有一次，咱一伙人去一个寺庙抽签问前程，兄长抽签祈愿，不当良相，便为良医，兄长可记得否？"

"记得，记得！"范仲淹哈哈大笑。

"小弟相信，以兄长才具，终有一天可为良相！"

"这不，我刚刚说了啊，良师之功业亦不逊于良相良医也！我还是要先为良师，良师如良医，也算完成少年时的一个心愿。"范仲淹说罢，拉着王洙的手臂，再次哈哈大笑起来。

两人谈笑间，上了书院台阶，往书院内走去。

南京留守兼应天知府晏殊、刚刚调任右谏议大夫的前应天知府蔡齐专程来到，设了一个盛大的宴会来欢迎范仲淹。关于宴会的规模和形式，晏殊和蔡齐还好好商量了一番。蔡齐主张从简，晏殊却喜欢盛大。宴会最终的规模，在两位官员意见基础上作了一个折中。这些情况，都是在宴会进行中，范仲淹在晏殊与蔡齐的谈笑间知道的。

最终考虑到范仲淹还在丁忧之中，宴会备的都是素食，也不设乐，可谓一场得体而朴素的招待。王洙、王洙的父亲王砺、兄长王渎等书院教师也出席了宴会。宴会的氛围轻松而愉悦，这让范仲淹备受鼓舞。

这是范仲淹第一次见到晏殊。

晏殊于淳化二年出生，比范仲淹小两岁。设宴这天，晏殊在蔡齐的陪同下，亲自到应天府书院大门外迎接范仲淹。晏殊穿着大红色的常服，头戴软脚幞头，系着深褐色的皮腰带，看上去显得非常精神。范仲淹好好将晏殊打量了一番，一张长脸，留着三缕短须，两个颧骨高高凸起，眼眶很深，一双眼睛仿佛覆着一层晶莹的薄膜，闪闪发亮。让范仲淹感到略微吃惊的是，晏殊虽然身材中等，体形也偏瘦，但是站在身材伟岸的蔡齐旁边，依然散发出强大的气场。这种气场，很自然地从他举手投足和说话中流露出来。出于对晏殊的尊重与感激，范仲淹在晏殊面前以"学生"自称。晏殊则亲切地称呼范仲淹为"希文兄"。

宴席上还有一位重要人物，是专程从京城赶来的殿中丞戚舜宾。戚舜宾是戚同文之子，此前多年亲掌学府，当年范仲淹读书时，他尚在书院主事，后入仕为官。如今，戚舜宾已经是一个白发苍苍、风烛残年的老人了。此番他听闻范仲淹应晏殊邀请出掌应天府书院，欣喜万分，专程向朝廷告假，赶回应天府书院与范仲淹一晤。在戚舜宾心里，范仲淹是应天府书院培养的最杰出的人才之一。此前，范仲淹的上书、范仲淹在泰州等地的政绩，戚舜宾早已听闻，对从前的这个学生更是寄予厚望。

重回应天府书院的第一日便见到昔日的老师，勾起了范仲淹对昔日青葱岁月更多的回忆。因此，宴会之上，话题之一便是范仲淹从前在应天府书院读书的日子。戚舜宾和范仲淹的回忆，使晏殊、蔡齐等对应天府书院和范仲淹的过去有了更多的了解，这令他们两人对于范仲淹掌管应天府学之事更加放心。随后，范仲淹在晏殊的询问下，更是将自己对天下之事、教育之事，以及如何掌管应天府书院的思路好好陈述了一番。

"朝廷久无忧，天下久太平，兵将久不用，士人曾未教，中外渐入奢侈，百姓却反陷入穷苦，这些都是天下之忧啊！朝廷无忧，则苦言难入。天下久平，则隐患暗生。兵将久不用，则武备不坚。士人未加教育，则朝廷缺乏贤才可以任用。中外奢侈，则国用无度，浪费巨大。百姓陷入穷困，则天下难以感受君主的恩泽，社稷难以长存。当今，迫在眉睫之事，乃是固邦本，厚民力，重名器，备戎狄，杜奸雄，明国听。固邦本，则要为州县选择合适的长官。这是所有举措的基础。另一基础，则是对天下人才的教育。以某之见，朝廷当在大郡普设书院，委专人掌书院事，以儒家之经典教天下之英才，敦之以诗书礼乐，辩之以文行忠信，如此，天下兴旺指日可待！"范仲淹盯着晏殊的眼睛，侃侃而谈。

晏殊静静地听着范仲淹说完这番话后，原本闪光的眼睛仿佛更加明亮了。"好！希文兄此论，看来乃是一番深思熟虑之语啊。"

范仲淹道："不瞒晏大人，学生确实就这些思虑多日。近日，学生还想给执政写一份上书，细细陈述学生的所思所想。"

"哦？希文兄，你目前可还在丁忧啊，这丁忧期间上书朝廷，可是有违丁忧之制，冒天下之大不韪啊！"晏殊声音沉了下来，缓缓说道。

晏殊神色的变化，让范仲淹稍稍感到有些压力。但是，他旋即振声说道："晏大人既然敢于在学生丁忧期间邀请学生掌管应天府书院，学生又岂能以丁忧为借口，将关系天下苍生的话藏在心中，贻误朝廷大事呢！"

"这……希文兄此说，倒甚是有道理！"晏殊见范仲淹这般说，眼皮微微下垂，点头称是。

蔡齐听了范仲淹的一番论述，却是鼓掌大声叫好，声言范仲淹若是上书，自己亦当上书力挺范仲淹之策。蔡齐的态度，令范仲淹大为感激，心底对于蔡齐的敬重，更是增加了几分。

王砺、王洙、王渎等人听了范仲淹的一番讲述，有的鼓掌，有的点头，也都甚为赞许。

戚舜宾在听了范仲淹的一席话后，则禁不住猛然站了起来。他高昂着白发苍苍的脑袋，又高又宽的额头上渗出细密的汗珠，显然是内心激动所致。

"说得好！说得好！希文得孔孟真意，得孔孟真意也！本浩然之气，而言道于阙，行道于世，有何惧焉！有何惧焉！"说话间，他抬起双臂，身子微微发抖，红色常服的大袖一挥一舞，仿佛要从地底和天上招来某些助威的神灵。

在这白发老人说话的时候，夕阳从窗棂射进来，照在老人的头上。范仲淹几乎可以看到阳光下老人的一根根发丝在微微颤动。在这一刻，范仲淹感到自己喉头有些哽咽，眼睛也已经湿润，又酸又胀。在这一刻，范仲淹有些后悔，后悔十多年前，自己从来没有真正认识了解这位恩师。在这一刻，范仲淹也有一种豁然开朗的感觉，突然意识到自己迟迟没有动笔的原因，是缺少了一点激情，缺少了一点将决心融入文章中的勇气。就在这一刻，范仲淹意外地发现，他从眼前这位白发苍苍、略已佝偻的恩师身上找到了这种勇气。这种勇气本来便藏在他的心中，但是一直以来，他懵懵懂懂，还未充分认识到这种勇气对于自己即将写的那份上书的重要性。此刻，就是在此刻，他终于清楚地认识到，他之前迟迟不能下笔的真正原因，不是思虑不够周全，而是看似勇气满怀，其实却还在心底将自身的毁誉看得很重。浩然之气，养得还不够啊！他眼中噙着泪水看着戚舜宾，又缓缓低下了头，心头暗自羞愧。不过，便在这种羞愧所产生的隐痛中，他又一次完成了精神的蜕变。

当范仲淹再次抬起头时，晏殊和蔡齐都注意到了他的变化——此刻的范仲淹，眼神中除了原有的坚定，更多了一份坦然。不过，晏殊和蔡齐都没有意识到，范仲淹内心所发生的重大转变，竟然就是因为眼前那位白发苍苍的老儒的一席话。

就在这次招待宴会的数日后，范仲淹写完了他给当今宰相的上书。

书云：

> 天圣五年某月某日，丁忧人范某，谨择日望拜，上书于史馆相公、集贤相公、参政侍郎，参政给事：某居亲之丧，上书言事，逾越典礼，取笑天下，岂欲动圣贤之知，为身名之计乎？某谓居丧越礼，有诛无赦，岂足动圣之知耶？矧亲安之时，官小禄薄，今亲亡矣，纵使异日授一美衣，对一盛馔，尚当泣感风树，忧思无穷，岂今几筵之下，可为身名之计乎？不然，何急急于言哉？盖闻忠孝者，天下之大本也，其孝不逮矣，忠可忘乎？此所以冒哀上书，言国家事，不以一心之戚，而忘天下之忧，庶乎四海生灵长见太平。况今圣人当天，四贤同德，此千百年中言事之秋也。然圣贤之朝，岂资下士之补益乎？盖古之圣贤，以刍荛之谈而成大美者多矣。岂俟某引而质之？况儒家之学，非王道不谈，某敢企仰万一？因拟议以言之，皆今易行之事，其未易行者，某所不言也。
>
> 恭惟相府居百辟之首，享万钟之厚，夙兴夜寐。未始不欲安社稷、跻富寿，答先王之知，致今上之美。况圣

贤存诚，以万灵为心，以万物为体，思与天下同其乐。然非思之难，致之难矣。某窃览前书，见周汉之兴，圣贤共理，使天下为福为寿数百年，则当时致君者功可知矣。周汉之衰，奸雄竞起，使天下为血为肉数百年，则当时致君者罪可知矣。李唐之兴也，如周汉焉；其衰也，亦周汉焉。自我宋之有天下也，经之营之，长之育之，以至于太平。累圣之功岂不大哉？然否极者泰，泰极者否，天下之理如循环焉。惟圣人设卦观象，"穷则变，变则通，通则久"。非知变者，其能久乎？此圣人作《易》之大旨，以授于理天下者也，岂徒然哉？

今朝廷久无忧矣，天下久太平矣，兵久弗用矣，士曾未教矣，中外方奢侈矣，百姓反困穷矣。朝廷无忧则苦言难入，天下久平则倚伏可畏，兵久弗用则武备不坚，士曾未教则贤材不充，中外奢侈则国用无度，百姓困穷则天下无恩。苦言难入则国听不聪矣，倚伏可畏则奸雄或伺其时矣，武备不坚则戎狄或乘其隙矣，贤材不充则名器或假于人矣，国用无度则民力已竭矣，天下无恩则邦本不固矣。倘相府思变其道，与国家磐固基本，一旦王道复行，使天下为富为寿数百年，由今相府致君之功也。倘不思变通其道，而但维持岁月，一旦乱阶复作，使天下为血为肉数百年，亦今相府负天下之过也。昔曹参守萧何之规，以天下久乱，与人息肩而不敢有为者，权也。今天下久平，修理政教，制礼作乐，以防微杜渐者，道也。张华事西晋之危，而正人无徒，故维持纲纪以延岁月，而终不免祸以大乱天下。今圣人在上，老成在右，岂取维持之功而忘磐固之道哉？

某窃谓相府报国致君之功，正在乎固邦本，厚民力，重名器，备戎狄，杜奸雄，明国听也。固邦本者，在乎举县令，择郡守，以救生民之弊也。厚民力者，在乎复游散，去冗僭，以阜时财也。重名器者，在乎慎选举，敦教育，使代不乏才也。备戎狄者，在乎育将材，实边郡，使夷不乱华也。杜奸雄者，在乎朝廷无过，生灵无怨，以绝乱之阶也。明国听者，在乎保直臣，斥佞人，以致君于有道也。

夫举县令，择郡长，以救生民之弊者，何哉？某观今之县令，循例而授，多非清识之士。衰老者为子孙之计，则志在苞苴，动皆徇己；少壮者耻州县之职，则政多苟且，举必近名。故一邑之间，簿书不精，吏胥不畏，徭役不均，刑罚不中，民利不作，民害不去，鳏寡不恤，游惰不禁，播艺不增，孝悌不劝。以一邑观之，则四方县政如此者十有七八焉，而望王道之兴，不亦难乎？某恐来代之书论得失者，谓相府有不救其弊之过矣。如之何使斯人之徒为民父母，以困穷其天下？

又朝廷久有择县令郡长之议，而不遂行者，盖思退人以礼，不欲动多士之心，故务因循而重改作也，岂长世之策哉？倘更张之际，不失推恩，又何损于仁乎？今约天下令录，自差京朝官外，不过千数百员。自来郊天之恩鲜及州县，若天下令录，自大礼以前满十考者，可成资日替，与职官；七考以上，可满日循其资俸，除录事参军；则县令中昏迈常常之流，可去数百人矣。盖职官、禄事参军，不甚亲民，为害亦细。此谓退人以礼，士岂有怨心哉？其间课最可尚，论荐颇多，俟到铨衡，别议畴赏。前既善退，后当精选。其判司簿尉，不由举荐。初入令录之人，并可注录事参军。如无员缺，可授大县簿尉，仍赐令录之俸。其曾任令录，有过该恩，舍入本资者，可依初入之例。颁此数条，入令者鲜。然后委清望官于幕职、判司簿尉中历三考以上，具理绩举充。其川、广、福建县令，可委转运使等就近于判司簿尉中举移，庶从人便。若此后诸处县令，特有课最可旌尚者，宜就迁一官，更留三载，庶其宣政者可以成俗，其侥幸者自从朝典。如此行之，三五年中，天下县政可澄清矣。愿相府为天下生灵而行之，为国家磐固基本而思之。不以听刍荛为嫌而罢之，则天下幸甚幸甚！

某又观今之郡长，鲜克尽心。有尚迎送之劳，有贪燕射之逸。或急急于富贵之援，或孜孜于子孙之计。志不在政，功焉及民？以狱讼稍简为政成，以教令不行为坐镇，以移风易俗为虚语，以简贤附势为知己。清素之人，非缘嘱而不荐，贪黩之辈，非寒素而不纠。纵胥徒之奸克，宠风俗之奢僭。况国有职制，禁民越礼，颁行已久，莫能举按。使国家仁不足以及物，义不足以禁非。官实素餐，民则菜色，有恤鳏寡，则指为近名；有抑权豪，则目为掇祸。苟且之弊，积习成风。俾斯人之徒共理天下，王道何从而兴乎？某恐来代之书论得失者，亦谓圣朝有不救其弊之过矣。

然朝廷黜陟郡长为难者，官有定制，不欲动摇，惧其招怨谤而速侥幸尔。故知县两任，例升同判；同判两任，例升知州。奈何在下之时，饰身修名，邀其清举；居上之后，志满才乏，怨于素持？止能偷安，未至覆悚，故贤愚同等，清浊一致。此乃朝廷避怨于上，移虐于下，俟其自败，民何以堪？故郑庄公伺共叔自弊，而《春秋》罪焉，以其长恶也。《易》曰："覆霜，坚冰至。"由辨之不早辨也。此圣人昭昭之训，岂用于先王而废于今日者哉？近年诸处郡长以赃致罪者数人，皆贯盈之夫，久为民患。如此之类，至终不败者，岂止数人而已乎？虽转运使、提点刑狱职在访察，其如位望相亚，怨仇可敌，非致败露，鲜敢发现。宜乎论道之间，激扬天下。

古者天子五载一巡，皇上凝命，于今六载矣。以军国重大，未可行远古之道。今郊礼之余，宜宣大庆。可于两制以上，密选贤明，巡行诸道，以兴利除害，黜幽陟明。舒惨四方，岂同常务？可命御史严谕百僚与出使之官，绝书刺往还之礼，仍翌日首涂，以禁请托。苟利天下，大体何伤？所出使之官，宜以宣庆为名，安远听也。其诸道知州、同判，耄者、懦者、贪者、虐者、轻而无法者、堕而无赦者，皆可奏降，以激尸素。又四方利病得以上闻。未举巡守之礼，而遣观风之使，非不典也。然后委清望官，于朝臣同判中举诸郡长。于朝臣知县中举诸同判。今后同判之官非著显效，及有殊荐，虽或久次，止可加恩，郡国之符，不当轻授。其知县之人入同判者，宜比此例。如此行之，天下郡政，其滥鲜矣。今一司一务，犹或举官，一郡之间，生灵数万，反可轻授予人乎？愿相府为天下生灵而行之，为国家磐固基本而行之，不以听乌菟为嫌而罢之，天下幸甚幸甚！

某前所谓官有定制，不欲动摇，惧其招怨谤而速侥幸者，两宫圣人临轩命使，激扬善恶，澄清天下，何怨谤之有乎？自兹以降，非举不授，举官之责，厥典非轻，何侥幸之有乎？如所举之人果成异政，则宜旌尚举主，以劝来者。圣朝未行此典，盖亦缺矣。

县令郡长既得其材，然后复游散，去冗僭，以阜时之财者，何哉？某观天下谷帛，厥价翔起，议者谓生灵即庶，使之然矣。某谓生者既庶，则作者复众，岂既庶之为累哉？盖古者四民，秦汉之下，兵及缁黄，共六民矣。今又六民之中，浮其业者不可胜纪，此天下之大蠹也。士有不稽古而禄，农有不竭力而饥，工多奇器以败度，商多奇货以乱禁，兵多冗而不急，缁黄荡而不制。此六民之浮不可胜纪，而皆衣食于农者也，如之何物不贵乎？如之何农不困乎？某谓谷帛之贵，由其播艺不增，而资取者众也；金银之贵，由其制度不严，而器用者众也。或谓资四夷之取而使之然，则山川之所出与恩信之所给，自可较之，非某所敢知也。今议更张之制，繁细非一，某敢略而陈之。

夫释道之书，以真常为性，以清净为宗。神而明之，存乎其人，智者尚难于言，而况于民乎？君子弗论者，非今理天下之道也。其徒繁秽，不可不约。今后天下童行，可于本贯陈牒，必诘其乡党。苟有罪戾，或父母在，鲜人供养者，勿从其请。如已受度，而父母在，别无子孙，勿许方游，则民之父母鲜转死沟于壑矣。斯亦养茕独、助孝悌之风也。其京师寺观多招四方之人，宜给本贯凭由，乃许收录。斯亦辨奸细、复游散之要也。其天下寺观，每建殿塔，蠹民之费动逾数万，止可完旧，勿许创新。斯亦与民阜财之端也。

又古者兵在于民，且耕且战。秦汉之下，官库为常，贵武勇之精，备征伐之急也。今诸军老弱之兵，讵堪征伐？旋降等级，尚费资储。然国家至仁，旨在存活，若诏诸军年五十以上有资产愿还乡里者，一可听之，稍省军储，复从人欲。无所归者，自依旧典。此去冗之一也。又诸道巡检所统之卒，皆本城役徒，殊非武士，使之禁暴，十不当一。而诸州常患兵少，日旋招致，谷帛之计，其耗万亿。以某观之，自京四向千里之间，或多寇盗，盖创置巡检，路分颇多，而卒伍至羸，捕掩无效。非要害者，宜悉罢之。所存之处，资以禁军，训练既精，寇盗如取。况千里之内，抽发非难，又使少历星霜，不至骄惰。彼无用之卒可减万数。庶使诸郡节于招致。此去冗之次也。又京畿三辅五百里内，民田多隙，农功未广。既已开沟洫，复须举择令长，使询访父老，研求利病，数年之间，力致富庶。不破什一之税，继以百万之籴，则江淮馈运，庶几减半，挽舟之卒，从而省焉。此去亦冗之大也。

至于工之奇器，败先王之度；商之奇货，乱国家之禁。中外因之侈僭，上下得以骄华。宜乎大变浇漓，申严制度，使珠玉寡用，谷帛为宝，此又去僭丰财之本也。今盛明之代，何事而不可行乎？曩者国家禁泥金之饰，久未能绝，一旦使命妇不服，工人不作，于今天下无敢衣者。

使其余奢僭皆如泥金之法，亦何患不禁乎？

又播艺之家，古皆督责。今国家有劝农之名，无劝农之实。每于春首，则移文于郡，郡移文于县，县移文于乡；乡矫报于县，县矫报于郡，郡矫报于使。利害不察，上下相蒙，岂朝廷之意乎？

若县令郡长，一变其人，乃可诏书丁宁，复游散之流，禁工商之侈，去士卒之冗，劝稼穑之勤。以《周礼》司徒之法约而行之，使播者艺者以时以度，勤者惰者有劝有戒，然后致天下富之寿之。彼不我富不我寿者，岂能革之哉？此则厚民力、固邦本之道也。观夫《国风》之《七月》、小雅之《甫田》，皆以农夫之庆为王化之基，岂圣人不思而述之乎？故周、汉、李唐，虽有祸乱而能中兴者，人未厌德，作乱者不能革天下之心，是邦本之固也。六朝、五代之乱鲜克中兴者，人厌其德，吊民者有以革天下之心，是邦本之不固也。然则厚民力、固邦本，非举县令、择郡长，则莫之行焉。

或谓举择令长，久则乏人，亦何道以嗣之？某谓用而不择，贤孰进焉？择而不教，贤孰继焉？宜乎慎选举之方，则政无虚授焉；孰教育之道，则代不乏人。今士林之间患不稽古，委先王之典，宗叔世之文，词多纤秽，士惟偷浅，言不及道，心无存诚。暨于入官，鲜于致化。有出类者，岂易得哉？中人之流，浮沉必矣。至于明经之士，全暗指归。讲议未尝闻，威仪未尝学，官于民上，贻笑不暇，责其能政，百有一焉。《诗》谓"长养人材"，亦何道也？古者庠序列于郡国，王风云迈。师道不振，斯文销散,由圣朝之弗救乎?当太平之朝,不能教育,俟何时而教育哉?乃于选用际,患其才难,亦由不务耕而求获矣。

今春诏下礼闱,凡修词之人,许存策论,明经之士。特与旌别。天下之望,翕然称是。其间所存策论,不闻其谁,激劝未明,人将安信?倘使呈试之日,先策论以观其大要,次诗赋以观其全才。以大要定其去留,以全才升其等级。有讲贯者,别加考试。人必强学,副其精举。复当深思治本,渐隆古道。先于都督之郡,复其学校之制,约《周官》之法,兴阙里之俗。辟文学掾以专其事。敦之以诗书礼乐,辨之以文行忠信,必为良器,蔚为邦材,况州县之用乎?夫庠序之兴,由三代之盛王也,岂小道哉?孟子谓得天下之英材而教育之,一乐也,岂偶言哉?行可数年,士风丕变。斯择材之本,致理之基也。

又李唐之盛,常设制科,所得大才,将相非一。使天下奇士,学经纶之盛业,为邦国之大器,亦策之上也。先朝偶属多务,暂停此科。今可每因贡举之时,申其坠典。必有国士,继于唐人,岂非国家之盛选欤?勿谓未必得人,遂废其道。此皆慎选举、敦教育之道,亦何患乏人哉?

倘国家行此数事,若今刑政之用心,则无不成焉。前代离乱,鲸吞虎噬,无卜世卜年之意,故斯道久缺,反为不急之务。既在承平之朝,当为长久之道,岂如西晋之祸,而有何公之叹者乎?愿朝廷念祖宗之艰难,相府建风化之基本,一之日图之,二之日行之,不以听刍荛为嫌而罢之,则天下幸甚幸甚!

至于岩穴草泽之士，或以节义敦笃，或以文学高古，宜崇聘召之礼，以厚浇竞之风。国家近年羔雁弗降，或有考盘之举，不逾助教之名，孝廉之士适以为辱，何敦劝之有乎？

又流外之官，澄清未至，沿之则百姓受弊，革之则诸司乏人。将使群谤不兴，众心知劝，不若敦仍旧之制，加奖善之方。自簿尉两任有举奏者，许入录事参军；录事参军有举奏者，许入职事官，或换三班使臣。既有进身之阶，岂无畏法之志？设使流内之人无迁进之望而能尽公者，必亦鲜矣。今后百辟新入之人，或采其艺能，或出于仕族，行藏必审，考试必精。避役之人，无图之类，严革其弊，高为之防。既激其流，复澄其源，亦何患流外之冗乎？

某又谓育将材，实边郡，使夷不乱华者，何哉？盖闻古之善御戎者，将不乏人则师战而不衄；边不乏廪则城围而不下，狄疑且畏，罔敢深入，此刘汉所以长也。不善御戎者，将在贵臣，边须远馈，故战之则衄，围之则下，狄无疑畏，乘虚深入，此石晋之所以亡也。今兵久不用，未必为福。在开元之盛，有函谷之败，可龟鉴矣。何哉？昔之战者，耄然已老；今之壮者，嚣而未战。闻名之将，往往衰落；岂无晚辈，未闻边功。此必庙堂之所思也。仍闻沿边诸将不谋方略、不练士卒，结援弭谤，固禄求宠。一旦急用，万无成功。加以边民未丰，边廪未实，下武之际，兵寡食足，如屯大军，必烦远馈，则中原益困，四夷益骄，深入之虞，未可量也。于时庙堂之上。虽有皋陶之谋、伯益之赞，不亦难乎！

夫天下祸福，如人家道，成于覆篑，败于疾雷。圣朝岂恃其太平而轻其后计？王衍之鉴，岂曰不明？清谈之间，坐受其弊。盖备之弗预，知之弗为，许下之兵，日血十万，岂不痛心哉？今西北和好，诚为令图，安必虑危，备则无患。昔成周之盛，王道如砥，及观周礼，则有大司马阵战之法粲然具存，乃知礼乐之朝，未尝废武。

今孙吴之书，禁而废学，苟有英杰，受亦何疑？且秦之焚书也，将以愚其生人，长保天下。及其败也，陈胜、吴广，岂读书之人哉？况前代名将，皆洞达天人，嗣续忠孝，将门出将，史有言焉。今将家子弟，蔑闻韬钤，无所用心，骄奢而已。文有武备，此能备乎！今可于忠孝之门，可搜智勇之器，堪将材者，密授兵略，历试边任，使其识山川之向背，历星霜之艰难。一朝用之，不甚颠沛，十得三四，不云盛乎？至于四海九州，必有壮士，宜设武举，以收其遗。唐郭子仪，武举所得者也，斯可遗乎？又臣僚之中，素有才识，可赐孙吴之书，使知文武之方，异日安边，多可措任。此皆育将才之道也。又沿边知同，精加举择，特授诏命，专谋农桑，三五年间，丰其军廪。此则实边郡之道也。将材既良，边郡既实，师战而不衄，城围而不下，狄疑且畏，敢深入乎？纵有骚动，朝廷可高枕矣。

前代御戎，其策非一。唐陆贽议缘边备守之术，请置本土之兵，勤营田之利，与今事宜相近，可约而行也。本土之兵者，若今之北边有云翼招收之军，更可增致，作为奇兵。至于营田之利，宜常兴作而加焉。愿相府为国安危思之，五代之乱非远也；为河朔生灵思之，景德之前未久也。今相府劳一夕之思，绝百代之耻，无使中原见新羁之马，赤子入无知之俗，则天下幸甚幸甚！圣人曰："微管仲，吾其被发左衽。"又曰："民利于今受其赐。"管仲，霸臣也，而能攘戎狄，保华夏，功高当时，赐及来代，况朝廷之盛德乎？

某又谓朝廷无过，生灵无怨，以绝乱之阶者，何哉？盖天下奸雄，无代无之。或穷为夜舞，或起为大盗。伺朝廷之过，执以为辞；幸生灵之怨，吊而称义。不然，亦何名而动哉？今明盛之朝，岂有大过？亦宜辨于毫末，杜其坚冰。或戚近挠权，或土木耗国，或禄赏未均，或纲纪未修，或任使未平，斯亦过之渐也。

某敢小举其失以言之。国家戚近之人，不可不约，除拜之际，宜量其才，非曰惜恩，惧乎致寇。若力小任重，则挠权乱法，增朝廷之过，启奸雄之志。《易》曰："小人而乘君子之器，盗思夺之矣。"所谓盗者，其奸雄之谓乎！今道路传闻，或缁黄之流，或术艺之辈，结托戚近，邀求进贡，或受恩赐，或与官爵。此挠权之渐矣，可不畏乎？夫赏罚者，天下衡鉴也。衡鉴一私，则天下之轻重妍丑从而乱焉。此先王之所慎也。

又土木之兴，久为大蠹。或谓土木之费，出自内帑，无伤财害民之弊，故为之而弗戒也。某谓内帑之物，出于生灵，太祖皇帝以来，深思远虑，聚之积之，为军国急难之备，非谄神佞佛之资也。国家祈天永命之道，岂在兹乎？如洞真、寿宁之宫，以延燎之灾，一夕逮尽，岂非天意，警在帝心，示土木之崇，非神灵之所据也？安可取民人膏血之利，辍军国急难之备？奉有为之惑，冀无状之福，岂不误哉？一旦有仓卒之忧，须给赏之资，虽欲重困生灵，暴加率敛，其可及乎？此耗国之大也，可不戒哉？倘谓内藏丰盈，用不可竭，则日者黄河之役，使数十州之人极力负资，奔走道路，岂惜府库之余而不用之耶？故土木之妖，宜其悉罢。岂相府之不言乎？两宫之不听乎？

又文武百官之禄，取兵荒五代之制，或职轻禄重，或职重禄轻，重轻之间，奔竞者至。大亨之世，犹患不均，岂圣朝之意乎？所宜损之益之，以建其极。

又今三司之官，差除颇异，禄赐弗轻。何知弊而不言，多养望以自进？天下金谷，决予以群胥，掊克无厌，取怨四海，使先帝宽财之命弗逮于民，和气屡伤，丰年寡遇，曾不谓之过乎？盖由三司之官，不制考限，不责课最，朝受此职，夕求他官，直云假涂，相与匿祸。天下受弊，职此之由，岂圣朝之意乎？宜其别制考课，重议赏罚，激朝端之俊杰，救天下之疲瘵，其庶几乎？

又古之勋臣，赏延于世，今则每举大庆，必行此典。自两省以上，奏荐子弟，必为京官。比于庶僚，亦既优矣。而特每岁圣节，各序子孙，谓之赏延，黩乱已甚。先王名器，私假于人，曾不谓之过乎？非君危臣僭之朝，何其姑息若是耶？遂使萌序之人塞于仕路，曾未稽古，使以司民。国家患之，屡有厘革，然但革其下而不革其上，节于彼而不节于此，天下岂以为然哉？我相府岂惜一孺子之恩，不为百辟之表乎？

又远恶之官多在寒族，权贵之子鲜离上国。周旋百司之务，懵昧四方之事。况百司者，朝廷之纲纪，风教之户牖，咸在童孺，曾无激扬，使寺省之规，剥床至足，公卿之嗣，怀安败名。未赏试难，何以致远。非独招缙绅之议，实亦玷钧衡之公。此则禄赏未均，任使未平，纲纪未修之类也。斯弊已久，何可极乎？惟我相府能革其弊，能变其极，而天下化成，不为难矣。

晋赵王伦、石勒之徒，心窥天子，口责丞相，岂非奸雄之人伺朝廷之过乎？又今久安之民，不经涂炭，劳则易怨，扰则宜惊。猛将谋臣，威信未着。况边民尚困，边廪尚乏，苟有搔动，馈运所艰。武备未坚，狄志可聘。既挠之以征战，或以加之以饥馑，生灵穷匮，奸雄奋迅，鼓舞群小，血视千里。此五代之鉴昭昭焉，非止方册之有云，抑亦耳目之可接见。我太祖皇帝、太宗皇帝亦尝有事四方，劳于馈运，而生灵不敢怨，奸雄不敢动者，何哉？一则五代余民久在涂炭，乍睹明盛，如子得母，纵有劳役，未甚曩昔，此生灵不敢怨也。又当乘天开之运，震神武之威，征伐四方，动如山压。况躬擐甲胄，备尝艰难，猛将如云，谋臣如雨，此奸雄所以不敢动也。所谓彼一时此一时尔。今朝廷岂谓当时之易，而不虑今时之难乎？

又谓保直臣，斥佞人，以致君于有道者，何哉？有若人未之病，则苦口之药鲜进焉；国未之危，则逆耳之言鲜用焉。故佞臣易进，直臣易退，其致君于有道也难哉！及其既病也，药必错杂而进，故鲜效焉；及其既危也，言必错杂而用，故鲜功焉。盖佞人在矣，直臣远矣，其悔之也难哉！今朝廷久安，苦言而不用者，势使之然矣。

天深戒而不变者，祸可畏矣。伏闻京师去岁大水，今岁大疫，四方闻之，莫不大忧，此天之有以戒也，岂徒然乎？而京师之灾甚于四方，何哉？盖京师者，政教之所出，君相之所居也。祸未盈而天未绝，故鉴戒形焉。不独恐惧其心，必使修省其政，国家之德尚可隆，天下道尚可行也。倘弗惧于心，弗修于政，渐盈于祸，渐绝于天，则国家四海将如何哉？或谓国家之灾，由历数之定，非政教之出。若如所论，则夏禹九畴之书果妖言耶？岂欲弃而焚之乎？苟天下有善则归诸己，天下有祸则归诸天，岂圣朝之用心？愿黜术士之言，奉先王之训，必不谬矣，必无过矣。于保直臣，斥佞人，则两宫二省之心如日星焉，孰可蔽其明乎？纵有行伪而坚，言伪而辩，试于行事，人焉廋哉？

某往日不极言，而今极言者，学陋之人，思虑未精。又亲安之时，上惧失禄。不幸亲今亡矣，朝廷或怒之，自顶至踵惟忠也，又何忧乎？倘相府思变其道，与国家作长久之计，固其基本，一旦王道复行，使天下为富为寿数百年，则福在国家，功在相府，得与天下生灵长见太平，幸甚幸甚！窃以五代以来，诸侯暴酷，视民如芥，生杀由之。皇朝龙兴，典章一宽。真宗皇帝至仁如天，尽心于此。内则举执法之吏，外则创按刑之司，徒流之间，无敢差者。若今于教化之道，复如刑名之用心，亦何患不至乎？今缙绅之间，多议按刑之司无益于外，亦思之未深耳。如得其人，纠察四方，绝斯民之冤，协先帝之志，岂无益乎？得人而已。不可谓川之既平，可坏其防也。今王刑既清，王道可行，此天下士人为相府惜其时也。或曰天下之事犹指诸掌，岂相府弗克行乎？亦在两宫之意尔。谓人主在上，或喜怒生杀，或好恶邪正，则谏诤之际，为臣不易也。若乃修四方之政教，正百司之纲纪，澄清风俗，相府之职也。岂必两宫之意乎？

倘相府疑某之言，谓欲矫圣贤之知，为身名之计，岂不能终丧之后为歌为颂，润色盛德，以顺美于时，亦何必居丧上书，逾越典礼，进逆耳之说，求终身之弃，而自置于贫贱之地乎？盖所谓不敢以一心之戚而忘天下之忧，是不为身名之计明矣！观前代国家，当其安也，士人上言论兴亡之道，非圣主贤相则百不一采。及其往也，则后之史臣收于简策，为来代之鉴。今日之言，愿相府采其一二，为国家天下之益，不愿后之史臣，收于简策，为来代之鉴。

狂斐之人，诛赦惟命。以庙堂深严，恐不得上，乃敢于相门下，各致此书，庶有一达于聪明。干犯台严，下情无任惶恐激切之至。不次，某死罪，惶恐再拜。[1]

在这份长达万言的上书中，范仲淹满怀激情，畅所欲言，先将他冒着破坏丁忧之制上书言事的想法坦诚地加以说明，随后，以雄浑凝重的笔法，将自己对于天下大事的思虑，条分缕析，一一道来。

他本想将此上书抄写三份，分别送给晏殊、蔡齐和戚舜宾，但

---

[1] 《范仲淹全集》之《范文正公文集卷第九·上执政书》。

是转念一想，自己乃是以丁忧之身违规上书，可能受到朝廷的处罚，如果令晏殊等人看了后再上呈，万一有事，岂不是自己连累了他们？当下，他打消了抄写副本给晏殊等人的主意，决定直接越级呈送给当今宰相王曾。

5

呈送了上书之后最初几天，范仲淹有种如释重负的轻松感。但是，他很快让自己忙碌起来。虽然十多年前曾经在应天府书院读书，但是他这次重回书院，可不是学生，而是书院的主持，也是书院的教师。在最初的兴奋感过去后，他感到有些紧张。他对自己能否做好"掌学府"、能否当个好教师感到紧张。他开始制定一系列管理办法。这些管理办法，对于学生来说，比以前严格多了，而且管理得很细。他自己则几乎都住在书院，平日里亲自对学生的学习情况进行检查和督导。他向晏殊建议多多聘请名师，自己也力荐有德有才之士到应天府书院任教。儒家经典的教授，是他最为看重的。他坚持了书院的传统，要求书院的学生必须学习《诗》《书》《礼》《易》《乐》《春秋》等基本的课程。但是，有别于从前的教法，他特别注重对学生进行因材施教，而且特别注重明体达用，要求学生深入民间，深入考察社会现实，以此来促进学问的学习与运用。

有那么一段时间，范仲淹偶尔会感到轻微的焦虑——他期待着宰相对上书给予积极的回复，但同时也坦然做好了心理准备——准备随时接受朝廷对他违反丁忧之制而上书的处罚。这种内在的思虑，逐渐使他产生了一种潜意识，促使他不知不觉想尽快将自己的教育理念付诸实施——他担心自己随时被处罚而离开应天府书院。

范仲淹还亲自给学生讲授课程。《艺文》《易经》两门课程，使他深受学子的欢迎。他在给学生布置作文之前，往往会自己先写写，以此亲自体验作文之难易，体验论述中的关键所在。在随后几个月里，他渐渐找到了信心，感觉自己真的可以做一个好教师。这种信心，渐渐也从他的眼神与举止中流露出来。书院里的学子们，每逢见到他，也无不流露出愈加尊重的神色。

不过，就像任何一个教师都会遇到"问题"学生一样，范仲淹也遇到了"问题"学生。一天夜晚，本该是书院的夜读时间，他照例亲自前往教室巡视学生们的夜读情况。结果，他发现有个学生早早回宿舍歇息了。他当场去宿舍喝醒了那位学生。那位学生回答说是因为困倦所以提早歇息了。他问那学生歇息之前读了何书，那学生便随口说了个书名。于是，他便就那本书问了数个问题，那学生一问三不知。这惹得他大为恼怒——不仅因学生违反规定而恼怒，更因为学生对读书的敷衍和说谎而恼怒。他因此对那学生进行了应有的处罚。

范仲淹掌应天府书院后，应天府书院声名大振，前来求学之人络绎不绝。有的求学者纯粹是慕名而来求见范仲淹，短期拜访后便离去；有的求学之人，则经过书院考核，留下就读。其中，有一个郓州人，叫孙复，比范仲淹小四岁，也慕范仲淹大名，远道前来求学。令范仲淹欣喜的是，忘年交富弼也从泰州赶来就读于应天府。这番前来，富弼终于表示，自己今后也将努力向上，积极谋取功名为国效力。范仲淹听富弼这么说，更是大喜过望。

富弼还带来了好消息，捍海堰工程进展顺利！

从富弼那里，范仲淹了解到了复工后的捍海堰的规模。据富弼描述，复工后的捍海堰宽三丈余，广一丈，高一丈五尺，在外坡叠石加固。如果登上大堤往东望去，堤外还有烽火墩七十多座，另外还有潮墩一百多座。如果遇到突然涨潮，赶海人可以登上潮墩避难。富弼描述捍海堰施工盛况时，眉飞色舞，兴奋异常。范仲淹不禁心潮涌动，热泪盈眶。为了这座捍海堰，他殚精竭虑，力排众议，押上了自己的政治生命；为了这座捍海堰，他亲自率领民夫，与海潮斗争，与大风大雨大雪对抗，数百民夫于大风大雨大雪中遇难。此时，听到捍海堰进展顺利，他怎能不心潮澎湃，百感交集啊！

现在，捍海堰复工已经落实，范仲淹心里开始期盼宰相能够对自己的上书有所回应，同时也为越级上书做好了被治罪的准备。

上书朝廷大约一个月之后，戚舜宾突然从汴京赶到应天府书院。

范仲淹听门房传话，说恩师戚舜宾从汴京赶来，匆匆出迎。书院门口那边戚舜宾却已经等不及，不待范仲淹出来，便径直往里走去。

"希文啊！你的上书写得太好了！写得太好了！句句切中要害呀！"

戚舜宾说道："希文，不如为咱这书院也写篇文章，使我睢阳学统大而广之！"

范仲淹笑道："承蒙老师不弃，仲淹愿勉力为之！"

数日后，范仲淹拜访了戚舜宾，亲手将一篇短文呈到戚舜宾的案头。文章名为《南京书院题名记》，文云：

> 皇宋辟天下，建太平，功揭日月，泽注河汉，金革尘积，弦诵风布。乃有睢阳先生赠礼部侍郎戚公同文，以贲

于丘园，教育为乐。门弟子由文行而进者，自故兵部侍郎许公骧而下，凡若干人。先生之嗣故都官郎中维、枢密直学士纮，并纯文浩学，世济其美，清德素行，贵而能贫。

祥符中，乡人曹氏请以金三百万建学于先生之庐。学士之子殿中丞舜宾时在私庭，俾干其裕。故太原奉常博士渎时举贤良，始掌其教。故清河职方员外郎吉甫时以管记，以领其纲。学士画一而上，真宗皇帝为之嘉叹，面可其奏。今端明殿学士，盛公侍郎度文其记，前参预政事陈公侍郎尧佐题其榜。

由是风乎四方，士也如狂，望兮梁园，归于鲁堂。章甫如星，缝掖如云，讲议乎经，咏思乎文。经以明道，若太阳之御六合焉；文以通理，若四时之妙万物焉。诚以日至，义以日精。聚学为海，则九河我吞，百谷我尊；淬词为锋，则浮云我决，良玉我切。然则文学之器，天成不一。或醇醇而古，或郁郁于时；或峻于层云，或深于重渊。至于通《易》之神明，得《诗》之风化，洞《春秋》褒贬之法，达礼乐制作之情，善言二帝三王之书，博涉九流百家之说者，盖互有人焉。若夫廊庙其器，有忧天下之心，进可为卿大夫者；天人其学，能乐古人之道，退可为乡先生者，亦不无矣。

观夫二十年间相继登科，而魁甲英雄，仪羽台阁，盖翩翩焉，未见其止。宜观名列，以劝方来。登斯缀者，不负国家之乐育，不孤师门之礼教，不忘朋簪之善导，孜孜仁义，惟日不足，庶几乎刊金石而无愧也。抑又使天下庠序规此而兴，济济群髦，咸底于道。则皇家三五之风步武可到，戚门之光亦无穷已。他日门人中绝德至行，高尚不仕，如睢阳先生者，当又附此焉。[1]

戚舜宾读了文章，拍案大喜，道："有此一文，我应天府书院可流芳百世也！我有希文你这样一个学生，亦是三生有幸啊。"

范仲淹见戚舜宾喜欢自己的这篇文章，也甚感欣慰。但是，他从戚舜宾的眼神中隐隐察觉到，这位恩师的心底，似乎藏着某种忧虑与担心。

"戚先生，学生不知该不该问……"

戚舜宾抬眼警惕地看了范仲淹一眼，旋即哈哈一笑，道："希文，有何问题，尽管言来便是。"

"学生见先生虽然笑言于外，但似乎忧虑于中，不知何因，故有是问也。"

戚舜宾叹口气道："希文，你别笑我。数日前，秦州发生大地震，百姓死伤无算。秦州地处西北，老朽只恐不久西北将有大事！你可记得，你给执政上书中有言，'西北和好，诚为令图，安必虑危，备则无患'。我等一介书生，手无缚鸡之力，但内心不能有轻武之心啊。太祖太宗皇帝以文抑武，乃是为纠五代之弊，我等不可矫枉过正、泥古不变。希文啊，为师相信，你不日当可入朝为官，那时，可不要忘了关注西北局势。"

范仲淹见老师忧虑如此之深，知其乃是借秦州地震，言心中的忧思，不禁大为感佩，当即敛容肃然说道："先生之言，仲淹必铭记在心。"

---

[1]《范仲淹全集》之《范文正公文集卷第八·南京书院题名记》。

戚舜宾微笑着点点头，又举起手中那张写着文章的纸，轻轻诵读起来……

6

天圣六年的四月里，晏殊为一个姓朱的学生起了名，叫"从道"，字复之。范仲淹觉得此事很有意义，因此写了一篇文章——《南京府学生朱从道名述》，借此事大申自己的教育思想。其文有云：

> 然则道者何？率性之谓也。从者何？由道之谓也。臣则由乎忠，子则由乎孝，行己由乎礼，制事由乎义，保民由乎信，待物由乎仁，此道之端也。子将从之乎，然后可以言国、可以言家，可以言民，可以言物，岂不大哉？若乃诚而明之，中而和之，揖让乎圣贤，蟠极乎天地，此道之致也。必大成于心，而后可言焉。朱生其拜公之命，勉之哉！抑文与学者，道之器也，以君子乘之，则积而不败；不以君子乘之，则满而致覆。朱生其拜公之命，慎之哉！
>
> 嘻！子未预于教也，弗学而志穷，如玉之未攻，如泉之在蒙，昧焉而弗见其宝，汩焉而莫朝于宗。子既预于教也，克学而神悟，如金之在铸，如骥之方御，跃焉可成乎美器，腾焉可致乎夷路者也。[1]

---

[1] 《范仲淹全集》之《范文正公文集卷第八·南京府学生朱从道名述》。

在这篇文章中，他以简洁而有力的言辞阐述"道"的内涵，指出忠、孝、礼、义、信、仁这些品质乃是行"道"的开始。一个人只有真正遵从道，之后才能为国为家为民做贡献，才能去判别世间万物万事。一个人如果不从道，不努力学习，没有志气，就如同未经雕琢的玉石。只有努力钻研，学习悟道，才能成器。

一日，富弼拉着同学张方平去市集买笔墨。张方平是书院一位名叫嵇颖的讲学的侄子，比富弼小三岁。张方平生于贫寒之家，平日里手头拮据，很少出门逛街。富弼性格豪放，与张方平关系甚好，所以每次出门，都故意拉上张方平，带着他一起逛街，而又不让他来开销。在集市上，他俩遇到一个年轻人，名叫石介，比富弼小一岁。石介长得方头方脑，样子看起来有点儿愣，说起话来却是意气风发，口若悬河，头头是道。石介告诉富弼和张方平，他刚刚游历魏地，寻访了古文家柳开先生的遗迹，如今来到应天府，是因为仰慕范仲淹，想到应天府书院去当生徒。富弼和张方平与石介聊得甚是投机，听石介这么说，当即大喜，便直接拉着石介去拜访范仲淹。

范仲淹见到石介，问了一番话，但觉这个年轻人学笃而志大，心中亦甚是喜爱，便当即留下他，勉励他好好在《春秋》之学上精进。石介的父亲叫石丙大。丙大是进士出身，自小授石介《春秋》之学。因此，那《春秋》之学可谓是石介家学，也是石介自认得意之学。石介得了范仲淹勉励，留在应天府书院，更是在《春秋》之学上日复一日下苦功钻研，此后终于成为宋初儒学一大家，被称为"宋初三先生"。但是正是这个石介，不仅在宋初学问界影响很大，更是在后来引出一桩大案，自己也遭遇了命运的摧残。这是后话。

暮春某日，范仲淹邀请晏殊到书院宴饮，富弼等人作陪。酒过三巡，范仲淹想起之前修堰时所遭遇的大风雪，恍如隔世，欣喜之余，惆怅之感暗生。

"想那风雪之日，林逋先生也与你我一起。泰州一别后，也不知林先生可安好？"范仲淹看着富弼说道。

富弼听范仲淹突然提起林逋，亦不禁动情，说道："林先生自回杭州孤山，弟亦再未曾见到。要不，弟陪希文兄择日一起前往杭州，再邀约一些好友，一同去看望林先生如何？"

范仲淹听富弼这么说，心中一动，说了声"如此甚好"，便扭头朝晏殊看去。

晏殊微笑道："希文兄挂念林先生，前往看望是应该的。至于书院的事情，希文兄安排好即可。"

范仲淹听晏殊这么说大喜，当即起身拜谢。随后，范仲淹将应天府书院的日常管理托付给王洙等人，自带了富弼前往杭州探望林逋。

范仲淹、富弼等乘船行至杭州附近，正行在钱塘江上，不料天降大雨，还刮起了狂风，船工不敢再行。当下，范仲淹与富弼就在江边一家客栈住下。范仲淹心中盼着见到林逋，眼见近了杭州，却不得前进，不禁心下惆怅，便临湖望雨挥毫，作诗《与人约访林处士阻雨因寄》，派人从陆上快快递往孤山。

诗云：

闲约诸公扣隐扃，江天风雨忽飘零。
方怜春满王孙草，可忍云遮处士星？
蕙帐未容登末席，兰舟无赖寄前汀。

湖山早晚逢晴霁，重待寻仙入翠屏。[1]

雨停后，范仲淹一行继续乘舟而行，终于在孤山见到了久别的林逋。众人自然好一番叙旧。在孤山盘桓了数日，范仲淹挂念书院事务，便与富弼一同向林逋告辞。林逋是洒脱之人，亦不挽留。

告别之时，林逋手书一诗赠予范仲淹，诗云：

中林萧寂款吾庐，亹亹犹欣接绪余。
去棹看当辨江树，离尊聊为摘园蔬。
马卿才大常能赋，梅福官卑数上书。
黼座垂精正求治，何时条对召公车？[2]

"马卿"即指西汉的司马相如。司马相如字长卿，因此林逋以"马卿"作为司马相如名字的省称。梅福也是西汉人，官至南昌县尉，汉成帝时曾数次冒死上书。在此诗中，林逋将范仲淹比作西汉的司马相如和梅福，称赞范仲淹虽然官微位卑，却关心国家命运不断上书言事。末句对于当朝皇帝寄予厚望，同时希望范仲淹能够很快得到朝廷的重用。范仲淹感念林逋的友情和他的知己之语，心中感激。

天下无不散之筵席。范仲淹再三叮嘱林逋一定要保重身体，随后便带着富弼，与林逋洒泪而别。

两个月后，范仲淹因事前往杭州，约了一个姓沈的书记，前往孤山再次拜访林逋。这次拜访，范仲淹发现林逋好像在短短两个月

---

1 《范仲淹全集》之《范文正公文集卷第四·与人约访林处士阻雨因寄》。
2 《林和靖集》卷三《送范寺丞仲淹》。

间衰老了很多，不禁暗叹岁月无情，催人至老。林逋虽老，却神色从容，谈笑间风轻云淡。告别林逋后，范仲淹心下感慨，写了一首诗，题名《和沈书记同访林处士》，以此寄托对这位老友的尊敬。

诗云：

> 山中宰相下崖扃，静接游人笑傲行。
> 碧嶂浅深骄晚翠，白云舒卷戏春晴。
> 烟潭共爱鱼方乐，樵爨谁欺雁不鸣。
> 莫道隐君同德少，樽前长揖圣贤清。[1]

这年秋七月，朝廷突然任命王洙为贺州富川县主簿，令他尽快前去赴任。贺州在西南偏远之地。范仲淹知道了这个任命，大为着急：王洙可是书院里一位特别受欢迎的讲学。他的讲授，特别富有条理，往往能够发道理之精微，而使听者完全被其所吸引，久听而忘倦。这么一位好老师，范仲淹怎么舍得放走他，让他去西南偏僻之地做一名小吏呢！

于是，范仲淹跑到晏殊面前去为王洙求情："晏大人，还请你上书陛下，请陛下收回成命。王洙大才，可不能小用，还请陛下让王洙在应天府书院发挥其大才，日后再调到朝中为朝廷效力为宜啊！"

晏殊听了范仲淹的请求，不禁连连摇头，说道："希文兄，任命官吏的权柄，在于朝廷，在于今上，在于太后。既有成命，怎能撤回？希文兄，这种上书，我可不能写啊！"

---

1 《范仲淹全集》之《范文正公文集卷第四·和沈书记同访林处士》。

"不合适的任命，有损于朝廷之利，有损于陛下的英明，如何不能商榷？！"

"希文兄未在朝廷中做过事，等到哪一天你入了朝廷做事，就知道咯！"

"晏大人——"

"听我说，希文兄，这封上书我不能写。你忘了吗，我是因为得罪太后才被派到朝廷外当官的？如果我写这封上书，不仅帮不了王洙，说不定还会害了他啊！"

范仲淹听晏殊这么说，微微愣了一下。晏大人这么说倒是没错，如果由晏大人上书陛下为王洙说情，垂帘听政的太后说不定真会因为晏殊而迁怒于王洙。范仲淹想到这点，不禁有些犯难，皱起眉头，微微垂下了头。

过了片刻，晏殊说道："希文兄，如果你真愿意帮王洙，不如你代我来给今上写一份书状，为王洙说说情。你如今文名正盛，陛下宅心仁厚，年轻有为，与臣对话，常发以文治天下之志。希文兄但以文教为由，劝导陛下收回成命，或有机会。由希文兄代我上状书，太后即便知道也无妨。刘太后自知动议起自你希文，而我晏殊不过是顺水推舟。"

范仲淹听晏殊这么说，当下正色道："若如此真的有用，学生便来写这份状书。"

从晏殊府邸出来后，范仲淹匆匆赶回书院，备好笔墨，略一沉吟，当即挥毫疾书，写就《代人奏乞王洙充南京讲书状》，书状云：

右，臣闻三代盛王致治天下，必先崇学校，立师资，聚群材，陈正道。使其服礼乐之风，乐名教之地，精治人之术，蕴致君之方。然后命之以爵，授之以政。济济多士，咸有一德。列于朝，则有制礼作乐之盛；布于外，则有移风易俗之善。故声诗之作，美上之长育人材，正在此矣。

国家崇儒敦古，右文致化，三京五府，多建庠序。当州近辅之郡，宜崇治本。兼至圣文宣王庙，已有学舍三十余间，有修学进士二十余人，非有讲贯，何以发明？臣窃见贺州富川县主簿、充应天府书院说书王洙，于天圣二年御前进士及第，素负文藻，深明经义，在彼讲说已满三年。伏望圣慈特与除授当州职事官兼州学讲说。所贵国家教育之道，风布于邦畿；进修之人，日闻于典籍。士务稽古，人知响方。干冒圣威，臣无任。[1]

晏殊见了这篇书状大为赞赏，当即派人送往朝中。不几日，皇帝下诏，收回成命，除王洙为应天府职事官，兼州学应天府书院讲说，一如范仲淹所荐。王洙得了任命，得以留在应天府书院讲学，自是欢喜不已。

紧跟着，又有好消息从京城和泰州传来。原来，捍海堰终于修成了。皇帝任淮南、江、浙、荆湖制置发运使张纶领昭州刺史，前淮南转运使、主客郎中胡令仪为金部郎中。这两个任命，正是因为捍海堰修成，朝廷对张纶和胡令仪的奖赏。作为修捍海堰的力推者，范仲淹听闻好消息，喜出望外，当即邀请晏殊，又叫上富弼、

---

[1]《范仲淹全集》之《范文正公文集卷第十九·代人奏乞王洙充南京讲书状》。

王洙、张方平、石介等人，一同痛饮，好好庆贺了一番。

这日，李纮再次登门拜访。这次前来，李纮告诉范仲淹，他刚刚从四川回应天府，朝廷命他回朝转任殿中侍御史，马上就要回京赴任了，他是前来告辞的。

不过，李纮本人对此却并不感到愉快，反而有些羞愧。他自认为是因上书弹劾了晏殊，朝廷才让他回朝中的。他心中敬重晏殊，却因为弹劾晏殊而升了官，这在他看来，简直是一种耻辱。

范仲淹听说李纮要赴阙任职，倒是颇为欣喜，再次安慰了一番李纮，认为他履行监察御史的职责，并无不妥之处。

范仲淹心中感激李纮不顾自己的不佳处境常常来访，将他视为知己，此时要与知己告别，既为他感到高兴，又感到有些伤感。当下，范仲淹提笔写下两首诗赠给李纮，诗名为《送李纮殿院赴阙》。

其一云：

> 寂寥门巷每相过，亲近贤人所得多。
> 今日九重天上去，灉阳孤客奈愁何。[1]

其二云：

> 霜露丘园不忍违，三年月日速如飞。
> 金门乍入应垂泪，因挂朝衣忆彩衣。[2]

---

[1] 《范仲淹全集》之《范文正公文集卷第四·送李纮殿院赴阙二首》。
[2] 《范仲淹全集》之《范文正公文集卷第四·送李纮殿院赴阙二首》。

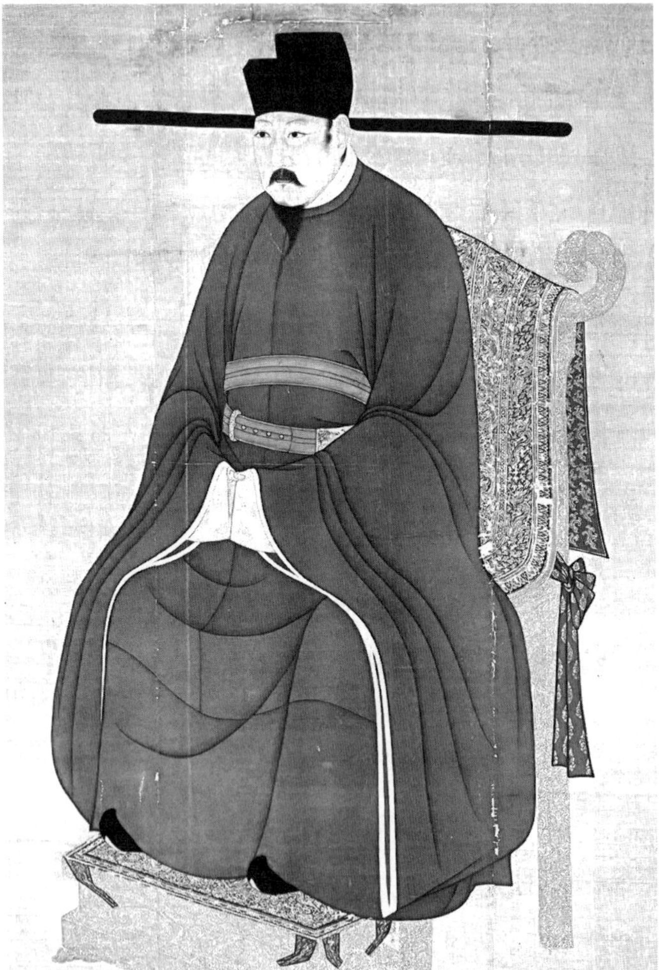

第三章
秘阁校理

1

天圣六年（1028年）八月乙酉，大宋的少年皇帝赵祯听了宰相王曾的建议，召晏殊回京师，任命晏殊为御史中丞，仍然让晏殊班列于翰林学士之上。原来，当初晏殊冒犯太后，被贬出京城，皇帝心里是不乐意的。如今，借着御史中丞李及去世之机，皇帝将晏殊重新召回京城重用，刘太后心里自然知道儿子的用意，但也不加以阻挠。

近来，刘太后常常梦见真宗，心境亦渐渐发生变化。小时候生长的地方——益州华阳县也经常出现在她的梦中。她回想起了母亲庞氏，多少年过去了，她依然清清楚楚地记得母亲的模样。可是，父亲的样子，她却已渐渐淡忘了。她只记得，父亲战死沙场后，母亲便带着她回了娘家。那时，她还很年轻。十三岁的时候，她便出嫁了。她的丈夫是一个小银匠，名叫龚美。虽然委身给这个男人，但她对他没有感情。她嫁给他时,年岁还小呢。她记得自己的丈夫带着她到汴京谋生。有几次,她在梦里看到自己站在汴京热闹的街头,摇着一个小小拨浪鼓,为自己的夫君招揽生意。一张张陌生的脸,在她的面前来了又去。她不会忘记,正是在那个时候,有一个人出现在她的面前。这个人就是张耆。张耆那时是襄王府的人。襄王就是赵恒,也就是后来的真宗皇帝。她心里清楚,她心底是恨自己的丈夫龚美的。这个男人,竟然会欣欣然将自己的妻子出让给别人。就这样,她跟随张耆进了襄王府,成了襄王的人。"不,我可不是你的货物!"这句话,在她心里不知盘旋了多少次。即使在最近的梦里,她的脑海里还会响起这句话。这句话,最初是她想对自己的第一个丈夫说的。可是,为何最近的梦里又回响起这句话呢?梦醒的时候,她想到这句话,就有些郁郁寡欢。她爱赵恒。不,梦里的这句话不是对他说的。她记得,自从进了襄王府,她便很快和襄王真正好上了。但是,事情很快被太宗知道了。太宗下令将她赶出了襄王府。不过,即便在这种情况下,襄王也没有忘了她,而是让张耆暗中收留了她,并继续与她私下幽会。多少个美妙的夜晚啊!襄王后来即位,成了皇帝。她记得,她被皇帝接入宫中的时候,已经三十六岁了。她在张耆的府中,可是整整度过了十五年啊。"如今我封张公为枢密使,那晏殊竟然反对!晏殊啊,难道你不知道,张耆就像我的父亲一般吗?"每当想到这点,她便在心底暗骂晏殊。她不会忘记,在张耆府中,她刻苦读书,研习琴棋书画。她这么做,是因为她早就想明白了,宫中美女如云,光有美貌,赵恒迟早有一天会忘了自己。她不想成为任何人的货物,她打定了主意要读书识事,要为皇帝分忧!赵恒也没有辜负她。她记得,自己被接入宫后,便被封为四品美人。后来,她又被封为德妃。大中祥符五年

（1012年）十二月二十四日，她终于被封为大宋皇后。可是，她没有自己的亲生子。她想，这恐怕是上天嫉恨她的好运，所以再也不肯给她一个孩子。如今的皇帝，如今的儿子，不是她的亲生儿子！如今的皇帝，是李御侍的儿子。她在他刚刚出生的时候，便让人从李御侍那里抱了过来，认作自己的儿子。如今，这个儿子终于长大了，成了大宋皇帝！皇帝还不知道他是李妃的儿子啊！每当她想到这点，她的一颗心，便忐忑不安起来。一种无言的、沉重的痛，便开始纠缠着她的心。她不时有一种强烈的感觉，觉得自己是一个罪人。她不想让年轻的皇帝知道李妃是他的亲生母亲。"不，他是我的儿子！"她心里无数次这样说道。"纸永远包不住火啊！我该怎么办？！"她怀着深深的负罪感，怀着一个女人对另一个女人的愧疚，怀着一个母亲对一个孩子的愧疚，不止一次质问自己。可是，她还不愿放弃手中的权力。她给自己找了理由，她要对得起真宗对她的好。"这是他留给我的事情，我一定得做好，我一定要让他看看，我没有辜负他！"她心底的倔强，一如往昔那个十五六岁刚刚遇到襄王的女孩子。

上个月，她建议皇帝将长乐坊第一区赐给枢密使张耆。皇帝爽快地同意了。这让她甚感欣慰。"我也算对得起张耆了！"她心中仿佛落下了一块大石头。

年轻的皇帝终于长大了，总有归政的一天啊！刘太后对手中的大权虽甚是依恋，但自知随着儿子年纪渐长，自己要一直把持大权是越来越难了。所以，在重新任用晏殊这件事上，刘太后并未干扰皇帝的决定。

晏殊知道范仲淹想拜见宰相王曾，回京城时，便带着范仲淹前去求见。王曾见范仲淹气宇非凡，心底喜欢，脸上却不露声色，简单问询了几句之后，便只与晏殊谈话。晏殊见王曾对范仲淹态度不冷不热，以为王曾因范仲淹越礼上书而不喜，当下亦不敢多言。

这年十二月，赵祯皇帝让晏殊推荐一位官员担任秘阁校理。晏殊本想推荐范仲淹，考虑了一番，终于还是推荐了另外一个年轻的官员，并将名单报给了中书。

数日后，宰相王曾请晏殊到他府上言事。

"晏公啊，你常常称赞仲淹，为何又举荐了他人呢？我已经将你之前上报的名单给压下了，还是举荐仲淹为宜啊！"王曾说道。

晏殊一愣，惊奇道："之前我带仲淹来见相公，相公似乎不喜仲淹。我也恐仲淹性直，不适合在朝廷任事，故而不荐，为何此番又让我举荐仲淹呢？"晏殊这样说，倒不是假话。他虽然比范仲淹小两岁，但已在宦海沉浮多年，他确实担心范仲淹过于刚直不适合在朝廷中任职。

王曾似乎对晏殊的说法并不太在意，微微一笑道："我读过仲淹的上书，已然看好他。那日见到他，见他气宇轩昂，更是心中喜爱。只是身为宰相，我不宜将内心的想法立刻表现出来而已。仲淹此人，志存高远，必不以毁誉为念，故我虽喜其人，却当面不加赞语。"

晏殊听王曾这么说，恍然大悟，当下起身，深深一作揖，道："相公高见，在下叹服！"

数日后，皇帝接受了晏殊的举荐，调范仲淹为秘阁校理。范仲淹接旨，无比振奋，立即带上家眷赶往京城就职。

2

天圣六年十二月，林逋在杭州去世的消息传到了汴京。范仲淹与富弼听闻噩耗，悲伤不已。之前，两人本来约好要择机去看望林逋，一起喝酒吟诗。可是未等成行，杭州却传来了噩耗。

当时，林逋的诗名很盛，其梅妻鹤子的隐居高行，亦为世所重。皇帝听闻林逋去世的消息，也不禁为之叹息，旋即下诏赐林逋谥号和靖先生，并赐给其家米五十石、帛五十匹。

林逋临终时赋诗，其中有一句：

茂陵他日求遗稿，尤喜曾无封禅书。[1]

此句很快在五湖四海流传开来，林逋之名于是比生前更甚。

时间过得飞快，转眼便快到天圣七年（1029年）。年轻的赵祯皇帝心里惦念着自己的老师晏殊的好处，这年二月，加封他为兵部侍郎、资政殿学士、翰林侍读学士，兼秘书监。皇帝似乎觉得还不够表达自己的心意，又赏赐给他袭衣、金带、鞍勒马，还对身边的侍卫说："晏殊曾经辅政，赏赐当然应该不一般。"

快到冬至的时候，赵祯皇帝下诏，决定冬至日在会庆殿为太后上寿，上寿后再到天安殿接受百官朝拜。这个诏令并没有引起大多数官员的震动。因为两年前，也就是天圣五年，皇帝就曾经率领百官在会庆殿为皇太后上寿。那一次，倒是引发了一番辩论。当时太

---

[1] 《林和靖集》卷四《自作寿堂因书一绝以志之》。

后本想让皇帝率百官在天安殿为自己上寿，然后再受朝。天安殿是皇帝接受百官朝拜之地，在此为皇太后上寿，有违礼制之嫌。宰相王曾因此提醒太后，不可有违礼制。太后自然心里不悦，几番商量后，终于改为先在会庆殿上寿，随后皇帝服衮冕，再到天安殿接受百官朝贺。这算是一个折中方案。不过，会庆殿虽然不是主殿，但依然是前殿，不属于内廷，因此严格讲，还是有违礼制的。太后对此心知肚明，最后也接受了。这一次便是按照两年前的办法执行的，因此大多数官员都已经心中有数。

不过，这一次，范仲淹已在朝中，他怎能对这种有违礼制的做法视而不见呢？他一听到皇帝要在会庆殿为太后上寿的事情，便决定上疏进谏。

正当范仲淹在家中起草上疏时，李纮突然来访。李纮一见范仲淹写的上疏，不禁大惊失色。

"希文兄啊，你怎敢写这个东西！这不是明着冒犯太后吗？！"

"此违背礼法之事，若发生在大宋朝堂，以后弄不好再出一个武则天啊！"范仲淹愤然道。

李纮听了范仲淹的话，吓得冷汗直冒，慌忙说道："希文兄，这话可千万不能在外乱说啊！"

范仲淹笑道："我怎么看着，你官日渐大了，胆却日渐小了？莫非是因为入了朝廷当官，倒是留恋起这乌纱帽了？"

李纮面露愧色，口中却道："话不能这样说啊。希文兄啊，为太后上寿的事情，两年前便有了成例，连今上自己都不说什么，宰执亦认可，你又何苦在此添乱呢？希文兄，你想想，那王相得罪了太后，不也给贬出京了吗？你一个小小秘阁校理，写这样的奏书，不是把自己的脖子往刀口上送吗？再者，退一步说，你也该为舍妹和两个孩子想想啊！"说完，他长长叹了口气。

范仲淹听李纮这么说，心中一沉，顿时沉默不语。

宰相王曾被罢相的事情，范仲淹是知道的。此事与今年六月丁未日那场大雷雨也有关。在那场大雷雨中，玉清昭应宫被雷击，宫内三千六百一十楹悉数烧毁，只有长生崇寿殿残存。雷击的次日，太后哭泣着对大臣们说："先帝力成此宫，一夕延燔殆尽，尤幸一二小殿存尔。"据说，在场的枢密副使范雍猜到太后想要重新修筑昭应宫，当时便抗言道："不如将残存之殿烧掉。"太后大感诧异，责问范雍为何有此一说。范雍的理由是，真宗朝为了修筑玉清昭应宫大竭天下民力，如果要重修宫殿，那就要再次劳民伤财，百姓必将难以承受。王曾、吕夷简当时亦赞同范雍的说法。吕夷简还搬出《洪范》，引经据典，劝谏太后。太后听了劝谏，据说当时默然不语。到了六月甲寅王曾被罢为吏部尚书，出知兖州。朝廷上下明眼人立马就知道，这是太后借玉清昭应宫之灾，趁机将王曾罢相。真正的原因是王曾数次忤太后之意。当初，太后受尊号册，打算在皇帝受朝的天安殿受册，王曾坚决反对。再到后来，太后想在长宁节时在天安殿接受皇帝和百官祝贺，王曾再次反对。最后太后无奈之下想出折中方案，在会庆殿接受上寿，随后在天安殿接受皇帝与百官朝拜，王曾才勉强同意。除此之外，太后的亲戚们多次托太后办事，王曾都一一反对，玉清昭应宫遭灾后，王曾以身为宰相监管不力为由上书谢罪，太后终于抓到把柄，顺水推舟将王曾贬出朝廷。这些事情，范仲淹如何不知，如何不晓？如今李纮用王曾的故事来劝导他，他心中如何不感到沉重？

是啊，我怎能让夫人和两个孩儿因为我受牵连呢？就在去年，范仲淹的第二个儿子出生了。范仲淹为这个儿子取名"纯仁"。"纯祐、纯仁啊，你们说说，爹爹该如何是好啊！"范仲淹心里念着两个孩儿的名字，一时间陷入沉思。

李纮见范仲淹不语，当下叹了口气，又劝了几句，便匆匆告辞了。

范仲淹撕扯掉草稿，沉思良久。

"为君之臣，当为君死！见君之过，岂可无言！夫人，孩儿们，你们原谅爹爹吧。爹爹不能不忠于自己的职责啊。"他心中暗道，终于还是再次凝重地提起了手中的笔。其实这是在经受了巨大的困惑的折磨，经历了重大的思想斗争后才作出的决定。在这种痛苦思索中，他感受到那股巨大权力带来的无可比拟的压力。那股巨大的权力，如今在太后手中，它本应该属于天子。可是，天子一旦拥有巨大的权力，如果加以滥用，不是也一样可怕吗？如今，太后破坏了朝廷的礼制，日后，如果天子也破坏朝廷的礼制，结果可能一样很糟糕。五代乱世，不就是礼制大乱的结果吗？在巨大的权力面前，连王曾、吕夷简、晏殊等大臣都感到畏惧，这是为什么呢？难道读书人十载寒窗习得的孔孟之道，不过是书册中空洞的、虚无的理想吗？！可耻啊！如今我也快变成畏惧权力的人了。不，不能就这样算了。"道"是需要人去捍卫的。我范仲淹苦读多年，难道是为了追求乌纱帽，而不是为了黎民百姓和天下的福祉吗？不，绝不能就此放弃。希望再渺茫，我范仲淹也得去争取。孔子为了追求心中的"道"，如同丧家之犬，一生颠沛流离。孔子虽殁，但大道不殁，孔子之道，有孟子追随。"虽千万人吾往矣！"我既学孔孟之道，自然应该毕生追随此道。而在我范仲淹之后，也必然有人追随这个不变的正道。此刻，我为何又如此犹犹豫豫呢？

一番深沉思虑后，范仲淹终于挥毫写下了奏书。其奏书云：

> 臣闻王者尊称，仪法配天，故所以齿辂马、践厩刍尚

皆有谏,况屈万乘之重,冕旒行北面之礼乎?此乃开后世弱人主以强母后之渐也。陛下果欲为大宫履长之贺,于闱掖以家人承颜之礼行之可也;抑又慈庆之容御轩陛,使百官瞻奉,于礼不顺。[1]

这份奏书的意思,是劝诫皇帝不能坏了礼制。范仲淹认为,作为皇帝,自有皇帝的事亲之道。皇帝奉亲于内廷,行家人礼则可,如果率领百官于朝堂为母后祝寿,那是有损皇帝威严的。

奏书经由有司送到宰相吕夷简手上。吕夷简是天圣七年二月以户部侍郎、参知政事平章事,成为大宋宰相的。八月,吕夷简又被加封为吏部侍郎、昭文馆大学士。此前,宰相王曾曾举荐吕夷简为相,但是太后不同意。王曾猜测,那是因为太后不想让吕夷简在朝廷的班次列在枢密使张耆之上。他还因为心存这一猜想向太后谏言,说张耆不过是一个"赤脚健儿",怎么能让他妨碍贤臣的晋升呢?太后答复说,并不像王曾想的那样,等到合适的时机,自然会重用吕夷简。为何在天圣七年二月时太后要用吕夷简为相呢?这主要是因为当时宰相曹利用已败,太后在数日前刚刚罢免了由曹利用举荐的张士逊的相位。用吕夷简,乃是用其代张士逊为相。

如今,宰相吕夷简接到范仲淹的奏书,心底自然不想得罪太后,但是同时又想争取皇帝的信任,因此左右为难。苦思良久,他便先将奏书呈给了赵祯皇帝。

皇帝阅了范仲淹的奏书,心底暗暗佩服这个冒死上书之人。"这范仲淹倒是为我说话啊。只是,如今太后当政,他这是自招祸端

---

[1] 《范仲淹全集》之《范文正公集·逸文·奏仁宗率百官上皇太后寿奏》。

啊！"赵祯虽然年少，但是天生聪慧，加之在宫中常年听名师讲习儒家经典，又有环境的熏陶，心智已经颇为成熟，对宫廷政治也有了很深的认识。他心里虽然颇为赏识勇敢上疏之人，当着宰相的面却只是沉默不语，一抬手，将上疏递还给了吕夷简，让吕夷简将它给太后送去。

这个范仲淹还真是胆大包天！太后看了范仲淹的奏书，心底着实不悦，脸上却微微一笑，只对吕夷简说，不必再提奏书之事。

冬至日，赵祯皇帝为太后的上寿按计划进行了。

一切看来风平浪静，这件事似乎就这么过去了。可是，范仲淹心底却感到很沉重。虽然还是一个小小的秘阁校理，但是他却为皇帝的未来担忧起来。

"今上已经二十岁了。如果说年幼时由太后主政还有道理，可是如果太后一直把持国家军政大权，对我大宋绝无益处。"范仲淹想到此节，便决定直接向太后上奏谏言。

过了年，天圣八年（1030年）年初，范仲淹上《乞太后还政奏》，奏书云：

> 陛下拥扶圣躬，听断大政，日月持久。今上皇帝春秋已盛，睿哲明圣，握乾纲而归坤纽，非黄裳之吉象也。岂若保庆寿于长乐，卷收大权，还上真主，以享天下之养？[1]

奏书递到中书，宰相吕夷简阅后，比上次看到范仲淹的奏书更

---

[1] 《范仲淹全集》之《范文正公集·逸文·乞太后还政奏》。

加震惊。这可如何是好？！他感到棘手万分。他虽认为范仲淹所言极是，一时间却不知如何处理这份奏书：万一太后震怒，斩了你范仲淹也便罢了，说不定连我这宰相一并免了。

他越想越心惊，虽然已初春，背心却被冷汗浸透了。一番苦苦思索后，吕夷简想到了晏殊。范仲淹不是你晏殊推荐的吗？还是由你来处理这件棘手的事情吧！于是，他令人赶到御史台，请晏殊到中书议事。

"晏公啊，你给想个办法。不如，让这个范仲淹自己把这份奏书撤回去？"吕夷简也担心这次惹恼太后闹出大事，又对晏殊说，现下太后尚掌管军政大权，如果太后一声令下，恐怕赵祯的皇帝位子也坐不稳啊。

晏殊听吕夷简这般说，顿时大惊失色，急道："要不，将仲淹叫到这里来商量？"

吕夷简眼皮一沉，摇摇头，说道："不可。此事不可在中书重地议，当然，也不可在御史台议，若走漏了风声，你我都没好下场。不如你告个假，赶紧回府，然后找仲淹谈谈。"

晏殊暗暗佩服吕夷简行事细密谨慎。于是，他匆匆赶回御史台告了假，交代了一些事务，便赶回自己的府邸，又令人速速将范仲淹请了来。

"希文兄啊，你怎么能上那样一份奏书呢？当初可是我举荐你担任秘阁校理的啊，你这样狂妄上书，就没有为我这个推荐你的人想想吗？仲淹啊，吕相也在为你这份上奏而烦恼。吕相建议，你赶紧悄悄撤回奏书。"晏殊皱起眉头，责问范仲淹。

范仲淹听晏殊这么说，正色道："晏公，学生受您的举荐，常惧不能尽责而令知己蒙羞。不曾想到，今日反因为忠直，而获罪门下！"

晏殊听了这句话，当即一愣。他也是饱读诗书、尊奉孔孟大义之人，心知范仲淹所言不错，不禁暗自惭愧，微微垂下了头，一时间无言以对。

范仲淹见晏殊沉默不语，当即告退。

回到家中，范仲淹左思右想，只觉胸中憋着一股闷气。"不行，我还是给晏公写封信，好好说一下我的用意，免得晏公误会我的初心。"心念既动，当下他便提笔疾书。

书云：

天圣八年月日，具官范某，谨斋沐再拜，上书于资政侍郎阁下：某近者伏蒙召问："曾上封章言朝廷礼仪事，果有之乎？"某尝辱不次之举，矧公家之事，何敢欺默？因避席而对曰："有之。"遽奉严教云："尔岂忧国之人哉？众或议尔非忠非直，但好奇邀名而已。苟率易不已，无乃为举者之累乎？"某方一二奉对，公曰："勿为强辞。"某不敢犯大人之威，再拜而迟。退而思之，则自疑而惊曰：当公之知，惟惧忠不如金石之坚，直不如药石之良，才不为天下之奇，名不及泰山之高，未足副大贤人之清举。今乃一变为尤，能不自疑而惊乎？且当公之知，为公之悔，倘默默不辨，则恐缙绅先生诮公之失举也。如此，某何面目于门墙哉？请露肝膂之万一，皆质于前志，非敢左右其说，惟公之采择。庶几某进不为贤人之疑，退不为贤人之累，死生幸甚！死生幸甚！

其天不赋智，昧于几微，而但信圣人之书，师古人之行，上诚于君，下诚于民。韩愈自谓有忧天下之心，繇是时政得失，或尝言之，岂所谓不知量也？盖闻昔者圣人求天下之言，以共理天下。于是命百官箴缺，百工献艺，斯则大臣小臣无非谏也。建善旌，立谏鼓，咨刍荛，采谣咏，斯则何远何近咸可言也。此诚历代令王，惧上有所未闻，下有所未达，特崇此道，以致天下之言，俾九重之深无所蔽也。亦必比国大臣，惧议有所未从，谏有所未上，复广此道，以致天下之情，冀万乘之心有以动也。某又闻，事君有犯无隐，有谏无讪，杀其身有益于君则为之。卫觊曰："非破家为国杀身成君者，谁能犯颜色触忌讳建一言哉？"亦忠臣之分也。而曰"不在其位，不谋其政"者，谓各司其局，不相侵官。如当二千石之位，则不责尚书之政；当尚书之位，则不责三公之政。非言路之谓矣。又曰："天下有道，庶人不议。"盖言有道之朝，教化纯被，则庶人无所议焉。某登进士第，由幕府历宰字，为九卿之属，似非庶人，敢不议乎？如云远不当谏，则伯夷叩马谏武王，岂近臣哉？太公谓之义士，夫子称其贤人，曾不以远而为过乎？至于颍考叔、曹刿、杜蒉、弦高、鲁仲连、梅福之徒，皆远而谋国者也，前史嘉之。况国家以公之清举，置某于近阁同文馆之列。唐文皇于此延天下之才，使多识前言往行，以谘政教之得失，备廊庙之选用。如朝廷延才之意不减于前，则某事君于此非远也。又闻"言未及而言谓之躁"。今国家诏百官转对，使明言圣功之过失、宰司之缺遗，其不预转对者，俾实封章奏以闻，则某非官未及而言也。若以某好奇为过，则伊尹负鼎，太公直钓，仲尼诛侏儒以尊鲁，夷吾就缧绁而霸齐，蔺相如夺璧于强邻，诸葛亮邀主于敝庐，陈汤矫制而大破单于，祖狄誓江而克清中原，房乔仗策于军门，姚崇臂鹰于渭上，此前代圣贤，非不奇也，某患好之未至尔。若以某邀名为过，则圣人崇名教而天下始劝。庄叟云："为善无近名。"乃道家自全之说，岂治天下者之意乎？名教不崇，则为人君者谓尧舜不足慕，桀纣不足畏，为人臣者谓八元不足尚，四凶不足耻，天下岂复有善人乎？人不爱名，则圣人之权去矣。经曰"立身扬名"，又曰"善不积不足以成名"，又曰"耻没世而名不称"，又曰"荣名以为宝"。是则教化之道无先于名。三古圣贤何尝不着于名乎？某患邀之未至尔。

某又闻，天生蒸民，各食其力。惟士以有德，可以安君，可以庇民。于是圣人率民以养士。《易》曰："不家食，吉。"如其无德，何食之有？某官小禄微，然岁受俸禄仅三十万，窃以中田一亩，取粟不过一斛。中稔之秋，一斛所售不过三百钱，则千亩之获可给三十万。以丰歉相半，则某岁食二千亩之入矣。其二千亩中，播之耨之，获之敛之，其用天之时、地之利、民之力多矣。傥某无功而食，则为天之螟，为民之螣。使鬼神有知，则为身之殃，为子孙之患。某今职在校仇，务甚清素，前编后简，海聚云积。其间荒唐诡妄之书，十有七八。朱紫未辨，膏肓奈何？某栖迟于斯，绝无补益。上莫救斯文之弊，下无庇斯人之德，诚无功而食矣。所可荐于君者，惟忠言耳。况我国家以六合之广，四叶之盛，抚既济之会，防未然之几，兢兢持盈，旰昃不暇。谓今天下民庶而未富，士薄而未教，礼有所未格，乐有所未谐，多士之源有所未澄，百司之纲有所未振，兵轻而有所未练，边虚而有所未计，赏罚或有所未一，恩信或有所未充。乃诏百官转对，其未预者，并许封章。此吾君尽心以虚受天以之言也，亦天下君子尽心以助成王道之日也。然献言之初，或有所赏，于是浮浅侥觊之辈争为烦言，或采其细而伤其大，或夸其利而隐其害，下冒上之宠而矫其辞，上疑下之躁而轻其说。此政教之大害也。某远观五帝三王，爵以尚德，禄以报功，未有赏其空言者。至于舜俞禹拜，惟重其言而行之。逮夫春秋之时，则有举贤之赏。唐文皇赏孙伏伽之谏，以天下始定而权以进之，未始久行焉。今朝廷必欲求有道之言，在其择而必行，不在其诱于必赏。言而无赏，则真有忧天下之心者，不废其进焉。然后下不冒上之宠而直其辞，上不疑下之躁而重其说。此政教之大利也。某亦尝闻长者之余论，郁于胸中而莫敢罄发者，耻与浮浅侥觊之徒受上之疑于国门矣。

　　某昨辄言国家冬至上寿之礼者，斯百有罪，必不疑其侥觊矣。是故轻一死而重万代之法，请皇帝率亲王皇族于内中，上皇太后圣寿，请诏宰相率百僚于前殿，上两宫圣寿，实无减皇太后尊崇之威，又足存皇帝高贵之体。盖一人与亲王皇族上寿于内，则母子之义亲，君臣之礼异。与百僚上寿于外，则是行君臣之仪，非敦母子之义。在今两宫慧圣仁孝之德，而行此典，则未见其损。奈何后世心有舅族强炽，窃此为法，以抑制人主者矣。圣朝既不能正之，使后代忠臣何所执议？

　　先王制礼之心，非万世利则不行焉。或曰五帝不相沿乐，三王不相袭礼，此何泥于古乎？其谓礼乐等数，沿革可移，帝王名器，乾坤定矣，岂沿革之可言哉？若谓某不知圣人之权，则孔子何以谓"晋文公谲而不正"？以臣召君．不可以训。《书》曰："天王狩于河阳"，是讳其权而正其礼也，岂昧于权哉？小臣昧死力言，大臣未能力救。苟诚为今日之事，未量后代之患，岂小臣之枉言，大臣之未思也！

某天拙之效，不以富贵屈其身，不以贫贱移其心。倘进用于时，必有甚于今者，庶几报公之清举。如求少言少过自全之士，则滔滔乎天下皆是，何必某之举也？

夫天下之士有二党焉：其一曰，我发必危言，立必危行，王道正直，何用曲为？其一曰：我逊言易入，逊行易合，人生安乐，何用忧为？斯二党者，常交战于天下。天下理乱，在二党胜负之间耳。倘危言危行，获罪于时，其徒皆结舌而去，则人主蔽其聪。大臣丧其助。而逊言逊行之党，不战而胜，将浸盛于中外，岂国家之福、大臣之心乎？人皆谓危言危行，非远害全身之谋，此未思之甚矣。使搢绅之人皆危言危行，则致君于无过，致民于无怨，政教不坠，祸患不起，太平之下，浩然无忧，此远害全身之大也。使缙绅之人皆逊其言行，则致君于过，致民于怨，改教日坠，祸患日起，大乱之下，汹然何逃？当此之时，纵能逊言逊行，岂远害全身之得乎？

凡今之人，生于太平，非极深研几，岂斯言之信哉？昔魏晋之乱，哲人罹忧，至有管宁之徒涉海而遁。某今进危言于君亲，蹈危机于朝廷，不犹愈于涉海之险而遁于异域者乎？倪以某远而尽心不谓之忠，言而无隐不谓之直。则而今而后未知所守矣。

维公察某之辞,求某之志,谓尚可教,则愿不悔前日之举,而加生平之知,使某馨诚于当时,垂光于将来,报德之心,宜无穷已。倘察某之志,如不可教,则愿昌言于朝,以绝其进。前奏既已免咎,此书尚可议责。使黜之辱之,不为贤人之累,则某退藏其身,省求其过。不敢以一朝之责,而忘平生之知,报德之心,亦无穷已。

恭维资政侍郎,羽翼旧贤,股肱近辅,赫赫之猷,天下所望。愿论道之余,一赐鉴虑。与其进,则天下如某之徒,皆不召而进矣;与其退,则天下如某之徒,皆不斥而自退矣。决天下进退者,其在公一言乎!干犯台严,不任战惧之至。不宣。某再拜。[1]

晏殊见信,通读数次,自惭之余,不禁拍案叫绝,同时亦对范仲淹的倔强暗暗不满。

"罢了,罢了,如有什么事,我晏殊便陪着他好了。"他心中暗想。他知范仲淹心志甚坚,当下,将范仲淹坚持上奏书的决定回告吕夷简。

吕夷简心底暗骂范仲淹,心道:"你一个小小秘阁校理,妄言邀名,真是不知天高地厚。"不过,身为宰相,吕夷简又不敢压下奏书而不上呈。

这一次,太后看了范仲淹给自己的奏书,冷冷地将奏书摔在一边,什么话都没有说。

---

[1] 《范仲淹全集》之《范文正公文集卷第十·上资政晏侍郎书》。

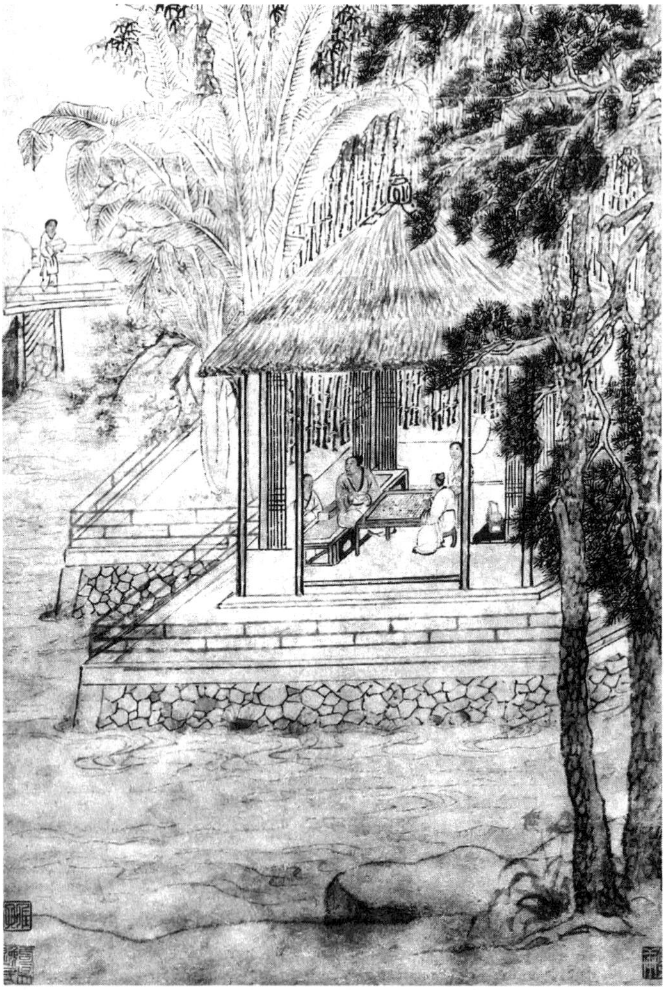

第四章
不安分的通判

1

太阳一次次在东方升起,又一次次在西边落下。

奏书已经呈上,又是许多日子过去了。这段时间,范仲淹每次看到夕阳带着绚烂的金赤光芒缓缓落到城西那被光照成金褐色的远山背后时,胸中便会生出一股复杂的情感。它很沉重,却也很热烈;它让他感到有些悲伤,却也让他感到一种刻骨铭心的激情。无数个春秋过去了,他——范仲淹——还在看着那个太阳的升起和落下。每当这个时候,他的内心,既生发出一种超脱感,又会生发出一种投身尘世、奋勇远征的冲动。

异日之征程,路长且艰!

这一日,从宫中秘阁散值后,范仲淹回到自己汴京城里简陋的家中。他的家在南薰门附近,房子是租赁的。这里离皇宫比较远,因此租金也比较低,是他作为一个低级文官所能承受得起的。如今,他意识到自己这个秘阁校理估计是很快当不成了。在这个夕阳西下的傍晚,他回家后,安静地坐在前堂八仙桌旁的木条凳子上,叫来了妻子李氏。他两手按在木条凳子上,感觉到木条凳上的木纹硌着他的手掌。犹豫了片刻,他便同她说起话来。

"这几日,辛苦夫人收拾一下东西,咱们随时准备离开京城了。"

李氏站在他面前,望着他,有些吃惊:"出了什么事情?"

"我打算向朝廷请求外任。"范仲淹看着妻子,微笑着,尽量从容地说道。这是他思索多日后作出的决定。

李氏看着他的眼睛,见他的眼神很平静。她是懂他的,每当看到他这种眼神,她就知道自己的夫君已经下定了决心,已经作出了重要决定。她没有再说什么,只是挨着他坐了下来,用两只手抓住他的一只胳膊,轻轻地偎依在他身边。

范仲淹紧紧搂住妻子的肩膀。他感受到了身边这个柔弱女子向他传递出的那股温柔的支持的力量。

当晚,范仲淹便向朝廷写了一份乞状,请求出京担任外官。

乞求外任的状文递上后,朝廷很快下了诏书。这次,朝廷任命范仲淹前往河中府担任通判。通判乃是宋代州、府的副长官。这一官职,是宋太祖为了分散主管地方的知州的权力而创设的。通判的具体职责是辅佐知州或知府处理当地政务,凡是户口、赋税、诉讼、兵民、钱谷等事务,都须通判联署才能有效。可以说,通判实际上还有监察州府长官和官吏的权力,因此又称"监州"。

范仲淹接了诏书,心知自己能够得此外任,恐怕也是当今太后对他网开一面,若不然,恐怕就已经被治罪了。

行李是早就准备好的。范仲淹带着妻儿,很快离开了京城。管家李贵也一并跟随。

坐在牛车上，范仲淹心里异常平静。在他身后，京城的繁华已经离他越来越远了。那些高大的张灯结彩的酒楼，那些御道上熙熙攘攘往来的人，大相国寺门口那些各色物品琳琅满目的铺子，许许多多可爱的形象，一幅一幅绚烂多彩的画面，还在他脑海里浮现。他脸上带着微笑回忆着京城的一切，但是他并不后悔前往那个他从未去过的河中府：既然朝廷无法接纳我的谏言，待在京城必无所作为，能够外放，当一个地方官，不正是我范仲淹可以为国为民干点实事的好机会吗？他心情坦然地思忖着，距离河中府越近，他准备放手大干的心便越急切起来。

范仲淹到了河中府，很快安顿下来。可是刚刚过了三月，邸报上的一个消息却再次打破了范仲淹在河中府相对平静的心绪。原来，三司上书皇帝，修建太一宫及洪福等院需材木九万四千余条，请求朝廷拨款，前往陕西购买。赵祯皇帝批准了三司的请求。范仲淹看到了这个消息，哪里还能静下心来？

"这不是又要劳民伤财吗？"当下他便准备写一份奏书，请求皇帝收回成命。正准备下笔之际，他忽然心中一动："朝廷出资，去陕西购买木头，或可解当地部分庶民失业之困，我贸然上奏，是否太轻率了？不如——我且抽些时日去长安一趟，了解一下当地民情，再作定夺。"范仲淹向河中府知府告了假，装扮成行商模样，带了一两个随从便出发了。

到了长安，范仲淹带着随从，在长安城内的坊市中四处转悠。他的目标，是找几处做木材专卖生意的商家。

这一日夜晚，范仲淹带着随从回到下榻的传舍。这传舍前店后栈，范仲淹便带着随从进了传舍的店内用晚餐。店家很快上了菜，范仲淹刚刚举箸，只听旁边有一人喊道："那边可是朱说兄？"

是谁，竟然用旧名唤我？范仲淹心头一惊。

他扭头望去，只见旁边一桌坐着一名中年道士。那道士脸又圆又扁，下颌留着一缕花白长须，头顶结着发髻，身穿黑色道袍，看上去半百年纪，一副仙风道骨的样子。

范仲淹只觉那道士好生眼熟，定睛看了片刻，猛然醒悟，兴奋地立起身，呼道："德宝兄！"

那道士此时已然立起身子，道袍袖子一摆一舞，快步朝范仲淹走过来。

"果然是朱说兄！不，现在应该称希文兄了！多年未见，别来无恙啊！"

"果然是你，德宝兄啊！来来来，快一起来坐。"范仲淹只觉自己的眼中不知不觉已泛起了泪花。

那个被范仲淹唤作"德宝兄"的道士略一迟疑，也不再客气，转身从自己那张桌子上取来了酒注子和酒盏子，由范仲淹拉着，在他身边坐了下来。

范仲淹的两个随从见此情景，心知是上司遇到旧日好友了，当即都识趣地退下，自找了一个角落去吃饭，留下范仲淹与那久逢的老友叙旧。

原来，这位德宝道士姓周，乃是范仲淹年轻时结交的一位朋友。那时候，范仲淹还用"朱说"这个名字。

"与道兄初见，那是哪年来着？"范仲淹拉着周德宝的手问道。

"若我记得没错，应该是大中祥符元年（1008年）吧。"

"对，对，应该就是那一年。那年我才二十岁，游历终南山，到赞善公王衮家中做客。正是在赞善公家中，结识了赞善公之子王镐兄，还有你德宝兄和元应道长。这一晃，都好多年了啊！想当年，咱四人一起云游在山岭之间，王镐兄常常戴着小冠，穿着白纻衣，骑着白驴。你呢，则常常抱着古琴，休息之余，还不忘给大伙儿奏一曲。咱哥儿几个，那时还年轻，无忧无虑，或醉或歌，未尝想到什么荣利，真是快活得不得了啊！真是怀念那个你我都年少的时候啊！德宝兄，这么多年过去，也不知王镐兄和元应兄可好？你可有他们的消息？"范仲淹高兴地说着。他提到的元应道长，名叫屈元应。

范仲淹这么一问，周德宝道士顿时落泪。

刹那间，范仲淹心头一沉，有一种不祥之感。

"是啊，一晃这么多年过去了。二十余年了啊。元应道兄已经很久没有消息了，至于王镐兄，他……他已经……"

范仲淹顿时明白了，一时间顿觉生命无常，神色不禁有些恍惚。

只听周德宝继续说道："王镐兄本来在山中隐居，后来受人举荐便出了山。天圣五年，春官试较天下之士，王镐兄得了甲等。未料，他突然得了重病，一病不起，三月九日那天在建隆观内殁了。当时，弟便守在王镐兄身旁，虽然亲奉药石，终于还是无回天之术啊！"周德宝以弟自称，实际上他年龄比王镐略小，却比范仲淹长五六岁。

范仲淹听了周德宝的叙述，想起年少时与王镐、周德宝及屈元应一起纵情山林、笑傲江湖的快活日子，恍若隔世，一时间泪流满面。

两人喝了几杯闷酒，许久才让心情平复下来。

到了这时，周德宝才问起范仲淹为何到了长安。于是范仲淹将自己的意图说了一番。

周德宝听了，道："弟常年云游四处，若是这事，倒是知晓一二。"当下，周德宝告诉范仲淹，陕西之民其实已经多年受朝廷购木之累。原来，最初几年，朝廷购木倒是缓解了一些失业游民的难处。但是，随着购木数量日增，各地官府借伐木运木之名强征民夫，滥征杂税，陕西多地民怨不断。范仲淹将周德宝的话一一记在心底，下定决心，要给朝廷上奏书劝诫。

当晚，范仲淹与周德宝彻夜长谈，共叙别情。次日，范仲淹又让周德宝陪着走访了数地，调查当地百姓对朝廷购木之举的看法。百姓所言，果然如周德宝所说。

于是，不等回河中府，范仲淹便写了一道异常简洁的奏书，通过驿站，派人急送往京城。奏书云："昭应、寿宁，天戒不远，今复奢侈土木，破民产，非所以顺人心合天意也。宜罢修寺观，减定常岁市木之数，蠲除积负，以彰圣治。"范仲淹建议朝廷今后向陕西征购木材，不能没有限度，应该减少，而不可增多，每年要买多少木材，应该有个预先的规定。奏书递往京城，迟迟没有回应。

范仲淹在与周德宝的闲聊中知道，这些年周德宝孑然一身，居无定所，四处云游，于是便邀请周德宝随他去河中府。担心周德宝不接受，范仲淹说自己正需要一个幕僚，帮他在办理公务时出出主意。"德宝兄精通《周易》，这些年云游四方，了解各地民情，我正需要德宝兄这样的人帮忙呢。德宝兄又精通剑术和气功，得空教教我。兄也知道，我大宋西北和北边边境都有强敌，若哪一日朝廷需要我带兵打仗，我也不至于只是个手无缚鸡之力的书生。"范仲淹一半认真，一半像开玩笑地说。

"我这一把年纪了，又能做些什么呢？"周德宝腮帮子变得更鼓了，耷拉着脑袋，捻着花白胡须，神情沮丧地说。

"道兄何出此言！廉颇老了，尚能沙场立功，弟也确需像道兄这样的高人出谋划策，道兄就当帮我的忙如何？"范仲淹道。

周德宝见范仲淹诚心邀请，沉思片刻，便答应了跟随范仲淹。

范仲淹高兴得不得了，于是即刻带着周德宝返回河中府。他心中挂念着朝廷购木之事，便派人去长安打听消息。这一打听，才知道原来朝廷市木的诏令并未收回。

陕西多处因为朝廷购买大木，当地官府大征民夫前往山林中砍伐，又费巨资招募运输之人，果然闹出多起民怨。面对这样的事实，范仲淹只能扼腕长叹，只恨自己人微言轻，无法劝服朝廷收回成命。

2

纯仁虚岁五岁了，他的哥哥纯祐则快八岁了。

纯祐一开始因为弟弟的出生，闷闷不乐了好一阵子。在他那颗还未成熟的心里，觉得那个突然降生的小孩子夺去了爹娘对他的很多关爱。不过，随着纯仁渐渐长大，纯祐开始承担起作为兄长的责任。他渐渐觉得自己在弟弟面前是一个大人了，因此在爹爹去公干的时候，他便在那个幼小的牙牙学语的弟弟面前，扮演起保护人的角色。有好几次范仲淹从官署回家，看到纯祐牵着快满五岁的弟弟的手，一本正经地在小小的院子里走来走去，嘴里还嘟囔着。

有一天，范仲淹回家，又看到纯祐牵着弟弟纯仁的手，口中念念有词地在院子里走动。他忍不住走过去，蹲下身子问纯祐："你嘴里嘟嘟囔囔，在对纯仁说什么呢？"

纯祐便涨红了脸，害羞地说："我是教他背书呢。爹爹教我读的

《论语》，我也要教给弟弟。"

范仲淹心里又是感动，又是高兴。他一时间不知说什么才好，便把纯祐一把搂入怀中。在这个时候，纯祐觉得爹爹是天下第一的好人，自己是天下最最快活的孩子。

这时，旁边的纯仁也口齿不清地嚷嚷着要爹爹抱抱。于是，范仲淹便把纯仁也搂在怀中。他本来正因为公事烦恼，可是当他把两个孩子拥在怀中的时候，当两个孩子将柔嫩的脸蛋贴着他的脸颊时，一切烦恼似乎在一瞬间都烟消云散了。

不过，当范仲淹松开两个孩子时，两个孩子似乎发现了自己爹爹心里藏着什么东西。

"爹爹，你怎么了？"纯祐怯生生地问道，一双眼睛又大又亮。

纯仁在一旁含含糊糊地嚷嚷："爹爹、爹爹！"

"怎么了？"范仲淹一愣，不明白纯祐为何那么问。

"爹爹又为天下事忧心了吗？"纯祐问道。

范仲淹颇感惊愕，口中却说："不，爹爹没有忧心，只是有些公事需要好好想想呢！"

纯祐、纯仁仿佛相信了，两个孩子咯咯咯地开心笑起来。

孩子的笑声让范仲淹的心情好了许多。

"去玩吧！"他拍拍两个孩子的肩膀，笑着冲他俩说。

看着两个孩子牵着手跑开了，范仲淹微笑着慢慢往自己的书房走去。他的心底，正为朝廷罢去天下职田的事情忧虑呢。去年，也就是天圣七年八月，朝廷下令罢天下职田，官收其入。事情的起因，是有官员上书说，职田有无不均，有些官吏往往借朝廷赐职田之名，侵占民田，因此请朝廷罢去职田。皇帝召集资政殿学士晏殊，会同三司、审官院、三班院、吏部流内铨等部门一同商议。

官员们经过一番讨论，都认为应该罢去职田。于是，皇帝下诏，诏云：

> 先帝患吏廪不给，而廉洁者亡以劝，故并赐之公田。岁月浸深，侵车滋长，狱讼数起，反以害人，重失先帝之意。其罢天下职田，官收其入，以所直均给之。仍委三司别为条约。[1]

下此诏时，范仲淹任秘阁校理，虽然知道此事，但并未发表任何意见。当他在河中府任职一段时间后，他发现，罢职田的做法，或许并非明智之举。在这短短一段时间内，他便在河中府的官吏当中听到很多令他担忧的话，看到很多令他感到为难的事。有的官吏说，罢了职田，自己的俸禄实际上大大减少，几乎连养家糊口都变得困难了；有的官吏口中虽然不直说罢职田不对，却不时发牢骚抱怨——当差还不如当农夫，农夫拥有良田可以自在地活着。更有官吏从百姓手头捞取钱财被范仲淹抓到，竟然以没有职田为由为自己开脱。这不得不令范仲淹对朝廷罢去职田的决定产生了深深的怀疑。

"可是，罢职田的决定，是经过资政殿学士，会同三司、审官院、三班院、吏部流内铨等部门一同商议才决定的啊。如果我提出反对意见，这让他们如何下得了台？尤其是晏殊大人，之前我因为上书太后，已经大大冒犯了他，尽管我写了长信以自辩，可是他能够真正理解我吗？"范仲淹心底感到苦闷。这种苦闷，已经缠绕着

---

[1] 《续资治通鉴长编》卷一百八天圣七年八月条。

他多日了。

终于，他决定写一份奏书，劝谏皇帝收回罢职田的成命。

奏书递上去了，皇帝没有回应。但是，范仲淹并没有因为朝廷没有回应而有懈怠之心。

三月的一天，范仲淹正在官署处理公务，周德宝道士在一旁打下手，一衙役匆匆来报，说有一书生自称是大人故旧，请求一见。

"书生？"范仲淹心中疑惑，让衙役请那书生进来。只见那书生长着一张圆脸，穿一件青色的圆领大袖袍，肩上背了一个灰布包袱，腰间悬着一柄宝剑。

一见那书生，范仲淹大喜，从椅子上倏然立起，抢出几步，一把抓住那书生的肩头，使劲摇了几下，口中道："富弼兄弟，原来是你啊！来来来，先放下包袱，坐下说话。"

富弼在椅子上坐定，扬起他那张圆脸，哈哈一笑，道："怎么，让范公感到意外了？"

"是啊，是啊，没有想到富弼兄弟会突然来访啊！"

"弟这次是到耀州去省亲的，路过河中府，便想着来看看希文兄。希文兄，你的几份奏书，上了邸报，在应天府书院内可是被广泛传阅啊！你把很多人不敢说、不敢进谏的话都说出来了。如今，天下学子皆以兄为榜样啊！"

"身在朝廷，自当忠于王事。人在江湖，也当念及民生。这些，都是为兄应该做的，不值一提啊。"范仲淹微微笑道。

寒暄一番后，范仲淹为富弼和周德宝道长作了引介。周德宝不想妨碍两位老友叙旧，便借口处理公务到隔壁去了。于是范仲淹拉着富弼坐下，询问应天府书院近来的状况。从富弼口中，范仲淹知晓了石介在自己赴京任秘阁校理后，便离开书院回山东去了。"石介,其学术必有大成也。只是,性子过急可不是什么好事,在某些方面,倒是有些像我。他性子过急可不是什么好事,我也时时以此自戒啊。"范仲淹对石介颇为赞赏,同时为石介的弱点担忧。

两人就应天府书院的事情聊了一番,随后范仲淹问起富弼的学业。富弼告诉范仲淹,自己今年三月参加了进士科考试,已经进士登第。范仲淹闻言大喜。

"好啊,好啊,我大宋又取一大才也!"范仲淹将富弼好好夸赞了一番。

"没有希文兄的勉励,小弟怎有今日?"

"瞧你这话说的。对了,你随身有没有带着近来所写的文章?给为兄留下几篇。"

"倒是带来几篇。那就请范公多加指正了。"富弼说着,便从身旁的包裹中取出一沓写了文章的纸递给范仲淹。

范仲淹小心接过,微笑着翻了翻,说道:"这些文章,为兄先收下,回头慢慢细读。"说罢又与富弼议论起朝廷方面的事情。

之后富弼告辞而去,范仲淹知富弼回乡心切,也就不再挽留,亲自将他送出官署大门。

范仲淹静静地目送富弼坐上在门口久候的牛车,在远处的街角转过弯去,这才缓缓转身,返回官署。将进大堂,范仲淹一抬头,只见周德宝道士朝他走来,他心头一跳,口中道:"哎哟,险些误了大事!"

"怎么了?"周德宝忙问道。

"我得派人去追富弼,他应该还未走远。德宝兄,烦请你赶紧让人给我备一匹马!"范仲淹有些着急。

"富弼骑马还是骑驴?"

"乘了一辆牛车。"

"不急，这事何劳希文兄，贫道去帮你把他追回来。牛车行不远，我这腿脚，片刻便能追上他！"

范仲淹知周德宝自小习武，脚下功夫甚好，当下也不客气，托他务必将富弼追回来。周德宝爽快答应，拔腿便往大门外奔去。

过了一盏茶工夫，范仲淹果见周德宝带着富弼匆匆忙忙赶回来了。

"希文兄，出了何事，急急将弟追回？"富弼甚是好奇。

"瞧，为兄差点忘记了一件大事，这事必须得提醒一下你！富弼兄啊，你可知道，今年七月要举行一次制科考试？你这次省亲，可千万别耽搁，务必及早赶回京师，一定要继续参加制科考试啊！现在朝廷乏才，你通过了制科考试，就能被朝廷所用。以富弼兄之才，他日入了朝堂，必可为国为民干出一番大事业。"范仲淹所说的制科考试，乃是皇帝为选拔非常之才而设置的特科，通过制科考试者，通常立即被授予官职委以重任。

富弼不觉心下感动，说道："不瞒希文兄，弟本不想参加制科考试的。目前弟是根本没有准备啊，心下实在还有些不敢呢！"

"怎这般说？有何不敢的！人贵自知，不可高估自己，亦不可妄自菲薄。富弼兄啊，你参加制科考试，在朝廷谋求一官半职，这不是为了你自己。男儿志在天下，耻名不为世所知也。为国为民做事，名传千古，那才是男儿志士所应为也！"

富弼听了范仲淹所说，不禁热血澎湃，大受鼓舞，一张圆脸也涨得绯红。便是在此刻，富弼下了决心，要参加制科考试，为国为民效力。

临别时，范仲淹还不忘再次嘱咐富弼一定要参加制科考试。富弼见范仲淹如此器重自己，慨然允诺，随后挥手告辞而去，自去省亲。不久后，范仲淹又将富弼留下的文章寄给了王曾和晏殊，向他们大力推荐富弼。晏殊听了范仲淹的推荐又看了文章，便有心将自己的女儿许配富弼。范仲淹知道了，心中更是欢喜。

转眼入了夏，范仲淹突然接到朝廷任命，加任他为殿中丞。太后那边，似乎也没有治他罪的意思。范仲淹把这视为皇帝对他上书直言的一种鼓励，因此甚感欣慰。到了五月，范仲淹想起富弼不久便要参加制科考试，暗暗担心朝廷的制科考试走偏了方向，不能选拔出像富弼这样的人才，便写了一份《上时相议制举书》，就即将举行的制科提出建议。

天圣八年五月日，具官范某，再拜上书于昭文相公阁下：某昨者伏蒙圣恩，优赐差任。盖钧造之际，靡不获所。退省疏拙，且惊且惧。况唐虞旧城，风俗淳俭，狱无积讼，亭鲜过客，栖迟偃仰，何以报国？然尝试思之，似有所补，敢不冒黩而言之？

夫善国者，莫先育材；育材之方，莫先劝学；劝学之要，莫尚宗经。宗经则道大，道大则才大，才大则功大。盖圣人法度之言存乎《书》，安危之几存乎《易》，得失之鉴存乎《诗》，是非之辨存乎《春秋》，天下之制存乎《礼》，万物之情存乎《乐》。故俊哲之人，入乎六经，则能服法度之言，察安危之几，陈得失之鉴，析是非之辨，明天下之制，尽万物之情。使斯人之徒辅成王道，复何求哉？至于扣诸子、猎群史，所以观异同，质成败，非求道于斯也。有能理其书而不深其旨者，虽朴愚之心未可与适道，然必顾瞻礼义，执守规矩，不犹愈于学非而博者乎？

今文庠不振，师道久缺，为学者不根乎经籍，从政者罕议乎教化，故文章柔靡，风俗巧伪，选用之际，常患才难。某闻前代盛衰，与文消息。观虞夏之纯，则可见王道之正；观南朝之丽，则知国风之衰。惟圣人质文相救，变而无穷。前代之季，不能自救，则有来者起而救之。是故文章以薄，则为君子之忧；风俗其坏，则为来者之资。

今朝廷思救其弊，兴复制科，不独振举滞淹，询访得失，有以劝天下之学，育天下之才，是将复小为大，抑薄归厚之时也。斯文丕变，在此一举。然恐朝廷命试之际，谓所举之士，皆能熟经籍之大义，知王霸之要略，则反屏而弗问，或将访以不急之务，杂以非圣之书，辨二十八将之功勋，陈七十二贤之德行。如此之类，何所补益？盖欲伺其所未至，误其所常习，不以教育为意，而以去留为功。若如所量，恐非朝廷劝学育材之道也。何哉？国家劝学育材，必求为我器用，辅我风教。设使皆明经籍之旨，并练王霸之术，问十得十，亦朝廷教育之本意也。况文有精粗，理有优劣，明试之下，得失尚多，何患去留之难乎？今或伺其所未至，误其所尝习，则天下贤俊莫知所守，将博习非圣，旁攻异端，圣人之门无复启发。逮于后举，差之益远。如此，则制科之设，足以误多士之心，不足以救斯人之弊。

恭惟前圣人之文之道，昭昭乎为神器于天下，得之者昌，失之者亡。后世圣人开学校，设科等，率贤俊以趋之，各使尽其心，就其器，将以共理于天下。故《书》曰"咸有一德"，斯之谓矣。愿相府为此一举。傥昌言于两制，如能命试之际，先之以六经，次之以正史，该之以方略，济之以时务，使天下贤俊翕然修经济之业，以教化为心，趋圣人之门，成王佐之器。十数年间，异人杰士必穆穆于王庭矣，何患俊乂不充、风化不兴乎？救文之弊，自相公之造也，当有吉甫辈颂吾君之德，吾相之功，登于金石，永于天地者矣。四海幸甚！千载幸甚！干犯台严，无任僭越战汗之至。某再拜。[1]

这份上书，范仲淹很清楚宰相吕夷简是不可能有直接回应的。有无直接回应不重要，只要对宰相、对朝廷选拔人才之标准有所影响就好！

这段时间，范仲淹认真走访了河中府各县，核实户口，了解民情。八月，他又写了一份奏书，针对发现的问题与弊端，请求朝廷裁并郡县，以减轻百姓的负担。范仲淹的看法是，因为郡县多，各地的百姓差役繁重，农时被夺，边郡的谷仓难有余粮，家中难以富足。他决定在奏书中以东汉光武帝合并四百余县减少吏员十分之九的故事来劝诫朝廷。他的目的，是建议朝廷将河中府的河西县并入河东县。

范仲淹在这份《奏减郡邑以平差役》奏书中写道：

> 天下郡县至密，吏役至繁，夺其农时，遗彼地利，是

---

[1]《范仲淹全集》之《范文正公文集卷第十·上时相议制举书》。

以边廪或窘，民财未丰。臣观汉光武朝并合四百余县，吏职减损，十置其一。今欲去烦苛之吏，致富寿之俗，当施此令，以宽兆民。如河中府倚郭二县，惟河东县主户四千，不致逼迫。河西县主户一千九百，内八百余户属乡村；本县尚差公吏三百四十人，内一百九十五人于乡村差到。缘乡村中等户只有一百三十户，更于以下抽差，是使堪役之家无所休息。以臣管见，其河西县宜并入河东。及大名府县分极多，甚可省去。或谓县邑之中有榷酤关征之利，臣谓所废之县，止可为镇，而坊市仍旧，所贵吏役稍减，农时不夺，地利无遗，民财可阜也。[1]

3

天圣八年秋七月，朝廷进行了制科考试。皇帝命翰林学士宋绶、冯元为初试制策官，以翰林学士章得象、御史中丞王随复考，由知制诰石中立、盐铁副使鞠咏为编排。后来，御试制科人都按照这样的先例安排。丙子日，皇帝在崇政殿策试，何咏和富弼通过考试。丁丑，朝廷任命何咏为祠部员外郎，同判永兴军，赐五品服；同时任命富弼为将作监丞，知长水县。富弼通过制科考试，又得委任县职，令晏殊大为高兴。没多久，富弼同晏殊的女儿成婚了。好消息传到河中府，范仲淹大喜，让妻子李氏专门做了几个好菜，备了酒，叫上周德宝道长作陪，好好喝了一通。

在范仲淹看来，富弼是难得的人才，他早早就对富弼寄予了厚

---

[1] 《范仲淹全集》之《范文正公集补编卷第一·奏减郡邑以平差役》。

望,也热切期待着有朝一日,自己能够与富弼一同致力于去除国家积弊的事业。

不知出于何因,朝廷很快给予了范仲淹新的任命。

天圣九年三月,范仲淹迁官太常博士,调任陈州做通判。不久前,李氏刚刚为范仲淹生下了第三个儿子,取名纯礼。

接到调令后,范仲淹不敢耽搁,带着妻儿很快从河中府出发,前往陈州就任。上任途中,经伊川,范仲淹想到自己所崇敬的唐朝名相姚崇就葬在洛阳万安山,便顺路拜谒了姚崇墓。

立于姚崇墓前,范仲淹突然联想到自己与母亲的遭遇同姚崇母子境遇相似。原来,姚崇祖籍吴兴,其母因改嫁,去世后亦不得入葬祖坟。姚崇一气之下,便将母亲安葬在洛阳万安山下。姚崇去世后,也不入葬祖坟,而是葬在了母亲的坟侧。范仲淹回想起母亲,又想起在记忆中找不出一丝印象的生父,不禁心中顿生亏欠之情。如今他官位稍升,俸禄增加了,母亲却早已经离他而去。安葬之时,仓促之际,也未能择一风水宝地,亦无体面的葬礼。思虑再三,他便决定在此择一风水宝地,移葬母亲灵柩,还要重新举办一次体面的葬礼。于是,他在姚崇墓的西侧买了半亩地,作为母亲的墓地。他又想,按照朝廷规定,自己应该已经有磨勘的资格,何不请求朝廷将磨勘改为转官恩泽,先移赠先父先母,以崇父母之荣?于是,他便拿出笔墨,含泪挥笔,写下一份状书。状云:

右,臣窃露微衷,仰干睿听,霆威匪远,渊惧斯深。伏睹编敕节文:一应京朝官在任未满,不因公事,朝廷非时移替,在任不曾磨勘转官者,后来同计及三周年,不以到阙在任,并与磨勘者。伏念臣自蒙恩改授京官,到今七年,除持服月日外,亦以四年余两个月,不敢侥求磨勘。今为迁奉在近,未曾封赠父母。窃念臣襁褓之中,已丁何怙,鞠养在母,慈爱过人。恤臣孤幼,悯臣多病,夜扣星象,食断荤茹,逾二十载,至于其终。又臣游学之初,违离者久,率常殒泣,几至丧明。而臣仕未及荣,亲已不待,既育之仁则重,罔极之报曾无,夙夜永怀,死生何及?今又俯临葬礼,尚阙褒封。祭奠之间,志述之际,乏兹恩数,逼于哀诚。身厕登瀛之华,亲无漏泉之泽,矧遇孝理,若为子心?今欲将磨勘改转官恩泽,乞先移赠考妣,所冀迁厝之日,得及追荣。况臣尚在壮年,序进未晚。伏望皇太后陛下、皇帝陛下深轸至仁,俯从危素,特降曲成之造,更覃广爱之风。则人子至荣,获显亲于不次;君父大赐,必捐躯而是图。臣无任。[1]

这份状书最终被送到太后和皇帝手中。太后阅状,为范仲淹孝心所感,不禁垂泪。赵祯更是心中悲恸,潸然泪下。太后和赵祯皇帝当即批准了范仲淹的请求。范仲淹得到恩准,便请假赶回应天宁陵,将母亲移葬到河南洛阳万安山下。

范仲淹刚去陈州当通判的时候,知州是杨日严。不久,朝廷任命胡则代替杨日严任陈州知州。范仲淹结识了胡则长子胡楷,两人倒是比较投机。范母迁葬之日,知府胡则携长子胡楷一同前往祭

---

[1] 《范仲淹全集》之《范文正公文集卷第十九·求赠考妣状》。

奠，州内不少官吏也来了。这次有太后和皇帝对范母的封赐，前来共祭范母的人自然不少。

妻子的堂兄李纮也专程从京城赶了来。范仲淹对于李纮的情谊，甚是感激。

在母亲坟前上好香，烧了纸钱，范仲淹呆立在母亲坟前。东南风从身后吹来，范仲淹望着随风飘向母亲坟头的袅袅青烟和纸灰，心念一动，扭头看了看立在自己身后的妻儿。李氏正一边一个，牵着纯祐和纯仁。纯礼因为还在襁褓之中，李氏让乳母帮忙照看着，并没有来到墓前。此时，纯祐见父亲扭头看过来，便也望向父亲。祖母去世的时候，他年纪尚小，几乎没有什么记忆。如今，他快七岁了，心智渐开，对于死，已经有了懵懵懂懂的认知。站在祖母坟前，看着父母和众人悲戚之貌，想到一个死去的人常埋地下，纯祐不觉有些害怕。

范仲淹似乎感觉到了孩子的心境。他转过身子，拉过纯祐，将他紧紧抱在怀中。

"爹爹，你怕吗？"纯祐突然怯怯地问。

"什么？"

"你怕它吗？是它把祖母带走了吧？"

范仲淹一愣，突然明白了孩子的问题。他平静地看着孩子，眼中含着热泪，点点头说道："当然，爹爹也怕。不过，爹爹更怕的是人白活一世，碌碌无为。爹爹害怕漫无目的地迷失在这无边无垠的天地间……"

纯祐似乎明白了什么，清澈的眼睛瞪得老大，颇为倔强地点点头。

"孩儿啊，等哪天它将爹爹也带走了，你要把爹爹安葬在这个方向，"范仲淹往母亲坟墓的东南方向指了指，继续说道，"方才吹的是东南风吧。想来这里应该常常吹东南风。那样子，爹爹以后就可为你祖母挡挡风。你祖母若想回苏州去，爹爹也可在前面给她引路。纯祐啊，你记住了吗？"

纯祐听了父亲的话，顿时哭泣起来，哽咽着说道："我不让它带走爹爹，我不让！"

范仲淹含泪微笑起来，将纯祐抱得更紧了。

4

在对待朋友方面，范仲淹总是倾向于将朋友想成同自己一样有一颗赤诚之心——如果他真的认为某人是自己的朋友的话。这种倾向，似乎在他少年时期便成了性格的一部分。

处理完母亲迁葬之事后，他的心慢慢平静下来。七月初，他接到朋友欧静的一封来信。欧静，字伯起。从欧静的信中，他知道自己的另一好友滕子京最近编著了一本书，这本书汇编了唐代的制诰，一共三十卷。滕子京还在每卷卷首写了些文字，评点制诰的善恶，而欧静建议滕子京将这部书命名为《唐典》。范仲淹认为命名为《唐典》太不合适了。在他看来，唐代存续近三百年，治乱相伴，制诰之文，如何能称为"典"呢？如果此书以《唐典》命名，以后世人岂不要因此而诽谤自己的朋友滕子京吗？这样的想法，简直成为他内心的一种折磨。但是，如果对欧静说出自己的想法，岂非让朋友很为难？他确实为此感到为难，不过他相信对朋友坦诚乃是真正为朋友着想，于是写了一封长信，寄给欧静。

在信中，他这样写道：

七月十二日，高平范某谨复书于伯起足下：近縢从事子京编李唐制诰之文，成三十卷，各于文首序其所以，而善恶昭焉。足下命为《唐典》，以仆观之，似所未安。"典"之名，其道甚大。夫子删《书》，断自唐虞已下，今之存者五十九篇，惟《尧》《舜》二篇为典，谓二帝之道，可为百代常行之则。其次夏商之书，则有训、诰、誓、命之文，皆随事名篇，无复为典。以其或非帝道，则未足为百代常行之典。乃知圣人笔削之际，优劣存焉，如《诗》有《国风》《雅》《颂》之别也。李唐之世三百年，治乱相半，如贞观、开元，有霸王之略，每下诏命，多有警策。失之者盖亦有矣，如则天、中宗昏乱之朝，诛害宗室，戮辱忠良，制书之下，欺天蔽民，人到于今冤之。傥亦以典为名，跻于唐虞之列，不亦助欺天之丑乎？是圣狂不分，治乱一致，百代之下，尧舜何足尚，桀纣何足愧也？

仆不忍天下君子将切齿于子京，乃请以《统制》之名易之。而足下大为不可，贻书见尤。仆谓制者，天子命令之文，无他优劣，庶几不损大义尔。足下谓册制之类有七，何特以制名焉？七者之名，有则有矣，然近代以来，暨于今朝，王言之司，谓之两制，是制之一名，统诸诏命。又有待制、承制之官，皆承奉王言之义也。又令诏诰宣敕圣旨之类，违者皆得违制之坐，亦足见制之一名而统诸命令也。故以《统制》为名，以明备载其文，不复优劣。观其文者使自求之，而治乱之源在矣。

足下又谓吕不韦辈著《春秋》，贾谊之徒著书，文中子著《六经》，而无讥其僭者。非也！盖《春秋》以时记事而为名也，优劣不在乎"春秋"二字，而有凡例、变例之文。"书"者，载言之名，而优劣不在乎"书"之一字，而有典、谟、誓、命之殊。"诗"者，言志之名，而优劣不在乎"诗"之一字，而有国风、雅、颂之议。诸儒拟《春秋》《诗》《书》之名，盖不在乎优劣之地也，未有乱典、谟、训、诰、《国风》《雅》《颂》之名者。足下若以唐之制书咸可为典，则唐人之诗，咸可为《颂》乎？

足下又谓唐有《六典》，杜佑著《通典》，以此二书为证。亦未也。《六典》者，唐之官局，可为令式，尊之为典者，亦唐人一时自高尔。又《通典》之书，叙六代沿革礼乐制度，复折中而论其可者，以为典要，尚庶几乎！矧二书之作，非经圣人笔削，又何足仰为大范哉？

足下博识之士，当于六经之中，专师圣人之意。后之诸儒，异端百起，不足繁以自取。或足下必以《统制》为非，则请别为其目。典之为名，孰敢闻命？某再拜。[1]

这天，范仲淹想起母亲迁葬那日老同年、河南府通判谢绛也来了，这时既然有了点空闲，为何不去回拜感谢一下呢？心念既动，范仲淹便匆匆前往河南府拜会谢绛。

谢绛比范仲淹小五岁，但与范仲淹同年中进士。此时，谢绛也已经是宋朝官场上的一位名士。谢绛为人豁达洒脱，乐与人交往。当时与谢绛交往密切的人包括欧阳修、尹洙、梅尧臣、杨子聪、张太素、张尧夫、王几道等。他们几个人，人称"七友"，常常一起赋

---

[1] 《范仲淹全集》之《范文正公文集卷第十·与欧静书》。

诗饮酒，流连在洛中山水庭院之间。这七人中，又以欧阳修名声最大。当时，这七人再加上一批当地青年文人，成为一个颇有影响的士人群体。范仲淹当年四十三岁，年纪比欧阳修、谢绛等人都要大些，其政治声望和文名也在这批年轻人之上，是他们心中所推崇的人物。

谢绛见范仲淹这位老同年来访，自然欣喜万分。一想到范仲淹难得前来，他便兴致大发，呼朋唤友，邀请诸友前来同范仲淹聚会。

刚开席，谢绛便指着身旁一年轻人道："希文兄，给你介绍一下，这位是在下的妹夫，姓梅，名尧臣。此前任河南县主簿，刚刚调任河阳县主簿。"

范仲淹定睛看去，只见对面那个年轻人三十岁左右，长得眉清目秀，眼内精光闪动，不觉暗暗称赞，当下立起行礼道："想来兄台便是'幼习于诗，语惊长老'的宛陵先生吧，今日一见，果然是一表人才啊！""宛陵先生"乃是梅尧臣的别号。

梅尧臣听范仲淹这么说，似乎有些不好意思，慌忙站起鞠躬行礼，口中道："太守过誉了。尧臣不才，还望范公多多指教、多多提携！"

双方客气了一番，方才各自落座。范仲淹见梅尧臣虽然笑容满面，眼中却似乎偶尔流露出一丝愁郁，心中虽然诧异，但也不好开口询问。

范仲淹不知，梅尧臣自天圣五年结婚后，担任了桐城主簿。两年后，又调任河南县主簿。当时，河南县是西京洛阳的首县，因此这次调任算一次小小的升迁。但不巧的是，当时在西京任职的是梅尧臣的岳父谢涛，而妻兄谢绛又刚刚调任河南府通判。这样一来，为了避嫌，朝廷又将梅尧臣调任河阳县当主簿。梅尧臣在主簿之位上连着调任三次，觉得自己仕途甚是不顺，故心情甚是郁闷，所以方才经范仲淹这么一夸，反而觉得有自惭之心。

梅尧臣原名圣俞，是真宗咸平五年（1002年）四月十七日出生的。他的老家在宣城。他的父亲名叫梅让，是个普普通通的老实农民。不过，他的二叔梅询，倒是在二十六岁便考中了进士，从此步入仕途。梅尧臣自小受到二叔经历的激励，读书甚是勤奋。还是孩童的时候，他便喜欢一个人躲起来独自读书。村头有一片荒林，靠近荒林的地方，有一块很大的青石板。此处人迹罕至，梅尧臣特别喜欢这个地方，因为在那块青石板上，正好可以读书写字。他在那块青石板上读书写字久了，竟然将它磨得滑溜闪亮。有一天，一位乡人偶然发现这块青石板，便想将它拉走卖给别人做墓碑，结果有人告诉这位老乡，这块青石板可是圣俞读书之处。那老乡一听，以为是"圣谕"读书之地，吓得赶紧将青石板拉回原处，哪里还敢随便乱动？梅尧臣听了这故事，寻思着自己的名字实在不妥，万一真的被皇帝问罪，那可真是冤枉了。因此，他将自己的名改为"尧臣"，而以原名"圣俞"为字。自此，便有了"梅尧臣"之名。这个名字，也表明了少年梅尧臣的志向，那就是打算有朝一日成为效力明君的大臣。梅尧臣的叔叔梅询一直支持他好好读书，鼓励他未来参加科举考试。

转眼梅尧臣长到了十二岁，梅询到襄州任通判，便决定带上这个小小年纪就显露出过人才气的侄儿，以便悉心调教。梅询随后宦海沉浮，先后在鄂州、苏州、京兆府、怀州、池州等地当官，梅尧臣便一直跟随左右。可惜的是，梅尧臣一直科举不顺，屡考屡败。梅询怕科举耽误了侄儿的前程，便让他走"门荫"的办法，先进入官场找个事做。什么叫"门荫"呢？简单地说，就是家族之中有人当了官，就可以带携兄、弟、侄儿或外甥为官。当然，门荫之职都不是显要的大官，一般都是不起眼的小官。这样一来，梅尧臣便靠着"门荫"，补了一个太庙斋郎的缺，负责在祭祀太庙时充当执事。梅尧臣自小以才气闻名，稍稍长大，又因诗才闻名洛下，可是想到自己不能通过科举步入仕途，而只能靠门荫当个小执事官，他的心里怎能不感到惭愧呢？所以，即便是在升为主簿之后，梅尧臣的内心依然是自卑的。

在这次聚会上，梅尧臣结识了当时已经闻名文坛的范仲淹，范仲淹也对这个年轻人印象极其深刻。此后，两人之间，更是演绎出一番曲折故事来。

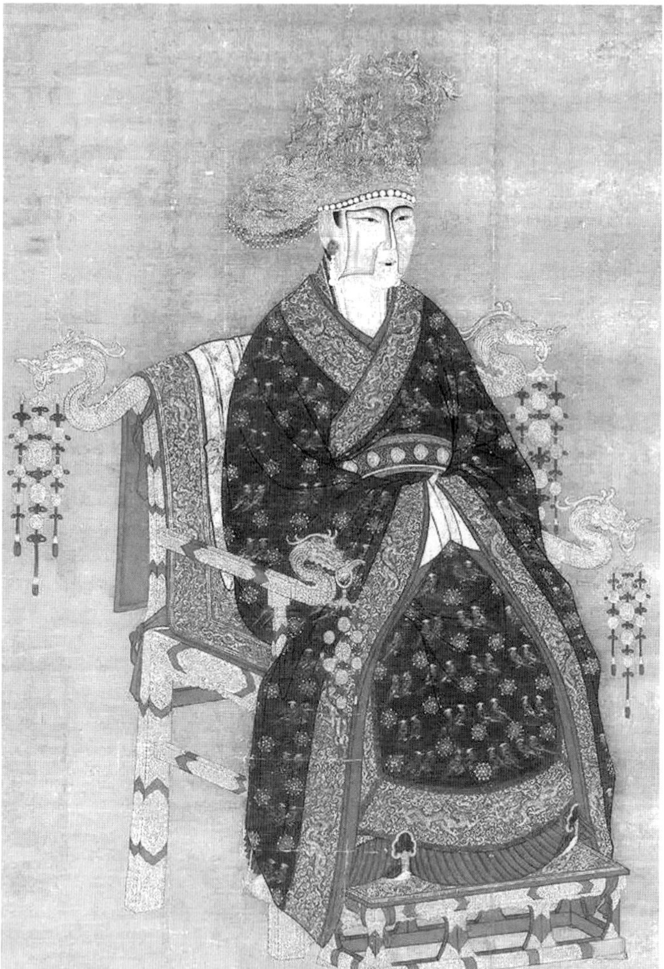

第五章
宫廷风云

1

明道元年（1032年）二月，大宋的皇宫内有一李姓顺容病逝了。李顺容病情加重后，刘太后传内旨，封其为宸妃。

这日朝会，照旧是太后垂帘听政。几件政事议后，宰相吕夷简突然走出班列奏道："太后，听说有位嫔妃去世了。"吕夷简是两朝老臣，只有他同少数几位老臣知道，刚刚去世的李宸妃，乃是当今皇帝的生母。

太后听吕夷简这么说，感觉心头猛然一缩，脸上却只有眉梢微微抽动了一下，镇静地说道："宰相管得可真宽，连后宫的事情也要过问啊？"说罢，缓缓起身，对一旁龙椅上的赵祯皇帝道："宰相都过问起后宫之事了，我看今日朝会就到此吧。"吕夷简听出了太后的不悦，但是他朝奏之前，早就考虑得很清楚，这件事如果此时不向太后谏言，等以后皇帝主宰大政，自己可是要跟着倒霉的。所以，吕夷简是硬着头皮也要在朝奏上提出这事情。

赵祯皇帝对太后突然宣布退朝有些吃惊，当下不便忤其意，便微微点头，宣布退朝。

吕夷简退了朝，脸不变色，缓步踱回中书省，他心里很清楚，自己方才一问，已经起了一定的效果。太后迟早会让人来找我！他心里暗道。

果然，吕夷简刚回到中书省官署没有多久，太后就让内侍罗崇勋来找他，请他到内东门小殿去一趟。

进了内东门小殿，吕夷简抬头便见太后在殿内龙椅上端坐着。

"太后——"

吕夷简抬头斜了一眼罗崇勋，不再多言。太后会意，挥挥手，让罗崇勋退了下去。

她一声不响看着吕夷简，过了片刻，方问道："死了个宫嫔，与吕相何干？"

吕夷简暗想："太后啊，你这是找台阶下，故有此问。"当下，他也不马上点明自己的真实想法，只是道："我身为宰相，自然要过问内外之事啊！"

太后听吕夷简这么说，知他故意卖关子，当下作色道："你是要离间我母子吗？"

吕夷简往前微进一步，低声回道："太后难道不想在日后保全刘氏一族吗？"

太后听了吕夷简这句话，猛然醒悟，心中大惊，脸上却不变色，说道："刚刚去世的，确是李宸妃。吕相有何建议？"

"太后若念及刘氏一族，当厚葬宸妃！"

太后闻言，耷拉下眼皮，不说话。

吕夷简察言观色，知太后已悟，当下不再多说，告退而去。

太后深思良久，下内旨葬李宸妃于洪福院，且以皇后服饰入殓。为保护李宸妃遗容，又令人在其棺木中灌满了水银。

尽管太后决定厚葬李宸妃，但是一想到这位李宸妃乃是当今皇帝的生母，仿佛是为了不让这个死去的嫔妃夺取她的母后的资格，她还是不想大张旗鼓。琢磨了许久，她下诏凿开宫墙将李宸妃悄悄出殡。这个决定很快传到了吕夷简那里。

"糊涂！"吕夷简暗暗叫苦，慌忙到内廷外请对。

太后派了内侍罗崇勋出来问吕夷简请对何事。

吕夷简道："凿宫墙出殡，非礼也！丧宜自西华门出。"

罗崇勋将吕夷简的答复回报太后，太后怒道："这个吕夷简，真是岂有此理！难道孤家一定要按他的意思办事吗？"当下就让罗崇勋请吕夷简赶紧离开。

罗崇勋再次出了内廷大门，转达太后旨意。

吕夷简道："臣位居宰相，朝廷大事，理当力争，太后不许，臣终不退！"

罗崇勋见状，只好再次向太后禀报。如此又往返三次，太后还是不许。

"吕相，你还是回吧！"罗崇勋无奈，苦着脸请求吕夷简。

吕夷简眼睛一瞪，肃然道："宸妃诞育了当今皇上，而丧不成礼，异日必有受其罪者，到那个时候，不要说吕夷简今日不进言！"

罗崇勋闻言，内心大惧，慌忙再次向太后禀报。

这次，太后终于被说服，答应了吕夷简的请求，下内旨许李宸妃自皇宫西华门出殡。

关于李宸妃出殡这件事，范仲淹在陈州也听闻了。

这件事令范仲淹印象深刻。"吕相如此看重李宸妃出殡，看来其中必有原因。"

范仲淹隐隐感到，此事背后，必然还有重大隐情。但是作为一名地位不高的官员，他所知有限。在他看来，吕夷简这是出于礼制考虑，以此来约束太后的权力。这是符合范仲淹内心对礼制的尊崇的，因此他对吕夷简倒是多了一分好感。

2

"牡丹花开了吧？可惜，天旱日久啊！"太后躺着床榻上，两眼出神地盯着窗棂外春意盎然的御花园，声音暴露出她极度虚弱。她已经卧床许久了。赵祯听着太后的话，没有回应。她似乎也没有期待他回应这句话。隔了片刻，她便扭头看向他，絮絮叨叨说了一些过去的事情——他小时候的事情，都是一些微不足道的小事，比如哪一次喝汤被烫着啦，哪一次在御花园里跌了一个跟斗啊，等等。他开始有些诧异。在他近年来的印象中，太后很少会像现在一样回忆过往，絮叨那些他似乎早已经忘却的童年。突然有那么一刻，他开始意识到，恐怕太后大限将至。对于她的养育之恩，他内心充满了感激之情。但是即位以来她的垂帘听政，也让他感到压抑。幸好，他天性平和、宽厚，所以他会尽量记住母后对自己的好。至于那些约束、训令，虽然让他年轻的心感到压抑、抵触，但大多数时候都能在内心慢慢化解。如今，他知道她的时间不多了，心里便发自天性地感到悲哀。他发着愣，脸色惨白地看着她，无奈地看着生命的活力慢慢在她身上褪去，就仿佛落日的余晖即将隐没在无垠的夜幕中。

"陛下，你要好好待杨太妃。"

"是，孩儿谨记。"赵祯对母后在这个时候提起杨太妃并不太意外。在他记忆中，自他一出世，便由杨太妃带着。多年来，太后大多数时间用来处理政务，而他日常的生活起居，正是这位杨太妃负责照料的。可以说，她与他共同吃住，简直是她把他养大的。

"还有，孤家已经令人拟了遗诰。你记住，孤家走后，你要尊杨太妃为皇太妃，军国大事，你应与她商议啊！"

太后的这句话，让赵祯感到有些为难了。这不是等于让杨太妃继续垂帘听政吗？他愣了一下，没有答话，惨白的脸因为内心的激动瞬间涨红了。

太后看出他神色的变化，微微叹了口气，继续说道："陛下毕竟还年轻，不知天下情伪，孤家是怕你应付不了局面，坏了先帝留下的基业。"

这句话说得很诚挚，赵祯虽然心底十万个不乐意，但是他的天性使他不忍心在此刻当面去驳斥自己的母后。

"有些事情，你慢慢会知道的。为君难，治国不易啊。你的性子，孤家是知道的……我大宋啊，先帝啊……"太后歪着头，抬起一只手，虚弱地抚在赵祯放在床榻边的手臂上，然后又转头看向窗外。

过了许久，太后突然长叹一声："天还早着啊——"

赵祯此刻不敢言语，呆望着太后。

丁亥日，赵祯皇帝亲自祈雨于回灵观、上清宫、景德开宝寺。太后于病重中的那句叹息——天还早着啊——让赵祯感到有些羞愧。"在这种时候,我竟然只顾念着怎能与杨太妃共议军国大事,而太后心里却还是念着天下民生啊!要成为明君,真不容易!"天性的善良与自小受到的儒家教导令赵祯在内心深刻而真诚地反省。同时,他也希望在这个关键时刻,展示自己作为仁君的气度与才能。丁亥,他通过大赦天下来为皇太后祈福,乾兴以来因贬官而死去的人都追复了官职,寇准、曹利用、周怀征、曹允恭、周文质等昔日被贬的故臣,也都追复了旧职。他还招募天下的良医,命他们尽快赶往京城为太后诊断治疗。

然而,再高明的大夫也无回天之术。

甲午日,赵祯前去探望太后时,太后已经病得不能言语了。赵祯知太后时间不多了。最近几年,太后每次庆祝生辰或祭祖,皆穿戴花样的衮冕,赵祯心里猜度太后应该想穿着衮冕入土,便令内侍为太后换上帝王大典时穿戴的衮冕。

在弥留之际,太后数次用一只手抓住衮服衣襟,费力将衣襟微微扯起,无奈却每次都无力地垂落。赵祯坐在太后身边,瞧着她在生命最后作出的这种努力,又是悲哀又是奇怪。他俯身将耳朵凑到太后的嘴边,可是他什么都听不到,只听到极其微弱的喘气声。他在悲哀中变得茫然无措,只能用自己的手握住太后那发冷的手。他感到从那只手传来生命最后的气息,但是那气息是如此虚弱,几乎已经湮没在冰冷的寒气中。等了许久,他突然意识到,太后已经崩逝了。于是,他不由得悲从中来,恸哭起来。

明道二年(1033年)三月甲午,皇太后崩。乙未那日,赵祯皇帝在皇仪殿东楹召见辅臣。他回想起太后临终前的怪异举动,便问辅臣们:"太后临终时已不能开口言语,却数次用手扯身上的衣襟,似乎想要说些什么。不知究竟是何意？"有人说："恐怕原因出在衮冕。太后是担心自己穿着衮冕升仙，无面目去见先帝。"赵祯听了，顿时醒悟，便令人给她换上了皇太后服，方才入殓。随后，赵祯又命吕夷简为山陵使，操办太后的丧葬之事。

安排了这些后，皇帝宣布了太后的遗诰。遗诰尊杨太妃为皇太妃，皇帝听政按照祖宗旧规，军国大事与皇太妃内中裁处，同时宣布赐诸军缗钱。朝廷文武大臣吃惊不已，一些官员在阁门使引领下纷纷向杨太妃请贺。

范仲淹在陈州听闻太后遗诰，心中大急："两位太后连续垂帘听政，我大宋皇帝如何能成为真正的人君？岂有此理！"范仲淹想到这点，便觉得心里憋闷。

与范仲淹有类似想法的绝不止一人，蔡齐便同范仲淹有同样的想法。此时的蔡齐，身为御史中丞，听闻太后遗诰后，当即暗示御史台属官不要入宫请贺，他自己亲自前往中书省，求见宰执们。"今上已经成人，已能明了天下情伪，应该可以亲政了，怎能让女后相继垂帘听政呢！"在蔡齐力谏之下，宰执们决定将遗诰中令杨太妃与皇帝同议军国大事的诰令暂时搁置。

这件事一搁置，便一直拖到了四月。宰执们与赵祯皇帝经过一番商议，最终决定删去遗诰中"皇帝与太妃裁处军国大事"之语。后来，赵祯出于对刘太后的尊重，改尊杨太妃为"保庆皇太后"。

刘太后崩后，吕夷简、晏殊经过一番商议，终于决定将赵祯皇帝的身世向他坦白。

年轻的皇帝听说李宸妃才是自己的生母，如雷轰顶，惊得差点背过气去。待从震惊中回过神，他想起自己多年来在宫内见过自己的生母,却一次都不曾与她亲近,亦未能尽丝毫孝心,不禁愧疚无比,接连数日,发无名之恸哭。

数日后,赵祯皇帝追尊自己的生母为皇太后,并决定将生母灵柩移葬到永定陵,以让母亲同真宗一起长眠。这个时候,宫内传起了流言,说宸妃当年乃是死于非命,丧礼也完全没有按照礼制去办。谣言传到赵祯皇帝耳中,他大为愤怒,扬言道:"若母亲是被害而死,且受身后之辱,朕誓不罢休!"

移葬那日,赵祯皇帝请宸妃之弟李用亲临。为了辨别流言是否为真,他决定开棺验证。结果,开棺后发现棺内灌满水银,李宸妃面目如生。赵祯再次目睹生母容颜,悲喜交集,想起自己被谣言迷惑,不禁长叹:"人言不可信也!"

3

太后被安葬后不久,范仲淹便接到了皇帝特旨,令他速回汴京,担任右司谏。范仲淹此前担任过秘阁校理、河中府通判、太常博士通判陈州。其时,通判属于差遣官。陈州属于散州类,其通判是正八品,太常博士是寄禄官,官品也是正八品。现在范仲淹迁任的右司谏,是寄禄官,官品是正七品,在官品和俸禄上,都比太常博士要高,最重要的是右司谏离皇帝更近,其重要性非太常博士可比。范仲淹在陈州,一直关心朝廷大事。如今特旨下达,迁他为右司谏,他心里自然感到高兴。但是高兴之余,他的心底有点顾虑:"我之前上书太后还政皇帝,并非为了升官发财,乃是为了我大宋国祚。如今太后刚刚落葬,皇帝便为我加官,又召我回京,八成是把这作为对我之前上书的回报。皇帝这是将我也看成了为升官而费心钻营的人了吧！"他暗暗叹了口气。但是，当他想到回京担任右司谏，就可以离皇帝近一些，就能够更好地为朝廷办事、为天下谋福利，尽管心里觉得可能被皇帝误解了，却也决不想因为要捍卫自己的清高，而放弃这样的机会。他将这个消息告知了妻子李氏，李氏倒是比丈夫还要高兴。范仲淹一家很快收拾了行李，举家赶往大宋的都城汴京。

年轻的赵祯皇帝为了尽快巩固自己的权力，很快在大臣的任命方面作出了一系列调整。门下侍郎兼吏部尚书、平章事吕夷简罢为武胜节度使、同平章事，判澶州。枢密使、昭德节度使、右仆射、检校太师张耆罢为左仆射、检校太师，兼侍中、护国军节度使，判许州，随后又改判陈州。枢密副使、尚书左丞夏竦罢为礼部尚书，知襄州，后又改为知颖州。礼部侍郎、参知政事陈尧佐罢为户部侍郎，知永兴军。枢密副使、礼部侍郎范雍罢为户部侍郎，知荆南府，随后又改知扬州，继又改为知陕州。枢密副使、吏部侍郎赵稹罢为尚书左丞，知河中府。尚书右丞、参知政事晏殊罢为礼部尚书，知江宁府，随后又改为知亳州。此外，还有一些官员被贬。

这样一来，原先太后垂帘听政期间被重用的大臣，很多被贬了官，离开京城，离开了大宋王朝的权力中心。刘太后最亲近的人之一张耆，被罢枢密使，改判许州，心里老大不痛快，却也只能默默接受。

在这一轮官位调整之前，赵祯皇帝曾经找吕夷简商量，所以吕夷简以为自己能够保住现有职位，却不料也被罢了相，这背后的原因，竟然与一个女人有关。原来，赵祯皇帝与吕夷简商量罢去张耆、夏竦等大臣后，回到后宫告诉了郭皇后，郭皇后听了只是哼笑。赵祯问她为何发笑，皇后说："难道那吕夷简就单单不依附太后吗？他不过是很机巧，善于应变罢了。"赵祯皇帝听了郭皇后的话，想想也有道理，便将吕夷简的名字一并列入了贬官的名单。吕夷简听到自己被罢相的圣旨，着实吃了一惊。不过，他沉浮宦海多年，并没有因为被突然罢相而表现出对皇帝的不满。"我迟早会东山再起！"他不动声色地谢了圣恩，随后便悄悄向内侍副都知阎文应打听背后的原因。这阎文应平时颇受吕夷简的好处，因此将郭皇后对皇帝说的话悄悄告诉了吕夷简。吕夷简脸上不露声色，心底却对郭皇后怀恨在心。

重新回到汴京的范仲淹像之前一样，在南城租了一个宅子安顿下来。不过，这次租的房子更大了一些。周德宝也在范仲淹的诚心邀请下，一起来到了京城，随范家而居。范仲淹有周德宝追随身边，不仅多一个老朋友，也可以说是多了一个谋士。范仲淹知周德宝精通易礼，虽然无意于功名，但是对于世道人心，倒是颇有一套精辟的见解，一遇到什么事情，都会向他请教请教。周德宝不仅精通易礼，还自幼习武，精通气功。范仲淹本是好学之人，与周德宝相处久了，心里便冒出这样一个念头——为何不抽空学习武术和气功强身健体呢？于是，他一有空就向周德宝讨教武术与气功。练习武术倒还好，可是这气功，范仲淹练得不怎么样，经常因为练习运气将自己弄得头晕目眩、恶心欲吐。

比练习气功更令范仲淹恶心欲吐的事情，也还是有的。范仲淹发现，自太后下葬后，朝廷里越来越多的官员开始或公开或私下议论太后，而且对她的斥责越来越多。有些官员甚至去皇帝那里告太后的状。那些到皇帝面前说太后坏话的，恰恰也是当年在太后跟前溜须拍马的人。看到、听到这些官员的所作所为时，他真感到恶心。在范仲淹看来，太后垂帘期间，也没有坏到像那些官员所说的境地，而且实事求是说，太后总体上还是勤政爱民的，是为大宋王朝作出了巨大贡献的。他心里很清楚，虽然自己当年上书请求太后还政，但从未彻底否定其品德与政绩，所以，在看到、听到不少官员到皇帝面前诋毁太后时，心中不免愤愤不平。

"我是右司谏，遇到这种事情，怎能闭口不言呢？"范仲淹那股倔脾气一上来，是谁也挡不住的。于是，他便找了一个机会，向赵祯皇帝进言。

"太后受先帝遗命，保佑圣躬十余年，虽然有些小过，但是陛下应该掩其小过而全其大德啊。"范仲淹满脸严肃，瞪着眼睛，直视皇帝说出这样的话。

赵祯比范仲淹小二十余岁，每次范仲淹瞪着眼睛进谏的时候，他便感到有种巨大的压力。若不是心里很清楚范仲淹是一个忠臣，他肯定会立刻扭头躲开的。他的这种心思，大约同小孩子意识到自己即将被严厉的家长训话便想法子溜走的心理有些类似。不过，赵祯毕竟已经长大了。即便他那有些懦弱的性格没有从根本上改变，但是多年在太后眼皮底下的政治历练，已经使他变得颇有些沉稳了。当范仲淹瞪着眼睛向他进言时，他也静静地直视着范仲淹的眼睛。他从范仲淹的眼中看到的，是无私的坦诚，那眼睛虽然严厉，却如一湾清澈见底的湖水，没有丝毫污浊，又如一片清明光亮的天空，没有任何阴云。这让他的心很快平静下来。他把范仲淹的话听到心里，没有马上答复范仲淹。

在经过一番深思熟虑后，赵祯皇帝终于感悟了。于是，他下了一道诏书，告知天下："皇太后保佑朕十有二年，恩勤至矣！最近有些上言者不顾大体，诋毁一时之事，并没有考虑到朕的孝思啊！太后垂帘之时颁下的诏命，今后朝廷内外就都不要议论了！"

范仲淹见皇帝颁下这样的诏书，情不自禁地感叹天下真的遇到了明君、仁君。

经过这件事，赵祯皇帝更加看重范仲淹。没过多久，皇帝令范仲淹与御史中丞范讽、天章阁待制王鬷同审刑院大理寺，详定天下当配隶罪人的刑名。御史中丞是本官名，官品是正四品；天章阁待制是馆职官名，属于文学侍从官，备皇帝顾问，官品是从四品。范仲淹所任右司谏，是正七品。御史中丞范讽、天章阁待制王鬷，官职和官品都在范仲淹之上。赵祯皇帝让范仲淹协同范讽、王鬷办事，显然是对范仲淹器重有加。这年七月，赵祯皇帝又命范仲淹同管勾国子监。这是一个差遣之职。国子监长官国子监祭酒官品是从四品，皇帝命范仲淹同管勾国子监，就是令其协同国子监祭酒等官员一同办事，这也是对范仲淹的重视。

就在这个时候，江、淮、京东地区发生了自然灾害。范仲淹既知灾害之事，便上书请朝廷派大臣前往巡视灾情。中书省不欲将事态扩大,赵祯皇帝也不想因为灾情而大动干戈,因此对于范仲淹的上书未作回应。

可是,范仲淹可不容朝廷对灾情无动于衷。他找到一个机会——在退朝时拦住赵祯皇帝质问:"宫掖中半日不食,当如何?如今数路短粮缺食,怎能置之不顾,不加抚恤?"年轻的赵祯皇帝被范仲淹一番话怼得哑口无言。

巡视灾情,可不是个轻松的活儿。赵祯皇帝琢磨了半天,便请中书省推荐巡视灾情的官员。中书省的几位宰执本不想将灾情之事闹得天下皆知,对于范仲淹的进言颇为不悦。如今皇帝让中书省推荐巡视灾情的官员,宰执们一想,既然你范仲淹捅娄子,不如就推荐你去得了。赵祯皇帝见中书省推荐了范仲淹,心底自然明白宰执们的用意,当下也不道明,隔日便派范仲淹前往江、淮巡视。

范仲淹得了这样棘手的任务,反倒颇为欣喜。能够亲自为灾民出力,难道不正是我范仲淹应该做的吗?于是,他欣欣然领了皇命,带着周德宝和几个随从急匆匆上路了。

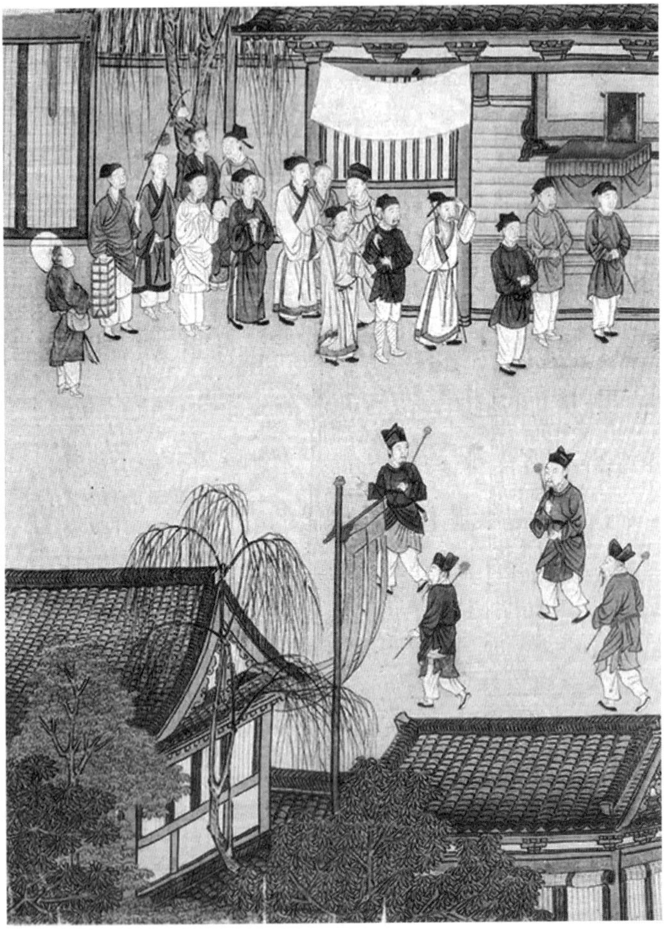

第六章
无为军

1

空气很是潮湿，河面上白雾蒙蒙，大地似乎刚刚从沉睡中醒过来，慵懒地躺着，一动不动。

范仲淹早早起来，立在船头，看着周围显得单调沉闷的景色，心情沉重。从京城至淮南，一路上水陆兼程，自从到了淮南地界，便不时看到流浪的灾民。范仲淹身为体量安抚使，每到一地，便督促地方官开仓赈灾，并要求地方官禁止举行各种铺张浪费的祭祀活动。

此刻，范仲淹带着周德宝与四名贴身随从换了便装，乘船前往淮南路的无为军。另外还有十来名随从、护卫，根据他的安排，就近自陆路前往无为军，每隔一段路，便会前来碰头，向他汇报所见所闻。他这样安排自有他的理由：一来，他可以轻装简行，更容易摸排地方上的实情；二来，安排随从、护卫分路而行，遇到险情也好及时策应。

船距离无为军越来越近。太阳渐渐升高,阳光慢慢将白雾驱散了。河两边的田野、草地、树林渐渐显露出来,照旧一幅单调的乡间景色。范仲淹从这单调、朴实无华的景色中感受到了这片土地所经受的苦难,感受到了生活在这片土地上的人们千百年来所经历的人生与岁月的磨砺,同时也感受到一种沉静的美和一种潜藏的力。过了许久,太阳突然变得炽热起来,就如同一个火球炙烤着大地。

"无为军!"范仲淹望见远处的城楼,朝身旁的周德宝说道。

说出这三个字的时候,范仲淹的眼前不觉浮现出林逋的面容。为什么就在此刻他突然想起了林逋呢?那是因为林逋写过一首诗,题目便叫"无为军"。不过,那首诗中描写的景色,却与范仲淹此刻所见之景颇为不同。

范仲淹立在船头,口中不禁吟起忘年老友的那首小诗:

掩映军城隔水乡,人烟景物共苍苍。
酒家阁楼摇风旆,茶客舟船簇雨樯。[1]
……

吟诵了一半,范仲淹长叹一声,说道:"若是老天赐雨,我们就能看到林居士诗中描述的军城烟雨之景咯。"

说话间,船头方向老远的地方,渐渐露出一个城郭的轮廓。靠近城郭的河岸边,停了不少船只。大小桅杆高高低低簇拥在岸边,被青白色的天空衬托着,像是用枯墨在白色背景上勾勒一般。

---

1 《林和靖集》卷二《无为军》。

船上诸人料想那便是无为军的城郭了。又过了一会儿，船离城郭渐近，连城外在风中招展的酒旗都能看到了。

船靠岸时，太阳晒得更加厉害了。弃船登岸后，范仲淹一行便往无为城匆匆赶去。眼见城头便在前头，范仲淹瞥见路边有一家用松木板搭建的简陋的脚店，便示意众人进去歇歇脚。他真实的想法，除了歇脚，却是想借机找当地人聊聊天，以便进城之前就了解一下城中的情况。

这家脚店虽然简陋，空间倒是不小。进了脚店，范仲淹抬眼一看，东头一桌坐了三个人，西头一桌坐了六个人。那西头一桌的六个人都是兵丁打扮，其中五个都是干瘦的身形，只有一个显得比较高大。那六个人几乎都佝偻着背，一脸无精打采、羸弱不堪的样子。他们身上穿着兵丁服，腰间挂着腰刀，衣服又脏又破，若不是因为还看得出来形制，简直会被误认为是乞丐的百家衣。这六个人见范仲淹带着几个随从进了脚店，都一齐向他这边看过来，眼神既带着好奇，也带着一些惊疑之色。这六个人的眼神和模样，顿时引起了范仲淹的注意。

范仲淹一抬手，示意周德宝和几个随从在中间一张桌子边就座。待诸人坐定后，他便安排一个随从去找伙计来点饭菜。

等候上菜的时候，范仲淹发现西边那桌的六个兵丁不时往他们这边看。这时他注意到，六个兵丁的桌上虽然摆着碗筷，却并无饭菜。

"走，与他们几个聊聊去。"范仲淹轻声对周德宝说。

周德宝不想去惹那几个当兵的，正想拉住劝一句，不料范仲淹不等他开口便已起身向那六人走去。

那六个兵丁模样的人见状脸上的神色顿时更加紧张了。

周德宝担心范仲淹会遇到危险，便抢了两步跑到他前面。他身上穿着玄色道士服，腰间悬着一柄龙泉剑，这一跑动，腰间的宝剑晃悠起来，显得尤为显眼。

"几位兵爷，叨扰了，请问各位可是隶属无为军？"范仲淹也不绕弯子，直接询问起几人的身份。

周德宝听范仲淹这么问，不禁暗暗叫苦，却也无可奈何。他心中暗想："我的这位仁兄啊，真是个直来直去的性子，冲着兵丁也敢这么直接问，要是遇上了几个不讲情理的大兵，那可是要自讨苦吃的。"

不过，这次倒是周德宝过虑了。

那六个兵丁听了范仲淹的发问面面相觑，却没有一个发话的，一个个眼神都有些飘忽不定。范仲淹久历官场，再加上有同审刑院大理寺那段经历，顿时从他们的眼神中看出了一些蹊跷。他心里暗想，看他们的模样，一定是发生了什么事情，否则不会如此惊惶不定。不待六人回答，范仲淹旋即便说，自己是一个采办山货的商人，如今正与道长一起到此游览，顺便看看是否有合适的山货可以采购。

这时，兵丁中的那个大块头率先开口说话了："我等不是无为军的。这不，如今四处饥荒，我等办完公事，本想能得到丰厚赏赐，没料到——不瞒你说，我等正发愁如何能回老家呢。方才你们进来时，我等正犹豫着，该不该花钱买点饭菜。"他说话嗓门很大，粗声粗气，表达也不流畅，但看起来似乎是几个人的头儿。

范仲淹听了，便让周德宝点些酒菜送给六个兵丁。

如今正赶上大旱和蝗灾后的饥荒，虽然客人要点菜，却已经没有什么菜能够上桌了。周德宝与店主人商量一番，多加了四十文铜钱，店主人才同意多做了一盘小葱炒鸡蛋，随着几碗米饭和一壶酒端了上来。那壶酒，没遇灾时只要十文，如今可好，足足翻了一倍的价钱。范仲淹的随从抱怨了几句，那店主人少不得唠叨几句，说这酒都是前些年酿造的，今年店里储存的粮食所剩无几，别说自酿酒了，平日里自吃，再加上做生意，早就所剩无多了。

那六个兵丁得了范仲淹赠予的几碗米饭、一壶酒和一盘炒鸡蛋，顿时警惕性就没有了，脸色也变得颇为好看。几个人狼吞虎咽扒完了米饭，吃完了小葱炒鸡蛋，又将范仲淹称作"相公""员外"，好好感谢了一番。紧跟着，那个大块头便同范仲淹说起了他们的故事。

原来，这六个人乃是负责运输粮食的兵丁，他们从潭州驾船出发时，送粮队伍总共有三十来人。可是，因为路途遥远，到了饥荒之地，遇上饥民抢粮发生冲突，战死几个，逃了一批，待将船上"劫后余生"的粮食运到无为城交割后，只剩下他们六个人了。如今距家乡潭州还有四千多里路，囊中却只有无为军官员赏赐的少得可怜的盘缠。那个大块头说完一通话后，便叹气说，他们六人还不知有几个能够安然无恙返回潭州，说着大脑袋耷拉下来，肩膀在褪了色的单薄的破衫下微微颤抖着。

范仲淹听了大块头的话，半晌不语。这段时间以来，他已经不止一次耳闻目睹了千里馈粮、跨地区转运物资的做法所导致的糟糕后果。从太祖太宗时代开始，京城便大力发展漕运，渐渐将江、淮、浙、湖等地区通过一个水网络给联系在一起。每年，从江淮运往京城的粮食就有数百万石。可以说，汴京的粮食有很大一部分依赖于南方的漕运。自今年正月以来，因为江、淮、京东等地区的旱灾和蝗灾，朝廷允许将原本应该运往京城和北方的一部分粮食留下来救灾。但是，这些粮食依然无法彻底消除严重的灾情所造成的影响，很多地方饥荒严峻。跨地区运送粮食与物资，负责运输的兵丁本身便要消费大量粮食，也造成了巨大的损耗，往往等运到目的地所运之粮也已消耗了十之八九。

"这次严重的饥荒导致江、淮、京东三路遍地饥民，难道不正是说明平时朝廷对三路百姓征收的粮食、物资过多了吗？若是能够藏富于民，即便遇到大灾，百姓手中也会有余粮啊！何至于此？"范仲淹想到这里，胸中愤懑无比。

他想到自己在任右司谏，心中又羞又愧。在他这颗火热的赤子之心中，他是首先将世间的惨象归咎于自己的。

"我非得好好向陛下进谏不可。陛下身在深宫，若言臣不能将民间的事情写入奏书、札子，陛下又如何能知道和体会到民间的疾苦呢？这天下百姓受的罪，我范仲淹身为言臣，如何能推卸责任呢？"

范仲淹心中恨恨地想着，他恨自己不能早一日来到这苦难深重的民间，恨自己不能早一点将这些苦难记录下来、写出来，恨自己不能早一些将这些卑微的、在苦难中挣扎的底层军民的心声上达天听！

沉默了一会儿，那大块头缓缓抬起头，被太阳晒得漆黑的脸庞上，两只浑浊的眼睛突然瞪大了。

"大员外啊，你倒说说，我等几个该如何是好啊？我们也想活下去啊！"大块头嗓子嘶哑地说道。

范仲淹看着他瞪得老大的眼睛，想说几句安慰的话，却不知如何开口。

这时，大块头左手边的一个兵丁突然干咳了数声。范仲淹侧头看那兵丁，只见那人额头又低又窄，两个眉角被晒脱了皮，脸色苍白，脸颊深深凹陷，一看就知道是饿久了，严重缺乏营养。这个可怜的人干咳了数声，似乎不太好意思地低下了头。

"城中是否已经严重缺粮了？"范仲淹问道。

这时桌子对面坐的一个年轻点的兵丁开口说："我等将剩余的粮食运到无为城时，除了官署衙门和大富之家还有点余粮，不少百姓已经断粮两三日。粮食运到后，官府已经拿出一部分粮食用来赈济灾民了。我等领了些盘缠，便想赶回潭州，可是，这一路上四处饥荒，我等靠着这点可怜的盘缠，也真不知能够坚持几日啊！唉，如今，也不只是我们挨饿，这城内外，不少百姓也天天为吃饭发愁呢。这不，有些人都已经开始吃草籽当饭了。"

"草籽？"范仲淹听了一惊。

"乌昧草籽。当地人都这么叫，就是乌麦草籽，野燕麦籽。"

"哪里有人吃乌昧草，能带我等去看看吗？"范仲淹问道。

范仲淹的话让六个兵丁都愣了一下，却都不敢说话。

气氛顿时显得有些压抑。

周德宝见状，低声说道："几位兵爷，不瞒你们说，你们眼前这位，乃是朝廷派来江淮的体量安抚使范仲淹范大人。你等听好了，现在范大人微服私访，你等休要声张，只听范大人吩咐便是。"

那六个兵丁听了，不禁个个张大了嘴。虽然有周德宝提醒，但那大块头还是起身便要叩头，范仲淹慌忙一把将他拉住。

"不必多礼，你们这便带我去。"范仲淹说道。

"大人不如用完午膳再随我等去看？"大块头说。

"这会儿正是吃饭时间，去查看正好，莫要错过了时机。德宝道长，你去店里买个多层圆食盒，让他们几个用食盒将饭菜盛好带着，咱随后再吃不迟。"

周德宝听了，自去安排几个随从盛装饭菜。

那大块头见范仲淹坚持马上出发，也不敢多说，招呼了五名弟兄，便带着范仲淹和周德宝等人出了脚店。

一路上，两边黄蒙蒙、灰突突一片，尽是因为大旱和蝗灾而荒芜的田地。

到了无为城楼下，大块头和他的几个弟兄站住了，不再往前走。

"大人啊，城里的饥民，不少都吃乌昧草。大人入了城，自然就能见到了。"

范仲淹听大块头这么说，知道他并不想再返回无为城里，便说道："既如此，咱们就此别过。德宝道长，你取十两碎银给他们做盘缠。"

"这——"周德宝有些不乐意。

"没事，咱省着点，够用。他们几个要回潭州，还有数千里呢。"范仲淹道。

周德宝听了，不再多言，从背上包裹中掏出十两碎银，递给了那个大块头。

那大块头士兵和他的五个弟兄见安抚使大人如此慷慨，不禁大为意外，慌忙都跪了下来，连连磕头谢救命之恩。范仲淹一一将几个人扶起，叮嘱了几句，便让他们走了。

望着六个衣衫褴褛的背影渐渐消失在黄蒙蒙的大地上，范仲淹不觉长长地叹息了一声……

2

六个兵丁走后，范仲淹自带着周德宝和随从在无为城城门口向守卫亮明了身份。他令卫兵们不要声张，也无须去官署通报，只道是要入城先微服私访一番。

守城卫兵不曾见过世面，验了范仲淹的安抚使金腰牌，又见范仲淹相貌堂堂，一脸威严，哪里敢多说话，便依范仲淹所言，恭恭敬敬地将范仲淹等人放入了城中。

入了城，范仲淹在周德宝和随从的陪同下，在城里四处转了转。果然，城内一片萧条景象，到处可见衣衫褴褛的饥民流浪乞讨。在城内好多处，范仲淹看到就地支起锅釜烧煮乌昧草籽的饥民。范仲淹自小受过挨饿的苦，所以看到此番景象，不禁勾起了少年时的记忆。肚子饿得发慌的时候，是多么难受啊！我大宋承平多年，江淮岁岁供给京城，一旦遭遇旱灾、蝗灾，当地百姓却沦落到如此境地，朝廷有负江淮百姓啊！我范仲淹身为朝廷官员，有负江淮百姓啊！他带着悲苦自责之心，一处处走，一处处看，找这个饥民聊聊，找那个饥民唠唠，还让随从从食盒中将饭菜取出赠给饥民，又从饥民那里讨了乌昧草籽来吃。又粗又糙，难以下咽啊！但是，他还是将它们咽下去了。他小心翼翼地将一把乌昧草籽用布巾包好，藏入怀中。"我要把它们带回朝廷，让皇帝陛下看看！我大宋的黎民，我江淮的百姓，此刻正因旱灾蝗灾而受苦啊！朝廷怎能视而不见、听而不闻啊！"这样的念头，在范仲淹的脑海中如大钟一般敲响着。

近傍晚时分，范仲淹一行人走到了一个巷口。范仲淹突然停下脚步，呆住了。

周德宝等也定睛看去，但见巷口处站着一个年轻的妇人，背着一个大包袱，手中牵着一个十二三岁的幼女，正在低声啜泣。那妇人头发凌乱，脸色蜡黄，神色呆滞，衣衫虽然整齐，但已是又脏又旧。那幼女身材瘦小，面色极其苍白，带着病容，头发乱蓬蓬的，身上的衣衫也沾满了污泥，此刻瞪着一双乌黑发亮的眼睛，眼中带着一种恐惧而茫然的神色。

范仲淹缓步走了上去，温言问道："娘子这是遇到什么难事了？"

那妇人好不容易忍住了啜泣，缓缓抬起头，怯怯地看着范仲淹，呆了呆，"扑通"一声跪了下来，仰面说道："大官人见怜，请救救小女子。"

范仲淹赶紧俯身将女子扶起，问道："这是怎的了？你且慢慢说来。"

那年轻妇人见范仲淹言语温和，呆了半晌，方才一边哭泣，一边发出嘶哑的声音，诉说起自己的身世。原来这女子姓曹，夫君姓张名亢，夫妇两人皆是钱塘人氏。妇人手中牵着的小女孩，乃是她的女儿，今年刚刚十三岁。数年前，为了谋生，张亢带着妻女来到江淮做丝绸生意。不料生意失败，张亢只能带着妻儿流落到无为城，在城内租了一间小房，靠着跑山货、做点小本买卖勉强糊口。可惜，张亢生了一场大病，一命呜呼，留下年轻的妻子和幼女。最近，曹氏手上余钱用尽，房东勉强让曹氏和女儿继续住了多日，终于将其逐出了居所。两人已经在无为城街头流浪多日，全靠乞讨为生，此时正不知去往何处安身。

曹氏一番话，听得范仲淹心头发酸。

"你们母女两个可还有亲人？"

"小女子与夫君来无为城时，公公婆婆皆已去世了，小女子的爹妈也早已不在了。其他的亲戚也不在此地，小女子更不敢去投奔——"曹氏啜泣道。

范仲淹听了皱起眉头，略一迟疑后，问道："小娘子，我姓范，若不嫌弃，小娘子便带着孩子，到范某家中帮忙打杂，你可愿意？"

曹氏愣了愣，旋即喜极而泣，又跪倒在地，磕头说道："大官人愿意收留我母女二人，我母女二人愿意做牛做马，服侍大官人！棠儿，快跪下磕头，快啊！"

那小女孩听母亲这么说，先是呆了一下，然后浑身一抖，这才慌忙跪下磕头，跟着她娘一起啜泣起来。

范仲淹见状，慌忙扶起母女二人，说道："快起来！说的什么话啊？回头范某与内人交代几句，小娘子便帮着做做家务吧。至于棠儿，便让她跟着内人吧。"

范仲淹这番话，更让曹氏吃了颗定心丸。那小女孩也停止了啜泣，用一双乌黑的眼睛，目不转睛地盯着范仲淹。

随后几日，范仲淹前往无为军官署，督促地方官员再次开仓赈灾。离开无为军后，他又继续在江淮一带巡视、安抚灾情，所到之处，开仓赈灾，禁止淫祀，又四处调配粮食，以缓各地灾情。曹氏母女也便跟着范仲淹四处行走，之后才知道，原来她们遇到的贵人，竟然是朝廷的安抚使。

自从跟着范仲淹回京后，曹氏便留在范府做了仆妇，棠儿也跟着母亲留在范府。李氏特别喜欢棠儿，平日便留她在身边，常常亲自加以教习，并不当一般丫头看待。

若朝廷转运、征纳制度能够有所调整，或许此次江淮之灾祸不至于此啊！范仲淹决定向朝廷上书，好好将自己的想法向皇帝说一说。于是他写了奏状，列陈八事。

书云：

其一曰，祖宗时，江、淮馈运至少，而养六军又取天下。今东南漕米岁六百万石，至于府库财帛，皆出于民，加之饥年，艰食如此。愿下裁造务、后苑作坊、文思院、粮料院，取祖宗岁用之成数校之，则奢俭可见矣。

其二曰，爵不尚德则仁者远，赏不以功则劳臣怨。国家太平，垂三十年，暴敛未除，滥赏未革，近年赦宥既频，赏给复厚，聚于艰难，散于容易，国无远备，非社稷之福。愿陛下无数赦，必欲肆赦推赏，求典礼而后行之，一则不坏于法，二则不伤于财。且祖宗欲复幽蓟，故谨内藏，务先丰财，庶于行师之时不扰于下。今横为糜费，或有急难，将何以济？

其三曰，天之生物有时，而国家用之无度，天下安得不困！江、淮诸路，岁以馈粮，于租税之外，复又入籴，两浙一路七十万石，以东南数路计之，不下三二百万石，故虽丰年，谷价亦高，官已伤财，民且乏食。至于造舟之费，并以正税折充。又馈运兵夫，给受赏与，每岁又五七百万缗。故郡国之民，率不暇给，商贾转徙，度岁无还，裨贩之人，淹迟失业，在京榷务，课程日削。国家以馈运数广，谓之有备，然冗兵冗吏，游惰工作，充塞京都。臣至淮南，道逢羸兵六人，自言三十人自潭州挽新船至无为军，在道逃死，止存六人，去湖南犹四千余里，六人比还本州,尚未知全活。乃知馈运之患,不止伤财,其害人如此!今宜销冗兵,削冗吏,禁游惰,省工作,既省京师用度,然后减江、淮馈运,以租税上供之外,可罢高价入籴,则东南岁省官钱数百万缗,或上京实府库,或就在所给还商旅。商旅通行,则榷货务入数渐广,国用不乏;东南罢籴,则米价不起;商人既通,则入中之法可以兼行矣。

其四曰,国家重兵悉在京师,而军食仰于度支,则所养之兵,不可不精也。禁军代回,五十以上不任披带者,降为畿内及陈、许等处近下禁军。一卒之费,岁不下百千,万人则百万缗矣。七十岁乃放停,且人方五十之时,或有乡园骨肉怀土之情,犹乐旧里,及七十后,乡园改易,骨肉沦谢,羸老者归复何托?是未停之前,大蠹国用,既废之后,复伤物情。咸平中拣乡兵,人无归望,号怨之声,动于四野。祥符中选退冗兵,无归之人,大至失所。此近事之监也。请下殿前、马步军司,禁军选不堪披带者,与本乡州军别立就粮指挥,至彼有田园骨肉者,许之归农,则羸老之人,亦不至失所矣。

其五曰,沿边市马,岁几百万缗,罢之则绝戎人,行之则困中国。然自古骑兵未必为利,开元、天宝间,牧马数十万匹,禄山为乱,王师败于函谷,曾何救焉。且骑兵之费,钱粮、刍粟、衣缣之类,每一指挥,岁费数万缗。其间老弱者尚艰于乘跨,况战斗乎?然西北戎马,不可不收,既至京师,宜多鬻于民间,假其刍牧,或有边用,一呼可集。又重税以禁江、淮小马,勿使至近里州军,则西北之马可行，外慰戎心，内为武备，且减刍秣以亿万计。

其六曰江、淮发运司岁漕六百余纲，省员殿侍，并以岁劳改班行。若国家稍节用度，则可减纲运。酬奖之人，其押汴纲岁改职者，欲止赏以缗钱。诸州军都知兵马使岁满，敕摄长史、司马，如实廉干，须令知州、通判同罪保举，方与班行。武臣荐子弟善弓马可任边防、明书算可干钱谷者，并令引见，试验其能否，若无取及年幼者，止与奉职、殿侍而已。

其七曰百司流外，日以增冗。崇文院、秘阁、龙图阁皆本朝所置，又有昭文馆、集贤院，各补书吏；尚书省六官二十四司，加以九寺，又增三司；礼部、太常寺典礼乐，又置礼仪院、太常礼院；刑部、大理寺典刑法，又有审刑院。假如常带文馆职事者，并以直崇文院及本院检讨、校理为名，其诸馆书吏，一归于崇文院而罢招置，三五年可去其半。旧二百人者，今以一百人为额，其余并移补诸司。

其八曰真州建长芦寺，役兵之粮已四万斛；栋宇像塑金碧之资又三十万缗。施之于民，可以宽重敛；施之于士，可以增厚禄；施之于兵，可以拓旧疆矣。自今愿常以土木之劳为戒。[1]

范仲淹在安抚江淮时还推荐了一位官员，名叫吴遵路。吴遵路当时正在通州[2]担任知州。

---

1 《续资治通鉴长编》卷一百十二明道二年七月条。
2 此通州为今江苏南通市。

吴遵路也是一个有故事的人。

他被派到通州担任知州,是因为之前上书言政,言语直率而激烈,因此得罪了太后。到了通州后,吴遵路很快做了一件富有远见、未雨绸缪的事情。他募集当地的富民,乘船出海,前往苏州、秀州等地收购粮食。通州和苏州、秀州中间隔着大江,东面是大海,所以从大海出行去收购粮食,更为方便,运输成本也比较低。吴遵路的这一措施,使得通州的粮食储备一直非常充足,粮食价格也很平稳。

不久,江淮发生旱灾、蝗灾,吴遵路立即制订了应急方案。他大力鼓励百姓们去割草、砍柴,然后由官府出钱收购柴草。百姓由此在饥荒时期还能够有收入去购买官家储备的米粮。到了冬天,大雪之日,吴遵路又让官府用当时收购柴草的原价,将柴草再卖给有急需的百姓。

吴遵路对因为饥荒等到通州的流民也采取了非常有效的安抚措施。他下令搭建了一批茅草屋,对流民加以安置,并且给这些流民配发盐、蔬菜、药物,使他们的生活得到保障,生病的人也得到治疗。有要回乡的流民,吴遵路则给他们发放盘缠,使这些人得以回归家乡。

范仲淹到了通州,了解到吴遵路的做法,大为赞赏,因此向朝廷大力举荐,请求将吴遵路救灾的事迹存录于史册,以作为地方官员的楷模。

这年十月,赵祯皇帝将吕夷简从澶州召回了京城,让他重新担任宰相。同时,赵祯还任命宋绶为参知政事,任命蔡齐为枢密副使。

蔡齐担任枢密副使,令范仲淹大为振奋。因为这个蔡齐乃是他的同榜状元,重用蔡齐,不正说明皇帝陛下有心大力任用新人,有心革新政治吗？范仲淹想到这点，便对国家的前途充满了希望。

十二月，他上书奏请朝廷准天下郡县的弓手服役满七年后一律归农。这个建议得到了朝廷的批准。去冗兵，强根本，是范仲淹早就有的政治主张。在安抚江淮时期上书陈事中，他就曾经谈到冗兵问题，也建议令那些无法胜任军务但有家可归的士兵回家务农。农是国家的根本，兵出于农，退役之兵、冗余之兵也该归于农。这种政治思想，在范仲淹心里是很明确的，并且在往后的岁月中，也一直影响着他处理军政的决策。

正当范仲淹对赵祯皇帝寄予厚望，对大宋王朝的前途充满信心的时候，一场突如其来的风波再次将他抛到了命运的狂风大浪中。

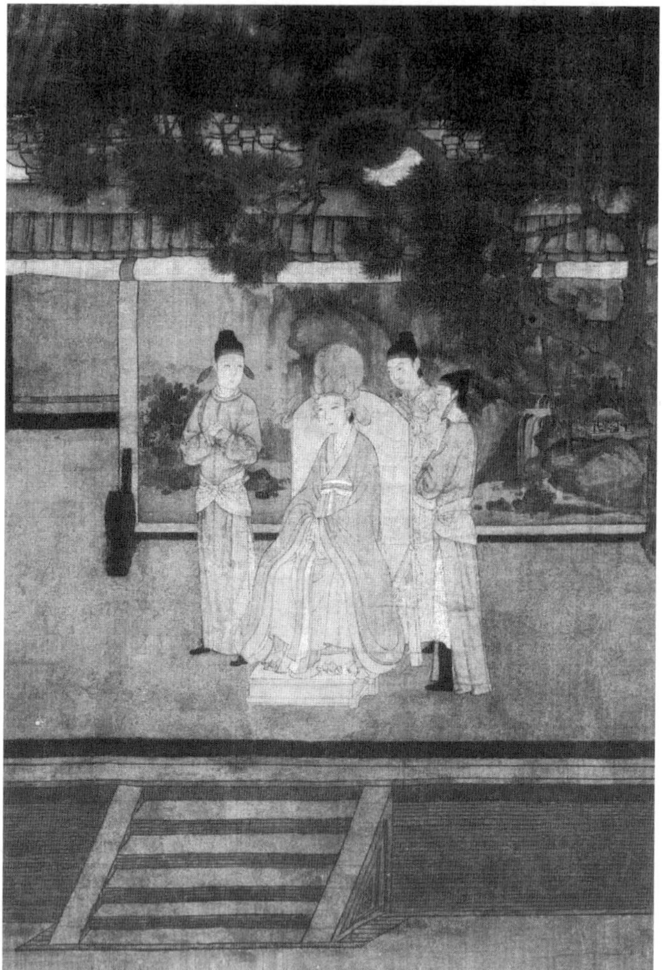

第七章
废后风波

1

赵祯的皇后姓郭，这个郭皇后可不是一般人，说起她的家世，那也是甚为辉煌的。她的祖父，是大名鼎鼎的节度使郭崇。郭崇在后周时代是周世宗的亲信。后来，赵匡胤发动陈桥兵变，以大宋代后周。郭崇是个重感情的人，因为曾得世宗厚爱，所以入宋后，他偷偷将世宗的画像挂在屋内，常常对画哭泣。赵匡胤宅心仁厚，心胸也宽广，听说了郭崇的事情，没有怪罪他，反而对他信任有加。郭崇为赵匡胤的真诚所感，也发自内心地拥戴赵匡胤。因此，郭崇一家，在宋太祖及后来的太宗、真宗朝，一直都享有很高的地位。真宗去世后，具体说是天圣二年，在刘太后的一手操办下，册立了郭皇后。可是，赵祯自己却不太喜欢这个郭皇后。郭皇后仗着太后的宠爱，常常在后宫作威作福。她还常常疑神疑鬼，担心宫女与皇帝鬼混，因此时时提防着宫人接近皇帝。赵祯本来因在政治上做不了主觉得憋屈，再加上后宫这位郭皇后这般折腾，心中更加烦闷，对她更加不喜。

太后去世后，赵祯终于在朝堂上摆脱了压迫。在后宫，他也尝试着摆脱郭皇后的控制。于是后宫的尚御侍、杨御侍不失时机地亲近皇帝，赵祯自然有种扬眉吐气之感。可是这样一来，郭皇后便极不乐意了。于是，郭皇后同那两人争风吃醋的风波便愈演愈烈。

一天，尚御侍仗着最近得到皇帝的宠爱，当着皇帝的面嘲讽郭皇后。郭皇后哪里受得了这口恶气，立时火冒三丈，腾身而起，去扇尚御侍耳光。赵祯一看不行，便去挡在尚御侍身前。郭皇后发了狂，定要扇尚御侍耳光，手乱挥乱打，终是收不住，一下子打到了赵祯的脖子上。

赵祯被郭皇后误打，想到往日受的憋屈，便想借机废掉皇后。不过，他一时之间也下不了决心，便去问内侍闫文应。闫文应也不正面回答，却说："陛下还是请宰相、近臣来瞧瞧，让他们瞧瞧陛下的伤痕，看看他们都怎么说。"

闫文应这么回答，那是在心底早就有了算盘的。他曾受了吕夷简的好处，也清楚吕夷简因为之前被贬而对郭皇后怀恨在心。他让赵祯去问问宰相，自然少不了去问吕夷简。

果然，吕夷简也很有心机，皇帝向他征询意见，他也不直接指责郭皇后，只是摆出一副公正的样子对年轻的皇帝说："东汉光武帝也曾废黜过皇后。"这话说得简直太讲究了，既没有指责郭皇后，又迎合了皇帝的想法，而且还趁机拍了皇帝的马屁，将赵祯比成中兴大汉的光武帝。赵祯皇帝听吕夷简这么说，心下甚是满意，但还是下不了决心。

这时候，御史中丞范讽也出来说话。他却是从另一个方面建议皇帝废黜郭皇后。他认为郭皇后已经册立九年，却没有为皇帝诞下皇子，应当从社稷国祚出发考虑，废黜这个不争气的皇后。

次日，吕夷简又怂恿两府列状，乞降郭皇后为净妃。

赵祯皇帝本来等着两府给个意见，现在两府的意见呈上来了，他心里又念起郭皇后曾经的陪伴，自己倒是开始犹豫了。这样一耽搁，皇帝打算废黜皇后的消息便传到了皇宫之外。

2

范仲淹也很快听到皇帝要废黜郭皇后的消息。

身为右司谏，范仲淹一听到这个消息，立即匆匆赶去向皇帝进言。在范仲淹看来，这个年轻的皇帝想要废黜皇后的想法是相当愚蠢的。对于皇帝在后宫的感受，范仲淹自然无法知晓，他既不能去打听细节，也无法体会皇帝身处其中的感受。不过，有一点他相信，郭皇后应该没有犯什么大错。若不然，皇帝也不会以自己被皇后误打之事咨询两府是否可以废后。他向皇帝进言，完全是出于对朝廷和社稷的忠心。因为后宫吵架误伤便废黜皇后，那简直是没有道理的事情啊。这将严重损害赵祯在他心中那种明君的形象。所以，在范仲淹看来，不管怎样，既然郭皇后没有什么大错，他是决不能允许自己不去进言而任由废后之事发生的。

"陛下，皇后不可废啊。陛下当早作决断，不可令外廷议论纷纷啊！"范仲淹向皇帝进言，语气听起来仿佛他是皇帝的老师一般。

赵祯听了范仲淹的话，未马上答复。

过了不久，皇帝就令两府拟定了诏书。诏书说，皇后无子，愿意入道，特封为净妃，赐道号玉京冲妙仙师，赐名清悟，别居长宁宫。

当时在诏书颁布之前要经过拟词头，再经过一番流程才能正式颁发，因此距诏书正式颁布还有一段时间。其间诏书的词头有可能被中书舍人、给事中给封驳回去。赵祯怕诏书词头被封驳，又立刻吩咐吕夷简传敕令给有司，不得接受台谏因此事而上的奏书。

这下可好，皇帝的做法，让台谏之臣感到了羞辱。皇帝怎能禁止台谏进谏呢？那还要台谏官何用？许多台谏官感到愤懑无比。

范仲淹自然不愿眼睁睁任由自己心目中的明君犯下如此愚蠢的错误。好吧，既然不让上奏书，那我便直接到皇帝面前去上奏！范仲淹便抱着这样的想法要上垂拱殿面君。

此时正是寒冬。午后的天色显得格外阴沉。寒气在高空聚集，天地间正酝酿着大雪。范仲淹冒着严寒，从官署直趋皇宫。

垂拱殿位于皇宫的中部略偏西处，它的南面是垂拱门，北面是延和殿，东面是紫宸殿，西面是皇仪殿。垂拱殿是皇帝平日视朝的地方。朝臣请求与皇帝对话，一般也在垂拱殿。范仲淹赶到垂拱殿时，发现殿门前已经立着一位官员。那官员拉着一张长脸，双眉如剑，此时正皱着眉头，高高的颧骨冻得通红。此人穿着台谏官员的朝服，直直立在殿门前，像根木头似的，似乎也不觉得冷。

范仲淹认得那个官员，正是右谏议大夫权御史中丞孔道辅。孔道辅字原鲁，乃是孔子四十五代孙。他是十一月刚刚被任命为权御史中丞的。之前，他以龙图阁待制身份守南京。赵祯皇帝听闻他的为官声誉，下诏将他召入京城。

"孔大人，你怎么也来了？"范仲淹慌忙上前打招呼。

"陛下要废黜郭皇后，简直是瞎胡闹！希文兄，咱们这回可得劝陛下收回成命才好！"孔道辅见范仲淹前来，眉头稍微舒展了一下。

"这垂拱殿大门怎么关着？"范仲淹问。

"方才我欲进殿，被掌管殿门的给挡住了。我劈头盖脸痛骂他们几句，结果他们干脆将殿门给关了。不过，想来他们也不敢自作主张，定然是得了陛下之令。"

"陛下这次看来是铁了心了。不过，孔大人说得是，无论如何，我等作为言臣，须得尽职才是。"范仲淹说着，便走到垂拱殿门前，请掌管殿门的卫士再次向皇帝通报。

那掌管殿门的卫士们见又来了一位硬骨头的言臣，不禁皱起了眉头，暗暗叫苦，可是因为早就得了皇帝的旨意，便也只能硬着头皮，对孔道辅和范仲淹的请求置若罔闻。

这时，天下起大雪来。

鹅毛大雪从天上纷纷扬扬飘落，远远又有几个官员从紫宸门方向往垂拱殿这边赶来，想来都是刚刚从待漏院进宫的。范仲淹认得他们是侍御史蒋堂、郭劝、杨偕、马绛，殿中侍御史段少连，还有两人是谏议院的左正言宋郊、右正言刘涣。

这让范仲淹心里一阵激动。并不是我范仲淹一人认为陛下做得不对啊！

于是，范仲淹、孔道辅等诸言臣一起伏跪于垂拱殿前挨个儿启奏，皆言皇后不当废黜，愿皇帝赐对。

看殿门的卫士们只是装作木头人，不说一句话。

诸位言臣伏跪在风雪中，于垂拱殿门前等了许久，却不见任何动静。孔道辅终于忍不住立起身来，径直走到垂拱殿门前，抓起铜门环猛叩大门，口中大呼："皇后被废，奈何不让台谏入殿进言！"

范仲淹见孔道辅言辞激烈，心里在敬佩他的同时却也隐隐觉得，此事如此办下去，恐怕皇帝更加不会听劝了。他心中开始琢磨：是否有更好的渠道可以向皇帝进言？

正在此时，垂拱殿门嘎吱嘎吱打开了。殿门内走出一人，却是宰相吕夷简。

3

吕夷简端着架子，打开了一卷圣旨，宣读了皇帝对废黜郭皇后的扼要说明。

"陛下口谕，请各位大人先随本官到中书省说话吧。"吕夷简宣读完圣旨，冷冷地冲范仲淹等人说道。

范仲淹、孔道辅等人见状，也只好随吕夷简到了中书省。

孔道辅皱着眉，首先发言质问："人臣之于帝后，犹如子女侍奉父母！父母不和，自然应该劝解，怎能顺着父亲而将母亲轰出家门呢？"

"孔大人说得是！陛下因小事废后，实非明君之举。"范仲淹与诸谏官纷纷大声呼应孔道辅。

吕夷简见群情激愤，不敢与众人硬着互怼，只是眯着眼睛，缩着脖子支支吾吾道："废后之事，古时便有先例！"

孔道辅哪肯罢休，厉声道："前世废黜皇后，多是昏君干的事情。陛下想要追随尧舜圣政，相公却劝陛下效仿昏君之为，怎么可以这样呢？"

范仲淹接口说道："相公引汉光武帝的故事劝陛下，相公可知，光武帝废后，那可是光武帝失德啊，有什么可以效法的！"

吕夷简听了范仲淹这话，斜了一眼，暗暗对范仲淹起了恨意，心想："好一个范仲淹，竟然敢对本相说这样的话，瞧本相到时怎么治你！"脸上却只是讪笑，也不回应。

范仲淹说完这话，其他几个谏官也纷纷发言，与吕夷简据理力争。

吕夷简被几个言臣说得哑口无言，脸上一阵青一阵白，最后只得放话，干脆你们自己明天再找皇帝当面说吧，我吕夷简不管了！

范仲淹、孔道辅等人一时没了主意，只好放吕夷简走了。之后诸人商量了一番，准备明日上朝时与吕夷简廷争，让皇帝收回成命。

可是，范仲淹他们没有想到，吕夷简的动作比他们更快，而且手段更为阴狠。

吕夷简离开中书省后，径直前往垂拱殿见皇帝。他向皇帝进言，说范仲淹、孔道辅等台谏拉帮结伙，伏阁请对，乃是破坏朝廷规矩，要挟君主，此非太平美事。

拉帮结伙，要挟君主，那是皇帝最为担心的事情。赵祯听吕夷简这么一说，虽然知道范仲淹等人皆为忠臣，但是想到自己可能被一帮所谓的忠臣要挟，今后如何还能够安生？当下便与吕夷简商议贬逐范仲淹等人。

范仲淹告别了孔道辅等人回家，心情极其郁闷，看着夫人端上了饭菜，勉强拿起筷子，吃了几口又放下。

两个孩子看见爹爹沉着脸，便不禁为爹爹担心起来。可是他们都还小，不知道如何安慰大人，只能心里想着，眼睛瞪着，却说不出话来。

夫人李氏瞧着范仲淹这模样，知道丈夫的脾气，平日里对于朝廷的事情也不主动打听，只等丈夫主动开口时才耐心地听着，偶尔也说上一两句，大多也算是对丈夫的一种回应。不过，她自小在官宦家庭受熏陶，也读过不少书，所以当丈夫征询她的意见时，她倒是乐意给出自己的看法。这时，她见丈夫心不在焉，沉着一张脸，便猜到朝廷里一定发生了什么事情。

两个孩子吃完了饭，李氏便打发他们去院子里玩耍。很快，院子里便传来了两个孩子追逐打闹的叫声。这个年龄的孩子叫起来的声音很尖很脆，范仲淹听着孩子们的尖叫声，也不禁抬起头来，脸色稍稍舒缓了。过了许久，他终于算是吃完了饭。李氏便站起身来，去收拾桌子上的碗筷。

范仲淹突然伸手拉住妻子的胳膊，示意她坐下来。

"夫人，真是对不住你和孩子——"范仲淹看着妻子的眼睛，说出了半句话。

"你这是怎么了？出了什么事情？"李氏心里一紧。

"朝廷里出了点事情。我身为右司谏，不得不向陛下进谏。明天一早上朝，不知结果会怎样啊！"

"你是怕得罪皇帝？是怕连累我和孩子吧。"

范仲淹抿了一下嘴，微微点了点头。

"能够不去进谏吗？"李氏怯怯地问。

范仲淹拧起眉头，呆了呆，说道："不行！陛下用我为右司谏，就是让我在该说话的时候站出来说话的。如果我和诸位台谏都不说话，那就是对不起陛下，对不起国家社稷！即便是陛下不爱听，身为台谏官员，我也必须得站出来说话！"

李氏眼睛一红，微微叹了口气，说道："你心里总是念着陛下，念着天下。"

范仲淹听妻子这么说，欲言又止，缓缓立起走到屋门口，朝院里看去。

鹅毛般的雪花还在纷纷扬扬地飘着。张棠儿正与纯祐、纯仁一起在院子里玩雪。张棠儿虚岁十三了，比纯祐大三岁，比纯仁大六岁，三个孩子年龄没差几岁，正好玩儿在一起。张棠儿年龄稍长，待纯祐、纯仁就好像姐姐一般。纯祐、纯仁自幼在父亲的教导下，知书达礼，加之孩子出于纯真的天性，特别喜欢有一个懂得疼人的小姐姐，因此并不把张棠儿当下人看待。范仲淹盯着在雪中嬉戏的孩子们看了一会儿，又转过身来，坐到妻子李氏身边，抓住李氏的一只手放在自己膝头，柔声道："我心里也念着你和孩儿们，这你是知道的。今晚早点休息吧，明天我四更起，一早便赶去待漏院。"

李氏红着眼睛，点了点头，将头轻轻靠在了范仲淹的肩膀上。在这一刻，她不想多说什么，她知道自己的夫君已经打定了主意。她心里对自己丈夫的这种品质是充满敬重的，所以尽管她站在女性的情感角度上觉得自己极其委屈，但最终还是在行动上支持了丈夫的决定。

第二天四更时分，天还未亮，范仲淹便起了床。他披上衣服，站到窗前，透过窗棂看向窗外。昨日的大雪已经将外面的世界裹上了一层银装。雪还在下。院子里，昨晚孩子们在雪中嬉戏留下的脚印，早已经没了痕迹。院子中间的那棵松树的枝丫上、针叶上，都堆了厚厚的雪。他觉得，谁要是在附近轻轻咳嗽一声，它们便会从枝丫和针叶上落下来。白雪在月光下反射着静谧的光。范仲淹看着眼前的雪景，突然觉得自己好像漂浮在一片没有丝毫涟漪的平滑水面上。此刻，他的心很安静，很明澈。他感到很奇怪，为何昨晚自己会为进谏的事情极端烦恼，此刻的心又如平静之湖，没有任何波澜。

过了一会儿，李氏也起了床，匆忙为丈夫准备早餐。范仲淹离家前，两个孩子睡得正香。范仲淹也不想叫醒两个孩子，在床前静静地看了一会儿，便告别妻子，前往待漏院去了。

一路上，大雪纷纷扬扬，范仲淹手中提着灯笼，在一团黄蒙蒙的灯光中，深一脚浅一脚地踩着雪往前走。他到待漏院时，孔道辅也刚刚赶到。侍御史蒋堂、郭劝、杨偕、马绛，殿中侍御史段少连，谏议院的左正言宋郊、右正言刘涣等人也根据昨日约好的时间，几乎是前后脚赶到了待漏院。

正当范仲淹等人聚在一起商议等会儿上朝以何策略进谏时，只听得一声"圣旨到"的宣号传来。

众人抬头一看，只见一名内侍手持一卷圣旨出现在待漏院内。

"圣旨到——孔道辅、范仲淹听旨——"那名内侍随即开始宣读圣旨。孔道辅、范仲淹只好跪地接旨。

原来，赵祯皇帝打定了主意，决不收回成命。不仅如此，他还作出了贬黜几个言臣的决定。

在圣旨中，赵祯皇帝令范仲淹知睦州，令孔道辅知泰州。圣旨刚刚宣读完毕，又来了几个武士，声称奉旨护送孔道辅和范仲淹两位大人离京赴任。

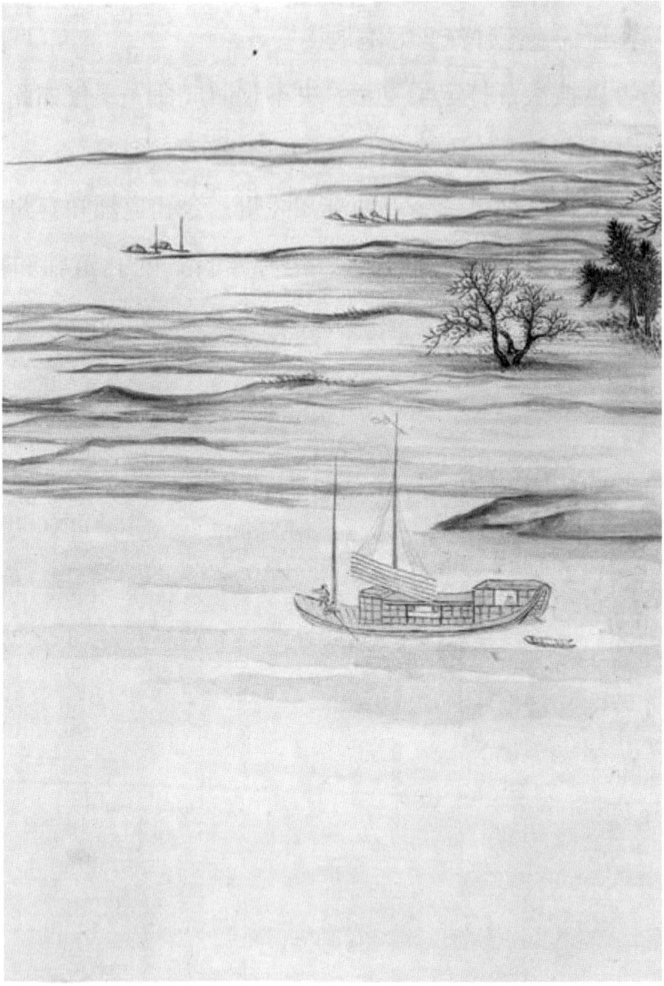

第八章
出守睦州

1

按照典制，皇帝免去御史中丞是要下专门的敕书的。孔道辅是御史中丞，之前下的圣旨，只说令他去知泰州，并未说免去其御史中丞一职。可是，孔道辅一到家中，免去其御史中丞的敕书便跟着送到了。知州在当时是五品官，孔道辅为了帮范仲淹辩护，被从正四品官降了两级，这令他倍感愤懑。不过，他早已经预料到可能有这种结果，也便毅然决然地面对这种命运。旋即，孔道辅在皇帝派来的武士的押送下，举家冒雪离开了京城。

范仲淹也与孔道辅遭遇了类似的命运。当日，在内侍和几名武士的押送下，范仲淹带着妻儿，加上管家仆人，全家十来口人匆匆忙忙离开汴京。范仲淹不想连累周德宝，劝他留在京城。周德宝不忍在这种时候离开范仲淹，便执意要追随。范仲淹见老友在危难时刻不弃，自然感到欣慰。

收拾完行李，已近黄昏。内侍受了皇命，再三督促范仲淹一家当日必须离京。范仲淹心中虽有气，但想到皇帝既不听劝谏，又严令今日离京，心知君命难违，也不辩解，只是一声不响跟家人一起收拾行李。

傍晚时分，雪倒是变小了，不过，天色依然很阴沉。灰色的天空，简直要压到了屋顶。南薰门矗立在风雪中，城楼顶上已然覆盖了厚厚的白雪，城头的红色旗帜，倒是在白色的风雪中显得格外耀眼。来给范仲淹送行的朋友，除了蒋堂、郭劝、杨偕、马绛、段少连、孙复等，没有几个。孙复从应天府书院赶到京城，一来追随范仲淹，二来也是在京城为应试作准备。范仲淹心知如此境遇，这些朋友还能冒险前来为自己送行，心里甚是感激。

在寂冷的雪粉弥漫的傍晚，范仲淹告别了友人，带着一家人踏上南去的旅途。管家李贵和厨娘张嫂坐在头一辆车子上。这是一辆由四头驴子拉的无盖平头车，车厢内装了被褥、箱匣和其他一些细软，还有几箱书。范仲淹持家节俭，行李并不是很多，李贵和张嫂便坐在车厢前面。周德宝和范仲淹各骑了一匹骡子。在他们身后，是一辆由两头驴子牵引的家眷车。这辆车的顶上，覆盖着褐色的棕毛，车里挤着妻子李氏、保姆、纯祐和纯仁。这辆车子之后，也是一辆宅眷车，里面坐了三人，其中一位是李氏从娘家陪嫁过来的婢女阿芷，另外两人，是范仲淹在无为军收留的曹氏和其女棠儿。殿后的一辆，由一车夫驾着，也载了一些行李。管家李贵知此行路途遥远，收拾行李时哭丧着脸，心情差极了。他又担心南方多雨，匆忙之际不忘用油布将那些怕湿怕淋的东西好好蒙住。

车队驶出南薰门，行了两三百步远，范仲淹吩咐车夫们稍作停歇。待各车停了，他从骡子上下来，周德宝也跟着他下了骡子。范仲淹站在那里，回头望着南薰门方向，但见城门静静地矗立在风雪中，显得格外庄严高大。城头插着的红色旗帜，远远望去，只是一排微微跳动的红点。在这些红点之间——在城头的垛口，似乎有几个守城的士兵也正在往他这边张望。范仲淹觉得，这一刻，天地之间真的好静谧啊！他原本惆怅失意的情绪里，突然生出一股豪气，这股豪气猛然奔涌着，充塞在他的心头，仿佛随时可能喷涌出来，冲到这广阔无垠的茫茫天地之间。

"我本不是为了高官厚禄而从仕，我的初心，难道不是要为君王分忧，要为天下百姓谋利吗？大道在殿堂不能行，又何必留恋殿堂呢！"他远远望着风雪中的南薰门城楼，静静地站了一会儿，旋即拍了拍落在肩头的雪花，扭头冲周德宝微微一笑，说道："走，咱们去桐庐！"

知谏院孙祖德等人，因为与孔道辅、范仲淹一起集体伏于殿门前上谏，每人被罚上缴铜二十斤。

皇帝又下诏，今后谏官御史进谏须密奏章疏，不得众人聚集向皇帝请对。赵祯下这样的诏书，实在是担心这些谏官御史聚集在一起进谏，引发舆论震动。这种担心，有一半是因为吕夷简的提醒而生发的。

侍御史杨偕听说皇帝贬了孔道辅和范仲淹，当即上书请求与孔、范一起贬官。

赵祯勃然大怒。好吧，既然你们几个勾结起来与朕为难，朕便将你一起贬了！赵祯一气之下，旋即下诏贬了杨偕。

可是，这并没有吓住这些硬骨头的言臣谏官。在杨偕之后，段少连连上了两份上疏，继续为孔范二人求情，同时再次劝谏皇帝勿要废郭皇后。

富弼回京城后听说范仲淹因为进谏被贬去睦州，心中愤懑，挥毫写就一篇言辞激烈的奏书呈给了皇帝。

2

范仲淹一行离开汴京后，先从陆路到项城，再经亳州、颍州而下淮。

一路行来，范仲淹兴致勃勃地同周德宝聊起了睦州。谙熟学林典故的范仲淹对于睦州并不陌生。在他的心里，虽然睦州是一个远离京城的边远州郡，却颇有一种亲近感。

范仲淹爱将睦州称为"桐庐"。在唐朝之前，桐庐之名已经常入诗文，名声远在睦州其他州县之上。所以，睦州又被称为"桐庐"。

"德宝兄，你可知道，这桐庐，这睦州啊，可是安放贬官的好地方？"

"此话怎讲？"

"你且听我说来。话说这睦州，在隋朝文帝时便建成了，到了唐代，便已经是出了名的地方。为何出名呢？因为不少名臣贤士奉皇帝之命到此处为官。所以啊，我范仲淹去睦州为官，也算是追随先贤的脚步了。"

"希文兄，人家被贬都愁眉苦脸的，你看起来倒仿佛是升了官一般。"周德宝苦笑着说，说完这话，他像突然想起了什么，垂着眼皮摇了摇头。

"德宝兄，你可不知，方才的话可不是我胡说。在唐代，尚书左丞刘幽求就到过睦州。就是那个辅佐唐玄宗登基的刘左丞。还有，开元盛世的名相宋璟，与老杜为友的名相房琯，以'五言长城'名世的刘长卿，晚唐的诗人杜牧，都在睦州待过。你说，陛下难道不是故意给我一个好去处，让我能够沾一沾先贤的荣光吗？"

"看把你乐的，在贫道看来，倒完全不是这么一回事。你真以为你说的那几个名相名士愿意去睦州吗？就说那个杜牧吧。希文兄可记得杜牧在睦州做刺史期间，写过关于睦州的诗吗？"周德宝捻着花白的胡须笑着说。他生性爱开玩笑，即便是这种时候，也不忘故意逗逗眼前这位老兄。

范仲淹对周德宝的性情一清二楚，并不以为忤。他心里自然知道杜牧写的关于睦州的诗，此时却故作不知，笑着道："我倒是不知，德宝兄可记得？"

"既然希文兄忘了，我背给你听。听着啊，这是杜牧写的《睦州四韵》一诗：'州在钓台边，溪山实可怜。有家皆掩映，无处不潺湲。好树鸣幽鸟，晴楼入野烟。残春杜陵客，中酒落花前。'诗怎么写来着——州在钓台边，溪山实可怜啊——你说，杜牧的睦州，有啥好的？"

范仲淹听了，哈哈大笑道："杜刺史此诗，诗是好诗，不过确实写得低沉、沮丧了些。这也正是杜刺史不值得学习之处，我范仲淹可不以他为榜样。山水好坏，皆在人心。我心宽广，山随我高，我心坦荡，水随我畅。既决意为国为民，又何惧穷山恶水！"

周德宝本意想要戏弄范仲淹，此刻听他如此说，不禁肃然起敬，当下连连称是。

自颍州，范仲淹一行进入淮河流域。转眼到了阳春三月，天气渐暖,加之渐近南方,河水开始解冻。李氏因一个月以来陆路颠簸,忍不住便说了一些抱怨之词。范仲淹见妻子心情郁闷,心里也不好过。他虽然并不后悔因进谏而被贬,但是对于妻儿受到连累,看到他们跟着自己颠沛流离,却是深感愧疚。有那么几天,妻子李氏同他生闷气,不和他说话,他也不敢主动去与李氏谈话。过了几日,在周德宝的怂恿下,他才鼓起勇气去与李氏搭讪。

"别生气啦!咱们在京城难得出来,就当出来游历大好河山吧。多好啊!"

"哼!"李氏只是扭头不答。

这时,纯祐、纯仁也凑了过来,立在母亲身边,煞有介事地请求母亲不要生气。

张棠儿也来了,搂着李氏,口中嚷道:"夫人不要生气了,棠儿给你唱小曲如何?"跟着便唱起淮南水乡的小曲来。

李氏不禁伸手将张棠儿搂在怀中,眼中噙着泪花笑了。

范仲淹与家人商量后,决定改走水道,入淮河,然后到盱眙,此后再继续走水道南下扬州,这样可以免去一些陆路的劳顿。因为改走水道,范仲淹便给平头车、家眷车的车夫付了工钱,打发他们回汴京,只留下江州车的车夫。为了方便,范仲淹变卖了一些不必要的物件,安排一家人乘坐专门的客船,又另外雇佣一艘船装着剩余行李和江州车跟着客船。

这一日,范仲淹一家乘船沿着淮水往盱眙方向而行。将近傍晚,天色变得阴暗,河面上突然刮起了大风,波涛涌动,船剧烈地颠簸起来。纯祐、纯仁两个孩子未曾见过如此大风浪,吓得哇哇大哭。李氏和保姆各将一个孩儿抱在怀中,这才哄得他们安静下来。曹氏和张棠儿倒是不怕,只是紧紧地抱在一起。同船的几位商人也被这大风浪吓得脸色苍白，浑身发抖。范仲淹从船舱中探头呆呆地望着河面，但见阴暗的天空下，青黑色的波涛滚滚向前，奔流不息。他心中不由想起数年前那场海边的灾难，想起了那些葬身海潮的民夫兵丁，不觉心下黯然。过了片刻，他又想："陛下未因捍海堰事件治罪于我，我激烈进谏，陛下也只不过将我贬到睦州去做官，陛下真的不是商纣王、楚怀王、楚襄王，而是一位仁君啊。我范仲淹遇此仁君，也算是上天赐予我的福分。若不然，我恐怕只能学屈子投水报国了。我既然决定要一生秉持忠义，又为何因这天气糟糕而心情郁闷呢，又为何要惧怕人生道路上的风波呢？那些修筑捍海堰的民夫兵丁，是为了造福百姓的事业而牺牲的，我只有继续努力，在睦州也做出一番事业，才对得起这些牺牲的人啊！"这样一想，他因天气受影响的心境稍稍好转了一些。

又过了一会儿，大风似乎将高空的阴云也刮走了，夕阳从西边露出脸来。青色的河面上，顿时洒满了金色的波光。这闪烁的波光，也使范仲淹的心情慢慢好起来。

船头的一个老船工见风波已定，不觉欢快地唱起了渔歌。"看哪，风波总是会过去的！听哪，渔歌是多么悠扬欢畅！斜阳正好，大家平安无事，此刻真的可以浮一大白，且看那斜阳，且听那渔歌啊！"范仲淹心念既动，便呼纯祐从箱中取出砚台、笔墨、纸张。

纯祐正是少年，心情好的时候，很乐意为自己的爹爹服务。此时风波已经过去，夕阳正好，纯祐自然也高兴起来。况且在他看来，帮着爹爹取东西，也是一件非常好玩的事情。纯仁也挣脱保姆的怀抱，要到纯祐身边帮忙。范仲淹自己趴在船舷上，伸手从河中掬了点水，倒在砚台里。同船的人中，有几个爱看热闹的，见有人要在船上写诗，便都围了过来。

不一会儿，纯祐便将墨磨好了。范仲淹将宣纸铺在船板上，跪地执笔而书，片刻后，三首诗便跃然纸上：

圣宋非强楚，清淮异汨罗。平生仗忠信，尽室任风波。舟楫颠危甚，蛟鼋出没多。斜阳幸无事，沽酒听渔歌。

妻子休相咎，劳生险自多。商人岂有罪？同我在风波。

一棹危于叶，傍观亦损神。他时在平地，无忽险中人。[1]

范仲淹自题诗名：赴桐庐郡淮上遇风。

围观的几个人见范仲淹转眼便写好了三首诗，都拍手叫起好来。方才被风浪吓得脸色苍白的几个商人也在围观，有一个颇通文墨，从诗中也读出点味道，暗想眼前这个作诗之人绝不是等闲之辈，当下对范仲淹大为热情，表示想花钱买下这幅诗作。范仲淹笑笑，婉言谢绝了。一时间，众人都不禁交头接耳，猜测诗人的身份。有人说这一定是个宦海沉浮的官员，有人却暗自嘲笑：这不过是一个落魄江湖的穷诗人。李氏牵着两个孩子的手，站在一旁读了范仲淹的诗，知道自己的夫君当众写诗，一来是为抒发心中志向，二来也是为了劝慰自己，亦不禁暗暗欢喜，心底对夫君的抱怨彻底烟消云散了。范仲淹站在一旁，偷偷观察妻子的表情，眼见李氏脸上露出了微笑，心中自然感到欢喜。

---

1 《范仲淹全集》之《范文正公文集卷第五·赴桐庐郡淮上遇风三首》。

从淮水转入通过长江的水道后来到丹阳，范仲淹便想顺道拜访著名的隐士邵餗。于是，他约了当时在丹阳的一位张姓侍御史，带他去拜访邵餗。范仲淹与张侍御史到了邵餗临湖的居所，只见湖边系着扁舟，却寻不到主人。一问，邵餗正好入山云游去了。范仲淹访而不遇，颇觉遗憾，但也只好带着家人继续往南行去。

几经辗转，范仲淹带着一家人终于在三月末进入了江南地界。春日里的江南，山野已经是一片新绿，树木有的生发出了嫩芽，有的则早已经长出了绿叶。大树小树散落在湿润舒坦的平原上，就像从平原和山头上升起的或浓或淡的绿色的烟。空气是潮湿的，溪水是清澈的，花朵是鲜艳的，心情是愉悦的。这便是江南的春天。

行在江南春光之中，长久积藏在范仲淹心底的愤懑、沉郁、困惑、忧虑和渐渐生发的欢愉，已经不断重叠，慢慢交织，成为一个整体，变成一幅画卷，如锦绣一般铺陈开来。

在将进桐庐的一个小村子里，范仲淹带着家人稍稍歇脚，自己抽空挥毫泼墨，写就一组五言绝句《出守桐庐道中十绝》，将所思所想，化为了诗句：

陇上带经人，金门齿谏臣。雷霆日有犯，始可报君亲。
君恩泰山重，尔命鸿毛轻。一意惧千古，敢怀妻子荣？
妻子屡牵衣，出门投祸机。宁知白日照，犹得虎符归？
分符江外去，人笑似骚人。不道鲈鱼美，还堪养病身。
有病甘长废，无机苦直言。江山藏拙好，何敢望天阍？
天阍变化地，所好必真龙。轲意正迂阔，悠然轻万钟。
万钟谁不慕？意气满堂金。必若枉此道，伤哉非素心。
素心爱云水，此日东南行。笑解尘缨处，沧浪无限清。

沧浪清可爱，白鸟鉴中飞。不信有京洛，风尘化客衣。

风尘日已远，郡枕子陵溪。始见神龟乐，优优尾在泥。[1]

3

经过近三个月的旅程，水陆兼行了三千里，范仲淹一家人终于在四月中旬到了桐庐。一到桐庐，当地官员很快与范仲淹交割了事务。不等全家人完全安顿好，范仲淹便给皇帝上了一封《睦州谢上表》。

表云：

臣某言：臣昨表敕差知睦州军知事，已到任交割勾当者。献言罪大，辄效命于鸿毛；宥过恩宽，迥回光于白日。事君无远，为郡甚荣。臣某中谢。

恭惟皇帝陛下，天德清明，海度渊默。抚群龙以宅吉，念六马而怀惊。临轩以来，仄席不暇。思启心沃心之道，奖危言危行之臣。万宇咸欢，九门无壅。臣腐儒多昧，立诚本孤。谓古人之道可行，谓明主之恩必报。而况首膺圣选，擢预谏司，时招折足之忧，介立犯颜之地，当念补过，岂堪循默？

昨闻中宫摇动，外议喧腾。以禁庭德教之尊，非小故可废；以宗庙祭祀之主，非大过不移。初传入道之言，则臣遽上封章，乞寝诞告；次闻降妃之说，则臣相率伏阁，

---

1 《范仲淹全集》之《范文正公文集卷第五·出守桐庐道中十绝》。

冀回上心。议方变更，言亦翻覆。臣非不知逆龙鳞者掇齑粉之患，忤天威者负雷霆之诛，理或当言，死无所避。盖以前古废后之朝，未尝致福。汉武帝以巫蛊事起，遽废陈后，宫中杀戮三百余人。后及巫蛊之灾，延及储贰。至宣帝时，有霍光妻者，杀许后而立其女，霍氏之衅，遽为赤族。又成帝废许后咒诅之罪，乃立飞燕，飞燕姊妹妒甚于前，六宫嗣息尽为屠害。至哀帝时理之，即皆自杀。西汉之祚，由此倾微。魏文帝宠立郭妃，谮杀甄后，被发塞口而葬，终有反报之殃。后周以庑庭不典，累后为尼，危辱之朝，不复可法。唐高宗以王皇后无子而废，武昭仪有子而立。既而摧毁宗室，成窃号之妖。是皆宠衰则易摇，宠深则易立。后来之祸，一一不差。臣虑及几微，词乃切直。乞存皇后位号，安于别宫，暂绝朝请。选有年德夫人数员，朝夕劝导，左右辅翼，俟其迁悔，复于宫闱。杜中外觊望之心，全圣明始终之德。

且黔首亿万，戴陛下如天；皇族千百，倚陛下如山。莫不虽休勿休，日慎一日。外采纳于五谏，内弥缝于万机。而况有犯无隐，人臣之常，面折廷诤，国朝之盛。有阙即补，何用不臧？然后上下同心，致君亲如尧舜；中外有道，跻民俗于羲黄。将安可久之基，必杜未然之衅。

上方虚受，下敢曲从。既竭一心，岂逃三黜？伏蒙陛下皇明委照，洪覆兼包，赎以严诛，授以优寄。郡部虽小，风土未殊。静临水木之华，甘处江湖之上。但以肺疾绵旧，药术鲜功，喘息奔冲，精意牢落。惟赖高明之鉴，不投遐远之方。抱疾于兹，为医尚可。苟天命之勿损，实圣造之无穷。乐道忘忧，雅对江山之助；含忠履洁，敢移金石之心？仰戴生成，臣无任。[1]

在这封上表中，范仲淹先谢了恩，旋即便借这次上表，再次劝谏皇帝，未点名地批评了吕夷简等用汉唐废后的典故误导皇帝。在上表中，他细说汉唐废后，都诱发了严重的祸端。他既下定决心劝诫皇帝，这封上表行文用词亦不客气。那些废后诱发的惨祸，他皆直言不讳。这些文字，恐怕皇帝看了之后也会倒吸一两口冷气吧。

上表之后，范仲淹方才慢慢将家人安顿好，随后投入了当地的事务。

李氏离开汴京时一开始心情还很不好，但是自从入了江南地域，心情便渐渐好起来，到了桐庐，见此地山清水秀，又没有了京城的喧嚣，倒也觉得自在。

最开心的还是张棠儿、纯祐和纯仁，置身于山水之间，大自然的勃勃生机自与少年、儿童的勃勃生机相互呼应，便生发了一种轻松的、自然的愉悦。三个孩子在桐庐这个自然的天地中，寻到了在京城中难以寻到的乐趣。

范仲淹很快熟悉了当地政务，对于像他这样一个有才能，又经历了京城官场历练的官员来说，处理地方小郡的政务并不困难。为了更好地了解当地民情，范仲淹开始带着身边的官员在桐庐境内四处走动，探访于民间，拜贤于山林。

在桐庐，范仲淹结交了不少好友。其中一位，是睦州从事章

---

1 《范仲淹全集》之《范文正公文集卷第十六·睦州谢上表》。

岷。范仲淹全家刚到桐庐时,来迎接的人中就有章岷。章岷字伯镇,是建州浦城人,后来迁居到了江苏镇江。他于天圣五年考中进士,范仲淹来睦州时,他正在此担任从事。章岷爱写诗,爱弹琴,这两项爱好和专长,正合范仲淹胃口。就性情而言,章岷生性诙谐,爱开玩笑。范仲淹性情沉稳,举止庄重。他虽然发现章岷与自己性情不同,却极喜像章岷这种性情的人。周德宝的性情,倒是与章岷有几分相似。

一日午后,范仲淹与章岷、周德宝二人出了睦州城,去城东北乌龙山上的承天寺游玩。那山山势如同云中的乌龙一般,所以得名"乌龙山"。入了山,沿着山路渐行渐高,待到快近山顶承天寺时,已是夜晚。承天寺住持见郡守亲临寺庙,便亲自在竹阁里安排了斋宴。斋宴结束,范仲淹、章岷、周德宝与住持一起饮茶赏月。当日天气晴朗,一轮明月高悬在夜空,照着承天寺竹阁前的竹林,四处竹影斑驳,显得格外宁谧神秘。章岷见此奇景,诗兴大发,即兴吟诗一首:

> 古寺依山起,幽轩对竹开。翠阴当昼合,凉气逼人来。
> 夜影疏排月,秋鞭瘦竹苔。双旌荣托乘,此地举茶杯。[1]

范仲淹叹道:"夜影疏排月,秋鞭瘦竹苔。好啊!伯镇兄此诗,真可压元稹、白居易矣!"周德宝和承天寺住持亦对章岷之诗啧啧称奇。

范仲淹沉吟片刻,亦作一诗和章岷:

---

1 《全宋诗》之《陪范公登承天寺竹阁》。

僧阁倚寒竹，幽襟聊一开。清风曾未足，明月可重来？

晚意烟垂草，秋姿露滴苔。佳宾何以伫？云瑟与霞杯。[1]

吟完此诗，范仲淹抬头望月，呆了片刻，微笑着摇摇头，道："我这诗，虽然和了伯镇兄的诗，却显得生涩，牵强了一些，不如伯镇兄方才之诗显得自然啊！"

章岷见范仲淹如此谦逊，慌忙起身作揖道："郡守过谦了。"想了想，他将手中茶盏一举，自嘲道："我也是举了茶杯而已。"

范仲淹哈哈一笑，道："坐下坐下，伯镇兄不必自谦。"说罢，他扭头往山下望去，但见睦州城里闪耀着点点亮光。这些亮光，在无边的冷寂与黑暗中，显得如此温暖，如此可爱，仿佛天地的生活气息都聚在了这点点亮光中。它们突然在范仲淹心中触发了一个念头。范仲淹扭头看向章岷，说道："我倒是有一个想法，还想听听伯镇兄的意见。"

"郡守请说。"

"你可记得，前些日子，你我曾去七里濑子陵先生钓台，探访严子陵先生的祠堂？可是到了那里，看到的不过是荒草中的断壁残垣，哪里还有祠堂的影子！不瞒伯镇兄，我在来睦州的路上，便迫切想要瞻仰一下严先生的钓台，去严先生的祠堂拜祭一下。所以，那日见了荒草丛中的断壁残垣，心里便百般不是滋味。岁月悠悠，朝代更迭，人们一代一代离去，一代一代生长，看哪，那万家的灯火，无数的人，无数个家，都将被岁月吞没，但无数个人，无数个家，总还会生生不息。在这人世间，除了生生不息的人，还应该有

---

[1] 《范仲淹全集》之《范文正公文集卷第五·和章岷推官同登承天寺竹阁》。

超越朝代、超越岁月的某些精神和不灭的大道。严子陵先生的气节，不正是不该被岁月湮灭的珍贵的东西吗？可是，我担心沧海桑田，人们可能会淡忘啊！伯镇兄，你说，我们是不是该为严先生修建一个体面的祠堂呢？"

范仲淹所说的严子陵，就是汉代的严光。严光字子陵，又名遵，是东汉会稽余姚人。严光小的时候，曾与刘秀同学，交情深厚。后来，刘秀建立东汉，成了东汉第一位皇帝——史称光武帝。严光却出人意料地改了姓名，隐居不出。刘秀再三请他出来，想任命他为谏议大夫。严光不肯接受，最终归隐于江南的富春山。范仲淹到了睦州后，见严子陵祠堂破败，只留下残迹，一直耿耿于怀。此时他被万家灯火触动心思，思虑所至，便自然说出了要为严子陵修建祠堂的想法。

章岷听范仲淹这般说，不禁为之动容，说道："子陵先生的气节，为历代士人所重，完全值得我们为他修建一座体面的祠堂。郡守，咱们开干吧。只是，这修建祠堂的资金……那前朝修建的严先生祠堂只留下断壁残垣，料想因它原是私修祠堂，严家后人家道中落，故祠堂一直荒废，被风雨摧毁也不能重修。可是，若由官府筹资去修，在下也担心本地百姓有所非议啊！"

范仲淹听出了章岷的担忧，说道："资金，便由我等想方设法去筹集，相信一定能够得到当地百姓的支持。你想，严子陵先生为天下士人所重，若修好祠堂，必有不少士人不远千里慕名而来瞻仰。我初到睦州便发现，街上有一些人摆摊做些小生意，只是本地人多能自给自足，这生意啊自然难以做发达了。你想想，若是有许多人来我睦州瞻仰严先生，到了这里后得住客栈，得吃喝拉撒，得四处走走看看，这岂不是给本地百姓添了很多谋生之途？所以说，修严先生祠堂,不仅可以在天下士人、天下百姓心中树立尊崇气节之风,亦可改善我睦州之经济民生,你说,百姓们会不乐意吗?依我看,不仅穷苦人家会支持,连那些富户,明白了其中的道理,也都会支持;不仅在自家地里种地的自给自足之家会支持,街边小摊小贩也会支持。至于严家后人,家境没落,我倒还想免去他们四代的赋税,以使他们能够出资奉祀祠堂。这样做,不仅仅是为了严家,乃是为了天下的名教!仲淹欲使严先生的气节传承亿万载,不被磨灭也!"

章岷、周德宝都不禁觉得思路大开,对范仲淹更是佩服有加。不过,章岷略一沉思后,又道:"可是……我还有一个担忧,不知当不当讲。"

范仲淹见章岷眼中露出忧虑之色,便道:"但说无妨。"

章岷道:"郡守乃是因言获罪,被贬到睦州为官;严子陵是闻名于世的隐士,一生不愿出仕。郡守为严先生修祠,万一今上误解,以为郡守因言获罪,心怀怨恨,所以无意为官效忠朝廷,这岂非耽搁了郡守的前程?"

范仲淹听了,哈哈一笑,道:"我道你担心什么,原来是为此担忧。我范仲淹为严先生修建祠堂,乃是认为他的气节值得尊重。我为官,亦不是为了当官而当官,而是想要通过当官,为朝廷分忧,为百姓谋福祉。若不然,我还真是想要向严先生学习。只是,我范仲淹尚达不到严先生的修为,尚想以功名先立世啊。这一点,今上他是知道的,伯镇兄不必多虑。我想啊,这修建严子陵先生祠堂的事情,便由伯镇兄来主抓如何?"

"郡守既然下定决心修祠,在下敢不效劳?"章岷哈哈大笑,爽快地答应了。

范仲淹渐渐爱上了桐庐的山水，心情也比刚到桐庐时平和多了。一日，他想起晏殊，心中感慨，便修书一封，写了自己到桐庐之后的所见所闻，所感所想，随信还附上了新近所写的诗文。其信云：

伏自春初至项城，因使人回，草草上谢。由颍淮而下，越兹重江，四月几望，至于桐庐。回首大亳，忽数千里，日思奏记，夐于无阶，恭惟蕃宣之居，钧体惟宁；赫赫之瞻，日以增重。某罪有余责，尚叨一麾，敢不尽心，以求疾苦？二浙之俗，躁而无刚。豪者如虎，示之以文；弱者如鼠，存之以仁。吞夺之害，稍稍而息。乃延见诸生，以博以约，非某所能，盖师门之礼训也。又郡之山川，接于新定，谁谓幽遐，满目奇胜。衢歙二水，合于城隅，一浊一清，衢江浊，歙江清。如济如河。百里而东，遂为浙江。渔钓相望，凫鹜交下。有严子陵之钓石，方干之隐茅。又群峰四来，翠盈轩窗。东北曰乌龙，崔嵬如岱。西南曰马目，秀状如嵩。白云徘徊，终日不去。岩泉一支，潺湲斋中。春之昼，秋之夕，既清且幽，大得隐者之乐，惟恐逢恩，一日移去。且有章阮二从事，俱富文能琴，凫宵为会，迭唱交和，忘其形体。郑声之娱，斯实未暇。往往林僧野客，惠然投诗。其为郡之乐，有如此者。于君亲之恩，知己之赐，宜何报焉？今有郡斋歌诗一轴拜献，庶明前言之不诬尔。干渎台严，伏增战惧。尚远门下，伏惟尊崇，为国自重。[1]

随后一段时间，章岷按照范仲淹制定的策略，与睦州当地百姓进行了广泛的沟通，不仅赢得了当地富户的支持，也得到了贫苦百姓的认可，修祠的资金很快筹集起来了。一些贫苦百姓没有能力捐钱，便主动报名参加祠堂的修建。范仲淹大喜，便令章岷给参与修建工程的民夫发工钱。这样一来，当地百姓参与修建严子陵祠堂的积极性便更加高涨了。

范仲淹公务之余，常常挂念此事，不时到钓台工地上视察。

4

转眼到了夏天。

夏六月某日，范仲淹接到梅尧臣的一封来信，信中附了一首诗，题为《聚蚊》。

《聚蚊》诗云：

日落月复昏，飞蚊稍离隙，聚空雷殷殷，舞庭烟幂幂。
蛛网徒尔施，螗斧讵能磔。
猛蝎亦助恶，腹毒将肆蠚，不能有两翅，索索缘暗壁。
贵人居大第，蛟绡围枕席，嗟尔于其中，宁夸觜如戟。
忍哉傍穷困，曾未哀癃瘵，利吻竞相侵，饮血自求益。
蝙蝠空翱翔，何尝为屏获，鸣蝉饱风露，亦不惭喙息。

---

[1] 《范仲淹全集》之《范文正公尺牍卷下·与晏尚书》

薨薨勿久恃，会有东方白。[1]

范仲淹知梅尧臣此诗乃是讽刺朝中权臣当道，当下心里暗想："他可是对朝政满腹牢骚。这诗倒是敢写啊！"

又过数日，他突然接到皇帝的一封诏书。这次，皇帝调他去苏州任知州。范仲淹一看是去苏州，便觉得有些为难了。与睦州相比，苏州可是好地方。但苏州是他的老家，按照惯例，是应该回避的。皇帝为何偏偏让我调任苏州，莫非是对我特殊照顾，想让我得由去家乡看看？范仲淹这样一想，心中感到宽慰的同时，却又起了避嫌之心。他又想到修建严子陵祠堂的工程方才开始，现在立刻调任苏州，不知是否会影响工程的进展。再三斟酌，他决定向朝廷上表乞求另安排一郡前往任职。他写了上表，报往朝廷。

在章岷的尽心打理下，数月后，一座高大的三进深的严子陵祠堂便在祠堂旧址上立了起来。

祠堂上梁之日，范仲淹心中欢喜，挥毫泼墨，作了一篇文章，题名《桐庐郡严先生祠堂记》，文曰：

> 先生，汉光武之故人也，相尚以道。及帝握赤符，乘六龙，得圣人之时，臣妾亿兆，天下孰加焉？唯先生以节高之。既而动星象，归江湖，得圣人之清，泥涂轩冕，天下孰加焉？唯光武以礼下之。在《蛊》之上九，众方有为，而独不事王侯，高尚其事。先生以之。在《屯》之初九，

---

[1] 《梅尧臣集编年校注》卷四《聚蚊》。

阳德方亨，而能以贵下贱，大得民也。光武以之。盖先生之心，出乎日月之上；光武之器，包乎天地之外。微先生，不能成光武之大；微光武，岂能遂先生之高哉？而使贪夫廉、懦夫立，是有大功于名教也。某来守是邦，始构堂而奠焉。乃复其为后者四家，以奉祠事。又从而歌曰：云山苍苍，江水泱泱；先生之德[1]，山高水长！[2]

文章即成，一时间士人交相称颂，很快传遍天下。

范仲淹想起祠堂中没有严子陵画像，便亲自去请会稽僧人悦躬为严子陵画像，挂于堂中。如范仲淹所料，严子陵祠堂修好后，附近州郡的士人很快便慕名前来瞻仰。睦州这个小城，一时间变得热闹非凡。睦州城内的几条主街道上，客栈、餐馆、脚店、茶楼以及各种各样的小摊小铺一时间如雨后春笋般冒了出来。

桐庐变得繁荣热闹，百业兴隆，最高兴的就是当地百姓。范仲淹自然心中欢喜，公务之余，便在章岷、周德宝等人的陪同下，深入民间，体察民情。睦州的百姓，对于这个从京城来的郡守也是甚为喜欢，每当范仲淹出现在酒店或茶楼里时，总会引来一阵阵欢呼喝彩。范仲淹也没有架子，往往同百姓们打成一片。

对睦州越了解，范仲淹就越发喜欢此地，就越发喜欢这里的风光与惬意的生活。某日，他午后闲来无事，诗兴大发，一口气作了十首短诗，题名为《萧洒桐庐郡十绝》：

1　"先生之风"的"风"字，今本作"德"字。据说李泰伯向范仲淹建议改为"风"。
2　《范仲淹全集》之《范文正公文集卷第八·桐庐郡严先生祠堂记》。

一

萧洒桐庐郡，乌龙山霭中。
使君无一事，心共白云空。

二

萧洒桐庐郡，开轩即解颜。
劳生一何幸，日日面青山。

三

萧洒桐庐郡，全家长道情。
不闻歌舞事，绕舍石泉声。

四

萧洒桐庐郡，公余午睡浓。
人生安乐处，谁复问千钟。

五

萧洒桐庐郡，家家竹隐泉。
令人思杜牧，无处不潺湲。

六

萧洒桐庐郡，春山半是茶。
新雷还好事，惊起雨前芽。

七

萧洒桐庐郡，千家起画楼。
相呼采莲去，笑上木兰舟。

八

萧洒桐庐郡，清潭百丈余。
钓翁应有道，所得是嘉鱼。

九

萧洒桐庐郡，身闲性亦灵。

降真香一炷，欲老悟黄庭。

十

萧洒桐庐郡，严陵旧钓台。

江山如不胜，光武肯教来？[1]

又一日，章岷陪着范仲淹到山中游玩。进了山中，两人沿溪水而行。行不多时，山路一转，两人见前面一株大树树荫之下，聚坐了十来人，当中支起了炉架，炉子架上的茶锅里煮着水，旁边摆着茶案茶具。原来，这些人正在那里斗茶。范仲淹、章岷一时兴起，便参与其中。那帮斗茶之人见太守有如此雅兴，自然欢喜得不得了。

章岷兴致一上来，即席作了一首斗茶歌。众人听了，都是拍手叫好。范仲淹对章岷之作也是连连盛赞。席间有好事者便拍手起哄，请太守也作一首斗茶歌与章岷相和。范仲淹推辞不过，沉吟许久，方才吟出一首长歌：

年年春自东南来，建溪先暖冰微开。

溪边奇茗冠天下，武夷仙人从古栽。

新雷昨夜发何处，家家嬉笑穿云去。

露牙错落一番荣，缀玉含珠散嘉树。

终朝采掇未盈襜，唯求精粹不敢贪。

研膏焙乳有雅制，方中圭兮圆中蟾。

---

[1] 《范仲淹全集》之《范文正公文集卷第五·萧洒桐庐郡十绝》。

北苑将期献天子，林下雄豪先斗美。
鼎磨云外首山铜，瓶携江上中零水。
黄金碾畔绿尘飞，紫玉瓯心翠涛起。
斗余味兮轻醍醐，斗余香兮薄兰芷。
其间品第胡能欺，十目视而十手指。
胜若登仙不可攀，输同降将无穷耻。
于嗟天产石上英，论功不愧阶前蓂。
众人之浊我可清，千日之醉我可醒。
屈原试与招魂魄，刘伶却得闻雷霆。
卢仝敢不歌，陆羽须作经。
森然万象中，焉知无茶星？
商于丈人休茹芝，首阳先生休采薇。
长安酒价减千万，成都药市无光辉。
不如仙山一啜好，泠然便欲乘风飞。
君莫羡花间女郎只斗草，赢得珠玑满斗归。[1]

众人闻诗，顿时哄然叫好。

章岷待众人喝彩停歇，说道："好一句'众人之浊我可清，千日之醉我可醒'！"从这句诗中，章岷读出了范仲淹的心思，知其一方面不在乎隐居山林，一方面也随时等待朝廷的召唤，要为国为民去做一番事业。

范仲淹听章岷这么说，心下感动，暗想：章岷深知我范仲淹之心，真乃难得一知己！当下，他朝章岷看去，冲他点了点头。章岷

---

[1] 《范仲淹全集》之《范文正公文集卷第二·和章岷从事斗茶歌》。

知道范仲淹明白了自己的心思，也是微微一笑，向这位郡守低头鞠了一躬。

八月底，范仲淹突然接到朝廷诏书。朝廷答应了他的请求，改派他前往明州任职。如今，严子陵祠堂已经修好，他看到睦州百姓安居乐业，是可以离去的时候了。只是，睦州当地官员与百姓一再挽留范仲淹，范仲淹久久未能成行。朝廷那边，皇帝似乎也有意给范仲淹留点时间，亦不催促。

直到九月底，范仲淹才得以准备行装，打算举家迁往明州。就在此时，突然又来了一封朝廷诏书。原来，苏州夏秋之际遭遇水灾，至今仍然为水灾所害，转运使蒋堂认为范仲淹此前有修筑捍海堰的经验，便向朝廷建议，令范仲淹去苏州担任知州。

宰相吕夷简之前因范仲淹在废后之事上与自己意见相左，对其已生不满。此时，转运使既然推荐范仲淹去苏州治水，去啃那块不好啃的"骨头"，吕夷简也乐得顺水推舟，便也不管官员不可在"祖祢之邦"当官的制度，在皇帝面前举荐范仲淹前往苏州任职。于是，赵祯下了一道新诏，复令范仲淹于十月底前移任苏州。

"希文兄，依我看，还是上表朝廷辞谢为好啊，这苏州不能去！苏州是希文兄的老家，朝廷的规矩是官员不可去家乡任职，现在，虽然朝廷在宰执的力主下令希文兄移任，可这恐怕就是那吕夷简给希文兄下的套！如此一来，希文兄恐遭天下士人讥讽啊。何况苏州正遭水灾，希文兄如果治水不见成效，岂非再招来一个被贬的由头？"周德宝皱着眉头向范仲淹进言。

范仲淹听周德宝这么说，正色答道："吕相因郭后之事对我心存芥蒂，我岂能不知道？可是，这次移任苏州，乃是转运使蒋堂最初举荐。吕相亦不至于因郭后事而报复于我。何况，朝廷令我移任苏州，终究是陛下恩赐，是朝廷为了公事而做出的机变。我如何能再推辞？"这一次，范仲淹见朝廷将救灾重任托付自己，自然不想因为苏州是家乡而推辞。

即将离开睦州，范仲淹有些恋恋不舍了。

这里，有远离喧嚣的潇洒山水；这里，有名扬天下的方干故居；这里，还有他修建的严子陵祠堂。"如果能够将记文刻于碑石，就可以使严子之风跨越千载而不灭，不是可以更好地宣扬高尚之气节吗？若是能够找到一个与严子陵先生气节相仿、志趣相投的奇士来书写勒石之文，那就更能够彰显子陵先生的高尚气节。"范仲淹又有了勒石为记的想法。可是，请谁来书写呢？他寻思良久，突然想起隐士邵㻌。对，邵㻌篆书闻名四海，又是著名隐士，由他来书写甚好！于是，他便给邵㻌写了一封信。信云：

> 十月日，右司谏、秘阁校理、知苏州范某，谨奉短书于先生邵公足下：某今春与张侍御过丹阳，约诣先生，见维舟水边，闻先生归山。所谓其室则迩，其人甚远，惘然愧薄宦之不高矣。暨抵桐庐郡，郡有严陵钓台，思其人，咏其风，毅然知肥遁之可尚矣。能使贪夫廉，懦夫立，则是有大功于名教也。构堂而祠之，又为之记，聊以辨严子之心，决千古之疑。又念非托之以奇人，则不足以传之后世。今先生篆高四海，或能枉神笔于片石，则严子之风复

千百年未泯，其高尚之为教也，亦大矣哉！谨遣郡校奉此，恭候雅命。[1]

写好尺牍，范仲淹备了薄礼，安排一个校尉带着，连同那篇记文一并给丹阳的邵𫗦先生送去。

到了十月底，范仲淹带着家人们，和周德宝一道，出发前往苏州任职。临行前，派往丹阳的校尉尚未回来。范仲淹只好将勒石为记的事情委托给章岷。后来，邵𫗦将用篆书写就的《桐庐郡严先生祠堂记》随信寄到了睦州。章岷聘请巧匠，将邵𫗦所书刻在石碑上，镶嵌于祠堂的右壁。

去苏州路上要经过严子陵钓台，范仲淹便在章岷陪同下再次前往吊祭。吊祭结束，范仲淹立在岸边，往东望向江对面，只见对岸大山山势起伏，绝壁临江，山坳间白云升腾，犹如仙境。白云之间，有村庄若隐若现。范仲淹见此胜景，便指着对岸问章岷是什么地方。章岷告诉他，对岸那片地方叫鸬鹚源，乃是唐代处士方干的故里。范仲淹一听，大为吃惊。他没有想到，著名处士方干的故里竟然就在钓台对岸。

要说起这方干，可是大有故事。方干是唐代人，字雄飞，被其弟子称为"玄英先生"，编其诗作成十卷本《玄英先生集》。方干小时候因为跌伤嘴唇破了相，后来参加科举，因为朝廷不想任用破相之人——有官员认为这有损泱泱大国的颜面，所以屡屡被淘汰，羞于见家乡父老，躲到会稽鉴湖等地隐居。虽然仕途无望，但是方干的诗才并没有被埋没。方干与著名诗人贾岛、曹松、吴融等人交往

---

[1] 《范仲淹全集》之《范文正公文尺牍卷下·与邵𫗦先生》。

酬唱，其诗亦被广泛传诵。吴融在《赠方干处士歌》中称赞方干，说他"句满天下口，名骶天下耳"。范仲淹对于方干的故事是知晓的。在他心里，方干是一个经历了人间磨难、经受了人间屈辱但不甘于命运的强者。他打心眼里尊敬这种不被命运打倒的强者。

既知方干故里在严子陵钓台对面，范仲淹哪里肯错过凭吊拜访的机会？他立即请章岷带他前去拜访。过了江，登上岸，一轮明月高高悬在夜空，章岷、周德宝等人打着灯笼，领着范仲淹深一脚浅一脚在通往村子的山径上往前走。被派去报信的人则已先行赶到方家。碰巧方干八世孙方楷刚刚返乡。方楷在中了王拱辰榜进士后，被朝廷任命为鄱阳主簿，随后又当了上元县令。范仲淹、章岷来访时，方楷正从任上返乡省亲，听说范仲淹来了，真是喜出望外，匆忙戴上乌纱帽，亲自出门迎接。村子里的男男女女也纷纷出门，来迎接突然来访的贵客。范仲淹见方楷气度从容，不禁连连称赞，又见村中男人多身着儒服，更是为此地的诗书之气所折服。

范仲淹心中尊崇方干，想到严子陵画像旁如能有方干画像相伴，倒不失一桩美事，当即便嘱咐章岷，去请高僧在严子陵祠堂东壁画上方干的像。范仲淹又写一诗送给方家。方楷感激他对祖先的尊崇，征得同意，请人将范仲淹《留题方干处士旧居》一诗刊刻在祠堂东壁上的方干画像左边。

《留题方干处士旧居》诗序与诗云：

> 某景祐初典桐庐，郡有七里濑，子陵之钓台在。而乃以从事章岷往构堂而祠之，召会稽僧悦躬图其像于堂。洎移守姑苏，道出其下，登临徘徊。见东岩绝碧，白云徐生，云方干处士之旧隐，遂访焉。其家子孙尚多儒服，有

楷者新策名而归。因留二十八言，又图处士像于严堂之东壁。楷请刊诗于其左。

风雅先生旧隐存，子陵台下白云村。

唐朝三百年冠盖，谁聚诗书到远孙？[1]

当晚，范仲淹一行与方楷彻夜畅谈后，宿于方家。

淹留数日后，临行之时，范仲淹与方楷依依惜别，再作一诗赠给他：

高尚继先君，岩居与俗分。有泉皆漱石，无地不生云。

---

[1] 《范仲淹全集》之《范文正公文集卷第五·留题方干处士旧居》。

邻里多垂钓，儿孙半属文。幽兰在深处，终日自清芬。[1]

方楷没有想到范仲淹会再作诗赠己，感激之余，和诗一首以回赠：

莫言寸禄不沾身，身后声名万古存。
幸得数篇传宇宙，得无余庆及儿孙。[2]

范仲淹造访鸬鹚源方家的这段故事和诗作很快流传开来，鸬鹚源从此有了"白云村"的美称。

---

1 《范仲淹全集》之《范文正公文集卷第六·赠方秀才》。
2 《柱国方氏宗谱》之《玄英先生孙楷公和前韵》。

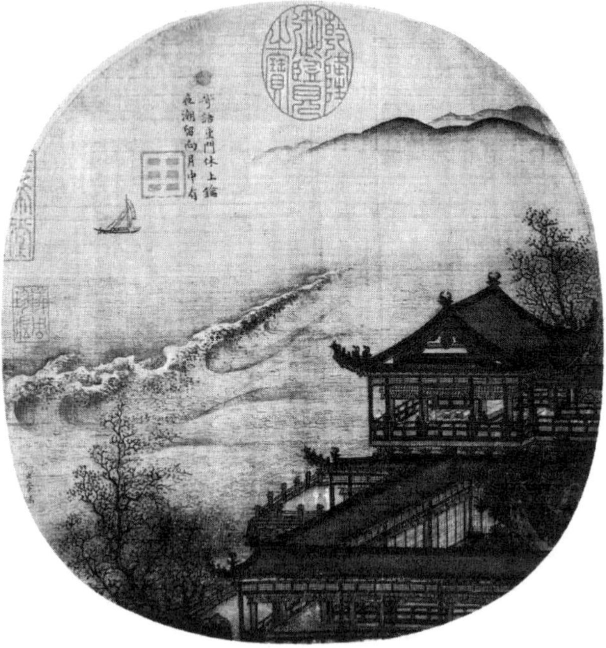
寄語重門休上鑰
夜潮留向月中看

第九章
移任苏州

1

范仲淹出生于河北，不久范家便自河北迁到苏州，苏州从此成了范仲淹的故乡。范仲淹从睦州移任苏州后，立刻去吴县拜望了父老乡亲。随后，他又到天平山祭拜了亲生父亲范墉。范墉是仲淹两岁时病逝于徐州的，他的遗骨归葬于苏州吴县天平山中。范仲淹对于亲生父亲已经没有什么记忆了，但是想起辛勤养大自己的母亲，对于早逝的父亲，便也感到无比亲近与怀念。

范仲淹少年时负气离家求学，如今荣归故里，父老乡亲对他自然尊重有加。可是，面对着父老乡亲的盛情，想到母亲已逝，养父与亲生父亲也早已归于九泉，范仲淹不觉黯然神伤。应酬数日之后，他独自一人于书房静坐，寻思前尘往事，念及父母之情、朋友之谊，对于山清水秀、远离尘世纷扰的睦州便甚是怀念。在这种时候，他突然涌起向朋友倾诉的冲动。他想到，前日刚刚收到章岷的书信尚未回复。在那封信里，章岷写了一首诗，表达了对刚刚移任他处的朋友的思念。"我竟然一直拖到现在也没有回复他的信啊！"他对此感到愧疚。心里的愧疚，像是一味药，更加刺激了他的回忆。与章岷一起重访子陵钓台，一起明月下访问方干故居的情景，在他脑海中一幕幕浮现出来。于是，他怀着万千感慨，挥毫泼墨，给在睦州的好友章岷写了一首诗：

>姑苏从古号繁华，却恋岩边与水涯。
>重入白云寻钓濑，更随明月宿诗家。
>山人惊戴乌纱出，溪女笑隈红杏遮。
>来早又抛泉石去，茫茫荣利一吁嗟。[1]

给章岷寄去了回信后，他寻思着也要给两府大臣们写封信。"吕相或对我心存芥蒂，但我当以赤诚之心待吕相，当以赤诚之心待两府，以使吕相知我心，以令两府晓我意。"他不再犹豫，提笔又写下一篇《移苏州谢两府启》：

>罪布四方，大不可掩。宠分千骑，得之若惊。仰雷霆之霁威，加霖雨而蒙润。报君何道，杀身有宜。窃念某生于唐虞，学于邹鲁。一箪之乐，素伏于丘园；四库之游，滥升于台阁。而自践扬谏列，对越清光。允出遭逢，诚当感慨。事君无隐，必罄狂夫之言；涉道未深，终乖智者之虑。俟窜居于楚泽，尚假守于桐庐。风俗未殊，足张

---

[1] 《范仲淹全集》之《范文正公文集卷第五·依韵酬章推官见赠》。

条教；江山为助，宁慕笑歌。鹤在阴而亦鸣，鱼相忘而还乐。优游吏隐，谢绝人伦。岂谓蒙而克亨，幽而致显？屡改剧藩之寄，莫非名部之行。宗族相荣，搢绅改观。此盖相公仁钧大播，量泽兼包。示噩噩之公朝，存坦坦之言路。道兹优渥，屈彼典彝。茂扬天子之休，纯被幽人之吉。某敢不黾勉王事，寤寐政经？佩黄裳之文，庶扬于《易》教；咏朱绳之直，无忝于诗人。上酬乃圣之知，旁答具瞻之造。过此以往，不知所裁。[1]

治水可不是件容易的事情，范仲淹打算从勘察苏州的地形开始。

"走，今日陪我四处逛逛，我想找当地老人聊聊天去。"范仲淹对周德宝说。

"郡守，你今日怎么突然有此闲工夫？"周德宝笑道。

"这可不是雅兴，这是正事！坐在官署里如何治水？"范仲淹哈哈一笑。

于是，范仲淹让下属备了两头驴子，与周德宝各骑一头，往苏州城南门方向行去。

苏州是范仲淹小时候成长的地方，他对于苏州自然是有一定的了解的。所以，一路上，范仲淹便同周德宝聊些苏州的历史与地理。

"这地方，以前是吴国的疆土，当年吴王阖闾听了伍子胥的建议，在这里建都城。据说当年城池周围近五十里，有水陆八个门。

---

[1] 《范仲淹全集》之《范文正公别集卷第四·移苏州谢两府启》。

到了秦代，这里属于会稽郡；东汉时，则属于从会稽郡里面分出来的吴郡；两晋、南朝时期，一直都叫吴郡；到了隋朝，才改称为苏州。唐代时，苏州下领吴、长洲、嘉兴、昆山、常熟、海盐、华亭七个县。我皇朝初年，苏州属于江南道，到太宗时属于两浙路管，至今领有吴、长洲、昆山、吴江、常熟五县。苏州这块地方，东边是大海，西面有个太湖，东北方向是大江。地势上东、北、西三面高，中间地带却是地势低平。出于这个原因，雨水汇聚，大小湖泊散布。"范仲淹骑在驴子上，一边轻轻抖着缰绳，一边不紧不慢地同周德宝说话。

"希文兄，今日你专门要找当地老人聊天，一定有目的吧？"周德宝听范仲淹说得头头是道，对今日出行之目的不禁有些好奇。

"当然咯。对于苏州，我也只是知道个大概，方才所说，大多是志书上有的，有些也是我从前知晓的。苏州常常发生水灾，与其地势有关。所以，这治水之事，还真是不容易啊！不过，只靠这点书本上的东西，是治不了水的。你想，我范仲淹知道这些，前任的官员就不知道吗？所以啊，要想知道办法，还得实地去勘察，还得集思广益，特别是要去民间听听声音。"

"希文兄说得是，这书本上的东西，毕竟不如亲眼所见来得真切。"

两人正说着，只见一个老人推着江州车迎面行来。那老人穿着褐布短衣，一张黑脸满是皱纹，背佝偻着，两只握着车把的手骨节突出，又黑又大。这时，周德宝胯下的驴子不知何故，突然平地一颠，差点把周德宝掀下来。那老人似乎也吓了一跳，脚下一个趔趄，独轮的江州车便往一边倾斜，一下子将老人带翻在地。

周德宝和范仲淹见状，慌忙下了驴背，前去扶那老人。

"可要紧吗？没有摔坏吧？"范仲淹关切地问。

那老人是个老实人，起了身，拍了拍衣服上的泥尘，只觉得左脚崴得甚是疼痛，但见范仲淹态度甚好，心中原有的一点点怨气也没了，口中道："只是稍稍崴了脚，不打紧，不打紧。"

"老丈，我看还是先在路边歇一歇为好。"范仲淹担心老人摔伤，便扶住老人，坚持让他歇歇再走。

那老人见范仲淹身上穿着一袭不太起眼的褐色圆领大袖袍，面色温和，举止有方，气度非凡，并无半点盛气凌人的意思，也便依言坐到路边。他觉着脚踝确实很痛，虽无大碍，也正好缓一缓。

恰好路边有一株高大的柳树，周德宝慌忙将两头驴子系在树上，跟着范仲淹，也在老人身边坐了下来。

因自己骑的驴子吓着了老人，周德宝更是心怀愧意，连连问老人脚踝的状况。

"歇会儿就好了，没事没事。道长不必担心。"老人见周德宝一身道装，便以"道长"称呼他。

"老丈，你这是从哪来啊？"周德宝问。

"昆山那边来的。"

"那可不近啊。"周德宝说道。

"一路在脚店歇脚过来的。"

"这是拉着东西去哪里啊？"范仲淹问道。

"去给开江指挥所送些粮食。听说新来了知州，开江指挥所的长官便向吴江、常熟、昆山等地征购粮食，估计又得有新的治水工程了。"

"昆山不是也有收购点吗，为何远道送到郡城呢？"范仲淹有些好奇。

"这不,我孩儿在长官手下干事,我想着家中尚有余粮,便想着送到设置在郡城内的开江指挥所去。一来算是给孩儿长长脸,一来也可以卖个好价钱。郡城收购粮食价格高一些。"

老人的话,让范仲淹心中一震。"有多少像这位老汉一样的人啊!这些人,他们的思想,他们的活动,不被朝廷看见,不被天下所知。处在深宫的皇帝看不到他们,立于朝堂的大臣们看不到他们。他们只是户口簿上的数字,他们只是鱼鳞册上的田亩啊。多少年来,他们就在一小片土地上安静地、艰难地活着。就像是野草一般,凭着天生的那股生命力,倔强努力地生长着——山火来了,会把它们烧焦;大水来了,会把它们淹没。但是,它们总会从土地上生长起来,顽强地无声地生长着。当它们归于尘归于土时,便继续滋养这大地。他们啊,是野草,也是这大地啊!他们啊,是百姓,也是天下啊!他们大多遵纪守法,即便被伤害了,被打击了,也往往苦笑着接受命运。他们常常显得柔弱,但是这柔弱难道不近似于一种最纯朴的勇气吗?因为,他们并不因这种怯懦而不活了,而照旧默默地活着,想尽一切办法活着,无时无刻不用这种所谓的柔弱来应对各种大小意外甚至命运无情的打击。柔弱的自卫,温和的抵抗,藏着卑微的尊严,就像无声的大地。这些老百姓的想法就是这么朴素啊。为了稍稍高那么一点儿的粮价,就不惜脚力。这倒是一个启发,朝廷官方推行的转运制度,如果转向依靠民间的市场之力,或许可以省却很多不必要的消耗啊。需要粮食之地,粮食价格自然会涨,也自然会吸引农家前往出卖余粮,也会吸引商人前往贩卖啊。"

范仲淹听老人这么一说,顿时来了兴致,联想到了朝廷的转运制度。他的思想在这个问题上停留了片刻,又很快回到治水这个问题上来。

"说到治水工程,朝廷一直以来颇下功夫,却收效甚微,老丈可有何高见?"范仲淹问道。

老人捋了捋花白的胡须,咳嗽了两声,说道:"这治水的事情,我一个糟老头哪里晓得?不过,我看这老法子,只冲着松江和扬子江开渠放水也不是办法。"

"哦,这怎么说?"范仲淹瞪大眼睛,不知不觉地提高了声音。

"这位官人,为何对治水如此感兴趣?"老人方才只对范仲淹的神态感到有些奇怪,可这时他开始对范仲淹的问题感到好奇了。

"这不,我们刚来苏州,见四处受水灾甚是严重,故有是问。"范仲淹不想暴露自己真实的身份,慌忙笑了笑,以一个简单的理由回应了老人的问题。

那老人听了,便点点头,不再追问,继续说道:"其实吧,既然已经开了渠,内涝之水依然下不去,无非三种情况。其一,苏州城内地势低,渠虽然挖了,可是往扬子江、松江的渠道挖得不够深,北边、南边近江处地势偏高,水出不去。其二,海水聚在江口倒灌,内涝水还是出不去。其三,内涝水量大于经过渠道进入大江的水。"

范仲淹听了,连连点头,说道:"老丈的这些看法,甚是有道理。那有什么更好的办法吗?"

"这个——我这糟老头哪里懂?要是真晓得办法,早向官府报告了。"

这时,周德宝在一旁说道:"大禹治水,无非疏通河道,让大水奔流入海。还得从这个'疏'字上考虑。"

老人听周德宝这么说,连连点头称是,说话间便站起来,拍拍身上的尘土准备告辞。

范仲淹见状，也不便阻拦，帮着老人扶起江州车，望着他往城中开江指挥所方向缓缓行去。

老人的一番话显然对范仲淹产生了影响。在泰州时，范仲淹曾经为修捍海堰费尽心思，而且遇到大风大雨雪，牺牲了数百民夫。如今，他在苏州遇到的水灾与之前的情况不同，之前是对付海水侵入，这次是要对付内涝淹留。同样是对付"水"，面临的困境却不一样。

眼见老人慢慢消失在远方，范仲淹忽然扭头对周德宝说："你说对了一半，'疏'是首要的，不过苏州这大水，光靠一个'疏'字还不够，还需一个'束'字。"

"哦？愿闻其详！"周德宝笑着问。他对范仲淹未曾充分表达出的想法充满了好奇。

范仲淹一把扯住周德宝的袖子，将他扯到一边。在那棵柳树下，范仲淹捡起一根枝条，蹲了下来。周德宝只见他拿着枝条在地上勾来画去。

"希文兄，你画的是什么？"

"来，来，你过来看。瞧，这里是太湖，这里是苏州，这里是常熟，这个是昆山，这个吴江。这条线是扬子江，这条线是松江，这边是大海。这里，这里，这里，我要在常熟和昆山之间，也开出几条河来。"

"希文兄的意思是，太湖之涝，苏州被淹，只靠开一条通往扬子江和一条通往松江的水道不够，就多开几道？"

"正是这个道理！"

"可是，难道没有海水倒灌之险吗？"

"有，当然有！"

"那怎可多开水道入海？"

"海水倒灌，必因潮汐而动。但是，再怎么倒灌，不可能深入数百里。所以，只要在这里，在这些河道入海处设闸门，就可以在潮水倒灌时挡住海水。同时，大多数时间，也可将内涝之湖水、河水约束住，必要时开闸放水，水位既高，自然奔流入海。"

周德宝听了，不禁拊掌大赞道："希文兄，好办法，真是好办法！如此有疏有束，内涝之灾必可消除。不过，这可是非常巨大的工程啊！"

"为了千秋万代的民生，再大的工程也得干！"范仲淹此时豪情满满，方才脸上的忧虑之色已经一扫而空，就如同天空不断堆积起来的乌云，被一阵狂风突然吹散了，露出乌云背后的太阳。这太阳发出炽热的光芒，照在广袤的大地上，带给大地热量，使万物焕发了勃勃生机。

范仲淹既有了主意，便立即安排人员抓紧勘察昆山、常熟等地的地理、地势。好点子是否能够落实，那是另外一回事。

一日，范仲淹收到晏殊寄来的一封书信，信中还有晏殊赠给他的一首诗。

范仲淹对晏殊的知遇之恩一直心怀感激，所以对这个比自己还小的"恩师"，他一直是执师礼相待的。这些日子，他一直谋划如何在昆山和常熟之间开河——如今，他的想法不仅仅是治水，而是要利用治水之机，不仅去涝，而且要防旱。在河道内设闸，就可以有效地约束河水、湖水。只要设闸成功，以后的太湖，就是一个巨大的水库啊！但是，要完成这项工程，面临的任务是多么的艰巨啊！

范仲淹心里想着眼前这个巨大的工程，便将这份心情也融入了他写给晏殊的答诗中。

他这样写道：

> 徽音来景亳，盛事耸吴乡。上象三台照，高文五色章。
> 纯如登乐府，渊若测天潢。寒谷春重煦，幽宫草特芳。
> 感知心似血，思报鬓成霜。新定惭无惠，姑苏惜未康。
> 尧汤余水旱，刘白旧风光。北阙云霓远，南园橘柚荒。
> 愿闻歌画一，敢议赋《长杨》。碌碌嘲须解，循循教弗忘。
> 迹甘荣路外，情寄圣门傍。几托为鱼梦，江湖尚渺茫。[1]

在诗中，范仲淹表达了对晏殊的感恩之情，也表达了希望能够在苏州治水成功的希望。诗的最后几句，既流露出其入世情怀，也流露出在这种情怀背后的出世之情：出将入相，功成后泛舟江湖。范仲淹如古来很多气节高尚的士人一样，有着这样的想法。

信寄出后，过了些日子，晏殊又寄来一封信，还附了一份他最新的文稿，其中有《神御殿颂》《游涡赋》及《青社州学记》等。晏殊在信里鼓励范仲淹在苏州干出业绩，并祝他治水成功。

冬天渐渐来了，大地开始变硬，江湖之间、大海之上，四处弥漫着冬日的寒意。范仲淹力主的挖河工程已经开始了。经过认真的考察与磋商，范仲淹最终决定，在常熟与昆山之间，开出五条河流通往大海。

---

[1] 《范仲淹全集》之《范文正公文集卷第五·依韵奉酬晏尚书见寄》。

这一日，范仲淹突然想起因为忙于挖河治水，尚未给晏殊回信，便抽空写了一封回信，回信云：

> 某启：伏惟参政尚书台候起居万福。某伏自睦改苏，首捧钧翰。属董役海上，至还郡中，灾困之氓，其室十万。疾苦纷沓，夙夜营救，智小谋大，厥心惶惶。久而未济，上答斯晚，死罪死罪！早以桐庐鄙述之作，仰默台光，伏蒙尚书不以隆崞之高，而应诸远壑；不以洪钟之大，而纳兹纤筵。谓宣父圣师尝称弟子之善，邴吉真相或矜小吏之狂，缓其严诛，宠以钧什。霈江海之宏润，被虹蜺之垂光。夫何猥屑，当此褒赐。某谓葛覃、苤苢微物也，托于周召则不朽矣。又蒙以新著《神御殿颂》《游涡赋》《青社州学记》，示于谀闻，俾阅大范。孰量童观之明，得预宗庙之美？但当金口木舌，以驾说至道之万一尔。如觇大礼，阅广乐，岂能形容于造次哉？遥瞻台屏，伏惟尊崇，为国自重，卑情不任荣惧感戴激切之至。[1]

信后又附诗一首《又用前韵谢晏尚书以近著示及》，诗云：

> 祖述贤人业，何因降互乡？周公旧才美，夫子近文章。
> 逸气弥冲斗，雄源甚决潢。月中灵桂老，春外实芝芳。
> 远似天无翳，清如塞有霜。日星图舜禹，金石颂成康。
> 涡曲风骚盛，营丘学校光。至精含变化，大手凿洪荒。

---

[1] 《范仲淹全集》之《范文正公尺牍卷下·与晏尚书》。

崧岳词欺甫，甘泉价掩杨。满朝当讽诵，终古岂遗忘？

恍若探龙际，森疑履虎傍。半生游此道，观海特茫茫。[1]

为了完成这项工程，范仲淹亲自在一线督工，常常与民夫、兵丁们一同宿于工地。

一连在工地上忙了近两个月，眼看快到年底了。一日，范仲淹由周德宝和当地几个官吏陪着巡视常熟、昆山各处工地。他登上一个大土堆往工地上张望，但见千百个民夫与兵丁正热火朝天地忙碌着。眼前新开的河渠已经挖成了，河内的闸门也在建设中。那些劳动者在寒冬中挥汗如雨的景象令范仲淹大为感动。

"工程将成，苏州城内的数十万人家有救了！明年雨季，太湖即便再涨水，也绝不可能四处泛滥了。"范仲淹转身朝着城内方向，举手遥指，向着众人大声说道。

2

"这里是你的老家，不如置块地，以后孩子们也有个根。"在五河工程即将完工时，妻子李氏找到一个机会，对自己的夫君提了个建议。

这次，范仲淹听了妻子的建议连连点头。多年来，妻儿随着自己宦海沉浮，四处奔走，确实是居无定所啊！他又想起已经故去、自己未能尽孝的母亲，不觉更是伤怀。一家人都没有跟着我享点儿福啊！愧疚之情，在他心中引发的焦虑，促使他决定尽快采取行

---

[1] 《范仲淹全集》之《范文正公文集卷第五·又用前韵谢晏尚书以近着示及》。

动。他将想要找块地置业的想法告诉了周德宝，周德宝热情地表示自己谙熟风水，愿意帮他去寻摸适合居住的地块。

过了几日，周德宝笑眯眯地告诉范仲淹，合适的地块找到了。

"哪里？"

"在南园。"周德宝说着便拉上范仲淹去南园看那块地。

两人到南园的时候，正是傍晚。冬日的傍晚，夕阳金色的余晖洒在一片空地上。空地有五六亩大小，靠北边的地方，是一座有十来间屋子的空宅子，宅子大门正对着空地。空地中间，一东一西，各有个大小相近的水池子。空地南边，是一片只剩下光秃枝干的橘子林。这座宅子的墙角柱基上，有一道大水退去后留下的印痕。如今，这道印痕与青苔混合在一起，呈现出一种混杂了黄、灰、绿和黑等诸般色彩的复杂颜色。空地显然都被大水淹没过，如今荒草蔓生。虽然宅子、空地和橘子林是大灾过后的一幅惨败景象，但是夕阳金色的光芒照在草尖上、橘树枝头、水池的水面上、宅子的屋顶上，四处都被镀上了一层薄薄的金色。

范仲淹望着这片经历了大水灾的土地，望着这些经历了生死的野草、橘子树，望着这座经历了岁月磨难的宅子，心里立刻爱上了它们。他在它们身上，感受到了一种不屈的生命力，便仿佛感到自己也受到了它们无声的鼓励。他呆呆地站在那里，望着眼前的一切，竟然一句话也说不出来。

周德宝见范仲淹默然呆立、一言不发，以为他不甚满意。

"希文兄，这可真是块风水宝地啊！你瞧，这宅子坐北朝南，绝对缺不了阳光。再看，这块地有两个池子，它们像什么？难道不像太极图阴阳鱼的鱼眼吗？这真是难得的宝地啊！在此安家，必然可汲取天地之精华，子孙世代可为公卿啊！"周德宝擅长《易》

学，滔滔不绝地说着。

范仲淹默默地听周德宝说，心中倒是有了一个新的主意。

待周德宝总算停住了话头，范仲淹微笑着说："不，我改变主意了。此地不用来安家。"

"啊？！"周德宝听了大吃一惊，说道，"我费了这一番口舌，你倒是改主意了！希文兄啊，你可别错过了机会啊。这宅子原是一大户商人的，他在汴京也有宅子，因为大水，逃难搬去汴京了，后来便干脆想将这宅子和地卖了。希文兄啊，万一这家人过阵子反悔了，你再想要买这块地，可不一定拿得到啊！"

周德宝苦口婆心地劝说范仲淹。

范仲淹神秘地一笑，道："我是说不用来安家，并没有说不买这块地啊。"

听范仲淹这么说，周德宝瞠目结舌，更加吃惊了。

"啊？希文兄，那你买它何用？莫非给贫道盖道观不成？"

"你想得美，没你的份儿！我打算在这里创办郡学，在这块土地上盖一片学舍。德宝兄，你想啊，在这里安家，如果只是我一家富贵，那有何意思？如果在这里办了郡学，就能为苏州培养一批又一批的人才。这样，吴地就可富贵了。不但如此，这些人才便能为国效力、为民谋福，那就可以使天下千万家都富贵啊！"范仲淹说话间，往那片被夕阳的金色光芒照耀的土地挥了挥手。

周德宝看见范仲淹眼中发着光，额头在夕阳照耀下也闪着光。一瞬间，他眼中涌出泪来，慌忙扭过头，也往那片闪烁着金色光芒的空地看去⋯⋯

范仲淹说服妻子李氏将安家置地的打算先往后放了放，但是，郡学的学舍却立马开始在那片空地上开建了。

光有学舍，没有好的教师，怎能培养出好的人才呢？范仲淹一边督促着学舍建设工程，一边琢磨从苏州当地和各地延请名师。这一日，管家李贵给范仲淹送来一封信。范仲淹一看，信是孙复从汴京寄来的。读了信，范仲淹不禁心情有些低落。原来，孙复在信中告诉范仲淹，自己在今年的科举中再次落第了。

这可是明复兄第四次科举落第了啊！范仲淹为孙复的遭遇长叹一声。"明复"是孙复的字。孙复是郓州人。数年前，曾到应天府书院读书。在应天府书院的时候，范仲淹就曾资助过孙复，还授以《春秋》，对其寄予厚望。他记得，自己曾经不止一次与孙复彻夜长谈，他记得自己赴京就任不久，孙复也追随到京城；他记得，自己外任睦州时孙复曾在汴京东门冒雪为自己送行；他记得，孙复的主张——人没有教化，便如同禽兽，天下就不能成为人的天下；孔孟之大道，即便君王也应遵循，因为治理天下，不能没有大中之道啊！"多么高明的见解，多么恢宏的理论啊！可是，我朝科举偏重辞赋，明复之学偏重义理，他偏执己见，不屈于俗，这恐怕也是他几次科举不中的原因。但制度毕竟是制度，并不能因他一人而更改啊！只是这制度，埋没了多少像他一样的人才啊！不如我去信一封，邀请他来苏州讲学，也不枉他一身才学，也好使他的高尚学问能够传于当世！"范仲淹这么一想，便给孙复写了一封言辞恳切的回信，请他来苏州郡学讲学。可是，孙复正因科举落地心情惆怅，想去河朔之地漫游一番，故没有应范仲淹之邀到苏州讲学。对于孙复而言，这次河朔漫游倒也给他提供了一个机缘。他在回到故乡郓城期间，经过朋友介绍，认识了石介。石介当时已经从应天府回到泰山，正在泰山筑室讲学，便邀请孙复去泰山教授学徒。石介对孙复之学甚是折服，因此坚持以弟子礼事孙复。于是孙复在泰山居住下来，在研究经学的同时也教授学子，名声也慢慢传播开了。

范仲淹没有请到孙复，但是很快请到了另外一位朋友——胡瑗。胡瑗是范仲淹在海陵为官时结识的。海陵一别，已经近十年了。胡瑗欣然接受了范仲淹的邀请来到苏州讲学。

周德宝对胡瑗评价也甚高。不过，据他说，他是从面相上判断的——因为胡瑗长了一张圆脸，腮帮子鼓鼓的，眼睛像蒙了一层薄薄的柔光，两道眉毛不粗不细，像两只蚕，慵懒地卧在眉骨上。

"希文兄啊，这位朋友倒是一脸福相。"周德宝对胡瑗颇有好感，笑着这样说。范仲淹听周德宝这般煞有介事地分析一番，也只能连连苦笑。

原来，胡瑗的命运之途，可真不是一帆风顺。胡瑗比范仲淹小四岁，比孙复小一岁。他出生于淮南泰州，从小聪颖好学，七岁就能写文章，到了十三岁，就能读懂五经。在家乡，他被人们视为奇才。他不仅好学，而且志向远大，从小以圣贤自任。但是，命运给他安排的道路却是崎岖坎坷的。早年的他，因为家境衰微，无法得到全面的持续的教育，到了二十岁，他便离开家乡，前往泰山求学。这一学便是十年。到了天圣二年，胡瑗满怀希望地南归参加科举考试，可是，事与愿违，他一连参加七次考试，次次都失败了。到了四十岁那年，他终于放弃了科举的道路。但是，他并没有向命运屈服。既然科举不行，可以从事教化之业啊！抱着这样的信念，他于明道元年春返回山东泰州，在泰州城华佗庙旁经武祠办了一所书院，并以祖籍安定命名"安定书院"。随后便有人称其为"安定先生"。

范仲淹写信给胡瑗的时候，胡瑗还在泰州安定书院讲学。接到老朋友的邀请，胡瑗没有推托。虽然是一介布衣，但是能够去苏州讲学，并且是作为首席教席，他觉得也是实现自己未竟理想的一个途径。胡瑗到苏州郡学后，为郡学制定了严格的校规。范仲淹为了支持这位老友，令自己的孩子纯祐拜胡瑗为师。连知州的儿子都拜了胡瑗为师，当地的富商豪门便纷纷将孩子送到范仲淹创办的苏州书院学习，对胡瑗更是尊敬有加。

没过多久，苏州书院即声名远播了。但是，范仲淹的目标还不止于此，他希望朝廷能够正式批准苏州书院为郡学，为此，他特地向朝廷上奏。同时，他继续延请名师前来苏州任教。

范仲淹邀请过的孙复、胡瑗，以及在应天府书院教授过的石介，对宋代的教育影响深远，被后世称为"宋初三先生"。这是后话。

这年年底，党项人赵元昊自称兀卒，改元广运，出兵袭击大宋陕西边境。范仲淹在苏州知道了消息，又怒又忧，接连数日让周德宝陪着喝闷酒。

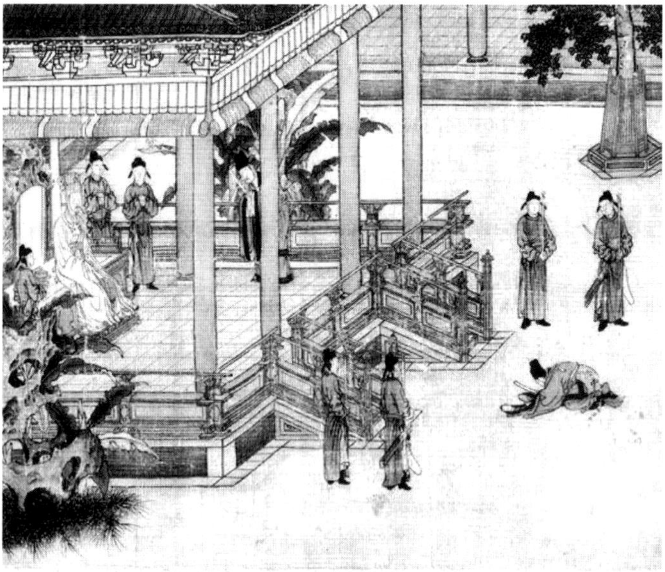

第十章
天章阁待制

1

景祐二年（1035年）二月，有消息从汴京传到苏州。据说，工部尚书、平章事李迪被罢为刑部尚书，知亳州。枢密使、吏部尚书、同平章事王曾被任命为右仆射兼门下侍郎、平章事、集贤殿大学士。门下侍郎兼吏部尚书、平章事吕夷简被加封右仆射。户部侍郎、参知政事王随被封为吏部侍郎、知枢密院事。枢密副使、礼部侍郎李咨为户部侍郎、知枢密院事。枢密副使、检校太保王德用为奉国留后、同知枢密院事。刑部侍郎、参知政事宋绶为吏部侍郎。枢密副使、给事中蔡齐为礼部侍郎、参知政事。翰林学士承旨、端明殿学士兼翰林侍读学士、礼部侍郎盛度为参知政事。御史中丞韩亿为工部侍郎、同知枢密院事。

过了几日，又有消息传来。原来，在皇帝作出上面这些重要任命之前，朝廷内还发生了一些事情。二月丁卯日，龙图阁学士、给事中、知兖州范讽被责授武昌行军司马，不签书公事。广东转运使、祠部员外郎庞籍降授太常博士、知临江军。东头供奉官吴守则追回一任官。祠部员外郎、知信州滕宗谅降为监饶州税、屯田员外郎。光禄寺丞、馆阁校勘石延年落职通判海州。同时受罚的还有几名官员。赵祯皇帝还下诏将范讽的罪名通告海内外。范讽遭到庞籍的弹劾，便向皇帝请求给予申辩的机会。赵祯便下诏，令在南京置狱调查，并派遣淮南转运使黄璁、提点河北刑狱张嵩前往审讯。结果，调查认为，庞籍的弹劾内容有部分不合上奏的内容。但是根据律法，言官可以免责；而范讽则应以渎职论处。范讽不等朝廷下决定，便自行回兖州去了。吕夷简素来对范讽的诡激妄言不满，便想借机重责范讽，同时可一箭双雕，逐出宰相李迪，所以特意不再追究庞籍，尽管他心底对庞籍也甚是不满。这样一来，凡是与范讽相交要好的官员，都受到了贬黜。于是，因为庞籍未受重罚，就有人猜测，弹劾范讽之事，本来就是吕夷简暗中指使的。

可是不知怎么回事，这些消息，竟然比王曾重任宰相和吕夷简被加封的消息要晚一步传到苏州。范仲淹仔细一想，也便不觉得奇怪了，毕竟世人对于最为重要的人事任命，要比一般的消息更为重视吧。更重要的消息传得快也是自然情况。可是，当他听到了庞籍、滕宗谅被降职的消息，不禁为他俩大呼不平。对于传言中所说的庞籍受吕夷简指使弹劾范讽，他也是不相信的。

消息又说，皇帝于八月戊辰日，改李迪知相州，随后又改授李迪为资政殿大学士，兼翰林侍读学士，并暂时留在京师，上朝时班列仍然在三司之上。

据消息说，李迪被罢相的前一天，赵祯在延和殿召见宰相吕夷简、参知政事宋绶，过问范讽的案件。因为此前李迪数次袒护范讽，赵祯并没有召见李迪。李迪知道这个情况，当日自官署回到府邸便有不好的预感，惶恐不安。果然，次日，皇帝便下诏罢了李迪的宰相之职。

李迪被罢相，其实还真是很冤枉。范讽虽然有过，但李迪之失是他没看清范讽的为人。皇帝因范讽之事而罢免了李迪，正好落入了吕夷简借范讽打击李迪的圈套。

范仲淹可并没有因李迪被罢相而瞧不起李迪。在他心里，李迪是位性情纯直的大臣。听说李迪被罢相，他心里老大不痛快。而且，他很快听到了坊间暗传的李迪罢相背后的事。当初，李迪再次入相时，自认为受不世之遇，信心满满要尽心辅佐，知无不为。吕夷简入中书后，行事专制，内心忌惮李迪，因此数次在皇帝面前说李迪的坏话。李迪个性纯真，行事洒脱，对于吕夷简背地里的小动作并没有在意。等到因为范讽之事受到牵连而被罢相，他心中颇怨吕夷简，因此上书弹劾吕夷简私交荆王元俨，曾经为其补门下僧人惠清为守阙鉴义。吕夷简哪里肯承认，于是向皇帝申辩。赵祯派知制诰胥偃、度支副使张传调查。这一调查，竟然发现当初签押补僧人惠清为守阙鉴义的人是李迪，而不是吕夷简。吕夷简当时因为斋祠而没有参与签押。胥偃和张传虽然知道李迪一定是掉进了吕夷简设计的坑里，但是文书上白纸黑字是李迪的签押，他们也只能如实上奏。赵祯无奈，只得于八月庚辰降李迪为太常卿，知密州。其实，补用惠清确实是吕夷简的意思，只是当时为了避嫌，吕夷简故意错过签押，而让李迪经手批准，李迪不过是签署文书而已。李迪想到自己早早便已受吕夷简欺骗，心下更是怨恨，私下对人说："我自以为是宋璟，而以夷简为姚崇，没有想到他会如此待我啊！"李迪的话自然也传到了范仲淹的耳中。范仲淹听闻，不禁大感意外。

这使他开始渐渐相信关于吕夷简弄权的各种传闻。他本对朝廷吏治有很多不满，如此一来，更觉得如果吕夷简在朝内专权，必使积弊日久的吏治更加腐败，对王朝命运的担忧，不禁又加深了一层。

范仲淹之所以密切关注李迪之事，一是因为李迪是他敬重的大臣，另外一个原因，是他关心着与李迪之事、范讽之案有关联的另外一个人——庞籍。

庞籍出生于大宋端拱元年，比范仲淹长一岁。二十七岁那年，庞籍进士及第，随后便被任命为黄州司理参军。庞籍既聪明又干练，很快赢得了上司的好感。在夏竦的举荐下，庞籍被调任到开封府担任兵曹参军。当时任开封知府的薛奎推荐庞籍担任法曹。后来，庞籍又升任大理寺丞，并知襄邑县。天圣五年，当时朝廷下诏编修《天圣编敕》，庞籍出任刑部详覆官。他的严谨与细致在这项工作中表现得非常突出。很快庞籍又迁任群牧判官。任群牧判官期间，庞籍上奏指责枢密院随意将甲马借给内侍杨怀敏，批评朝廷内私自请托之风日涨，并上奏建议朝廷不可苛责清廉的官吏。又过了数年，庞籍出任殿中侍御史。刘太后去世后，庞籍建议将垂帘礼仪制度全部烧掉，向赵祯上奏说皇帝要亲自处理国家事务，任用大臣不能由宰执一人决定，要广泛听取建议。庞籍的这些上言，受到朝中很多大臣的支持。同为言官的孔道辅就曾对人说："言官大多看宰执的眼色，揣度宰执的意图，唯有庞籍，乃是天子的御史。"在众多敬重庞籍人的当中，也有范仲淹。

上年八月，庞籍向皇帝进言弹劾前三司使范讽。这件事牵连到故驸马都尉吴元扆和其从子东头供奉官守则。有人至庞籍处告状，说守则与尚继斌联姻，范讽私下送给守则银鞍勒，守则当时监左藏库，范讽还为其矫奏羡余，因此请求御史台缉拿范讽等查处。庞籍疾恶如仇，又是个急性子，接了告状，便向朝廷进言惩处范讽。李迪当时是宰相，他没有深察范讽的问题，因此并未追究此事。不过，这个时候，时任宰相的吕夷简却盯上了庞籍。他因庞籍先前向皇帝的进言中暗示他在中书专权，所以对庞籍暗暗忌恨。

不巧的是，当时范仲淹的好友——任左司谏的滕宗谅也上书向皇帝进谏。滕宗谅的进谏是将矛头直指皇帝本人的。他认为，近来皇帝身体多疾，乃是迷恋于后宫女色。在进言中，滕宗谅言语切直地说："陛下日居深宫，流连荒宴，临朝则多羸形倦色，决事如不挂圣怀。"赵祯见书大怒，因此将滕宗谅贬官，出知信州，与此同时，贬庞籍，令其外任，为广东转运使。庞籍被贬官后，再次弹劾范讽，而且说范讽放纵不拘于礼法，如若不处置，则会败乱风俗，招致像西晋那样的祸端，不可不察。

以上两件事，在朝中闹得沸沸扬扬。范仲淹虽然远在外地，也有所耳闻。如今，李迪受范讽牵连而被罢免宰相，范仲淹便也为李迪感到惋惜。不过，范仲淹深信，李迪同范讽绝对不是一类人，其被贬不过是中了吕夷简的计，无故受到了牵连。

朝廷中的风云变幻，很快影响到了范仲淹。

三月某日，朝廷使者突然来到苏州，带来了皇帝的诏书，任知苏州、左司谏、秘阁校理的范仲淹为礼部员外郎、天章阁待制。礼部员外郎是本官，官品从六品上，职由秘阁校理升为天章阁待制，官品从四品。

范仲淹接诏，心中大奇，不知皇帝为何突然升他的官职。莫非是王曾宰相或者是蔡齐老友在皇帝面前举荐了我，还是富弼之前的上奏，让陛下回心转意了？范仲淹再三揣摩，也得不出个究竟。真是天意不可测啊！

尽管心底还存着困惑，但是对于皇帝的任命，范仲淹是感恩的。不过，他欣喜的心情中，因想到庞籍的贬官、想到孙复的屡试不中、想到李迪的罢相，很快夹杂了沮丧的情绪。这种沮丧的情绪虽不是因己而起，并没有摧毁他内心的坚守，但是确实给他造成了很大的压力。这使得他内心的"琴剑情怀"——或者说出世思想同入世思想进行了好一番交锋。他一方面对睦州那种世外桃源般的环境与自在生活感到更为留恋，另一方面却又强烈地想要尽快走向朝堂去干出一番事业，为国家与百姓谋福祉。这种内心的冲突，无疑在精神上造成了某种压力和焦虑。

范仲淹当然并不惧怕、屈服于这些压力。他思考着，寻找让自己振奋的力量，从他敬重的那些人身上寻找鼓舞自己的精神。他思考着："在他们身上，在他们的心中，在我的心中，有某些东西是一样的，那便是我们所谓的'道''义'。'道''义'，它们就在我们心中，又不总是在我们心中才有，因为它们并不完全依从于我们。不是吗？它们可以脱离我们的生死而存在，它们可以从千百年前一直传到千秋万代。但是，它们得靠我们这样的人来传承。它们自己，显然是人发明的，但是仿佛便是在这天地间自然生成一样，在人发明它们之后，便那般超然独立地存在于天地间。它们如此自由自在存在于天地之间，我们看不到它们，却能感受到它们。尤其是在最最黑暗的时刻，我们能够看到它们，就像看到黑暗中的光——哪怕极其微弱的一点光。人世间，不论是朝堂上，还是江湖中，人来人去，但是它们总是在那里。难道不是吗？庞籍被贬官了，蔡齐被升官了，孙复落榜了，可是同样认同这种思想的我，却走向朝堂。李迪被罢相了，王曾又复相了，只要'道''义'本身存在，它们便可以将我们这些凡人作为它们的手臂、作为它们的声音、作为它们的头脑，它们通过我们这些凡人显示出它们的形体。"他这样想着，于是重新感到内心充实起来。他已经做好了重新走向朝堂的准备。

在赴京之前，范仲淹心中所系之事，最重要的就是希望朝廷能够恩准他在苏州南园设立的书院成为郡学。

冬十月的一日，范仲淹突然接到朝廷的诏书。皇帝批准了在苏州立学，还赐给田地五顷，用于增广学舍。范仲淹得书大喜，立即写了谢表，同时建议朝廷在天下各州广泛设立郡学、府学。在他看来，这是推广其教育理念的一次极好机会。

在办学方面，皇帝似乎对范仲淹的建议与做法甚为欣赏。十一月辛巳日，赵祯又下诏，以应天府书院为府学，并赐田地十顷。应天府书院之前是由范仲淹主持的，如今得到朝廷许可，成为府学，又得赐田，再迟钝的人也可以看出，这是皇帝通过这种办法，一方面切实推进官办教育，另一方面也让世人知道，朝廷对范仲淹是器重的。皇帝对范仲淹的认可和支持，使得范仲淹在士人心中威望大增。

很快，范仲淹被皇帝调回汴京，判国子监。

2

回到汴京不久，范仲淹便收到欧阳修的一封来信。欧阳修于几年前中了进士，担任了低级官员，去年被召入京城，担任馆阁校勘。在信中，欧阳修表达了自己对范仲淹的景仰与崇敬，同时表达了热烈的期待——期待范仲淹能够积极向天子进谏，针砭时弊。范仲淹读了欧阳修的长信，对欧阳修的才华印象深刻，更与其忧患天下的精神有了共鸣。"欧阳修"这个名字他早就听说了，欧阳修的文名他也早有耳闻。当初他经过洛阳时，谢绛、梅尧臣等人也曾提起欧阳修，可惜当年未曾谋面。如今，欧阳修主动致信，范仲淹自然甚是高兴。于是，范仲淹派人去请了欧阳修前来做客。欧阳修比范仲淹小十八岁，身材很高，身形偏瘦，颧骨很高，一双眼睛总是精光闪闪。范仲淹与欧阳修一见如故，交谈甚欢，极为投机，很快便成了忘年交。

十一月戊子日，发生了一件大事。金庭教主、冲静元师郭氏——也就是被废的郭皇后突然暴亡。之前，郭皇后被废黜后，最初还住在宫内，后来移居到宫外，住在赐名"瑶华宫"的外宅中。赵祯废黜了郭皇后，后来想想，又颇为后悔，竟渐渐思念起她，数次派了使者前去慰问。有一次，赵祯心中想念这位之前的枕边人，便填了一首乐府诗，派人给她送去。郭氏接了诗，不觉百感交集，马上给赵祯写了和诗，诗句凄怆悲凉。赵祯读后，不觉潸然泪下。内侍阎文应看到了这诗，又见皇帝为之落泪，不禁惶恐不安。他担心，如果赵祯皇帝让郭氏恢复皇后位，自己恐怕不会有什么好果子吃。碰巧，郭氏突然生了病，病虽不甚严重，阎文应却领了太医前去诊视，又将郭氏迁到嘉庆院居住。奇怪的是，没过几天，郭氏便死了。

郭氏暴卒之事，很快传遍京城。坊间顿时议论纷纷，人们私底下猜测，这位被废黜的皇后突然死去，与内侍阎文应有关。

可是，谁也没有证据可以指证阎文应。碰巧，皇帝去祭祀太庙时，阎文应摆架子耍威风，怒骂医官。谏官姚仲孙、高若讷咽不下心中的气，于是借机弹劾阎文应，说阎文应在皇帝祭祀太庙时呵斥医官，声音大得整个行在都能听到。这一弹劾虽然没有直接说阎文应指使医官给郭皇后下毒，但是皇帝一看，便知道他俩是在暗示郭氏的死与阎文应有关。

郭氏暴卒，宰相吕夷简也陷入舆论风暴中。吕夷简与阎文应一向交往甚密。郭皇后被废黜，吕夷简也是在其中用过力的。

范仲淹对于郭氏暴卒之事大为震惊。他之前是坚决反对废后的。为此，他上书进谏，并因此被贬官外放。如今，他被皇帝召回京城，而郭氏却因小疾而暴亡，这能不让他感到震惊吗？

"阎文应一定与郭后的暴卒有关。只是——吕相是否也卷入此事呢？不，不可能，吕相虽然不喜郭皇后，但还不至于因此下毒手害死她。"虽然范仲淹已经开始怀疑吕夷简和阎应文勾结狼狈为奸，但他细细寻思，并不认为吕夷简参与了此事。

"我打算弹劾阎文应，你觉得如何？"范仲淹向周德宝讨教。

"不可。"周德宝神色凝重地说。

"为何不可？"

"郭后暴卒，阎文应确实可疑，但是没有证据。"

"有无下毒，开棺验尸，一验便知。"

"希文兄，你想想，我朝之前已经有过李宸妃之事，如何能够再来一次开棺验尸？你若上书弹劾阎文应，岂非将陛下再次逼入开棺验尸的困境？"

周德宝的这句话，令范仲淹心头一震。一朝皇帝，两次下令开棺验尸，一次与生母有关，一次与废后有关，即便是皇帝，这心里确实不好受啊！范仲淹想到这点，低头不语。虽然他的脸上依然是一片沉静，但是心里却是翻江倒海，已经开始了激烈的思想斗争："如果此时不弹劾阎文应，阎文应作为入内都知，就可以进一步将内侍们控制在自己的手心里。日后，他便更会在陛下跟前得寸进尺，即便是陛下有旨意，他也可能矫旨付外。吕相与阎文应交好，自然不愿得罪于他，如此一来，吕相自己也可能渐渐会受到阎文应的控制。我虽然只是个待制，只是陛下的侍臣，难道我便能以自己不是言官而视而不见吗？！不行，在这个关键时刻，我必须站出弹劾阎文应，必须及早提醒陛下！"

"希文兄，你这是在冒险啊。"

"阎文应不除，我大宋必为其所乱。郭后也绝不能不明不白死了。我要建议陛下私下里查验。"

"希文兄，这件事，还是要从长计议为妙。这件事牵涉到皇后，如果查验不实，希文兄被阎文应反咬一口，可是凶多吉少啊。你万一有事，嫂子和孩子们怎么办？"周德宝见范仲淹言语坚决，一着急，便将心中的担忧脱口说了出来。

范仲淹听了周德宝的提醒，愣了一愣，说道："我万一有事，家里的事情，还望德宝兄帮忙处理一下。一会儿我便去同拙荆交代一下。纯祐已经是个少年了，平日也读了些圣贤书，应该能够明白他爹爹的选择。"

周德宝听了，知道再劝范仲淹也是没有用的，只能默默地点点头。

当晚，范仲淹将家中田产、钱财出纳等情况一一与妻子李氏说了说。李氏听了，不由得又是伤心又是奇怪。

"相公，你如此郑重地与我说这些，究竟是为何？莫非，朝廷里又出了什么事情吗？"李氏问道。这个可怜的女人心底下实在想不明白，自己的夫君明明刚被皇帝加了官，召回了京，难道又会出什么事情吗？她不能不将自己心底的疑问说出来。

"夫人不用多虑,我是担心陛下要重用我,让我担任封疆大臣,那时,万一需要我紧急离京,就来不及仔细交代家里的事情了。你也一定知道,近年来西北边疆不甚安稳啊。"范仲淹不想让妻子担心,急中生智,想了个托词。范仲淹的话虽为托词,但西北边疆不稳却是实情。他一直留意西北的赵元昊,心底早将其视为大宋的隐患。此刻,他便是想到了元昊近年来骚扰大宋西北边疆的所作所为,顺便拿来说事。

李氏听他这么说,半信半疑,不过倒确实稍稍宽了心。但是,她一想到自己的夫君可能被皇帝派到西北边境去,便又开始烦恼起来。

范仲淹将妻子好好安慰了一番后,便将长子纯祐叫到了自己的书房。

凝视着纯祐的眼睛,范仲淹将自己拟弹劾阎文应的事情简明扼要地说了说。

"吾不胜,必死之!"

纯祐年龄虽小,但是听了爹爹的一番话,自然知道其中的利害和后果,眼睛顿时便红了,不由落下泪来。

"纯祐,休要哭泣,爹爹若不在,你便要担起责任,照顾好你娘,照顾好你弟弟。棠儿是个苦命人,你也要用心照顾。不要哭了,休教你娘看到了。"

纯祐也是个好强的孩子,听范仲淹这么说,便倔强地强忍住眼泪,扑在了爹爹的怀中。

范仲淹也觉得鼻子一酸,顿时泪水盈眶,他慌忙将纯祐一把搂在怀里。纯祐趴在他的肩头,无声地恸哭起来……

次日是一个双日,按景祐元年九月的诏令,日朝已经重新采用真宗晚年确定的只日朝体制，也就是只日（即奇日）视朝，双日不视朝。这日是双日，皇帝不会去前殿垂拱殿。不过，凡是双日，如果中书与枢密院长官临时有事，皇帝会在后殿延和殿召见他们。范仲淹打定主意，要赶去皇宫，到延和殿请对。垂拱殿的北面是福宁殿，福宁殿的北面便是延和殿。通常，皇帝在前殿垂拱殿上朝，辰时退朝后，便退回内廷福宁殿更衣用膳，然后在巳时前往延和殿或延和殿东侧的崇政殿视朝，以接受前殿视朝时未能上奏的官员上奏。

清晨，范仲淹用过早膳，穿戴好官服，告别妻儿，便向宫中赶去。周德宝坚持要一路护送范仲淹去皇宫。此时正值十二月，天寒地冻。彻骨的寒冷勾起了范仲淹的回忆，他想起了数年前因为进谏被贬睦州时冒雪离开京城的情景。如今，虽然天未下雪，但是似乎寒意比那一天更甚。

范仲淹知道，他想要弹劾的阎文应，近来深受皇帝信任与依赖，刚刚升为入内都都知。现在，要弹劾皇帝的亲信，那就几乎等同于说皇帝亲小人远贤臣。

能够弹劾成功吗？

范仲淹心底也没数。

"希文兄想好怎样在今上面前弹劾阎文应了吗？"周德宝在马背上扭头问范仲淹。

范仲淹一只手松开了马缰，抬手放在嘴前哈了两口热气，沉吟了片刻，方才说道："我细细寻思你之前说的话，很是有道理。今上不一定会同意开棺验尸。一国之君，要两次开棺验尸弄清身边事情的真相，实在于国不妥。"

"看来希文兄有新主意了？"

"我想从弹劾其矫旨付外入手。虽然没有他下毒害郭后的证据,但是我可以弹劾他矫旨付外,这样一来,也不会将吕相牵扯在内。"

"弹劾他矫旨付外,希文兄有证据吗?"

"弹劾阎文应矫旨付外的证据不少,今上自然心里有数。"

周德宝有些吃惊,瞪大了眼睛。

"不过,我打算在今上面前只说事实——只说阎文应传旨出宫,有司依所传之旨行事的事实。有无矫旨,今上一听,自然心里有数。还有,阎文应在行在内大声斥责医官,声闻行在是事实,并且已经有人弹劾了。仅仅是在行在内大声叱骂医官,就是一条罪状。"

"但是不能告他毒害了郭皇后是吧?"

"是的。那些是传言,确实不宜用此事弹劾阎文应。之前我说的那些话,确实有些意气用事了。"

周德宝听范仲淹这么说,心下稍安。他就是担心范仲淹执拗起来,恐怕真会招来祸端。现在他听范仲淹这么说,暗暗想,看来这位老朋友经过多年磨砺,已经不似从前那般执拗,变得冷静沉稳多了。

"希文兄这么说,我就放心多了。"周德宝发自内心地笑了笑。

范仲淹叹了一声气,说道:"即便是弹劾阎文应矫旨付外,若是今上以为我暗讽他任用小人,我也是凶多吉少。我还想留着这条命为国效劳呢,今上身边的小人不除,必有内患,可是除了内患隐忧,我大宋难道就没有外患了吗?"

周德宝一惊,问道:"外患?"

范仲淹微微抬头,凝视远方,沉默了一下,方才说道:"不错。西北迟早会出大事!"

"希文兄的意思是——"

"赵元昊！"

进皇宫前，范仲淹让周德宝回去。

"如果今上治罪于我，还请德宝兄帮我照顾一下家里。纯祐纯仁都还小，德宝兄也请费心多照顾。"

"万一有事，朝廷里有哪位可以为希文兄说情吗？"

范仲淹呆了一呆，说道："如果还有人可以劝住今上，恐怕晏殊大人是一个。只是，晏大人自己——"

话说到这里，范仲淹笑了笑，对周德宝说："没事。车到山前必有路，德宝兄且先回去。今上毕竟是个有仁心之人，我想还不至于因为进谏而杀了我。"

周德宝听范仲淹这么说，心下稍宽，告别范仲淹，先行回去了。

范仲淹在皇宫阁门请求延和殿觐见皇帝请对，不久传出话来，让他不用去延和殿，改去内东门小殿见驾。于是，由小黄门带着，范仲淹便前往内东门小殿觐见。

内东门小殿本是皇太后常常垂帘听政的地方之一，皇帝也常用于夜召翰林学士、经筵官。"此时近已时，按常规，陛下应该在延和殿，以便接受两府长官请对。为何陛下现在会在内东门小殿呢？陛下一直希望亲政，为何这会儿会在皇太后垂帘之地召见我？"范仲淹心中寻思着，觉得有些奇怪。可是，此时不管心里如何困惑，他现在也顾不得了，只能匆匆往内东门小殿赶去。

范仲淹进了内东门小殿，抬头看去，见皇帝正坐在殿内那张他自小就坐的龙椅上。他旁边有张空着的大椅子，那原是皇太后刘氏坐的地方。椅子前，刘太后听政时用的竹帘子早已经被撤去了。

范仲淹进去的时候，赵祯手中正捧着一卷书出神。小殿内，还静静候立着四位年轻的内侍。

赵祯听到范仲淹的脚步声，便抬起头来。

范仲淹向赵祯行了礼，便立着不说话。他凝视着眼前这个年轻的皇帝。眼前这个年轻人，长着一张显得有些苍白的脸，脸上的线条颇为柔和，眉毛不浓不淡，一双眼睛又大又亮，总是一副若有所思的样子。此时，在这张脸上，范仲淹似乎看到了一丝淡淡的忧郁。

赵祯缓缓合上手中的书卷，用右手拿着，搭在膝头，说道："范待制，你一早求见朕，是有什么急事面禀吗？"

范仲淹看了看立在两边的四位内侍，略一迟疑，旋即从容说道："微臣今日面圣，是为了当面弹劾一个人。"

赵祯一惊，眼睛中亮光一闪，脸颊微微抽动了一下，说道："哦——弹劾何人？"

"阎文应。"

赵祯愣了愣，又问道："弹劾他什么？"

"弹劾他矫旨付外，败坏我大宋朝政。"

赵祯脸色苍白，下意识扭头看旁边那张空椅子。我十三岁继位，皇太后垂帘听政十年，如今，我方亲政三年，便有大臣说大宋朝政败坏，难道我真的被阎文应左右了吗？赵祯那颗年轻好胜的心，因为范仲淹的一句直言而充满了郁闷，只觉得胸中堵得慌。

"大胆！我大宋朝政岂能是他败坏得了的？！"赵祯无法将心里那股气压下去，终于还是从龙椅上立了起来。

范仲淹见赵祯发怒，也不胆怯，朗声说道："陛下息怒，我这么说，自有原因，陛下且听我说来。"

年轻的皇帝见范仲淹如此坚持,眼睛瞪了瞪,想要再发作,终于还是忍住了,一声不响又在龙椅上坐下来。

范仲淹以冷静的语气,列举了阎文应近期的所作所为。阎文应的诸般作为,赵祯此前也有所耳闻,但是此刻从范仲淹口中比较集中地说出来,自然非同一般。凡是恶行,一件件零星出现,常常容易被忽视,当它们都集中呈现时,定然会令听闻它们的人感到震惊。赵祯听着范仲淹的陈述,两耳变得绯红,苍白的脸上也泛起因为恼怒和羞愧而出现的红色。一个刚刚亲政不久的年轻皇帝,意识到自己的旨意很可能常常被自己深信的内侍篡改和歪曲,怎会不恼怒,怎会不羞愧呢?

等范仲淹说完后,赵祯依然一言不发,拉长了脸,呆坐在那里。过了一会儿,他方才表示让范仲淹先回去。至于如何处置阎文应,赵祯一句也不提。

"陛下,不能让阎文应留在陛下身侧啊!"范仲淹脚下不挪地,再次进言赵祯免去阎文应入内都都知一职。

赵祯脸色难看,抬起左手,指了指旁边的空椅子,说道:"如今皇太后不在了,朕自有主意。待制乃侍臣,并非言官,今日的话,朕已知道,范待制不用再在朝廷上说了。你回吧。"

范仲淹凝视着赵祯的眼睛,但见那双又大又亮的眼中,透出一股执迷不悔的劲头,心知如果再说下去也是无益。不过,他知道方才的一番话已经对这个年轻的皇帝产生了影响。他本已经做好了触怒皇帝并接受裁处的决心,甚至已经怀着必死之心来向赵祯进谏,但是就在这一刻,他突然对眼前这个年轻的皇帝生出了恻隐之心。"这个掌握生杀予夺大权的皇帝,还是个年轻人啊!兴许,我的一番谏言已经伤了他的心,给了他太大太沉重的压力。他没有震怒,没有责怪我，而只是让我回去，看来确实是一位宅心仁厚的皇帝啊。他的身边，只要有公正、清廉的能臣，阎文应那样的弄臣一定也掀不起什么风浪。"范仲淹这样寻思着，向赵祯皇帝施了礼，告退了。

周德宝见范仲淹安然回府，不禁高兴得手舞足蹈。自从范仲淹入宫进谏，周德宝便坐立不安，连去找晏殊求救的准备都做了。

范仲淹自宫中回府的当日下午，府中来了一个人，声称是宰相吕夷简派他来的。管家李贵将此人带到了范仲淹的书房。当时，范仲淹正在书房中给晏殊写信。

李贵退下后，那人从怀中掏出一封书札，恭恭敬敬地呈给范仲淹，口中道："吕相公吩咐小人，这份书札一定要亲手交给待制大人。"

范仲淹点点头，接过那份书札，打开一看，但见信笺上写了几个字：

待制侍臣，非口舌任也！[1]

范仲淹心下一惊，暗想，上午我进谏时，陛下对我说的那些话中，也有一句话是这个意思。莫非，是陛下令吕夷简再次提醒我？还是……当时，内东门小殿内除了陛下和我，只有四个内侍。莫非，那四个内侍中有人多嘴将陛下的话传了出去，被吕相听闻，所以好意来提醒我？或者那四个内侍中，有吕相的人？

---

[1] 《续资治通鉴长编》卷一百十七景祐二年十二月癸亥条。

这些想法，一个接着一个从范仲淹的脑海中冒出来。不过，他倒并不感到紧张。对于一个将自己置之死地的人，这样的劝讽之语，既不能产生威胁，也没有什么诱惑的效果。

范仲淹面色不变，从容地将书札放在书桌上，将方才写了一半的信挪到一边，拿起笔在桌上的砚台里蘸了墨汁，在一张空白信笺上写了一句话：

论思政侍臣职，余敢不勉。[1]

写完后，范仲淹冲信笺吹了吹气，待墨干了，便折起信笺，塞入信封中，也不封口，递给了来人。

"劳烦你将此回信带给吕相公，也请代下官向吕相公问好。"

那人接了回信，施了礼，便告辞而去。

范仲淹给吕夷简写了回信，心中无愧，继续伏案给晏殊写信。当晚他睡得也安安稳稳，进谏前的烦恼与焦虑反而消失得无影无踪了。在轻松的睡梦中，他仿佛从天地间再次汲取了力量，感到自己正沿着一条白色的、闪亮的大道向前行去。

过了几天，皇帝下了一道诏书，将昭宣使、恩州团练使、入内都都知阎文应贬为嘉州防御使，入内都都知的头衔也免了，改任秦州钤辖。阎文应的儿子阎士良，原来担任的是入内供奉官、勾当御药院，如今也被免了，改任内殿崇班。

阎文应没想到皇帝会突然将自己贬官，仗着自己跟随皇帝多年，以身体患病为由，请求皇帝恩准他留在京城。两日后，皇帝改阎文应

---

[1] 《续资治通鉴长编》卷一百十七景祐二年十二月癸亥条。

为郓州钤辖。

谏官姚仲孙知道阎文应还想赖在京城寻机开脱，便立刻再次上书弹劾。范仲淹也再次向皇帝力谏将阎文应逐出京城。于是，赵祯听从范仲淹之言，将阎文应派往岭南。

阎文应被逐出京城之事，令宰相吕夷简心头甚是不快。在郭皇后被废一事上，吕夷简与阎文应一唱一和，彼此呼应。吕夷简觉得有阎文应在皇帝身边，对自己执政来说，是一张非常重要的好牌。对于阎文应的骄横放肆，吕夷简虽然感到不悦，但是同阎文应作为自己政治盟友这一点相比，他是愿意忍受的。

如今，吕夷简一想到范仲淹就感到头疼。前几日，他从皇帝身边的内侍那里听到范仲淹的进谏之词，也听闻了皇帝的当场回应，故特意写了封信劝诱范仲淹休要多嘴，没有想到竟然被严词拒绝了。他每每想到这事，便觉得额头脸颊如同发烧一般。"如今，皇帝身边多了范仲淹，这可是个犟骨头！最可恶的是，皇帝竟然甚是看重这个范仲淹，竟然因为听了范仲淹的进谏，将阎文应逐出了朝廷。假以时日，这个范仲淹说不定会威胁到我在皇帝心中的地位！"他恨恨地想着，琢磨了许久，终于想出了一个对付范仲淹的计谋。

吕夷简的计谋不是一般人想得出来的。要实现这个计谋，不仅要用上宰相的权力，而且要赢得皇帝的支持。吕夷简的计谋是，给范仲淹升官职，但是要升他做一个日常事务繁重、日日操心的差遣，这样一来，就可以让他无暇顾及朝廷内的事务，使他无法在皇帝跟前发挥作用。吕夷简思来想去，决定举荐范仲淹权知开封府。权知开封府，这个差遣在当时可具有非常显要的地位。但是，当时的官员都不太愿意接受这个显赫的官职，原因就是事务繁重，而且经常遇到棘手的问题。于是，吕夷简打着如意算盘，向皇帝推荐范仲淹权知开封府。

赵祯爽快地答应了，任命范仲淹为吏部员外郎，权知开封府。

范仲淹也未料到，自己回京城没有多久就会被任命权知开封府，虽然是差遣，官品随本官吏部员外郎，依然是从六品上，官品品级没有变化，但是他将这次任命视为皇帝的信任、宰相的提携，因此欣然接受，完全没有想到吕夷简的真正用意。

他既当了开封府知府，便一心扑在开封府的治理上，许多棘手的事件都在他手中一一得到妥当处置。公正、公允和很高的办事效率，很快为他赢得了开封百姓的赞誉。没过多久，开封城内秩序井然，百姓们交口称赞。这样的结果，是吕夷简未曾料到的。

吕夷简见如此都难不倒范仲淹，心底更是对范仲淹多了一分忌惮，暗中寻思着迟早要除掉这个隐患。

呂文靖

第十一章
得罪权相

1

范仲淹平日里忙于开封府事务，心里却没有停止对西北局面的担忧。自景祐元年以来，那个得到大宋皇帝赐姓的赵元昊已经数次侵犯府州。范仲淹很早就开始关注西北局势，对于赵元昊的动向自然十分关注。从诸多迹象，范仲淹已经察觉到了赵元昊的野心。这也是为什么此前进宫向赵祯皇帝进谏之前，他会突然下意识地向周德宝提起"赵元昊"这个名字。

就在范仲淹知开封府前不久，秦州向朝廷传来消息，赵元昊举兵进攻唃厮啰。秦州守将担心赵元昊还会趁机进犯，请求朝廷允许陕西预修边备。皇帝与两府大臣商议后，同意了秦州的建议。此前，朝廷为了笼络唃厮啰，已经封他为西蕃邈川首领宁远大将军、爱州团练使。这回，赵祯加封唃厮啰为保顺军留后，每年都支给他俸钱——由秦州每年落实赐支俸钱之事。这样做，乃是为了进一步笼络唃厮啰，令他能够忠于朝廷。唃厮啰得了朝廷加封和赏赐，自然决意抵抗赵元昊的侵犯。

可是，近来赵元昊的动作又多了起来。从邸报以及多方打听到的消息中，范仲淹拼凑出了赵元昊近来行动的大致情况。赵元昊最近的行动，可谓用力不小。他亲自担任主帅，领兵攻打牦牛城，同时，任苏奴儿为大将，率领精兵二万五千人，进攻唃厮啰。结果，苏奴儿出兵不利，被唃厮啰杀得大败，二万五千人损失殆尽，苏奴儿本人也被唃厮啰给俘虏了。赵元昊似乎并未因为苏奴儿的失败而放弃进攻，继续围攻牦牛城。牦牛城足足被赵元昊围攻了一个月，依然屹立不破。赵元昊随后用计，诈约和，牦牛城中计开了城门。赵元昊当即率兵冲入牦牛城，大肆杀掠。攻下牦牛城后，赵元昊便又进攻青唐、安二、宗哥、带星领等城。唃厮啰派大将安子罗率兵十万堵截赵元昊的退路。赵元昊既得了好处，又见后路被堵截，便不敢大意，迅速率兵撤退。退兵过程中，元昊与安子罗激战多日，突破安子罗布置的战线，继续往宗哥河撤退。在宗哥河，赵元昊再次损兵折将。这次倒不是因为唃厮啰的进攻，而是因为在渡宗哥河时，溺死饿死了一批士兵。赵元昊再次受挫。之前，赵元昊曾经进犯过唃厮啰，兵临河湟。当时唃厮啰主力不在身边，在鄯州坚壁不出，并派间谍潜入赵元昊大营打听军情。间谍带回了一个重要情报。原来赵元昊在渡河进攻鄯州时，令人在河水浅的地方插了旗帜作为标识，以便回军时顺利渡河。唃厮啰得了情报大喜，暗中派人将那些标识旗移插到水深之处。唃厮啰待到主力前来，便与赵元昊在鄯州城外大战。赵元昊战败溃退，自原路撤军，渡河时错入深水之处，结果被河水淹死了十之八九。这一次，赵元昊率兵在宗哥河再次遭遇大败，终于稍敛锋芒。

范仲淹每每想到近来西北的局面，便忧心忡忡。他不仅担心赵元昊，也担心唃厮啰背叛朝廷。唃厮啰在打败赵元昊后，曾经到朝廷献捷报。朝廷曾经议论过加封唃厮啰为节度使，当时同知枢密院事韩亿认为，唃厮啰和赵元昊二者皆是藩臣，朝廷因捷加赏并不是用来驾驭四夷的好办法，因此封唃厮啰为节度使的事情便作罢了。对于如何应对赵元昊和唃厮啰等藩臣，范仲淹觉得自己并没有想得很清楚，但是，朝廷内部保守的风气他是能够感受到的。国家已经承平日久，对于日渐严重的边患，很多人虽然有所察觉，但并没有采取有力的应对措施。这正是范仲淹所忧虑的。

"唐代安禄山之乱的惨痛教训，不能在我朝重演啊。韩亿的顾虑是有道理的，只是该如何更好地防范和应对西北可能出现的战事呢？是早早加强战备以防范为主，还是主动出击，以彻底消除战乱的隐患呢？"范仲淹在处理开封府公务之余，便常常围绕这些问题，在心中进行着各种推演。

因为范仲淹治理开封颇有成效，开封城内开始传起"朝廷无忧有范君，京师无事有希文"的赞语。宰相吕夷简听到这样的赞语，心里很不是滋味。吕夷简本想借着开封府让范仲淹应接不暇，甚至期望他在任上犯下错误，便可借机查办。没有想到，范仲淹竟然还干得颇有声色，这如何不令吕夷简心里暗生恼怒？吕夷简开始派人暗暗留意范仲淹的一举一动以及日常交往，他已经开始将范仲淹视为威胁他政治地位的对手之一了。

一个阴沉的冬日的午时，范仲淹穿了一件非常不起眼的灰黑色交领大袖长袍，一个人漫步在开封街头。微服私访，在他看来，是了解民情最有效的方式之一。他不知不觉来到州桥附近的一家脚店，在门口停住了。上一次来这家脚店，还是数年前。在门口站了片刻，他便缓步走了进去。脚店的老板还是数年前那个老板。他认出了老板，但是对方不认识他。这一点不奇怪，店里喝酒打尖的人来来往往，店老板不可能记得来过店里喝酒的每一个客人。跑堂的伙计已经换了人。他在一个年轻的伙计招呼下，在临街的一张桌子旁坐了下来。

望着窗外街上人来人往，范仲淹的心情忽然有些惆怅。他想念起了几位老朋友——李纮，胡瑗，章岷，富弼，还有已经去世的林逋。他回忆起了西溪，他回忆起了睦州和苏州。那有时碧波万顷有时恶浪滔天的大海，那有时风光旖旎有时云烟氤氲的山水，现在想起来，是多么遥远啊！他有些困惑。我究竟是应该选择远离喧嚣、远离官场的自由逍遥，还是应该选择背负名利、背负天下的责任枷锁呢？他环视脚店内，几张桌子旁边坐着神情各样的人。这些人，应该在为各自的生活奔忙，可是便在此刻，都来到这家脚店歇歇脚，喝上几口算不上佳酿的老酒。他看着眼前这幅开封城内再也寻常不过的画面，心头渐渐浮起了一阵欢喜。多好啊！看着这些在太平盛世中天天为生计忙碌偶尔也会停下来歇歇脚喝口酒的人，难道不是一种莫大的快乐吗？难道这不是我从小发奋读书立志报效朝廷，为民谋利的初衷吗？他这样寻思着，心头渐渐宽舒起来。

正当范仲淹望着窗子外面出神时，突然旁边有人呼道："范待制，范先生！"

范仲淹回过神来，扭头就见一个穿着白色圆领大袍的年轻人拱手立在桌子旁边。这个年轻人看上去二十八九岁，长着一张长脸，一双精光闪闪的丹凤眼，丹凤眼上面，两道浓眉微微向上扬起，下巴留着不长不短的胡须。此人正是范仲淹不久前结交的忘年交——

欧阳修。

"永叔！"范仲淹惊喜地说道。"永叔"是欧阳修的字。

"范待制这是得空来此喝酒了？"欧阳修依然恭敬地立着。

"坐，坐下说。"

"那学生就不客气了。"欧阳修说着一拱手，在桌子左侧从容坐了下来。

"既然永叔来了，咱就一起喝几杯。"范仲淹说着，不等欧阳修回答，便招呼伙计过来，点了一壶酒和几碟下酒菜。自从知开封府，因为公务繁忙，范仲淹已经许久不曾见到欧阳修。此刻，在脚店内偶遇欧阳修，怎能不感到高兴呢？

"学生没有打扰先生吧？"

"哪里，见到永叔，我高兴还来不及呢。我这是得空出来看看，这京城啊，你不经常出来转转，很多新鲜的事情就不晓得了咯。"

"范待制说的是。范待制，既在此见到你，学生倒是顺便要代岳丈大人向先生赔不是了。"欧阳修说着，起身向范仲淹鞠躬。

范仲淹见欧阳修如此，先是微微一愣，旋即笑道："哎，我哪里会怪罪你岳丈大人？你岳丈大人不过是过于认真，不会变通罢了。他责怪我在开封府判案不循法度，断以己意，也是他不了解具体情况而已。"

原来，欧阳修的岳丈是知制诰胥偃。范仲淹知开封府，办案大刀阔斧很是麻利，胥偃受皇命纠察刑狱时，对好几个案子的判决颇有些看法，因此对范仲淹颇有微词。欧阳修向来崇敬范仲淹，又与其交好，因此这会儿见了范仲淹，想起岳丈对范仲淹的批评，心中颇为歉疚。

范仲淹察觉到欧阳修的心理，问道："永叔，你又为何来此呢？"他借这个问题岔开了话题，免去了这个年轻人在长者面前的尴尬。

"因为石介的事情，心里很是不痛快。御史台想用石介为主簿，不料石介上奏论赦书不当，其上疏不合御史中丞之意，所以御史台不再召用石介。范待制没有听说吗？"欧阳修说着，眉头拧了起来，歪了一下脑袋。

"当然听说了。这个石介，我是知道的，有才华，为人正直，他的性子啊，确是直了一点，急了一点。"

"学生认为，这件事，石介并没有错。"

"永叔，你莫不是为石介打抱不平了？"范仲淹心里有些担心欧阳修，追问道。

"打抱不平谈不上，不过我倒是给杜中丞写了封信。"

"你给杜衍写了封信？"

"正是，方才刚刚写完，差人送去了。在信里面，我说石介不过是一个贫贱之士，他的建议，用与不用，都不足以害政，可惜的是中丞对待石介的态度。主簿在御史台，并非言事官，但凡是在御史台的人，一定是要正直刚明、不畏不避才算称职。石介还没有正式进入御史台，却因为言事而不被录用，正可以称得上正直刚明、不畏不避啊！我看石介的才能，不止能做主簿，真可以做御史啊！我跟杜中丞说，如今不用石介，必然还是要用其他贤人吧，假如再次用了贤人，进入御史台又因言被罢，那恐怕就只能用愚暗懦默的人了。"

"你真这样写了？"

"那还有假？"欧阳修笑道。

"永叔还真是写得痛快啊！不过，我倒是担心杜中丞听不进去。

那石介，这次终不能被用了。"范仲淹说着，微微摇了摇头。

欧阳修听范仲淹这么说，眼中露出了困惑，问道："果会如范待制所言，杜中丞不可能重新辟用石介吗？"

范仲淹凝视着欧阳修，淡淡一笑道："或许吧，但愿我猜错了。"

欧阳修见范仲淹这么回答，神色变得黯然，垂下了头，沉默不语。

此时酒菜上齐了，于是，一老一少便一边喝酒，一边聊起了其他话题。

后来，御史台果然如范仲淹所言，不曾再召用石介。

2

转眼过了新年。二月里的一天，胡瑗到范仲淹府上拜访。

原来，此前范仲淹知苏州时，请胡瑗到苏州任教讲学，同时还向皇帝举荐了胡瑗，并大力称赞其深谙音律。赵祯当时看了范仲淹举荐胡瑗的奏书，便将"胡瑗"这个名字记在心里。景祐三年二月初，赵祯突然想校订旧的钟律，便将胡瑗召入京中，令他协助翰林学士冯元、礼兵副使邓保信以及镇江节度推官阮逸一同来办这件事。胡瑗被召前，不过是湖州乡贡进士。他由一个乡贡进士直接被召入京城为朝廷办事，相当于白衣入朝，一时间在朝廷与坊间传为美谈。

胡瑗到了京城，租了一处房子安顿下来后，便想着到范仲淹府上来拜谢。

范仲淹自从知晓了皇帝召胡瑗进京的消息，便一直盼着能够与胡瑗这个知音见面。胡瑗主动上门拜谢，范仲淹自然满心欢喜。他让妻子备了好茶和丰富的点心果子，又请来周德宝道长，在前堂客厅里围桌而坐。胡瑗也很用心，特意从大相国寺外的市场上买了些时新果子装在礼盒中作为礼物。范仲淹也不见外，接了礼盒，让妻子将时新果子取出一并摆上了桌。

"安定先生，别来无恙！哎，你的头发也花白了。"范仲淹拉着胡瑗的手坐下，笑呵呵地说道。眼前这位知音，今年四十四岁，可是头发已经花白了。范仲淹是胡瑗的老友，便亲切地以这个别称来称呼胡瑗。

胡瑗听范仲淹这么一说，看着对面的范仲淹，见他的头发也比在苏州时白了许多，不禁心中一热，叹道："托太守的福，弟一切都好。太守的头发也白了些啊！"在胡瑗心里，范仲淹还是苏州的那个太守，所以以"太守"相称。

"哈哈，白发搔欲短啊！"范仲淹叹了一句。周德宝也与胡瑗寒暄了几句。他与胡瑗在苏州时便已经认识，如今再次见面，亦甚是欢喜。

范仲淹又让纯祐、纯仁来拜见胡瑗。李氏欢欢喜喜地将三岁的纯礼抱给胡瑗看。

胡瑗是纯祐的授业师，所以纯祐见到老师，便主动行了大礼。胡瑗见纯祐如此懂事，高兴得不得了，拉着纯祐的手问长问短。胡瑗与纯祐说完话，又将纯仁和李氏怀中的纯礼好好夸奖了一番。待胡瑗与两个孩子聊了一会儿后，范仲淹便打发两个孩子去温习功课。

等李氏也抱着纯礼进屋后，范仲淹才神色肃然地同胡瑗说起话来。

"听说你被陛下召对于崇政殿了？"

"是啊。陛下就改订雅乐、校订钟律的事情好好问了我一番。弟这次能够入京，都是太守荐举之赐啊。弟这厢向太守拜谢了！"胡瑗说着，便又起身向范仲淹行礼。

范仲淹一把将胡瑗按在椅子上，道："翼之兄还跟我客气什么！兄知晓音律，如今陛下有志改订雅乐，正是兄用才之时。此乃天机所至，非仲淹之劳也。兄之才，仲淹知而不举，岂不是有违天机？"说罢，范仲淹哈哈大笑。

"太守，实不相瞒，弟对能否胜任，心里甚是惴惴不安啊。"

"大可不必，大可不必！"

"弟倒不是对音律没有自信，而是担心朝中的关系不好相处啊。"

范仲淹听胡瑗这么说，心想："是啊，像胡瑗这般的君子、这般的士人，一入官场，都有这种顾虑，都不得不经受这方面的磨砺啊！"他略略沉默了一下，旋即笑道："翼之兄不必多虑。据我所知，冯元、阮逸等人，为人都不错，都不是那种只为了追求俸禄的人，应该与兄能够合得来。尤其是那个冯元，我觉得一定能够与兄成为好搭档的。"

胡瑗听范仲淹这么一说，心里舒坦了许多，神色也渐渐放松下来。

"很久未听太守抚琴了啊。"胡瑗说话间环视了一下，仿佛在寻找什么。他注意到前堂的陈设非常简陋。正对大门的墙上，挂着一幅孔子像。挨着墙，摆着一张上了油漆的松木长条案。案上两边摆着一对天青色的花瓶，中间摆着一只铜香炉，香炉中插着几炷高香。此刻，高香已经燃尽，只剩下几截竹签香尾。

"有一阵子没有抚琴咯。"范仲淹笑道。

"要是日观大师也在就好了。太守可以和大师一起切磋，我呢，坐在一边饱饱耳福。太守的《履霜》一操，它一直都在弟的心里回响呢。"胡瑗道。

"日观大师此刻也不知是否还在天竺山，或许正在四处云游呢，"范仲淹说到此处，扭头朝着周德宝继续说，"日观大师是弟在天竺山认识的一位高僧，弟也是多年未见了。"

"听希文兄和翼之兄这么说，贫道真是很想结识一下日观大师啊。贫道虽不懂音律，倒是可以舞剑助兴。"周德宝哈哈大笑。

"我这身子骨，也算硬朗，就是小时候积了一些老毛病，所以近来跟着道长练气功和剑术，也算是一种调理。"范仲淹说道。

"太守竟然还练习气功和剑术，莫非还想上沙场不成？"胡瑗听了，哈哈大笑。

"翼之啊，此言差矣，即便不上沙场，强身健体也是应该的。尤其是年轻学子们，更需要激励他们练就一副强健的身体。人的身体资质，虽说由先天而定，但是我等培养人才，既要看到天生的资质，也绝不可忽视后天的培育。"

胡瑗听范仲淹这么一说，起身鞠躬道："太守一言，令弟汗颜啊。太守能由小处而及天下，真乃真人也！"

范仲淹抬手拽住胡瑗的手臂，拉他坐下，继续道："翼之兄，说句实话，你那句话也没说错，我还真担心哪一天沙场上也需要我啊！"

胡瑗一惊，问道："太守何出此言？"

"西北的元昊近些年的活动，翼之可曾听闻？"

"弟略有耳闻，听说景祐元年，那个元昊自称'兀卒'，改元'广运'，攻掠我大宋陕西边境。太守的意思，元昊会成为我朝的大患？"

范仲淹凝视着胡瑗，沉默了片刻，微微点点头，说道："元昊称'兀卒'，相当于匈奴称'可汗'，改元'广运'，说明其已然自立，有谋天下之心。他近来虽然只是小规模对我朝陕西边境进行劫掠，以我观之，其野心勃勃，以后必然会伺机对我朝采取大的行动。元昊此人——"

突然，一个清亮的声音从前堂门口传来："元昊此人，狼子野心！他日如给我机会，我必为表兄手到擒来！"

众人朝前堂门口看去，只见一个十七八岁的年轻人，穿一袭紫衣，正瞪着一双大眼睛望向大家。那年轻人没有戴头巾，也没有戴幞头，虽然扎着发髻，但是头发乱蓬蓬的，颧骨很高，脸有些瘦削，额头却很宽，眉毛很浓，双眼皮，眼睛鼓鼓的，因此显得很大。这双眼睛，眼神中带着一丝冷漠，给人一种心不在焉、毫不在意的印象。

"元发！都说了几次了，不可穿紫衣，就是不听。来来来，来见过胡瑗先生。"

"胡先生好！德宝道长好！"那个叫元发的少年步入前堂，大大咧咧地冲胡瑗和德宝道长抱拳施礼。

"翼之兄，元发是我的小表弟，姓滕，是婺州东阳人，前不久刚来京城，便住在我家中。元发九岁便能赋诗，之前我贬官在睦州，见到他后便想着让他来京城。翼之兄，以后你对元发也要好好点拨啊！"

"太守客气了。元发英雄少年，他日必有大为！"

范仲淹看向滕元发，见他似乎有事，便问道："昨日听你说，想去城东郊汴河上游走走，怎么还没去呢？"

"我方才刚出门，便在门口发现了一点异样。"

"哦？"范仲淹有些吃惊。

"门口有两人鬼鬼祟祟的。看到我出门，便都装作没事，往旁边溜达过去了。我假装没注意他们，骑着马走出一段路，便将马儿寄放在一家酒楼，然后悄悄返回观察那两人的动向。表兄，你猜我发现了什么？他们留下一人在大门附近蹲着，另一个人却正要离开。我悄悄跟在那人后面，远远地跟着，就想看那人的去处。你猜，那人去了哪里？"

"哪里？"

"吕相的府邸！"

范仲淹、胡瑗和周德宝三人听滕元发这么说，都不禁一惊。

"表兄，如果我没有猜错，是吕相派人在暗中盯着表兄。"

"元发，你可不能胡乱说话！"

"表兄，我再浑，也不至于对表兄说浑话，表兄一定要小心吕相。"

周德宝意味深长地看了范仲淹一眼。

范仲淹沉吟片刻，说道："我行事正大光明，不知吕相为何要如此对我。"说着，他也看了看周德宝。

"自从太守弹劾了阎文应，吕夷简一直和太守过不去。依我看，吕相必与阎文应被贬一事有关。"周德宝说。

"吕相倒确实是与阎文应交往甚密。只不过，现在阎文应被贬，也未曾牵连到他，他何必派人盯着我？"

"表兄此言差矣。阎文应与吕夷简狼狈为奸，吕夷简一定担心阎文应有什么把柄被你捏在手里，之前他向今上荐举表兄知开封府，一来是试探，一来也应该是想将表兄从朝廷里支开去。现在他又派人鬼鬼祟祟盯着表兄，定然是想抓表兄的小辫子，然后下手！而且，依我看，如今的阎文应恐怕也凶多吉少。不如先下手为强，哪天我寻机会，一刀砍了老贼的脑袋！"

"住口！元发，休要胡说！"范仲淹怒道。他知道这个小表弟的脾气，还真担心元发会暗中刺杀吕夷简。

"表兄就是心肠太软了！"元发撇了撇嘴。

范仲淹也不再理会元发，默然不语。

"太守，我看元发分析得有点道理。太守还是小心为是。贫道虽然不懂朝中大事，但是来京之后，在市坊之间也听到很多消息。传闻说，吕夷简私下任人唯亲，幸进之徒，奔走于其门下，如今朝廷内外，已经遍布其党羽，很多重要的岗位都已经被安插了吕夷简的人。吕夷简暗中自丰羽翼，长此以往，朝廷的吏治必然腐败不堪，吕夷简那时恐怕就可作威作福了。到时最苦的，还就是天下百姓啊！"

周德宝的几句话，道出了范仲淹心里最担忧的问题，那就是朝廷吏治腐败累及天下苍生。

"如此说来，我看很有必要提醒陛下小心了！得提醒陛下先正身，先正好尚之道啊！"范仲淹凝视着周德宝，语气沉重。

3

"你编次的太宗尹京时所判案牍、诏令，朕都看了，受益匪浅啊。"赵祯说话时立在城楼上，神色淡然地望着远方。此时已然是夏五月初了，清朗明媚的春景已经变成了夏日的风景，城外有草木的地方，多是那种浓重的绿色。有些地方，因为受风沙的侵扰，仿佛还蒙着一层灰黄的纱布。

范仲淹站在赵祯侧后两步远的地方，听了皇帝的话，没有急着回答。几个金吾卫已经依照皇帝的吩咐，站在更远的地方，没有跟过来。

赵祯似乎也没有要等范仲淹回答的意思，接着便说道："你可知朕为何今日请你一起登楼望远吗？"

"臣不知。"

赵祯沉默着，抬手拍了拍城墙的垛口，嘴唇动了动，却没有开口，过了一会儿方才侧脸说道："前些日子，孔道辅从楚州上了表，通过枢密院、中书省和宰相向朕谏言，迁都西洛，以固边防。不知卿家如何看？"

范仲淹听他这样一说，顿时明白了为何方才赵祯会提起太宗。

关于迁都西洛的议题，早在前朝便被提出。最初的提出者，是宋太祖赵匡胤。当年，宋太祖认为开封无险可守，大量屯兵环卫，必然耗费国家财力，百年之后必使国家积贫积弱，因此提出了迁都长安的动议。宋太祖赵匡胤就这个想法咨询身边的近臣，其中有赞成的，也有反对的。但是，最重要的反对意见，来自当时任开封府尹的皇弟赵光义。赵匡胤那时已有传位赵光义的想法，因此既然弟弟反对迁都，他便最终打消了迁都的念头。如今，几十年过去，宋朝又历太宗、真宗两帝，皇位传到了赵祯。从血缘上说，赵祯是太宗光义一脉，虽然几十年过去了，但若要迁都，那就等于改变了祖宗家法。

"今日陛下专程登楼与我议事，看来真的是受边防之事困扰了。孔道辅提出的迁都西洛的想法，若单从备边角度说，倒是有益的。只是如今西洛也是缺粮少兵之地，迁都西洛，短期内也解决不了边防困境。迁都大事，牵一发而可能动全身，处理不好可能引发国家动荡。只是，如今陛下将这个问题抛给了我，我该如何答复呢？"范仲淹低着头，没有回答，苦苦思索着。

过了片刻，范仲淹说道："陛下，迁都乃是大事，臣一时之间尚不知如何作答，可否容臣细想？"

赵祯听了，微微点点头，笑道："也好。改日你想好了，给朕上个札子便是。"

"是，陛下！"范仲淹利索地答应了。

赵祯缓缓转过身来，说道："迁都之议，卿家不要同他人说。朕不想朝野对此议论纷纷。"

"臣明白。"

赵祯点点头，拔腿欲走。

范仲淹见状，忙道："臣还有几句话，想向陛下说说。"

"哦，你说来便是。"

"陛下，臣以为，陛下身为人主，当知官人之法，知其迟速，升降之序。尤其是陛下近臣的升迁，不宜全都委托给宰相决定。"

赵祯听范仲淹这么说，微微一愣，问道："卿家有此进言，朕心甚慰。只是突出此言，不知何因？"

"这……"范仲淹犹豫了一下，说道，"若陛下愿听臣细诉究竟，请允臣数日之后请对。"

"嗯，朕明白，针对这个话题，你是觉得要通过正式的请对才愿意开口细说是吧？也好，那就等几日再说吧。"

"谢陛下！"范仲淹振声道。

"对了，天气渐热，明日朕让入内西头供奉官给你送一盒凤茶去。"

"谢陛下眷顾，赐臣凤茶，臣当饵为良药，饮代凝冰。"

五月戊寅，朔日，范仲淹上《论西京事宜札子》。在这份札子中，范仲淹回答了赵祯皇帝提出的迁都问题。

札子云：

> 臣近亲奉德音，以孔道辅曾言迁都西洛，臣谓未可也。国家天平，岂可有迁都之议？但西洛帝王之宅，负关河之固，边方不宁，则可退守。然彼空虚已久，绝无储积，急难之时，将何以备？宜以将有朝陵之名，渐营廪食……[1]

赵祯皇帝读了范仲淹的札子，便召宰相吕夷简来咨询。

吕夷简本来就不赞同孔道辅的主张，看了范仲淹的札子，笑道："仲淹迂阔，务名无实。"

赵祯听吕夷简这么说，沉默不语，挥挥手，便让吕夷简退下了。

吕夷简不紧不慢地踱着步往中书官署走去。一路上，他脑子转个不停。"看来皇上是越来越器重范仲淹了。照着这样下去，要不了多久，皇上恐怕就会安排他进两府。那时，等他成了气候，说不定我这个宰相都做不成了。不行，不能任由形势这般发展下去！我光在皇上面前说他迂阔和务名无实远远不够。这个人，自命清高，性子又直，既如此，通过更加公开的方式羞辱他，必然可以激怒他。嗯，就这样办！"他心里想出了一个打击范仲淹的主意，脸上不禁露出狞笑，迈开大步昂首进了中书官署。

---

[1] 《范仲淹全集》之《范文正公文集卷第二十·论西京事宜札子》。

"唉，真是想不到啊，想不到啊！"吕夷简不等走到自己的那张长条翘头楠木书案前，便看着斜对面的王曾说道。

"吕相这是怎么了？"王曾方才正在批阅一份文书，听到吕夷简的话，抬起了头。

"还不是因为那个范希文！"

王曾素来看重范仲淹，当年范仲淹被召入京城担任秘阁校理还是他暗中向晏殊推荐的。此时他听吕夷简提起范仲淹，不禁心生疑窦。

中书官署内联署办公的其他几个官员也听到了宰相的抱怨声，都不禁往吕夷简看去。

"这不，刚刚皇上召我去咨询迁都事宜。那个范希文，沽名钓誉，为了在皇上跟前赢得名声，竟然建议皇上修葺京城，还建议陛下往西洛运粮食以备边。虽说不是像孔道辅那样直接建议陛下迁都西洛，可实际上，不过是把孔道辅的建议打个折扣。这不是胡闹吗？我朝太平已久，这又修京城，又往西洛运粮食，京城的粮食本来就依靠陕西和两浙等地运来，如何又能再开一口，往西洛去运粮食？这岂不是真正的劳民伤财？真是犯了书生迂阔之病啊！"

王曾听吕夷简这么大张旗鼓地批评范仲淹，心里"咯噔"一下，暗想："这吕夷简，肚子里花花肠子真多，这不是明摆着让范仲淹在同僚面前难堪吗？'沽名钓誉''迂阔书生'，这种指责对于范仲淹这样的人来说，简直是奇耻大辱啊！吕夷简他究竟是想干什么，莫不是要向仲淹下手？"

想到这里，王曾说道："吕相，大臣向陛下谏言，都是分内之事，怎么能够说是沽名钓誉呢？用词过了啊，过了啊！"

吕夷简见王曾这位老宰相发话，当下微微一笑，说道："王相，这范希文啊，自从权知开封府，做事越来越不讲规矩，之前胥大人也对他不满呢。我这般说，也是为了他好，免得他再闹出更大的事情来。"

王曾见吕夷简一脸讪笑，不觉心生厌恶。他心知吕夷简不过是在敷衍自己，当下说道："吕相乃朝廷重臣，本不该随意点评大臣。"说完不再言语，继续批阅案上的文书。

吕夷简听王曾这么说，眼睛微微一瞪，却终于也不再发怒，神色诡异地看了看官署内的其他几位官员，淡淡地笑了笑。

吕夷简批评范仲淹的话，没几日便在朝廷里传开了。传话的不是赵祯皇帝，也不是王曾，而是中书官署内其他的官员。范仲淹听到传闻，心想吕相这般评论我，果然应了晏大人的话，他是故意要在皇帝和同僚面前打压我、羞辱我，我个人荣辱也便算了，若是陛下被他左右，岂非最终贻害国家？可是，若我与他正面斗争，岂不正应了他侮辱我的话，岂非真成了为捍卫名誉而同他斗了吗？吕相这招可真是狠毒啊！

范仲淹心中纠结，苦思良久，终于决定以另一种方式进行反击。他还是将希望寄托在了他心中的仁君、明君身上。

他写就《帝王好尚论》一文，进献给了皇帝，文云：

《老子》曰："我无为而民自化，我好静而民自正，我无欲而民自富，我无事而民自朴。"此则述古之风，以警多事之时也。三代以还，异于太古，王天下者，身先教化，使民从善。故《礼》曰："人君谨其所好恶，君好之，则民从之。"孔子曰："上好礼，则民莫敢不恭；上好义，则民莫敢不服；上好信，则民莫敢不用情。"由此言之，

> 圣帝明王岂得无好？在其正而已。尧设敢谏鼓，建进善旌；舜好问而成至化；禹拜昌言而立大功；汤五聘伊尹；文王躬迎吕望；周公握发吐哺，以待白屋之士；郑武公好贤而《诗》《雅》歌之；燕昭王筑台募士，而智者归之。斯圣贤好尚如是之急也。桀纣好利欲，不好谏诤，而天下亡；秦好兵刑，不好仁义，而天下归汉；隋炀帝好逸豫，不好恭俭，而天下归唐。使桀纣好谏诤，秦好仁义，隋炀帝好恭俭，岂有畏乱之祸哉？[1]

文章送入宫中后，范仲淹没有接到皇帝的回应。不过，赵祯绕过中书，令有司将范仲淹的文章直接在邸报上刊印了。毕竟不是上疏和奏书，赵祯觉得如此处理，亦无不可。文章刊印后，迅速在朝野间传诵开了。

范仲淹趁热打铁，又连上三论，分别为《选任贤能论》《近名论》《推委臣下论》。

《选任贤能论》文云：

> 王者得贤杰而天下治，失贤杰而天下乱。张良、陈平之徒，秦失之亡，汉得之兴。房、杜、魏、褚之徒，隋失之亡，唐得之兴。故曰："得士者昌，失士者亡。"《书》曰："先王昧爽丕显，坐以待旦，旁求俊彦，启迪后人。"其勤求人材如是之急也。然则求之之道，不可一端。皋陶赞禹

---

[1] 《范仲淹全集》之《范文正公文集卷第七·帝王好尚论》。

曰:"亦行有九德。"乃言曰:"载采采。"禹曰:"何?"皋陶曰:"宽而栗,柔而立,愿而恭,乱而谨,扰而毅,直而温,简而廉,刚而塞,强而义。彰厥有常,吉哉!"孔子之门人目以四科:一曰德行,谓颜渊、闵子骞也。二曰政事,冉有、季路也。三曰言语,宰我、子贡也。四曰文学,子游、子夏也。此所谓求人之道,非一端也。又《书》之《说命篇》曰:"旁求俊乂,列于庶位。"是朝廷庶位,惟俊乂是求。唐太宗曰:"天下英雄落吾彀中。"《语》曰:"邦有道则智,邦无道则愚。"智则可与治国家、安天下,愚则可与避怨恶而全一身。故圣人以俊乂为德,不以柔讷为行。如以柔讷为行而宠之,则四海英雄无望于时矣。使英雄失望于时,则秦失张陈,隋失房杜,岂不误天下之计哉?[1]

《近名论》文云:

《老子》曰:"名与身孰亲?"《庄子》曰:"为善无近名。"此皆道家之训,使人薄于名而保其真。斯人之徒,非爵禄可加,赏罚可动,岂为国家之用哉?我先王以名为教,使天下自劝。汤解网,文王葬枯骨,天下诸侯闻而归之。是三代人君已因名而重也。太公直钓以邀文王,夷齐饿死于西山,仲尼聘七十国以求行道,是圣贤之流无不涉乎名也。孔子作《春秋》,即名教之书也。善者褒之,不

---

[1] 《范仲淹全集》之《范文正公文集卷第七·选任贤能论》。

善者贬之，使后世君臣爱令名而劝，畏恶名而慎矣。夫子曰："疾没世而名不称。"《易》曰："善不积，不足以成名。"然则为善近名，岂无伪邪？臣请辩之。《孟子》曰："尧舜性之也，三王身之也，五霸假之也。"后之诸侯，逆天暴物，杀人盗国，不复爱其名者也。人臣亦然。有性本忠孝者，上也；行忠孝者，次也；假忠孝而求名者，又次也。至若简贤附势，反道败德，弑父叛君，唯欲是从，不复爱其名者，下也。人不爱名，则虽有刑法干戈，不可止其恶也。武王克商，式商容之闾，释箕子之囚，封比干之墓。是圣人敦奖名教，以激劝天下。如取道家之言，不使近名，则岂复有忠臣烈士为国家之用哉？[1]

《推委臣下论》文云：

天生兆人，得王乃定。万机百度，不可独当。内立公卿大夫士，外设公侯伯子男，先择材以处之，次推公以委之。然则委以人臣之职，不委以人君之权，臣请辨之。

夫执持典礼，修举政教，均和法令，调理风俗，内养万民，外抚四夷，师表百僚，经纬百事，此宰辅之职也。练兵戎，谨城壁，修方略，威夷狄，此将帅之职也。肃朝廷之仪，触缙坤之邪，此御史府之职也。治繁剧，制豪猾，此京尹之职也。至于金谷刑法，各有攸司之职矣。抚民人，宣风化，均徭役，平赋敛，此刺史、县令之职也。

---

[1] 《范仲淹全集》之《范文正公文集卷第七·近名论》。

是皆人臣之职，不可不委之也。

若乃区别邪正，进退左右，操荣辱之柄，制英雄之命，此人主之权也，不可尽委于下矣。何以明之？《论语》孔子曰："天下有道，政不在大夫。"晋委三卿，延陵季子曰："晋国之政，归此三家矣。"后果分晋为三国。汉高祖招纳群英，有将将之权而取天下。至于子孙，不知祖宗之谋，而独委霍光，又独委王凤，至于王莽，皆有大祸，西汉遂倾焉。后汉光武亲用二十八将而取天下，后之子孙不知祖宗之谋，而独委后族，至于宦官，故奸雄竞起，以去恶为名，东汉遂倾焉。魏委司马懿，晋委刘裕，其祸亦然。唐太宗驾驭英雄，取天下，致太平，至高宗朝，李义府以立后之功独见委用，陷害忠良，天下愤怨。明皇初用姚崇、宋璟为相而天下大治，推心委之，遂成故事。及李林甫代其任，仍复委之。林甫奸邪，能中伤善人，朝廷无敢言得失者，于是明皇不闻谏诤，自谓宰相得人，泰然无为矣。言路已绝，故至禄山犯关向阙，而明皇不知。一旦丧乱，天下瓦解，唐德遂衰。初以推委而天下治，终以推委而天下乱，何弊之然哉？当推委之际，进擢十人，上从其九，是九分之恩出于下矣。如此则数年之间，左右前后皆权臣之党也。若黜辱十人，上从其九，是九分之威出于下矣。如此则数年之间，中外远近无敢忤权臣者。故下之情不达，而上之势孤矣。此明皇之失矣，为后代之鉴。

王者将收其权，必先采人。采人为难。岂无其要？孔子之辨门人，标以四科：一曰德行，二曰政事，三曰言语，四曰文学。以四科辨之，思过半矣。然则朝廷清要之位，凯觊者众，必审贤以与之。贤杰之才，谗嫉者众，必先时以辨之。是故先王孜孜求贤，以备选用。且千官百辟，岂能独选？必委之于辅弼矣。惟清要之职，雄剧之任，不可轻授于人。佥谐之外，更加亲选。圣帝明王，常精意于求贤，不劳虑于临事。精意求贤，则日聪明而自广；劳心临事，则日丛脞而自困。宜乎屏烦细而广询访。其深于正道，有忧天下之心，可备辅相者记之。其精于经术，通圣人之旨，可备顾问者记之。其敢言正色，有端士之操，可备谏诤者记之。其能言方略，有烈士之风，可备将帅者记之。如斯之人，精而求之，熟而观之，然后置清要之职，授雄剧之任，使人人竭力，争为腹心。于是乎得以操荣辱之柄，制英雄之命，庶务委于下，而大柄归于上，始可以言无为矣。犹复置御史大夫、中丞，使搢绅无敢慢者；置谏臣七人，使言路无敢蔽者；置门下封驳司，使制敕无得误者。此又推委无为之中，而不废其防、不失其权者矣。若留意逸豫，不孜孜于求贤，亲选之时无贤可用，则进退赏罚复归于下。虽有爵禄，不足为上之恩；虽有诛罚，不足为上之威矣。[1]

这一日，吕夷简一早来到中书省官署内，随从按照惯例将最新的邸报递给他。吕夷简端坐在楠木扶手椅子上，一边品着茶，一边面无表情地翻阅邸报。他一目十行地扫过邸报，突然眼光停住了。又是范仲淹的文章！范仲淹前一篇文章《帝王好尚论》吕夷简也读

---

1 《范仲淹全集》之《范文正公文集卷第七·推委臣下论》。

了，对于文章的文采和观点，他也是赞赏的。文章劝谏的对象是赵祯，吕夷简虽然觉得范仲淹多嘴，也勉强可以接受。可是，今日这篇文章，就让吕夷简读后皱起了眉头，脸上瞬间蒙了一层寒霜。范仲淹这篇新论正是《选任贤能论》。

吕夷简读了这篇文章为什么生气呢？因为在当时，朝廷选用官员，主要是由宰相给出建议，实际上可以说就是由宰相决定的。吕夷简身处相位，正是当时任用官员最重要的决定人。"你范仲淹向皇帝建议收人主之权，要选贤任能，不就是绕了弯子说我这个宰相把持用人权柄，且选人用人有问题吗？这不是明摆着在建议皇帝夺我的权嘛！"吕夷简这般想着，心里对范仲淹的嫉恨便又加了一分。

对于吕夷简不断揽权、网罗爪牙的做法，范仲淹终于下定决心要走出关键的一步棋。他花了一些时日，弄清楚了依靠吕夷简获得不法升迁的人的名单，然后将这些人的升迁路径一一画在一张图上。

五月里的一天，范仲淹向皇帝请对。赵祯在延和殿召见了他。殿内除了几个内侍官，再没有其他人。借皇帝召见之机，范仲淹将那张《百官图》呈了上去。

"这是什么？"赵祯没有着急令内侍打开那画轴，不紧不慢地问道。

"《百官图》。"

"《百官图》？"赵祯听了，目光一闪，看了范仲淹一眼，见他低头不语，这才收回目光。

"展开！"赵祯冲内侍说。

内侍应喏，将图轴缓缓打开。

赵祯抬眼看去,见画轴开头写着三个字"百官图"。待内侍继续将画轴缓缓展开,赵祯细细瞧去,但见画上密密麻麻画着一些线条,中间缀着许多名字和官职名。画中有的名字他是熟悉的,有一部分,他几乎没有印象。过了一会儿,他慢慢变了脸色。

"这……"赵祯从龙椅上立起,双手从内侍手中抢过画轴,一边看,一边缓缓步下墀阶。

他在距范仲淹五步远的地方站定,两眼盯着手中的图轴,又看了一会儿,抬起头注视着范仲淹,冷冷说道:"卿家想用这图说明什么?卿家上前来,与朕说说此图。"

范仲淹答应一声,举步上前,站到赵祯身侧,指着图中的人名与线条慢慢说了起来。图中哪些官员是按照程序转迁的,哪些是破格提拔的,哪些转迁是公允的,哪些升降是出于宰相用私,范仲淹都毫不避讳地说了。图中标出的一些官员,是吕夷简受了请托而任用的,范仲淹也根据他所调查的情况大胆地一一指出。

在范仲淹陈述过程中,赵祯不时插话问几句。

"请陛下细看此图,在此图中,有些人乃是循序进迁,有些人却是越级而进。如此用人,有些时候明显是出于私心。臣请陛下慎思!"

待范仲淹说完,赵祯已经变了脸色,略显白皙的面皮下已经隐隐显出暗红,脸上的肌肉也显得有些僵硬了。

"卿家所言,可都有实据?"赵祯嘴角抽动了一下,语气有些生硬。弹劾朝廷宰臣,这可是天大之事!赵祯想到自己可能被宰相吕夷简蒙在鼓里,心中自然觉得憋屈。但是,他一直对吕夷简甚为依赖,因此听范仲淹这么说,尽管心里极不痛快,心底深处却不愿接受这种说法。因为如果范仲淹说的都是事实,那不是显得他这个皇帝甚为无能吗？范仲淹此刻却没有考虑到皇帝的这种心情，只顾本着真心坦然直言。

"陛下，汉成帝信张禹，不疑舅家，故终有王莽之乱。臣恐今日朝廷之内，亦有人坏陛下之家法，以大为小，以易为难，以未成为已成，以急务为闲务者，不可不早辨！"范仲淹抬眼盯着赵祯，正色而言。

范仲淹说的，乃是西汉成帝的故事。汉成帝时，有段时间日食、地震频繁，官吏和百姓上书，说这些灾害和异象都是因为当时王莽专政引发的。这当然是不满王莽的人借天象来说事。成帝听了这些意见，犹豫不决，便去向张禹请教。张禹的回答是，灾难的原因不可知，说灾难的原因是王莽专政也不可信。因此，成帝照旧对王莽信赖不疑，最终导致王莽篡位。赵祯从小熟读文史，成帝张禹的故事岂会不知？他听范仲淹这么说，心里很清楚范仲淹这次上《百官图》和提起张禹，矛头都是直接针对宰相吕夷简的。

这时，赵祯脸上多了一层寒意。

他抿着嘴，沉默了好一会儿，眼光一闪，问道："卿家以为，日后何人可为执政？"

"韩亿可用也！"

"韩亿……"赵祯喃喃自语。韩亿与范仲淹素无深交，他向朕荐此人，当不会出于私心。只是，吕夷简用事有功，朕也不能仅凭范仲淹一面之词就不再用他。赵祯心里困惑，自顾自琢磨着。

范仲淹见赵祯一脸迷茫之色，知其拿不定主意，于是又说道："陛下，王莽之故事，不可不慎啊！"

赵祯若有所思地点点头，说道："卿家且回。朕晓得了。"

范仲淹知再说无益，当下拜辞。

待范仲淹退下后，赵祯沉思良久后，令人前往中书省官署，将宰相吕夷简传了来。他也不多言，只是冷冷将《百官图》递给了吕夷简。

"这是范仲淹进呈的。吕相，你自己看看。"

吕夷简一惊，低头看那幅《百官图》，越看越是心惊胆跳，暗想："这个范仲淹，真是个爱捅娄子的家伙。这不是明摆着在陛下面前弹劾我吗？看来，决不能让他再接近陛下了，若不然，哪天说不定因为他我会掉了脑袋！"他虽然心惊胆跳，却是脸不变色，过了一会儿，方淡淡一笑，说道："陛下，这范仲淹倒是个杠头。他用心是好的，不过入朝不久，太心急了。他不知这处理政务，须得考虑各方面的情况，这用人，也得因形势有所权宜。朝廷事务千千万，如是死守条规，事情办不了，岂不坏了制度本意？况且，仲淹所指出的这些官员，当时的升降，臣都请示过陛下，岂是如他所说皆是出于臣的私心？不过，陛下也不用与他计较。他毕竟是从低级官员被召入京城，旋即又任京尹，不免因为太想取信于陛下，又想为自己赢得敢于进谏的名声，方才会做出这样轻率之事。依臣看，范仲淹不过急于邀名而已。"

赵祯侧头看吕夷简，见他面不变色，神色似笑非笑，心里暗想："莫非朕真的错怪了吕相？"

良久，赵祯脸色稍缓，说道："仲淹荐韩亿为相，你以为如何？"

吕夷简未料到皇帝会直接用这样的问题考验他，心中暗想，我若是此时有退意，陛下必然以为我心中有愧，不如铁心到底，与范仲淹殊死一搏，当下决然说道："范仲淹乃因前事对臣怀恨在心，方有这越职言事之举，若深究，实乃荐引朋党，离间君臣！"

吕夷简这么说时，眼睛盯着赵祯，并不示弱。

赵祯心想，吕夷简这样坚定地为自己辩解，朕终不能仅凭范仲淹一张图便免了他，不如让两人朝会上各自陈述，再听听其他官员的意见。打定了这主意，赵祯缓和了脸色，对吕夷简说道："宰相请回吧。明日朝会，你与范仲淹殿上各自陈述，朕也听听大臣们的意见！"

吕夷简一听，心中暗喜。他心想："朝中都是我的人，范仲淹岂能在朝会上辩过我！"于是说道："陛下圣明，臣愿在朝会上与范仲淹当面论辩！"

赵祯淡淡说道："好！既如此，你且回中书省官署吧。朕也知你一直忠心耿耿，不至于出于私心去做这些事情。你且去准备廷辩吧，也莫因为这事情为难范仲淹。"

"臣明白。请陛下放心，臣不会同他计较。"吕夷简听皇帝这么说，心知自己已经闯过了危险的关口，当下振声应喏，随后告退而去。

次日，赵祯在垂拱殿视朝。百官从位于皇宫东南处的待漏院进宫，从明堂南面走到左掖门，穿过左掖门左拐，往西一直走到垂拱门前，然后按照班次进入垂拱殿。

百官列定，中书、枢密院、三司、审刑院、开封府等依次奏事后，赵祯道："范仲淹，昨日引对时，你弹劾吕夷简以私用人，朕许你今日细细陈述！"

范仲淹听赵祯这么说，微微一愣，暗想："陛下这是要让我与吕相当殿论辩啊！也罢，我心中无愧，自当该怎么说，便怎么说！"

当下，范仲淹出班列振声而言，将昨日在赵祯面前对百官图的分析又诉说了一遍，至于张禹的故事，自然免去不提。

范仲淹说完退下后，吕夷简站出来陈词。

这一番陈词，吕夷简早有准备，将自己私自用人的理由说了一个天衣无缝。末了，吕夷简厉声道："范仲淹越职言事，荐引朋党，离间君臣，不可不戒！"

朋党之罪，在大宋王朝可是重罪。吕夷简当庭指责范仲淹荐引朋党，那是想在群臣面前彻底击垮他。

一时间，群臣目瞪口呆。

赵祯等吕夷简退回班列后，说道："诸位大臣，就范仲淹弹劾执政一事，你等都有何看法？"

方才吕夷简所说"荐引朋党，离间君臣"可是非常严重的事，如此时谁站出来为范仲淹说话，自然就有"朋党"之嫌。这正是吕夷简高明狠毒之处。

大殿内鸦雀无声，大臣个个沉默不语。

过了片刻，王曾双手持象牙笏板，从容出列，大声说道："范仲淹身为权知开封府，自然有权上书言事，不可谓越职言事。至于推荐韩亿，韩亿与范仲淹非亲非故，素无交托，岂可谓朋党？请陛下明察！"

吕夷简见王曾这么说，瞥了他一眼，心中暗恨。他心下一动，微微扭头，斜眼看了一眼侍御史韩渎。

韩渎察觉到吕夷简在向自己示意，心中暗想："吕相于我有提携之恩，这是示意我为他说话呀。只是范仲淹平日待我不薄，这可让我如何是好？"

韩渎低下头，心底忐忑不安，脸色一阵红一阵白。

此时，王曾已经退回班列。

吕夷简见韩渎站着不动，便干咳了一声。

韩渎无奈，暗想："罢了，也只好如此了。"

于是，韩渎站出班列，奏道："陛下，仲淹荐引朋党，如宰相之言，不可不戒。请以仲淹朋党讪谤朝廷，戒百官不可越职言事！"

韩渎说完，跟着又有几个受吕夷简操纵的官员站出班列附和。右司谏高若讷也站出班列，狠狠将范仲淹批了一通。

天章阁待制李纮、集贤殿校理王质等人则站出来为范仲淹辩护。然而，吕夷简门下官员毕竟人多势众，一时弹劾范仲淹之论大占上风。

赵祯见此局面，心知如果此时拿吕夷简开刀，朝廷中恐怕诸事难办，当下下诏罢免范仲淹天章阁待制、权知开封府之职务，将其贬知饶州。

4

这次贬官，命令下得很急，朝廷责令范仲淹次日即出京前往饶州。

次日一早，范仲淹带着妻儿和府中各色人等，一同从南薰门出京。在苏州任上时，李氏为范仲淹生了一对双胞胎，这次是两个千金。范仲淹到京赴任时，也带着两个千金。如今，范仲淹想着两个女儿还在襁褓，不想让她们随自己宦途奔波，便将她俩寄养于妻兄李纮家中。范仲淹也不想小表弟滕元发受自己拖累，好说歹说，说服他留在京城读书备考，谋取功名，以待他日为朝廷所用。

"权臣当道，读书又有何用？不如让我先取了老贼人头！"滕元发怒气冲冲，几次想去杀了吕夷简。

范仲淹哪里能由着滕元发意气用事？一顿训斥后，终于将他的怒气压了下去。

"该忍则忍，只要学有所成，心志高远，有为民造福之心，你终有一天可为朝廷所用。朝廷里不可能是一汪清水，这你须得明白啊！"范仲淹语重心长地开导滕元发。这个远房大表兄的所作所为，深深影响了滕元发那颗年轻的心。他也终于同意留在京城，以图来日。

"记住，我离开京城的时候，你也不要来送！"范仲淹对滕元发说道。

滕元发一愣，呆了半晌，终于默默地点了点头。

数年前出知睦州，范仲淹一家也是自南薰门出京。只不过，那次离京之日，天上飘着大雪，如今，却是烈日炎炎。

"我对不住你们了，让你们跟着我一起奔波受苦啊！"范仲淹对正在装运行李的管家李贵和厨娘张嫂说。

"大人这么说可折杀小人了，跟着大人，是我等的荣耀啊！"管家李贵说道。

"是啊，能够伺候大人，也是我的福分啊！"张嫂笑着说。

这时，曹氏和李氏婢女阿芷匆匆跑到范仲淹跟前。

阿芷问道："夫人突然感觉不舒服，大人，咱能够缓缓再出京吗？"

"是啊，大人，可否先缓几日，先找个大夫给夫人看看病？"曹氏一脸着急地问。

范仲淹感到心被揪了一下，重重叹了口气，说道："皇命难违啊！走，去看看夫人。"说完，匆匆跟着曹氏和阿芷去看刚刚坐到马车上的李氏。

周德宝站在管家李贵面前，望着范仲淹的背影，深深地叹了口气，说道："都是命啊！"

李贵见周德宝满脸愁容，不是一般的忧虑，忙问："道长，为何你这般叹气啊？"

"啊？没什么没什么！一早我为大人全家占了一卦，此行不利啊！"周德宝说完耷拉着脑袋，又重重叹了口气。

李贵听他这么一说，立马急了，说道："这可如何是好？道长快给想想办法，能消解不？"

周德宝眉头紧蹙，却不回答李贵，口中道："我也去瞧瞧。"他不等话音落下，便匆匆舍了李贵，迈开大步往李夫人乘坐的马车跑去。

这时，忽听有喊声从远处传来。

"德宝道长——"

周德宝扭头看去，却见城门洞口处出现了一群人。当先两个人都骑着马，一个是天章阁待制李纮，一个是集贤校理王质。这两人身后跟着二十余个各种服色的人，其中多是年轻人，有几个仆从模样的，手中还拎着一些便携式的木桌和木椅，另有几个仆从，或提着多层食盒，或挑着挑箱和酒坛子。原来，李纮和王质相约前来为范仲淹饯行。李纮是范仲淹夫人李氏的堂兄，向来与范仲淹交好，因此不顾朋党之嫌前来送行。王质与范仲淹非亲非故，这次前来为范仲淹送行，还叫上了自己的兄弟子侄。他这是故意顶着压力，表达自己对范仲淹的敬仰与支持。这也符合王质向来的做人做事原则。王质的伯父是真宗朝名相王旦，朝廷里有声望的大臣多是王家的故交，因此王质行事，一向敢作敢为，也不怕与人发生冲突。

李纮、王质到访过范仲淹家，周德宝自然认识。两人到了周德宝跟前,左右看看,显然是要寻范仲淹。

"李夫人身体不适,范大人正在车内陪护呢。两位大人稍候,我去叫一下范大人。"

周德宝说完,便往李夫人乘坐的马车行去。没等他走到马车前,范仲淹已经推开马车的门出来了。

"李纮兄,王校理,你们怎么来了?这不是胡闹嘛,这可是会连累你们啊!"范仲淹心里既感动,又有些着急。他知道自己这次得罪了吕夷简,这个时候李纮、王质前来为他饯行,说不定会给他们招来祸端。

"兄长远行,弟岂能不前来送行?兄长就放心吧。"李纮说道。

"唉,你啊!"范仲淹只好无奈地摇摇头。

"范大人,你不必担心,我王质可不怕那吕夷简。再说了,他要是将我归为范大人的朋党,那可真是我王质的荣耀!"王质说着,哈哈大笑,旋即招呼仆人们将小木桌子架好,又招呼兄弟子侄们一起帮忙摆上了酒菜。

马车中的李氏听到李纮和王质的声音,也硬撑着让婢女阿芷扶着自己下了马车来拜见。

李纮见她面色惨白,一脸憔悴,便急切地询问她的身体状况。李氏只说是因为今日劳累,身体疲惫,又加上遭遇夫君贬官,受了打击,心情不好。李纮虽然甚是担忧堂妹的身体状况,但也知多问无益,便嘱咐她多多休息,放宽心,好好调理调理。王质瞧着李氏气血极虚,心下担忧,也对她说了许多关切的话。范仲淹担心夫人的身体,便催着她赶紧回马车里歇息。周德宝按照范仲淹嘱咐,先护着李氏回到马车里,然后方回来一同与李纮、王质对饮叙话。

李纮、王质为范仲淹、周德宝斟了酒,四人便在小木桌边围坐，说起话来。

"听说吕相这几日正在着人纠查所谓的'朋党'，希文兄，你虽暂时离开了朝廷，但赴饶州路上也要小心啊！我担心吕相会派人暗中加害于兄。"李纮说道。

"仲纲，那倒不至于。我既已出朝，吕相自然会罢手了。"

"范大人，你可千万不能以君子之心度小人之腹。我看着吕夷简就心狠手辣。他已经将举荐他的王相逼得快走投无路了。他又给你扣上朋党的帽子，其心何等狠毒，他就是要置你于死地啊！若是陛下真有疑你之心，说不定已然将你治死罪。所幸今上宅心仁厚，倒不会完全被吕相左右。"

"仲淹，我看王校理说得很对，防人之心不可无啊。"

"王校理说得对，大人，此去饶州，路途甚远，咱一定得多加小心。"周德宝插话道。

"哎哎哎，知道了，你们不用苦口婆心劝我，我自然会小心。只是看到陛下和朝廷被肆意妄为的人左右，我等怎能视而不见、置身事外呢？"

"仲淹，你想想朝堂上有几人为你辩护，你再看看今日有几人来为你饯行，就知道朝中目前的局面了！"

"仲纲兄啊，有几人为我辩护，有几人前来饯行，范某都不介意。每个人都有自己的顾虑，我不怪他们。况且，有的人言辞笨拙，在朝堂上情急之下不知如何开口，也是常事。"

"范大人真是达观，下官佩服。只是方才仲纲兄所说，不是没有道理。范大人，你放心吧，不管吕夷简怎么飞扬跋扈，他都不可能在朝中一手遮天。忠义之士永远都会有，我王质与大人一样相信这一点。"

范仲淹听王质这么说，笑道："那我们就为忠义之党干杯！"

王质、李纮、周德宝听了哈哈大笑，举杯一饮而尽。又聊了一番，范仲淹方才与李纮、王质惜别而去。

范仲淹被贬去饶州后，朝廷里可没闲下来。正如范仲淹所料，忠义之士还是有的。范仲淹离京没多久，秘书丞、集贤校理余靖便上书皇帝。余靖上书说，范仲淹之前言事，语涉陛下母子关系、夫妇关系，因为其呵护典礼，所以给了嘉奖；可是如今因为刺讥大臣，就受到重罚，假如是他言语不合陛下心意，陛下不听就是了，为何要治罪呢？余靖又举出历史上汉皇、吴主与大臣两用无猜的典故，来劝谏皇帝要熟闻赞毁，又说陛下亲政以来，三次贬黜上书言事的人，这可不是太平之政啊！赵祯见了余靖的上书，心里百般不是滋味，虽然知道贬黜范仲淹不对，但是依然在吕夷简的怂恿下，将余靖贬到了江南西路监筠州酒税。

余靖被贬后，太子中允、馆阁校勘尹洙上书说："臣常因为范仲淹为人正直，将其视为师友。自从仲淹因朋党被治罪，朝中有很多人说臣也应该受到处罚。虽然国恩宽大，没有将矛头指向微臣，但是微臣于内心自省，颇觉羞愧。何况余靖素来与范仲淹比较疏远，他都因朋党而获罪了，微臣怎可以幸免呢？乞求朝廷将我降黜，以明典宪。"这份上书，明摆着是尹洙为范仲淹鸣不平，他将自己也归为范仲淹的朋党，请求被治罪，那岂不是明目张胆地要和吕夷简划清界限吗？吕夷简看了上书，大怒，旋即将这个胆大包天的上书人降为崇信军节度使掌书记，监郢州酒税。

范仲淹被贬之事泛起的涟漪，扩散范围远超过吕夷简想象。欧阳修给右司谏高若讷写了一封信，信中说："仲淹为人刚正，学通古今,朝廷班行中无与比者。你身为谏官,不能为他辩白,还曲意迎合,诋毁仲淹。你出入朝廷,与士大夫们相见,真是不知人间有羞耻之事也!"高若讷恼羞成怒,上书向皇帝告状,说范仲淹急于进用、肆意狂言、自取其辱,又斥责欧阳修妄言惑众。赵祯听信高若讷之言,将欧阳修贬为夷陵令。

西京留守推官蔡襄有感于范仲淹等人进言被贬之事,作《四贤一不肖诗》。诗中四贤,指的是范仲淹、余靖、尹洙和欧阳修。一时间此诗传遍大江南北,书商还把此诗刊印发行,因之获利。甚至连契丹使者也将刊刻之诗买了回去,张贴在幽州接待宋使的宾馆之内。

泗州通判陈恢上书,请求将蔡襄治罪。

这时,一个年轻的官员站了出来。此人乃左司谏韩琦。韩琦是相州安阳人,四岁时父亲便去世了。小小年纪便失去了父亲,对于这个孩子来说无疑是沉重的打击,使他变得沉默寡言,也不再喜欢嬉戏,学习起来却是废寝忘食。天圣五年,十九岁的韩琦便考中进士,且名列第二,朝廷即授其将作监丞、通判淄州。韩琦携母胡氏,告别了几位兄长,从此走上了宦海生涯。天圣八年,母亲胡氏去世,韩琦按照制度去职丁忧,至明道元年服丧期满,被朝廷起复,用为太子中允,改授太常丞、直集贤院。这个年轻的官员,渐渐得到了与他年龄相仿的赵祯的信任和器重。只比韩琦小两岁的赵祯,似乎在这个年轻官员的身上,找到了同病相怜的感觉——同样是早早丧父,同样是母亲去世了。而韩琦的沉默端庄、直率敢言,更使皇帝在他身上找到一种兄长的感觉。因此,对于韩琦,赵祯除了有一种君主对臣下的器重,更隐隐有一种对兄长般的依赖。韩琦,这个年轻的官员,怀着一颗正直的、忠诚的心,也从未辜负皇帝的信赖，在所有的任职岗位上，一再取得佳绩，甚得好评。明道二年，韩琦改监左藏库。景祐元年九月，韩琦又被调为开封府推官，这次更获赐五品官服。景祐二年十二月，韩琦又迁度支判官，授太常博士。景祐三年，韩琦自请外任地方，获知舒州，因故未能成行，于八月留拜右司谏。

韩琦弹劾陈恢越职索恩，应该加以贬黜，以绝奸诈谄媚之徒。朝廷收了韩琦的弹劾，却对陈恢不予任何处理。于是，蔡襄之事，也就不了了之。

韩琦深受皇帝的器重，因此也没有被治罪。

但是，范仲淹被贬之事的余波，还在继续扩散。光禄寺主簿苏舜钦，当时父亲刚刚去世，尚在服丧，也冒哀上书，力请皇帝纳谏：

> 历观前代神圣之君，好闻谠议。盖以四海至远，民有隐愿，不可以遍照。故无间愚贱之言，而择用之，然后朝无遗政，物无遁情，虽有佞臣，邪谋莫得而进也。
>
> 臣睹丁亥诏书，戒越职言事，播告四方，无不惊惑，往往窃议，恐非出陛下之意。盖陛下即位以来，屡诏群下，勤求直言，使百僚转对，置匦函，设直言极谏科。今诏书顿异前事，岂非大臣壅蔽陛下聪明，杜塞忠良之口，不惟亏损朝政，实亦自取覆亡之道。夫纳善进贤，宰相之事，蔽君自任，未或不亡。今谏官、御史，悉出其门，但希旨意，即获美官。多士盈廷，噤不得语，陛下拱默，何由尽闻天下之事乎？
>
> 前孔道辅、范仲淹刚直不挠，致位台谏，后虽改他

官,不忘献纳。二臣者,非不知缄口数年,坐得卿辅。盖不敢负陛下委注之意,而皆罹中伤,窜谪而去,使正臣夺气,鲠士咋舌,目睹时弊,口不敢论。

昔晋侯问叔向曰:"国家之患,孰为大?"对曰:"大臣持禄而不及谏,小臣畏罪而不敢言,下情不能上通,此患之大者。"故汉文感女子之说,而肉刑是除;武帝听三老之意,而江充以族。肉刑古法;江充近臣;女子老人,愚氓疏隔之至也。盖以义之所在,贱不可忽,二君从之,后世称圣。况国家班设爵位,列陈豪英,固当责其公忠,安可教之循默!赏之使谏,尚恐不言,罪其敢言,孰肯献纳?物情蔽塞,上位孤危。轸念于兹,可为惊怛!望陛下发德音,寝前诏,勤于采纳,下及刍荛,可以常守隆平,保全近辅。若诏榜未削,欺罔成风,则不惟堂下远千里,窃恐指鹿为马之事,复见于朝廷矣。[1]

---

[1] 《苏舜钦集》卷一一《乞纳谏书》。

苏舜钦说，大臣领俸禄而不极谏，小臣怕被治罪而不敢直言，必使下情不得上通，这乃国家大患。说出这种话，如果没有极大的勇气，如何能做到呢？难怪后世有很多仁人志士，每每读到此段故事都不禁热泪盈眶。

苏舜钦还有《闻京尹范希文谪鄱阳，尹十二师鲁以党人贬郢中，欧阳九永叔移书责谏官不论救而谪夷陵令，因成此诗以寄，且慰其远迈也》诗云：

> 朝野蔚多士，衮然良可羞。伊人秉直节，许国有深谋。
> 大议摇岩石，危言犯采旒。苍黄出京府，憔悴谪南州。
> 引党俄嗟尹，移书遽窜欧。安惭言得罪，要避曲如钩。
> 郢路几束马，荆川还溯舟。伤心众山集，举目大江流。
> 远动家公念，深贻寿母忧。横身罹祸难，当路积仇仇。
> 卫上宁无术，亢宗非所优。吾君思正士，莫赋畔牢愁。[1]

---

[1] 《苏学士文集》卷第六。

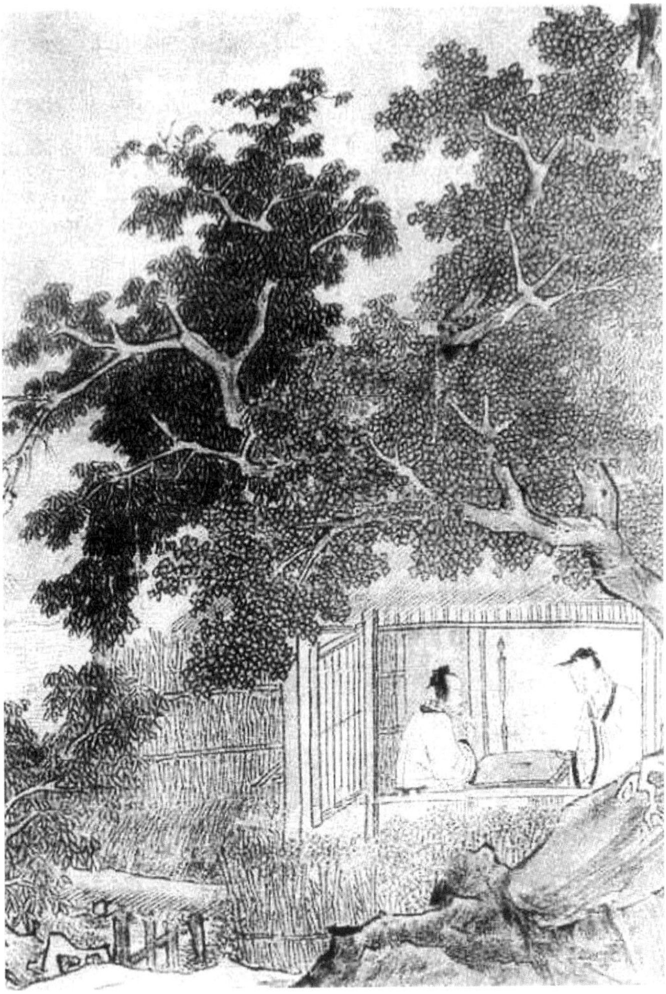

第十二章
在饶州

1

到饶州已经两个多月了。这两个多月来，范仲淹给皇帝写了《饶州谢上表》，给谢绛、曹修睦等几个友人写了信，告知自己的近况。他还视察了城内的郡学。视察之后，他觉得郡学选址偏僻，不利于学生们前来上学。他有了在苏州南园买地办学的经验，便拨出官银，买下饶州城区中心的一个大院。这个大院原是一个大商人的。那商人在城中有几处地产，经范仲淹一番耐心劝说，便将这个大院卖给了官府，用来兴办郡学。郡学的迁址，令饶州的百姓们拍手称赞。百姓们看到新来的范知州如此重视教育，都觉得这下子地方上的年轻人都有了奔头。

范仲淹忙完郡学迁址之事，了却一桩心事，但是心情却好不起来。自从到了饶州后，夫人李氏的病情时好时坏，请了当地的一些名医，也未能彻底治好。周德宝还专门跑了几个道观，请出山中的道家名医，也未能治好李氏的病。

这日，范仲淹陪着夫人和三个孩子吃完午饭，让婢女阿芷扶着夫人和小纯礼先回房休息，便让纯祐、纯仁坐到自己跟前。他很想与他们说说话。正在这时，管家李贵手中拿着一张名刺和一封信札前来禀报，说是有人远道前来求见。范仲淹从李贵手中接过那张名刺，仔细瞧了瞧，见求见人名叫"李觏"，不禁心下有点纳闷。"我并不认识此人，为何要求见我，还附上一封信与我呢？"范仲淹没有马上打开信，而是先让两个孩子回房去休息。

"信是谁送来的？"范仲淹问李贵。

"一个年轻人送来的，说是要求见大人。"

"他人在哪里？"

"我知大人近日劳累，需要多多休息，便让他先回去。于是，他便递上了这封信。看来，他是早有准备，见不到大人，便留下信札。"

范仲淹听了微微点头，暗想这个叫"李觏"的年轻人，做事真是颇为周到。待李贵退下后，范仲淹自个儿踱步到后花园的六角亭，在亭子里的条凳上倚着一根柱子坐了下来。后花园不大，位于宅子的北区。园子当中有一个不大的水池，六角亭就位于这个水池的北侧。花园里栽了一些常见的花木。此时正值深秋，花园里，绿叶黄叶红叶驳杂交错，倒是色彩缤纷。然而，因为夫人的病情，范仲淹心中郁郁不乐。他手中捏着李觏的来信，恍恍惚惚盯着院子里一棵大树枝头的几片黄叶看了许久，方才回过神来，慢慢打开信封，细读起来。

那封信札是这样写的：

觏，建昌南城人也，生二十有九年矣。龆龀喜事，以进士自业。摘花蕊，写云烟，为世俗辞语，颇甚可取。愚不惟道之隆替，时之向背，辄游心于圣人之蕴志，将以尧吾君，羲吾民。视阙政如己之疾，视恶吏如己之仇，恨无斗水以洗濯瑕秽。然而命薄计拙，动成颠仆。乡书之不录，况爵命乎？孤贫无依，载其空文走南北。楫焉而川泽竭，蹄焉而道路穷。尝游京邑，凡时之所谓文宗儒师者，多请谒焉。但伏执事之名，时最久矣。谋之于儒林，则又谓执事表知乐之士，有自褐衣而得召者。如觏等辈，庶可依归。不幸未及弛担而执事以言左迁。时异事变，卒无所遇。彷徨而归，又黜乡举。身病矣，力穷矣，仰喜朝车，适留兹土，故不远五百里，犯风雨寒苦，来拜于庑下。

古之君子居易以俟命，不患人之不己知。今觏也，踽踽而来，若行贾之为者，其故何哉？伏念家世贫乏，幼孤无兄弟，老母年近六十，饥焉而无田，寒焉而无桑，每朝夕进侧，则见发斑体臞而食淡衣粗。乌鸟之情，痛劈骨髓。王城百舍，天门九关，铢铜不畜，何路自达？退方小郡，知己断绝。身无油脂，日就干腊。往时多事，勤苦成疾。今兹忧愁，益复发作。长恐医饵不继，忽沉沟壑。内孤慈母，上负明时；所怀不伸，抱恨泉壤。以此计校，不宜默默。是以来也。

伏惟执事以文学名家，以公忠许国。封书言事，及于母子夫妇间无所隐讳，庭辩宰相，而辞不可屈。此其心将大有为者也。不日祗奉明诏，归于帝右，持衡制事，当不因循。然则仕籍未甚清，俗化未甚修，赋役未甚等，兵守未甚完。异方之法乱中国，夷狄之君抗天子。长驱大割，用工非一。肘腋咨议，岂宜少人？渐而收之，盍自今日。觏虽不才，以备一人之数，顾不可乎？[1]

刚开始读信时，范仲淹的心思还没有落在信上，待读到"孤贫无依，载其空文走南北。楫焉而川泽竭，蹄焉而道路穷"之句，不禁悄然动容，身子也不知不觉慢慢坐直了。等读到"长恐医饵不继，忽沉沟壑。内孤慈母，上负明时；所怀不伸，抱恨泉壤。以此计校，不宜默默。是以来也"，范仲淹的眼中已经泛起了泪光。继续读"仕籍未甚清，俗化未甚修……觏虽不才，以备一人之数，顾不可乎"之句，范仲淹神色肃然，叹道："这个李觏，也是个苦命人啊，难得还有这份志气！"

范仲淹长叹一句，倏然站起，匆匆跑回堂前，唤来管家李贵。

"你可知方才前来求见的年轻人住在哪个客栈？"

李贵无奈地摇摇头："大人，这个他没有说。不过，他倒是说，明日一大早会再来拜访。"

范仲淹听了，暗暗舒了一口气，自言自语道："还好还好！"

"怎么了，大人？"李贵见范仲淹若有所思的样子，不禁有点担心。

"没事，你下去吧。"

李贵听了，便只好告退。

忽然，范仲淹喊道："李贵，等一下，你让张嫂明早多准备些早点，多弄些好吃的。烧饼要多做几个，茶叶蛋也要多煮一些。我要

---

[1]《四库全书·盱江集》之李觏《上范待制书》。

招待客人。"

"莫非大人是想招待那个叫李觏的年轻人,这李觏究竟是何方神圣,大人竟然如此上心?"李贵心下好奇,大声答应一声,便匆匆找厨娘张嫂去了。

自从读了李觏的求见信,范仲淹的心里便念着这个命运多舛的年轻人。这天晚上,在夫人李氏沉沉睡去后,他却毫无睡意。他心里暗暗取笑自己:"难道我真是老了,竟然会对年轻人的拜访如此期待?"辗转反侧多时,他干脆从床上下来,独自一个人披上衣服踱到书房里。他想到自己如今身为被贬黜之官,不知能不能帮到李觏,不禁感到很是不安。李觏也让他想起了梅尧臣。"这个李觏,身世倒是很像尧臣,父亲早逝,孤苦伶仃,勤奋苦读,却功名难就。可惜这世间多少有才有识之士,都因适应不了科举,而埋没了才能。可是朝廷若无科举,更无法取士。这世间,终不可能有万全之策。看李觏的书信,才气不小,志气也很大。明日我倒是要考他一考,看看他是否真有见识。若是真有见识,日后定然得设法举荐他。"他在书房里左思右想许久,打定了主意,方才怀着激动的心情回到房间,又在床上闭眼躺了许久,最终迷迷糊糊睡去。

次日清晨,范仲淹早早醒来,洗漱完毕,去书房读了一会儿书,便让阿芷服侍李氏起来用早餐。小纯礼还小,睡得正香,范仲淹看了看这小孩儿熟睡的样子,便任他继续酣睡。另一间房中,纯祐、纯仁两个孩子贪睡未起,范仲淹可不纵容,亲自去房内将两人叫了起来。

张嫂和婢女阿芷正要将早餐端上桌,范仲淹却突然发话,对李氏说道:"先等等,一会儿有位客人来,我想让他一起用早餐,夫人，你觉得如何？"

李氏今日起来觉得精神不错，此时听夫君这么说，不禁莞尔一笑，说道："不知什么尊贵的客人，大人要请他一起吃早餐呢？"

"是一个年轻人，他幼年丧父，虽然家中非常贫困，却能自小苦读，胸怀大志。他专门前来拜访，我请他吃顿早餐，不算过吧。你们两个，一会儿见了客人，要好好施礼问好。"范仲淹看着李氏说了两句，说后面的话时，却是微笑着看向两个孩子。

纯祐、纯仁都点头应了。

范仲淹拍了一下坐在自己旁边的纯仁的肩头，以示勉励。旋即，他喊来李贵，想让李贵去大门口看看。不过，他转念一想，自己站起来，往大门口走去。李贵自跟着他，前去察看。

待李贵打开了大门，范仲淹抬眼看去，只见一个身穿灰色布袍、身材矮小的年轻人正立在大门的一侧，右手还拎着两刀猪肉。

"这位可是李觏？"范仲淹问道。

"你是——你一定是范待制吧？"那年轻人问道。他二十八九岁，长着一张长条脸，因为长期营养不良，脸显得又瘦又白。

"这位正是范大人！"李贵道。

"果然是范大人，李觏这厢有礼了。"说着，李觏便要跪下向范仲淹施礼。

范仲淹慌忙迎上，一把扶住李觏，问道："你几时来的？怎不敲门，却这么候着？"

"晚生一早来了，怕太早了，打扰了大人，想等稍晚些再敲门。范待制，小人家贫，远道而来，也没有什么厚礼，仅能以束修略表心意。"李觏说着，将手中的两块猪肉向范仲淹递过去。

范仲淹见李觏衣着朴素，言行质朴，见他仿照古礼，束修来见，不禁觉得颇为有趣，于是笑着接过两块猪肉，递给李贵收下，说道："走，进门再说！"他看着李觏的样子，心里觉得亲切，也便不说客套的话。

范仲淹将李觏领到餐桌前，向他引见了夫人李氏和纯祐、纯仁之后，便请他上桌一起吃早餐。李觏没想到范仲淹如此不见外，感动不已，一时间木然而立，不知如何是好。

"大人一早便念叨着等你来，李兄弟就不要推辞了。"李氏微笑着，大方地说。

"范待制，夫人，晚生一早已经吃过了。"李觏有点发窘，推辞说道。其实，他为了省钱，早晨根本就没有吃。不巧的是，刚说完这句话，他的空肚子便不争气地发出咕咕的声音。

这下子，李觏可更加窘了。

"李觏兄弟，你就别推辞了。你不知道啊，范某小的时候，为了省钱，也曾经一碗粥分成三顿来吃，即便吃了，肚子也是很快叽叽咕咕要闹情绪啊！"范仲淹笑着说道。

范仲淹的一番话，消除了李觏的窘迫之态。李觏本是豁达之人，见范仲淹如此赤诚相待，也就不再感到拘谨了。

待吃完早餐，范仲淹将夫人孩子安顿好，便拉着李觏前往书房。他已经迫不及待要和李觏好好聊聊了。

没聊多久，范仲淹便对眼前这个年轻人有一见如故之感，于是所谈语题很快转向了时政。

"方才你谈到要革除政治的弊端，你认为要从何处开始呢？"范仲淹抛出了一个刁钻的问题。

李觏略一迟疑，说道："依晚生之见，要革除政治弊端，首先就得广开言路。如果国家有问题，君主、大臣不能广开言路，就没有人敢于指出国家的问题。那样子，国家就危险了。这就好比病人不让大夫说话，那大夫怎能给病人看病？更别说治好病了。"

李觏的这番话甚得范仲淹之心。但是因为刚刚因言获罪，范仲淹沉默着并不表态，只是微微点点头。

"要广开言路，就需真正懂得养民。君主因为天命而成为君主，但是天命君主，乃是为了让君主能够养民，并非上天只顾及君主一人啊。若是天下百姓生活艰难，君主就处于危险境地了。古话说，民心可畏，我想就是这个道理吧。"

"这个李觏，谈起政治来，简直比我还大胆啊！"范仲淹盯着李觏，心里暗道。

"那么，安民，尊君，哪个更加重要呢？"范仲淹有意又问了个难题。

听了这个问题，李觏毫不犹豫地答道："当然是安民更加重要，安民，济民，才能富国强兵，才能兴利图霸；如果仅仅是尊君，难道国家会自动富强起来不成？所以说，安民，要比尊君更加重要。"

李觏的一番话，让范仲淹又惊又喜。范仲淹原本心想，这样的问题，只要是读书人遇到了，谁都可能发一下愣，可是李觏竟然毫不犹豫斩钉截铁地给出了答案，而且回答态度鲜明，思路清晰。他怎能不惊喜呢？这个李觏，真有一颗赤子之心啊。范仲淹暗暗赞叹。

"方才李觏兄弟开口便谈到'利'字，孔孟之道追求义，这岂非有违孔孟之道？"范仲淹步步紧逼，又提出一个更为刁钻的问题。

李觏哈哈一笑，说道："孔子之言满天地，孔子之道未尝行！利怎么就不能说呢？人非利不生，又为何不可言呢？《洪范》八政，一曰食，二曰货，食货、财用乃是治国之本。有财用，礼才能举，政才能成，爱才能立，威才能行。古代的圣贤之君、经济之士，一定都是先富其国的！"

范仲淹听了，不禁连连点头，说道："李觏兄弟的这番话，真是令范某大为受益。你讲这些道理，真是透彻啊。你若是有时间，应该将这些想法写成文章，让天下更多的人知道其中的道理啊！"

"范待制果真认为晚生的这些想法可以写成文章传播天下吗？"李觏对范仲淹的首肯感到有些激动，本来有些惨白的脸上浮起了血色。

"李觏兄弟之高见，足以振聋发聩。只要李觏兄弟不怕人言非议，自当大胆写出文章，以启君心，以警世人。"

"范大人这番勉励，对晚生来说，可真是比什么都珍贵啊！晚生在此谢谢范大人！"李觏说着，便深深向范仲淹鞠了一躬。

范仲淹连忙扶住李觏，说道："范某再问你一个问题。"

"范大人请说。"

"以你之见，我大宋皇朝贫者愈贫，最大的问题出在哪里？"

李觏的眼眸仿佛刹那间亮了一下，说道："太祖开朝，至今已过七十余载。如今，富者日长，贫者日削，尤其是土地兼并越来越严重，由此引发许多问题。若要根除皇朝的危机，非得抑制土地兼并不可啊！范大人身在官场多年，可能已然不熟悉穷苦人在泥潭里挣扎求生的感觉。在农村，很多农家失去了土地。这些人，不是不勤劳，而是没有了土地可以耕种啊。他们有的依附主户，勉强讨口饭吃。可是，牛马不如地活着，又有何意思呢？晚生一直受贫困折磨，平日里对这个问题也多有琢磨，故大胆提出抑制土地兼并的看法，还请范大人指正。"

李觏的话，再次让范仲淹感到吃惊。范仲淹对这个年轻人从欣赏，慢慢变成了佩服。

听了李觏关于抑制土地兼并的建议，范仲淹微微颔首，陷入久久的沉默。

过了许久，范仲淹说道："范某日后若有机会，定然要向今上举荐李觏兄弟！"

李觏这次来拜见范仲淹，走了超过五百里地，他的目的，正是希望得到范仲淹的首肯，以后能够为朝廷效力。这会儿他听范仲淹这么说，自然欣喜不已。

于是两人从政治谈开去，谈起文章之道。

范仲淹已然将李觏视为知己，便拿出自己的几篇得意之作给李觏看。待读到《桐庐严先生祠堂记》一文时，李觏指着"云山苍苍，江水泱泱；先生之德，山高水长"一句，说道："范大人，晚生觉得，这句中有一字不佳。"

范仲淹一愣，问道："哪个字用得不佳？"

"这个字。"

范仲淹顺着李觏的手指看去，却是那个"德"字。

"哦，为何不佳？"范仲淹颇有些困惑。

"这个'德'字用在此处，用得太实，无法凸显子陵先生的非凡之处。"

"那李觏兄弟觉得用何字为妥？"

"可用'风'字。"

"风？云山苍苍，江水泱泱；先生之风，山高水长！先生之风，山高水长！好啊，好一个'风'字！李觏兄弟真乃高见也！"范仲淹将'风'字换入原句，接连朗声读了两遍，不禁大声赞叹。

"李觏兄弟，你真是范某的'一字师'啊！"范仲淹说着，哈哈大笑起来。

李觏看着范仲淹,脸上露出了羞涩的微笑。

范仲淹与李觏这一番长谈,足足聊了两个多时辰,要不是李贵前来喊他们吃午餐,他们估计还要继续长谈下去。

范仲淹在宅子中腾出一个厢房,挽留李觏住了数日。李觏心里念着要回去著书,数日后,便向范仲淹辞别。范仲淹除赠以盘缠外,又别赠李觏一些银两,以纾其困。

2

渐渐入了深秋,后花园里的黄叶、红叶多了起来。一日,范仲淹收到一封从池州的来信。这封信,是梅尧臣寄来的。原来,梅尧臣自担任河阳县主簿之后,心中还念念不忘通过科举谋取功名,他再次参加了进士考试,可惜再次失败。无奈之下,梅尧臣只得继续当他的芝麻小官。就在范仲淹被贬饶州之前,梅尧臣得到一个机会,迁往池州任知县,总算走上了仕途正道。梅尧臣在信中还附了几首诗。其中一首《寄饶州范待制》诗云:

> 山水番君国,文章汉侍臣,古来中酒地,今见独醒人。
> 坐啸安浮俗,谈诗接上宾,何由趋盛府,徒尔望清尘。[1]

这首诗显然是称赞范仲淹乃是当世的独醒之人。范仲淹看完,笑了笑,心想,圣俞兄弟也算是懂得我的内心啊。他回忆起在洛阳

---

[1] 《梅尧臣集编年校注》卷六《寄饶州范待制》。

于谢绛安排的宴席上初见梅尧臣的情景,如在昨日,不禁略觉伤感。

梅尧臣寄来的信中,还附了近期所写的《猛虎行》《巧妇》《彼 鹭吟》等诗。范仲淹饶有兴趣地一一读之。

《猛虎行》诗云:

山木暮苍苍,风凄茆叶黄,有虎始离穴,熊罴安敢当。
掉尾为旗纛,磨牙为剑铓,猛气吞赤豹,雄威蹴封狼。
不贪犬与豕,不窥藩与墙,当途食人肉,所获乃堂堂。
食人既我分,安得为不祥,麋鹿岂非命,其类宁不伤。
满野设置网,竞以充圆方,而欲我无杀,奈何饥馁肠。[1]

《巧妇》诗云:

巧妇口流血,辛勤非一朝,荈荼时补缀,风雨畏漂摇。
所托树枝弱,而嗟巢室翘,周公诚自感,聊复赋鸱鸮。[2]

《彼鹭吟》诗云:

断木喙虽长,不啄柏与松,松柏本坚直,中心无蠹虫。
广庭木云美,不与松柏比,臃肿质性虚,蚝蝎招猛觜。
主人赫然怒,我爱尔何毁,弹射出穷山,群鸟亦相喜。

---

1 《梅尧臣集编年校注》卷六《猛虎行》。
2 《梅尧臣集编年校注》卷六《巧妇》。

啁啾弄好音，自谓得天理，哀哉彼鸷禽，吻血徒为尔。
鹰鹯不博击，狐兔纵横起，况兹树腹怠，力去宜滨死。[1]

读了这几首诗，范仲淹不禁暗暗赞叹，圣俞兄弟还真是有才啊，写这样的寓言诗讽刺吕夷简那一帮人。梅尧臣在《猛虎行》中更是以猛虎隐喻。在这首诗里，梅尧臣写的是猛虎得意扬扬地以吃人为快事，范仲淹一读，便知梅尧臣是借猛虎写吕夷简在朝中作威作福，以"朋党"之名打击他和尹洙、欧阳修等人。其他几首诗，有的讽刺权臣奸臣，有的则对范仲淹等忠臣表示同情。身为小官的梅尧臣不敢直言，却是变了法儿地对范仲淹等人表示同情，并为他们鸣不平。

这几首寓言诗之后，是梅尧臣写给欧阳修和尹洙的诗——《闻欧阳永叔谪夷陵》《闻尹师鲁谪富水》。

《闻欧阳永叔谪夷陵》诗云：

共在西都日，居常慷慨言，今婴明主怒，直雪谏臣冤。
谪向蛮荆去，行当雾雨繁，黄牛三峡近，切莫听愁猿。[2]

《闻尹师鲁谪富水》诗云：

朝见谏臣逐，暮章从谪官，附炎人所易，抱义尔惟难。
宁作沉泥玉，无为媚渚兰，心知归有日，时向斗牛看。[3]

---

1 《梅尧臣集编年校注》卷六《彼鸷吟》。
2 《梅尧臣集编年校注》卷六《闻欧阳永叔谪夷陵》。
3 《梅尧臣集编年校注》卷六《闻尹师鲁谪富水》。

梅尧臣的诗，让范仲淹想起了尹洙、欧阳修等人，想起了在洛时诸友一起去嵩山游玩的旧事。"想当年，诸友同游嵩山，何等快活？记得游玩之后，大家彼此写诗唱和，我也曾一口气写了《和人游嵩山十二题》。唉，如今，尹欧诸友因我被贬，也不知现下都好否？若是今上执迷不悟，尹欧诸友可都要因我而被埋没了。"范仲淹将梅尧臣的信久久捏在手里，心情渐觉沉重。

范仲淹心中思念旧友愈切，便写信给尹洙、欧阳修、梅尧臣以及在泉州的曹修睦等人，邀他们来饶州一起登览庐山。可惜，尹、欧、梅、曹等人皆因事务缠身，不能赴约。

梅尧臣给范仲淹写了一封回信，信中附《范待制约游庐山以故不往因寄》诗云：

> 平昔爱山水，兹闻庐岳游，远期无逸兴，独往畏湍流。
> 举手谢云壑，栖心惭鸟鸥，香炉碧峰下，应为一迟留。[1]

范仲淹收信后读此诗，颇觉悻悻然。他心中不甘，过了几日，再次写信给梅尧臣，专门约他一同游庐山。这一次，梅尧臣倒是应了范仲淹之约前来了。于是，在一个深秋之日，范、梅二人着了寻常文士袍衫，隐去朝廷官员身份，由周德宝陪着，从饶州郡治出发，乘船穿过鄱阳湖，靠岸后入南康，往庐山行去。

三人乐得自在，并不请向导，找了一条山路，顺着山路向前漫行。行了片刻，眼见前方与大山渐近，忽然山路一转，远远走来一个穿着黑色道袍的白须道士。白须道士看上去七十岁上下，走起

---

[1] 《梅尧臣集编年校注》卷八《范待制约游庐山以故不往因寄》。

路来衣袂飘飘，一副仙风道骨的样子。周德宝看到那道士，便冲范、梅二人说道："那位道兄看似山中人，我且去探个路。"二人都说甚好。

周德宝便急趋数步，向那白须老道迎去。

"这位道兄，在下姓周，这厢有礼了。恳请道兄留步，这山中情况，我等想向道兄讨教一二。"周德宝向那白须道士作揖说道。

那白须老道打量了周德宝一下，又冲范、梅二人看了看，微笑道："道兄和两位居士想问什么？"

"道兄，此路可是通往五老峰？"

"此路倒是可以前往五老峰，不过，得在前面岔路口往右边拐，莫要走错了。"白须道士说着，又眯眼瞧了瞧几步外的范仲淹、梅尧臣，扭头轻声问周德宝，"昨日贫道起卦，卦象显示，今日有贵人入山，随道兄前来的两位居士是何人？"

周德宝见白须道士慈眉善目、仙风道骨，知他不可能是歹人，便不相瞒，说道："不瞒道兄，左边戴尖顶草帽的是新任饶州知州范仲淹大人，右边那位，是前来拜访范知州的知县梅尧臣大人。"

"哦，原来是范待制和梅县令，果然是贵人啊！若不嫌弃，请道兄代为引见。"白须老道一听来人是范仲淹和梅尧臣，脸上顿时现出钦慕之色。其时，范仲淹的文章和梅尧臣的诗已经名满天下，这位白须道士显然对范仲淹的事迹早就熟悉了。

周德宝见白须老道这么说，乐得结交一下，哈哈一笑，说道："这有何难？"说罢，便领着白须老道走到范仲淹跟前。

"待制，这位是……"周德宝说到这里，方才想起自己尚未问询白须老道的名字。

"范待制，梅县令，贫道姓钟，俗家单名'漫'。贫道这厢有礼了。"

"哎哟，老道长，莫要这般客气，这可折杀范某了。"范仲淹慌忙扶住钟老道。

"范待制在朝廷为国为民冒死直谏，贫道向范待制鞠躬算个啥，便是让贫道磕头，贫道也是百般乐意的。"钟老道哈哈大笑。

范仲淹见钟老道如此豁达洒脱，心中对他顿生好感。

不待范仲淹说话，钟老道继续说道："方才听周道兄说，你们是要去五老峰？"

"正是。"范仲淹答道。

"若不嫌弃，贫道愿意陪着几位前往，也想给几位引见两位好友。"

"那敢情好啊！可是，莫要耽搁了老道长的行程。"

"哈哈，不瞒几位，贫道本是想去山口转转，看看能否遇到贵人。没想到，便在这里遇上了。"钟老道见范仲淹没什么架子，也甚是高兴。

范仲淹和梅尧臣听了，有些莫名其妙。周德宝见状，赶忙将钟老道昨日算卦的事情说了。

周德宝说道："看样子，我等要做贵人，也只好跟着老道长走了。"

范仲淹和梅尧臣听了周德宝的玩笑之语，顿时拊掌大笑。

于是，钟老道带着范仲淹、梅尧臣和周德宝三人，不紧不慢往五老峰行去。

四人一路吟诗唱和，寄情于山水，抒发情怀，指点江山。原来，那钟老道年轻时也曾参加科举考试，可是数次考试都不及第，一气之下便脱了儒服，进了庐山当起道士。尽管如此，钟道士毕竟是读书人出身，做了道士，也忘不了国事，即便在山中，也一直关心着天下。如今，钟老道见到天下闻名的范仲淹，如何不感到兴奋？但是，一旦谈及政治，梅尧臣便与钟老道的看法不一样了。他对范仲淹冒死进谏的做法颇有意见，力劝这位忘年交三缄其口，保存实力，以图后效。范仲淹不耐烦听梅尧臣的唠叨，几次岔开话题。

行了许久，众人来到香炉峰下。

"我那两位好友此时应该正在香炉峰山腰的碧云轩中，范待制，咱们去碧云轩会友如何？"

"如此甚好！山水之灵，皆在高人，今日有幸遇到高人，岂能不会？"

于是，四人便往香炉峰碧云轩行去。在山路上转了几个弯，行了几里地后，钟老道指着前方半山腰上在白云间若隐若现的一座三层小楼说道："那便是碧云轩了。"

四人走上一条小道，又行了片刻，方到碧云轩。漫步至于轩下，钟老道吆喝了一声："老程，大和尚！有贵客来咯！"

话音刚落，从楼门口出来两人，一个穿着道士服，瘦脸，双眼精光奕奕，留着长须，另一个却披着袈裟，一张圆脸，笑眯眯的像弥勒。这两位身后跟着两个十五六岁的小道士，一看便是随着那瘦道士的。

钟老道见了两人，便热情地将他们介绍给三人。那道士名程用之，那和尚法号"悟升"。范、梅等人便以"程道长""升上人"称呼两人。

众人进了碧云轩，登上三楼，在一张大桌前坐下。程道长便吩咐两个小道士上了茶水、点心，同众人聊起天来。原来，这程道长是个不出家的火居道士，在饶州城中还有家室。此人在庐山中以鄱阳县城北灵芝门外芝山寺海会堂后的碧云轩为蓝本,加以改造,建了个小楼,亦取名"碧云轩",从此不时隐居在此处。那悟升和尚却是五老峰一座寺庙中的和尚,出家前便是程用之的好友。几日前,悟升和尚一时兴起,赶到庐山来拜访老友,因此住在这碧云轩中。

喝了一会儿茶,周德宝便同升上人开玩笑,"升上人,你是大和尚,如何跑到这碧云轩来与道长喝茶啊?"

范仲淹亦好奇相问。

"范大人,周道长,你们不知,贫僧最喜爱的就是半夜在淡淡的月光之下,看窗外那变幻不定的白云和若隐若现的山峰。这景象,便如佛法真言,人生百年,有说不尽道不明的滋味。"

范仲淹听了,心中一时间涌起百般滋味。众人听了升上人之语,也都将目光投向窗外,望着山间的云卷云舒。

室内一时间沉寂下来。

程道长忽然道:"范待制,贫道冒昧,请为大人传神,不知允否?"

范仲淹回过神来,笑笑道:"有何不可!"

程道长见范仲淹爽快答应,当下吩咐两个小道士去楼下取了笔墨、宣纸,然后请范仲淹临窗而坐,朝范仲淹看了几眼,便提笔飞速在纸上画了起来。

过了不到一盏茶工夫,程道长将毛笔轻轻放到笔架上。一直围在旁边观看的梅、周、钟和悟升等人无不啧啧称赞。

"范待制,你也过来瞧一眼。"程道长笑道。

范仲淹起身迈步到桌边,低头一看,但见纸上一人凝神端坐,背后窗棂之外,云烟缭绕。画面上那人,留着三缕长须,颧骨微微凸起,一双眼睛炯炯有神。

"哎呀,原来我便是这个样子的。"范仲淹哈哈一笑,对着自己的画像看了片刻，忽然长叹一声，说道："程道长画得好啊。范某想在画上题首诗，不知可否？"

"那当然好啊，范待制，请！"

范仲淹也不客气，从桌上拿起笔，蘸了墨汁，挥毫在画的空白处题下一首诗。诗云：

貌古神疏画本难，因师心妙发毫端。
无功可上凌烟阁，留取云山静处看。[1]

程道长眯眼将范仲淹的题诗瞧了瞧，微微抬起眼皮，似笑非笑地说道："'无功可上凌烟阁'？贫道觉得，这句写得可实在是不太好啊！"

众人听他这么说，都是微微一愣。

范仲淹见程道长眯起的眼睛中透射出神秘之色，心下一动，觉得此人方才所言，话中有话，便问道："道长若是有话想说，不妨直言。"

程道长仰头一笑，旋即抬起一只手，往虚空中一指，说道："范大人可知那里是何方向？"

"西北。"

"西北可有什么？"

范仲淹心中大震，道："道长问的是什么？"

"西北局势，大人可曾留心？"

"道长莫非指党项之患？"

程道长微微点头，笑道："范大人，莫怪贫道直言，贫道观你

---

[1] 《范仲淹全集》之《范文正公文集卷第三·道士程用之为余传神因题》。

气象，此时实无静看云山之命。大人眉眼之间，琴意外扬，剑气内蕴，命中该有军功。我朝已历太平数十年，可是近年来党项之势渐盛，恐怕不久的将来，西北将要战事大起啊。"

"那赵元昊于景祐元年自称兀卒，改元广运，攻掠我朝陕西边境，朝野震动，我如何不知，心如何不急？可是，不瞒道长，范某虽然关心西北局势，但是对改变局势却是有心无力啊！"范仲淹长叹了一声，想起自己数次因言被贬，这次虽然没有落下死罪，且获得近迁，但是已经无缘朝廷大事，不免感到有些沮丧。

程道长哈哈大笑，端起茶杯喝了一口茶，赞道："好茶！好茶！就说这茶，若不品一口又怎能真正知晓味道呢？范大人，你虽然关心西北局势，却没有从那里获得一手情报，又如何能够真正掌握西北的局势呢？贫道从一位来自西北的道友那里听闻，那党项的首领赵元昊近来往中原派了不少间谍刺探军情政治，不久必有大动作啊！范大人，朝廷无人在党项之地刺探情报，社稷必危也！"

"道长的意思是，应该尽快派间谍去西北刺探赵元昊的情报？"范仲淹肃然问道。

"正是！那赵元昊如今已经拥有夏州、银州、绥州、静州、宥州、灵州、盐州、会州、胜州、甘州、凉州、瓜州、沙州、肃州，还将洪、定、威、怀、龙等旧堡镇改为州，他自己待在定州，以贺兰山为固，这是明摆着要和朝廷分庭抗礼啊！"

这时，梅尧臣插嘴说道："以我之见，朝廷现在就应该出兵贺兰，趁着赵元昊尚未大举进攻，一举灭了他。"

范仲淹沉默不语。

程道长看了梅尧臣一眼，未置可否，只是继续说道："那赵元昊绝非等闲之辈，他从我中原习得了许多统治之术，如今已经为其部下封官加爵。他以嵬名守全、张陟、杨廓、徐敏宗、张文显等辈主谋议，以钟鼎臣典文书，以成通、克成赏、都卧、如定、多多马宝、惟吉等主兵马，以野利仁荣主蕃学。他可是要建立一套自己的制度啊。若细说，他还设置了十八监军司，委任各部落首领统率各自的部队。从河北到卧罗娘山，有七万人，这是为了防备契丹。黄河南面的洪州、白豹、安盐州、罗洛、天都、惟精山等地有五万人，这是为了对付环州、庆州、镇戎、原州。宥州路，他安排了五万人，这是为了对付鄜州、延州、麟州、府州。在甘州路，他安排了三万人，这是为了防备西蕃、回纥。在贺兰山，他驻兵五万，灵州驻兵五万，兴庆府更是驻兵七万镇守。如此算来，赵元昊至少有三十余万军队。在所有部队中，赵元昊最为依赖的是山讹人，也就是横山羌人。这支军队，是最善于打硬仗的。他还从豪族中选拔五千擅长弓马的勇士作为近卫，伪号六班直，每月给米二石。他还有铁骑三千，分十部，用银牌号令这铁骑十部，随时发兵各部，以约束各酋长。他在兴州创立了十六司，来统管各方面的事务。总而言之，这赵元昊实际上就是在西北割据土地，当起了小皇帝，与朝廷分庭抗礼。最可怕的是，他还不满足于此，还在觊觎中原。范大人，若不早作防备，赵元昊必成大患啊！"

范仲淹听完程用之道长的一番话，暗暗钦佩，心想："这位道长心忧国事，真是对西北大局了如指掌啊。只是，要对付赵元昊，光靠对这大局的把握还不够啊。"他扭过头，看看窗外。窗外白云在山间缭绕，恍若仙境。他盯着变幻莫测的白云看了片刻，回头看着程用之，说道："只是，如今我身在朝廷之外，又该如何为朝廷出力呢？"

"大人虽然身在朝廷之外，但是朝廷必有用大人之时，大人何不早作打算，募勇士奇人，先往元昊之地刺探其情报，以待来日之用呢？"程道长笑道。

范仲淹听了，微微点头，陷入沉思。

忽然，周德宝从座位上立了起来，冲范仲淹抱拳道："希文兄，贫道已经跟随你多日，自恨无用武之地，如今西北局势紧张，我愿为希文兄前驱，往元昊处刺探情报！我周德宝之前漫游四方，乐得逍遥，这些日子，见希文兄忧国忧民，为希文兄所感，这心里头，重燃起少年时报国为民之雄心，此番若能为国出力，也不枉此生。望希文兄成全！"

范仲淹听周德宝这么说，愣了一下，呆了半晌，说道："道长比我长五六岁，我怎舍得令道长远赴苦寒之地，犯劳顿奔波之苦，冒生死之险啊！"

周德宝哈哈大笑，拍了拍胸脯，说道："希文兄啊，我看我的身子骨可比你强健好多，我自小习武，又练习气功，早就习惯四处云游。希文兄多虑了！希文兄，还望你成全贫道，以全贫道为国为民出力之心啊！"

范仲淹见周德宝执意要往西北，沉思片刻，也只好道："好，等游了庐山，我安排人随你一同去西北。"

周德宝大喜，抱拳向范仲淹道谢。

梅尧臣在一旁看着周德宝获此重任，露出羡慕的神色，叹道："我若不是身负地方之责，也想同德宝道长一起前往西北呢！"

众人闻言，无不哈哈大笑。

此番定计之后，众人顿觉轻松了许多，敞开胸怀，谈天说地，吟诗作画，纵论古今。在碧云轩内待了许久，程用之、钟道士和升上人便热情地提出要陪三人同游庐山。范仲淹等见盛情难却，便欣然答应了。

午后，山内下了一场大雨，诸人在山岩下暂歇，待雨停后，便上了香炉峰，观了庐山瀑布，好不尽兴。

离别之时，范仲淹有意邀请程用之、钟漫和悟升出山做幕僚，无奈三人皆表示虽然关心国事，却无意出山。范仲淹再三邀请，三人始终婉拒，只说如果有需要，可以随时入山来访。范仲淹知三人终无出山之意，便写了几首诗相赠。

其中，《赠钟道士》诗云：

人间无复动机心，挂了儒冠岁已深。
惟有诗家风味在，一坛松月伴秋吟。[1]

又有一诗，诗云：

五老闲游依舳舻，碧梯岚径好程途。
云开瀑影千门挂，雨过松黄十里铺。
客爱往来何所得？僧言荣辱此间无。
从今愈识逍遥旨，一听升沉造化炉。[2]

又有《瀑布》一诗云：

迥与众流殊，发源更高孤。下山犹直在，到海得清无。
势斗蛟龙恶，声吹雨雹粗。晚来云一色，诗句自成图。[3]

---

1 《范仲淹全集》之《范文正公文集卷第六·赠钟道士》。
2 《范仲淹全集》之《范文正公文集卷第六·游庐山作》。
3 《范仲淹全集》之《范文正公文集卷第六·瀑布》。

3

回到饶州城后,周德宝辞别范仲淹,坚持一人独自前往西北。"贫道已经习惯孤云野鹤了。若派几个人跟着,定然颇为麻烦!"周德宝笑着对范仲淹说。范仲淹拗不过他,也只好由他去了。临行前,范仲淹特意备了一匹矫健的青骢马赠予这位老友,目送他骑着青骢马扬尘而去。

后来,范仲淹于芝山之巅建亭,在天气晴朗时登亭,可远望庐山,因名"远意亭"。每每在这里望庐山时,他就会想起远赴西北的周德宝,也会想起程用之道士、钟漫道士和升上人。

一日,范仲淹夜晚登楼,临窗远眺庐山,但见一轮残月悬挂山头,云朵在山峰间缓缓飘移,心中一动,想起之前在庐山碧云轩中升上人说的话:"贫僧最喜爱的就是半夜在淡淡的月光之下,看窗外那变幻不定的白云和若隐若现的山峰。这景象,便如佛法真言,人生百年,有说不尽道不明的滋味啊。"随着他脑海中泛起的回忆之浪,升上人的形象也浮现在他眼前。这种回忆,让他感到一丝淡淡的伤感。在他内心的某个角落里,在角落的阴影中,他感到有两股力量在纠缠着。他决定忽略这种痛苦的纠缠,听凭内心将自己带到该去的地方。他沉吟了片刻,便提笔写下了一首诗《升上人碧云轩》,诗云:

爱此诗家好,幽轩绝世纷。澄宵半床月,淡晓数峰云。
远意经年就,微吟并舍闻。只应虚静处,所得自兰芬。[1]

---

[1] 《范仲淹全集》之《范文正公文集卷第五·升上人碧云轩》。

游览庐山之后，梅尧臣返回池州。梅尧臣似乎觉得在庐山时话不尽兴，提笔专门写了一篇《灵乌赋》寄给了范仲淹，文云：

> 乌之谓灵者何？噫，岂独是乌也。夫人之灵，大者贤，小者智；兽之灵，大者麟，小者驹；虫之灵，大者龙，小者龟；鸟之灵，大者凤，小者乌。贤不时而用，智给给兮为世所趋；麟不时而出，驹流汗兮扰扰于修途；龙不时而见，龟七十二钻兮宁自保其坚躯；凤不时而鸣，乌鸦鸦兮招唾骂于邑间。乌兮，事将乖而献忠，人反谓尔多凶。凶不本于尔，尔又安能凶。凶人自凶，尔告之凶，是以为凶。尔之不告兮凶岂能吉，告而先知兮谓凶从尔出。胡不若凤之时鸣，人不怪兮不惊。龟自神而刳壳，驹负骏而死行，智鹜能而日役，体劬劬兮丧精。乌兮尔灵，吾今语汝，庶或汝听。结尔舌兮钤尔喙，尔饮啄兮尔自遂，同翱翔兮八九子，勿噪啼兮勿睥睨，往来城头无尔累。[1]

范仲淹读此赋的时候，一开始脸上还挂着微笑，但是微笑很快消失了，眉头渐渐皱了起来。有那么一会儿，他捏着信纸的手微微颤抖起来。他没有想到自己深深信赖的朋友竟然会劝他结舌自保。他对此感到愤怒。不过，这种愤怒只是像闪电，一闪之后，便在他心头湮灭，随之升起的，是深深的失望。他盯着信笺上的字，逐字逐句地反复读了几遍，脸上露出庄重的神色，心里暗暗叹道："圣俞这赋文辞倒是写得讲究，不过又是在劝我少说话，明哲保身，可惜

---

[1] 《梅尧臣集编年校注》卷六《灵乌赋》。

他终于不能如尹洙、永叔那样与我同路啊！"他本想不作回应，可是心想圣俞兄弟这么说，毕竟也是担心我的安危，是为了我好，我怎能冷脸对他呢？不论怎样，我还是给他写封回信，也表明一下自己的心境吧。他在书房内沉思再三，磨了半晌墨，终于提起笔，饱蘸墨汁，挥毫写下了《灵乌赋并序》，文云：

> 梅君圣俞作是赋，曾不我鄙，而寄以为好。因勉而和之，庶几感物之意同归而殊途矣。
>
> 灵乌灵乌，尔之为禽兮，何不高翔而远翥？何为号呼于人兮，告吉凶而逢怒？方将折尔翅而烹尔躯，徒悔焉而亡路。彼哑哑兮如诉，请臆对而心谕。我有生兮，累阴阳之含育。我有质兮，处天地之覆露。长慈母之危巢，托主人之佳树。斤不我伐，弹不我仆。母之鞠兮孔艰，主之仁兮则安。度春风兮，既成我以羽翰；眷庭柯兮，欲去君而盘桓。思报之意，厥声或异。警于未形，恐于未炽。知我者谓吉之先，不知我者谓凶之类。故告之则反灾于身，不告之者则稔祸于人。主恩或忘，我怀靡臧。虽死而告，为凶之防。亦由桑妖于庭，惧而修德，俾王之兴；雉怪于鼎，惧而修德，俾王之盛。天听甚逊，人言曷病？彼希声之凤皇，亦见讥于楚狂；彼不世之麒麟，亦见伤于鲁人。凤岂以讥而不灵？麟岂以伤而不仁？故割而可卷，孰为神兵？焚而可变，孰为英琼？宁鸣而死，不默而生。胡不学太仓之鼠兮？何必仁为？丰食而肥。食苟竭兮，吾将安归？又不学荒城之狐兮？何必义为？深穴而威。城苟圮兮，吾将畴依？宁骥子之困于驰骛兮，驽骀泰于刍养。宁

鹓鸰之饥于云霄兮，鸥鸢饫乎草莽。君不见仲尼之云兮，"予欲无言"。累累四方，曾不得而已焉。又不见孟轲之志兮，养其浩然。皇皇三月，曾何敢以休焉。此小者优优，而大者乾乾。我乌也勤于母兮自天，爱于主兮自天，人有言兮是然，人无言兮是然。[1]

是啊，像我们这样的"灵乌"，为了能够让主人避免灾难，宁愿赴死也要将危险告知主人。我们忠于心中的信仰乃是出于本性初心，别人不认同我们，非议我们，我们是这样；别人赞赏我们，支持我们，我们也依然会这样。范仲淹通过一篇赋文，向梅尧臣表明了自己的心志：宁鸣而死，不默而生！

写完了赋，范仲淹意犹未尽，又写下一诗。诗云：

危言迁谪向江湖，放意云山道岂孤。
忠信平生心自许，吉凶何恤赋灵乌。[2]

范仲淹将赋与诗寄给了梅尧臣。梅尧臣读后，心中既觉得惭愧，又觉得范仲淹不理解自己的好心，感到颇为郁闷，便沉默不再回应。

与梅尧臣的一番书信沟通，与昔日好友在"道"之层面发生了分歧，范仲淹也颇觉郁闷，便将梅尧臣的《灵乌赋》以及几首寓言诗，再加上自己回应之诗赋一并寄给了在泉州的好友曹修睦。曹修睦读信后，立即写了回信，以孔孟之道与范仲淹共勉。范仲淹于是又给曹修睦回信，信中附《鄱阳酬泉州曹使君见寄》一诗，诗云：

---

1 《范仲淹全集》之《范文正公文集卷一·灵乌赋并序》。
2 《永乐大典》卷二三四六《答梅圣俞灵乌赋》。

吾生岂不幸？所禀多刚肠。身甘一枝巢，心苦千仞翔。
志意苟天命，富贵非我望。立谭万乘前，肝竭喉无浆。
意君成大舜，千古闻膻香。寸怀如春风，思与天下芳。
片玉弃且在，双足何辞伤？王章死于汉，韩愈逐诸唐。
狱中与岭外，妻子不得将。义士抚卷起，眦血一沾裳。
胡弗学揭厉？胡弗随低昂？于时宴安人，灭然已不扬。
匹夫虎敢斗，女子熊能当。况彼二长者，乌肯巧如黄？
我爱古人节，皎皎明于霜。今日贬江徼，多惭韩与王。
罪大祸不称，所损伤纤芒。尽室来官下，君恩大难忘。
酒圣无隐量，诗豪有余章。秋来魏公亭，金菊何煌煌。
登高发秘思，聊以摅吾狂。卓有梅圣俞，作邑郡之旁。
矫首赋《灵乌》，拟彼歌《沧浪》。因成答客戏，移以赠名郎。

泉南曹使君，诗源万里长。复我百余言，疑登孔子堂。
闻之金石音，纯纯自宫商。念此孤鸣鹤，声应来远方。
相期养心气，弥天浩无疆。铺之被万物，照之谐三光。
此道果迂阔，陶陶吾醉乡。[1]

4

冬天来临，不幸的事情发生了。

一日午后，李氏突然腹痛难忍。范仲淹匆匆请来大夫。大夫为她搭了左右脉搏，却发现两边脉搏都几乎难以察觉了。

回天无力，大夫只能冲范仲淹无奈地摇了摇头。范仲淹忍住

---

[1] 《范仲淹全集》之《范文正公文集卷三·鄱阳酬泉州曹使君见寄》。

悲恸，将纯祐、纯仁和纯礼叫到李氏跟前。李氏见三个儿子都来了，眼中不觉流下泪来，同孩子们说了几句勉励之语后，便含泪溘然长逝。

李氏去世后，范仲淹黯然神伤，大病一场。李纮、尹洙、欧阳修、梅尧臣等人得了消息后，都寄来了挽诗挽词。

梅尧臣《范饶州夫人挽词二首》云：

听饮大夫日，止言京兆辰。常忧伯宗直，曾识仲卿贫。
蒿里归魂远，芝山旅殡新。江边有孤鹤，嘹唳独伤神。

君子丧良偶，拊棺哀有余。庄生惭击缶，潘岳感游鱼。
夕苑凋朱槿，秋江落晚蕖。犹应思所历，入室泪涟如。[1]

这一天，天降大雪。范仲淹捧了琴，在后花园的六角亭内坐定，对着飘飘洒洒的飞雪弹奏起来。

一曲奏完，范仲淹手抚琴弦，一动不动地端坐着。园子里一片寂静，只有雪花落在地上、草木上，发出窸窸窣窣的微声。不远处的雪地里似乎出现了一个人影，范仲淹使劲眨了眨眼，往那边看去。"夫人！"他心中一热，泪水已经模糊了双眼。定睛看去，哪有什么人影，不过是一株梅树。不过，那株梅树的枝头竟然早早绽开了几朵梅花。他心头一颤，抚在琴弦上的手一动，古琴发出尖涩的响声。不远处几株大树枝头的积雪，簌簌落了下来。他惆怅地往那落雪的地方看去，他多么希望，那便是夫人李氏踏雪而过留下的响动啊。

---

[1]《梅尧臣集编年校注》卷七《范饶州夫人挽词二首》。

范仲淹木然望着大雪，僵坐了许久后，视线又落在那早早绽放的梅花上。他心里很清楚，逝去的人，不可能再回来了。

冷寂包围着范仲淹。他静静地坐着，慢慢感受到寒冷开始侵入全身。他尽量在心里去想一些其他的人和事，这使他渐渐找回了一些暖意。过了许久，他想起不久前收到旧友黄灏从北方寄来的书信，至今未回复，便令管家李贵取了笔墨，摆到六角亭中的圆石桌上。他将笔蘸了墨汁，看了一眼依然在飘飞的雪花，旋即在信笺上飞快地写下了一首诗。诗云：

再贬鄱川信不才，子规相爱劝归来。
客心但感江山助，天意难期日月回。
白雪孤琴弥冷淡，浮云双阙自崔嵬。
南方岁宴犹能乐，醉尽黄花见早梅。[1]

5

赵祯垂眼盯着摆在桌案上的三份奏折，紧紧抿着嘴，一脸肃穆。

三份奏折分别来自忻州、代州、并州。奏折的内容不是什么好消息，根据三份奏折禀报，近来三州都发生了严重的地震。有的地方大地裂开，涌出泉水；有的地方喷出地火，夹带着滚滚黑沙。不少地方一日之中，地震四五次。百姓们不得不搬出房屋，露天而宿。地震导致大量房舍倒塌，吏民在地震中死伤严重。忻州死者九千七百四十二人，伤者五千六百五十五人，牲畜死了五万多头。

---

[1] 《范仲淹全集》之《范文正公文集卷六·依韵酬黄灏秀才》。

代州死者七百五十九人，并州死者一千八百九十人。忻州知州祖百世、都监王文恭、监押高继芳、石岭关监押李昊在地震中受伤，监押薛文昌、苗整不幸在地震中遇难。

就在十二月二日，京师刚刚发生过地震，只不过片刻便停了。京师地震的那日，定州、襄州也发生了剧烈的地震，一直持续了五日。两州之地，居民、牲畜死伤难以计数。

忻州、代州、并州接续发生地震，身为皇帝的赵祯，心里如何不焦急？

"这是怎么了，地震接二连三，难道是老天故意与朕为难？"赵祯觉得心头发闷，悲伤中夹杂着一丝愤怒。他思忖片刻，便下诏赐祖百世、薛文昌、苗整家中钱各十万，赐王文恭、高继芳、李昊各五万，对于其他有伤亡的军民之家，都给了多少不等的赏赐，随后又命御史郑戬前往忻州、并州等地安抚军民。

一日，赵祯收到一份上疏。

上疏来自右司谏韩琦。赵祯细读上疏，额头渐渐冒出冷汗。疏中有句云："唐明皇以太阳亏蚀，悉令赦徒隶之人，宋璟谓可以……且地震者，女谒用事、臣下专政之意也。今震在西北，或恐上天孜孜谴告，俾思孽敌之患乎？亦望自今而后，务在严饬守臣，密修兵备；审择才谋之帅，悉去懦武之士；明军法以整骄怠之卒，丰廪实以增储待之具。"

"这韩琦恁大胆，这长篇大论说来说去，不就是说朕是昏君，还将矛头指向吕夷简吗？不过，他提醒朕西北的隐患，倒也是有远见的帅才。"赵祯读了上疏，心中颇为恼怒。不过，他一向甚为信任韩琦，心知韩琦在这份上疏中虽然有些话过于直率，却是完全出于忠心。他将上疏读了两遍，怒气渐消，将上疏放在一边，虽然不想惩罚韩琦，但也不想给韩琦任何答复。

因为灾害频发，赵祯决定在大庆殿设置道场祈福，同时又命中使前往名山福地祈祷。韩琦再次上疏，说大庆殿乃是大朝会用的大殿，怎能随意设置道场呢？建议赵祯在别处设置道场。

赵祯明知韩琦说得很对，却不想就此改变自己的想法。

不料，数日后，直使馆叶清臣上疏。疏云：

> 天以阳动，君之道也，地以阴静，臣之道也。天动地静，主尊臣卑，易此则乱，地为之震。乃十二月二日丙夜，京师地震，移刻而止。定襄同日震，至五日不止，坏庐寺、杀人畜，凡十之六。大河之东，弥千五百里，而及都下，诚大异也。属者荧惑犯南斗，治历者相顾而骇。陛下忧勤庶政，方夏泰宁，而一岁之中，灾变仍见，必有下失民望，上戾天意，故垂戒以启迪清衷。而陛下泰然，不以为异，徒使内侍走四方，治佛事，治道科，非所谓消伏之实也。顷范仲淹、余靖以言事被黜，天下之人，齰舌不敢议朝政者，行将二年。愿陛下深自咎责，详延忠直敢言之士，庶几明威降鉴，而善应来集也。[1]

在上疏中，叶清臣暗指范仲淹、余靖以言被黜，下失民望，上戾天意，地震可能就是上天对失政的警示。

赵祯看了上疏，闷闷不乐。一连数日，他心里琢磨着之前对范仲淹、余靖等人的处置究竟对不对。

---

1 《续资治通鉴长编》卷一百二十景祐四年十二月条。

"难道朕错了吗？范仲淹、尹洙、余靖、欧阳修这帮人，明摆着结党互助，与朕叫板，如果朕不能维护君主的威权，天下岂不大乱？可是，天下人结舌不敢言，何谈盛世！朕究竟该如何做才对呢？"

几日里，他茶饭不思，左思右想，最终还是决定，作一个折中的处置。壬辰这日，他叫来吕夷简，令他将范仲淹从饶州迁润州任知州，将监筠州税余靖迁往泰州监泰州税，将夷陵县令欧阳修迁为兴化县令。这样的处置，使范、余、欧阳三人的任职地更加靠近了京城，既显示了圣眷，回应了叶清臣、韩琦的上疏，又保留了皇帝的威严。唯独尹洙没有被进迁，这是赵祯听了吕夷简的建议，故意要用尹洙警示天下世人不要试图与皇权对抗。

范仲淹还未遵旨迁往润州，吕夷简便暗中令人散布谣言，说范仲淹对皇帝不满。谣言传到赵祯的耳中，赵祯勃然大怒，心想朕将你进迁，你还暗中说朕的坏话，朕岂能容你？当下，赵祯便要下旨将范仲淹贬黜到岭南去。

这时，参知政事程琳对赵祯说，那些谣言根本就是无稽之谈，范仲淹每次被贬，每次都上谢表，对陛下忠心耿耿，岂会因为迁往润州而对陛下不满呢？

赵祯听了陈琳的辩护，冷静下来，取出范仲淹被贬去饶州时写的《饶州谢上表》再次细读。读到"此而为郡，陈优优布政之方；必也入朝，增謇謇匪躬之节"[1]这句时，赵祯心中不禁暗叫惭愧："范仲淹被贬之时，依然表示一旦来日再入朝，依然会为了尽忠而不畏直言，他怎么可能对朕不忠呢？朕险些误伤一忠臣。"

终于，赵祯收回将范仲淹贬黜到岭南的打算，仍令范仲淹出知润州。

---

1 《范仲淹全集》之《范文正公文集卷第十六·饶州谢上表》。

唐狄梁公碑

宋朝散大夫行尚書吏部員外郎知
潤州軍事上騎都尉賜紫金魚袋
范仲淹譔

天地閉熟將闢爲日月蝕熟將廓爲大
厦仆熟將起爲神器隊熟將擎爲巖之
平克當其任者惟梁公之偉歟公諱仁傑
字懷英太原人也祖宗高烈本傳在矣
公爲子極于孝爲臣極于忠忠孝之休揚
若日月者敢歌于廟中公嘗趨其州掾

第十三章
近迁润州

1

此时正值景祐五年（1038年）正月。南方的正月，又冷又湿。范仲淹奉旨，从饶州出发，前往润州。前几次出行，范仲淹身边都有李氏陪着。可是，这次去润州，陪在范仲淹身边的，却是李氏的灵柩。周德宝道长也已经远去西北了。

在一个阴冷的日子里，范仲淹令管家李贵、厨娘张嫂、婢女阿芷整理好行李，将李氏的灵柩装在一辆大牛车上，便带着三个孩子往润州赶去。曹氏自然也带着孩子张棠儿相随。

快到彭泽时，范仲淹一行换走水路。到了彭泽，范仲淹待泊好舟船，便带着一行人上了岸。他听说泽州有唐相狄仁杰的祠堂，便决定前往拜祭。

原来，狄仁杰被来俊臣诬陷入狱，险些被处死，免死后被贬到彭泽当县令。范仲淹因言获罪，对于狄仁杰被冤枉入狱贬官感同身受。此时既然来到彭泽，他心中想到自己与狄仁杰的遭遇倒是有几分相像，不禁感慨万千。

狄仁杰祠堂的主事听说是范仲淹带着孩子们前来拜祭狄仁杰，又惊又喜，待范仲淹一行在祠堂走了一圈后，便恳请他为狄仁杰写一篇碑文。范仲淹心中本有郁郁之气难泄，如今祠堂主事求碑文，他便爽快答应下来。

范仲淹当夜在彭泽驿馆住下，秉烛夜书，写成一篇长长的《唐狄梁公碑》碑文。

碑文云：

天地闭，孰将辟焉？日月蚀，孰将廓焉？大厦仆，孰将起焉？神器坠，孰将举焉？岩岩乎克当其任者，惟梁公之伟欤！公讳仁杰，字怀英，太原人也。祖宗高烈，本传在矣。

公为子极于孝，为臣极于忠。忠孝之外，揭如日月者，敢歌于庙中。公尝赴并州掾，过太行山，反瞻河阳，见白云孤飞，曰："吾亲在其下。"久而不能去，左右为之感动。《诗》有陟岵陟屺，伤君子于役，弗忘其亲，此公之谓与！于嗟乎！孝之至也，忠之所由生乎！

公尝以同府掾当使绝域，其母老疾。公谓之曰："奈何重太夫人万里之忧？"诣长史府请代行。时长史、司马方睚眦不协，感公之义，欢如平生。于嗟乎！与人交而先其忧，况君臣之际乎？

公为大理寺丞，决诸道滞狱万七千人，天下服其平。武卫将军权善才坐伐昭陵柏，高宗命戮之，公抗奏不却。

上怒曰："彼致我不孝。"左右筑公令出。公前曰："陛下以一树而杀一将军，张释之所谓假有盗长陵一抔土，则将何法以加之？臣岂敢奉诏，陷陛下于不道？"帝意解，善才得恕死。于嗟乎！执法之官，患在少恩，公独爱君以仁，何所存之远乎？

高宗幸汾阳宫，道出妒女祠下。彼俗谓盛服过者，必有风雷之灾。并州发数万人别开御道。公为知顿使，曰："天子之行，风伯清尘，雨师洒道，彼何害焉？"遽命罢其役。又公为江南巡抚使，奏毁淫祠千七百所，所存唯夏禹、太伯、季子、伍员四庙。曰："安使无功血食，以乱明哲之祠乎？"于嗟乎！神犹正之，而况于人乎？

公为宁州刺史，能抚戎夏，郡人纪之碑。及迁豫州，会越王乱后，缘坐七百人，籍没者五千口。有使促行刑，公缓之，密表以闻曰："臣言似理逆人，不言则辜陛下好生之意。表成复毁，意不能定。彼咸非本心，唯陛下矜焉。"敕贷之，流于九原郡。道出宁州旧治，父老迎而劳之曰："我狄使君活汝辈耶！"相携哭于碑下，斋三日而去。于嗟乎！古谓民之父母，如公则过焉。斯人也，死而生之，岂父母之能乎？

时宰相张光辅率师平越王之乱，将士贪暴，公拒之不应。光辅怒曰："州将忽元帅耶？"对曰："公以三十万众除一乱臣，彼胁从辈闻王师来，乘城而降者万计，公纵暴兵杀降以为功，使无辜之人肝脑涂地。如得尚方斩马剑加于君颈，虽死无恨！"光辅不能屈，奏公不逊，左迁复州刺史。于嗟乎！孟轲有言，威武不能挫，是为大丈夫，其公之谓乎!

为地官侍郎、同凤阁鸾台平章事,为来俊臣诬构下狱。公曰:"大周革命,万物惟新。唐朝旧臣,甘从诛戮。"因家人告变,得免死,贬彭泽令。狱吏尝抑公诬引杨执柔,公曰:"天乎!吾何能为?"以首触柱,流血被面。彼惧而谢焉。于嗟乎!陷阱之中,不义不为,况庙堂之上乎?

契丹陷冀州,起公为魏州刺史以御焉。时河朔震动,咸驱民保郛郭。公至,下令曰:"百姓复尔业,寇来吾自当之。"狄闻风而退。魏人为之立碑。未几入相,请罢戍疏勒等四镇,以肥中国。又请罢安东,以息江南之馈输。识者韪之。北狄再寇赵定间,出公为河北道元帅。狄退,就命公为安抚大使。前为突厥所胁从者,咸逃散山谷。公请曲赦河北诸州,以安反侧,朝廷从之。于嗟乎!四方之事,知无不为,岂虚尚清谈而已乎?

公在相日,中宗幽房陵,则天欲立武三思为储嗣。一日问群臣可否,众皆称贺。公退而不答。则天曰:"无乃有异议乎?"对曰:"有之。一昨陛下命三思募武士,岁时之间数百人。及命庐陵王代之,数日之间应者十倍。臣知人心未厌唐德。"则天怒,令策出。又一日,则天谓公曰:"我梦双陆不胜者何?"对曰:"双陆不胜,宫中无子也。"复命策出。又一日,则天有疾,公入问阁中。则天曰:"我梦鹦鹉双翅折者何?"对曰:"武者,陛下之姓;相王、庐陵王,则陛下之羽翼也,是可折乎?"时三思在侧,怒发赤色。则天以公屡言不夺,一旦感悟,遣中使密召庐陵王矫衣而入,人无知者。乃召公坐于帘外而问曰:"我欲立三思,群臣无不可者,惟俟公一言。从之则与卿长保富贵,不从则无复得与卿相见矣。"公从容对曰:"太子天下之本,本一摇而天下动。陛下以一心之欲,轻天下之动哉?太宗百战取天下,授之子孙,三思何与焉?昔高宗寝疾,令陛下权亲军国。陛下奄有神器数十年,又将以三思为后,如天下何?且姑与母孰亲?子与侄孰近?立庐陵王,则陛下万岁后享唐之血食;立三思,则宗庙无祔姑之礼。臣不敢爱死以奉制,陛下其图焉!"则天感泣,命褰帘,使庐陵王拜公,曰:"今日国老与汝天子。"公哭于地,则天命左右起之,拊公背曰:"岂朕之臣?社稷之臣耶!"已而奏曰:"还宫无仪,孰为太子?"于是复置庐陵王于龙门,备礼以迎,中外大悦。于嗟乎!定天下之业,断天下之疑,其至诚如神,雷霆之威,不得而变乎!

则天尝命公择人,公曰:"欲何为?"曰:"可将相者。"公曰:"如求文章,则今宰相李峤、苏味道足矣。岂文士龌龊,思得奇才以成天下之务乎?荆州长史张柬之,真宰相才,诚老矣,一朝用之,尚能竭其心。"乃召拜洛州司马。他日又问人于公,对曰:"臣前言张柬之,虽迁洛州,犹未用焉。"改秋官侍郎。及召为相,果能诛张易之辈,返正中宗,复则天为皇太后。于嗟乎!薄文华、重才实,其知人之深乎!又尝引拔桓彦范、敬晖、姚元崇等至公卿者数十人。

公之勋德,不可殚言。有论议数十万言,李邕载之别传。论者谓松柏不夭,金石不柔,受于天焉。公为大理丞,抗天子而不屈。在豫州日,拒元帅而不下。及居相位,而能复废主,以正天下之本。岂非刚正之气出乎诚性,见于事业?当时优游荐绅之中,颠而不扶,危而不持者,亦何以哉?

某贬守鄱阳,移丹徒郡,道过彭泽,谒公之祠而述焉。又系之云:商有三仁,弗救其灭。汉有四皓,正于未夺。呜呼!武暴如火,李寒如灰。何心不随?何力可回?我公哀伤,拯天之亡。逆长风而孤骞,溯大川以独航。金可革,公不可革,孰为乎刚?地可动,公不可动,孰为乎方?一朝感通,群阴披攘。天子既臣而皇,天下既周而唐。七世发灵,万年垂光。噫!非天下之至诚,其孰能当?[1]

范仲淹一气呵成写完碑文,心中顿觉舒畅许多。在文中,他列数狄仁杰各个方面的功绩,心中暗暗立下誓言,不论今后如何仕途沉浮,当以狄仁杰为榜样。

次日,范仲淹再赴狄仁杰祠堂,将所撰之文交给祠堂主事。主事得了文章,如获至宝,随后请名匠勒石为碑,供于祠堂中。碑文因之传于后世,狄仁杰事迹因范仲淹所写之碑而愈彰。

二月十七日一早,范仲淹一行终于进入润州地界。到了任职地,范仲淹便想着先给亡妻灵柩找个停放之地。斟酌再三,他想起了润州的瓜州寺。不如就去瓜州寺,也好请大师为她祈福!他既动了这念头,便吩咐管家李贵先去瓜州寺打前站,知会瓜州寺的住持和尚。瓜州寺住持听过范仲淹的名头,听了李贵传话,欣然答应。

将亡妻灵柩停放好后,范仲淹没有离开瓜州寺。因为纯祐近日

---

[1] 《范仲淹全集》之《范文正公文集卷第十二·唐狄梁公碑》。

又生了病，范仲淹决定在瓜州寺中歇息几日，请大夫为纯祐看病。在这几日里，他给在应天府家中的朱氏兄弟写了封家信，告诉朱氏兄弟，他们六姨的灵柩安放在瓜州寺中。范仲淹在朱氏兄弟中排行老六，朱氏兄弟称李氏为"六姨"。他在纸上写下"六姨神梓且安瓜州寺中"[1]一句时，笔锋尚未从"中"字末笔提起，两滴泪已然落在信笺上。提起笔锋，他顿觉心中悲恸，如巨石堵塞心头，一时间不知写些什么，呆了片刻，连着写下"悲感悲感"[2]四字。待从悲伤情绪中缓过来，他才将这封家信继续写了下去，询问了七哥一家是否都安好，又问何时能够前来润州相聚。他又将纯祐近来生病的事情简单地告诉了朱氏兄弟。多日后，朱氏兄弟收到范仲淹从瓜州寺托人寄来的家书，看了之后，悲伤不已，但是想到这位同母异父的兄弟被贬之后得到迁升，稍感欣慰。

过了几日，纯祐病好了，范仲淹也渐渐从沉痛中缓过神来。润州有个茅山，乃是著名的道教圣地，据说风光也不错。离要求到任的时间尚有几日，他便决定带上两个大孩子，由管家李贵陪着一起去看看。张嫂、阿芷、曹氏和棠儿，便陪着小纯礼，留在寺中歇息。待上了茅山，范仲淹心有所感，作诗《移丹阳郡先游茅山作》。诗云：

> 丹阳太守意何如？先谒茆卿始下车。
> 竭节事君三黜后，收心奉道五旬初。
> 偶寻灵草逢芝圃，欲叩真关借玉书。

---

1 《范仲淹全集》之《范文正公文尺牍卷上·与朱氏》。
2 《范仲淹全集》之《范文正公文尺牍卷上·与朱氏》。

不更从人问通塞，天教吏隐接山居。¹

数日后，范仲淹带着家眷到了润州官署。他很快安顿好一家人后，便提笔写了一封《润州谢上表》。表中有句云："徒竭诚而报国，弗钳口以安身。"他再次向皇帝表明自己的竭诚报国之心。同时，他也坚定地表示，自己不会为了明哲保身而结舌止谏。他劝谏皇帝要"总揽纲柄，博延俊髦"，以使"人心不在于权门，时论尽归于公道。朝廷惟一，宗庙乃长"。²

到润州之后不久，范仲淹的家中突然来了两位客人。一人是滕宗谅，一人是魏介之。范仲淹大喜过望。

原来，滕宗谅母亲于去年去世，安葬在九华山。当时，范仲淹还为滕母写了墓志。滕宗谅服丧期满，路过丹阳郡，便想来拜访范仲淹。魏介之同范仲淹在饶州见过面。当时魏介之受命提点江西，范仲淹为他饯行，还专门写了一首诗赠他。如今，滕宗谅知魏介之因事过丹阳郡，便约了他一起来拜访老友范仲淹。三人相见，都有星辰流转、世事沧桑之感。

范仲淹令人摆上酒席，三人举杯痛饮。一番叙旧后，滕、魏二人说起朝廷内吕夷简当道，谄媚之臣受宠，语渐愤慨，意渐低落。范仲淹知两个老友心中郁闷，便即兴赋诗一首，加以勉励。诗云：

> 长江天下险，涉者利名驱。二公访贫交，过之如坦途。
> 风波岂不恶，忠信天所扶。相见乃大笑，命歌倒金壶。
> 同年三百人，太半空名呼。没者草自绿，存者颜无朱。

---

1 《范仲淹全集》之《范文正公文集卷第六·移丹阳郡先游茅山作》。
2 《范仲淹全集》之《范文正公文集卷第十六·润州谢上表》。

功名若在天，何必心区区。莫竞贵高路，休防谗嫉夫。

孔子作旅人，孟轲号迂儒。吾辈不饮酒，笑杀高阳徒。[1]

滕子京、魏介之读诗后，皆拍手叫好。

"希文兄好诗，高见令弟顿感惭愧，是啊，功名若在天，何必心区区，我等初心，本不是为了功名而谋功名，我等心在庙堂，乃是为了行大道，为天下人谋福利啊！"滕子京慷慨而言。

"吾辈不饮酒，笑杀高阳徒。是啊！来，咱们再干一杯！"魏介之搭腔。

于是，三人都举起酒杯，又是一番痛饮。

2

"大人，这大热天的，你何必亲自去城外迎接呢？大人的品秩比叶漕司高，年纪又比他长，大人在府邸门口迎接他，我等去城外迎他，也不算亏了礼数。"管家李贵说道。

范仲淹笑道："我去城外迎接叶大人，非仅出于礼，更是出于情，出于对他的尊敬啊！你休要多言，着人备好车马，明早随我去城外。"

李贵见范仲淹这么说，也不敢多言，慌忙退下去办事了。

次日清晨，范仲淹由李贵陪着，带了几个随从，便赶往润州城北门。出了北门，范仲淹带着人行出三里，在那里的一个凉亭中迎候两浙转运副使叶清臣。

---

[1]《范仲淹全集》之《范文正公文集卷第三·滕子京魏介之二同年相访丹阳郡》。

叶清臣，字道卿，祖籍在浙江，出生成长于苏州，比范仲淹小十一岁，乃是天圣二年的榜眼。之前，叶清臣在朝廷任职直史馆。正月里，叶清臣上疏赵祯，在上疏开头礼节性地称赞了赵祯的善政之后，便指出当前"大臣秉政，专制刑爵，陛下驭臣之术，未和体制"，又说"今陛下昕旦视朝，仅了常务，未尝讲义大政，考求得失，昼日野居，深处穆清，未尝延召多士，咨取未悟"。上疏经由中书呈给赵祯。赵祯看完后虽然知道叶清臣所谏非虚，但是被叶清臣如此直言指出为政之失，心里大不是滋味。时任宰相的王随、陈尧佐对于叶清臣所谏，也是大为不满。王随、陈尧佐二人年老多病，担任宰相后又不合，都想自己专政，由此中书之事多不决。参知政事韩亿、石中立知道了叶清臣的上疏，更是大怒。因二人在职多因私害公，叶清臣的上疏虽然没有点名批评，却也戳到了他们的痛处。几个权臣里外里变了法子给叶清臣"穿小鞋"。其时，刑部员外郎、直史馆、同知礼院宋祁，大理评事、监在京店宅务苏舜钦，右司谏韩琦都先后上疏论政，请求赵祯任用贤臣，广开言路。韩琦所上《丞弼之任未得其人奏》，更是直言宰相王随、陈尧佐及参知政事韩亿、石中立庸碌无为。韩琦说，大宋已经有了八十年太平基业，决不可让庸碌之臣毁掉。这份上奏情感热烈，文辞直率，言辞犀利，论述极其有力。赵祯左思右想，终于在三月时将王随、陈尧佐罢了相，将韩亿罢为本班户部侍郎，将石中立罢为户部侍郎、资政殿学士。一时间，韩琦因"片纸落去四宰执"而名动天下。赵祯随后又以山南东道节度使、同平章事、判河南府张士逊为门下侍郎兼兵部尚书同平章事，户部侍郎、同知枢密院事章得象以本官同平章事。户部侍郎、知枢密院事盛度加宁武节度使、检校太傅。盛度原来的职位在章得象之上，如今章得象直接被任命为宰相，赵祯为了安抚盛度，因此特意给他加封节度使和检校太傅之头衔。

虽然王随、陈尧佐被罢相，但叶清臣对朝廷内的权力之争已经感到厌倦，心中甚是郁闷，便有外请之意。正巧，五月份，他的父亲苏参在知苏州任上致仕，他便向皇帝请求外任两浙，以便就近为父亲养老。赵祯也乐得少听刺耳的谏言，便任叶清臣为两浙转运副使。叶清臣到任后，便立即在太湖办了一件利民大事。当时，太湖有很多民田，豪右据上游，水不得泄。当地老百姓畏惧豪强，不敢诉官。叶清臣到任后，向朝廷建言，疏通盘龙汇、沪渎港，导水入海，由此使当地百姓受益。办完了这件事，眼看便到中秋，叶清臣想去润州拜访一下范仲淹，于是先写了一封信告知。范仲淹得信后大喜，回信邀叶清臣中秋相聚。叶清臣因此于中秋之际赶往润州。

且说这日清晨，范仲淹在润州城北门外的凉亭中等候叶清臣前来。正自等待，忽见远处一骑飞奔而来。

范仲淹远望那马背上之人似乎穿着道袍，显然不可能是叶清臣。马儿是红色的，如一团火焰飞快地靠近。

正诧异之际，那马儿已经跑近，范仲淹定睛一看，马背上之人白发飘飘，竟是周德宝道士。周德宝显然也已经瞧见范仲淹，待纵马儿跑到范仲淹近前，猛然勒了一下马缰绳。马儿嘶鸣一声，两只前蹄离地，几乎立了起来。周德宝手臂将缰绳往旁边稍稍一带，马儿身子微旋，两只前蹄落地，稳稳站住。周德宝翻身下马，口中冲范仲淹道："大人，别来无恙！"

"德宝兄，你怎的突然回来了？"范仲淹又惊又喜，上前抓住了周德宝的双臂。

"大人,西北要出大事了……大人在这……是要等候什么人?"

"我今日在此,原为迎接两浙转运副使叶清臣大人。西北出了何事?你勿要着急,且坐下慢慢说来。"范仲淹说罢,吩咐李贵先帮周德宝将马儿牵到一边,系在路边的一株松树上,自己拉着周德宝在凉亭中间的小石桌前坐下。

周德宝坐定,说道:"数月前,我离了润州,辗转多日,入了鄜延路。一日,到了金明县,可巧在市场里见到一个人,似乎不是中土人士。我看那人神情不定,心下便起了疑,担心他是赵元昊派到金明县的奸细。于是,我就悄悄跟着他。果然,他并非一般行旅之人。没多久,那人竟然到了当地的驻军军营。但是,跟着他到了军营后,我感到更奇怪了。

"那人到了军营门口,竟然直接找了个军校往里通报。如果他是赵元昊的间谍,此时为何会大摇大摆要求进军营?若他不是赵元昊的人,为何之前在市场又那么鬼鬼祟祟呢?我见他进了军营,一时间也找不到理由跟进去。后来,我便想了个主意,说有重要军情要向军营中的长官报告。那军营的守卫见我这样一个云游道士说有军情报告,不敢怠慢,便将我带去见他的上司。我见了一个军校,对那个军校说,我在市场上发现一个形迹可疑之人,似乎是党项人,而且发现他进了军营。那个军校听了,向我表示感谢,说确实有那么个人进了军营,他是前来见都监李士彬将军的。我便要求见都监李士彬。那军校将我带到李士彬将军跟前。

"李都监见了我,问我是何人有何事。我便自报了家门,但隐去大人一节未提,只说是云游道士,发现可疑之人进了军营故来通报。那李都监听我这么说,哈哈一笑,说我误会了,那人不是奸细,接着便让我勿要追问。我见都监这么说,便准备告辞。未料那李都监爱道家之说,问我懂不懂易经、风水之说。他听我说通易理又懂风水,便邀请我在军营待几天,向我讨教讨教。他这么说,正中我下怀。于是我便在军营中住了下来,得空便和李都监谈谈易理,说说风水。

"过了几日,那李都监突然找我,说让我为他起一卦。我问他算什么。他说要算自己的运势。我见他神色犹疑不定,便给他起了一卦,揣度其意。我就卦象跟他说,如遇事不决,前程运势堪忧。李都监听我这么说,便变了神色,忧心忡忡地离开了。次日,他找到我,说有一事请教。我问何事。他说,党项方面有人向他报信,说赵元昊暗中召集各族酋长,刺臂血入酒,以骷髅为酒杯,饮血酒为盟,约定近期进攻鄜州、延州,并且说计划从德靖、塞门、赤城三道并入。据说,歃血为盟之日,有部落酋长进谏,劝赵元昊不要攻击鄜延路,结果被元昊杀了。

"听李都监这么说,我便问情报可靠吗?李都监犹豫了片刻,对我说,他正是在这个问题上无法弄清楚。我便问情报来源。李都监此时不再隐瞒,说之前我见到的那个人,是元昊的从父赵山遇的亲信,正是山遇派来送情报的。我便劝李都监,应该尽快将情报上报朝廷,在德靖、塞门、赤城等处增防,同时约请赵山遇做内应,以图反攻。李都监听了我的建议,说那元昊用兵真真假假,如果情报不实,朝廷怪罪,自己吃罪不起。他又说,那山遇还想请降,这件事更加麻烦。因为自从李德明向朝廷纳贡以来,几十年间朝廷都不接纳来自党项的降官降将,一来怕进一步刺激党项反叛,二来也怕党项派来降臣降将卧底,以图他日起事。我听李都监这么说,便劝他先收了山遇,然后再图后策。李都监听了,只说待报了朝廷再说。

"我知李都监不想作为，隔了两日，便以事由向他辞别。李都监有意向我学道，再三挽留我。我转念一想，以后大人或许还用得到他，便答应办完事后回去。我私下以为，朝廷如继续以对德明之心待元昊，乃是大错特错。如此这般，那元昊必然得寸进尺。辞别李都监后，我悄悄潜入党项地盘。几经波折，打听到一个重要消息，那元昊竟然打算不久便称皇帝号。"

"什么，元昊想称帝？"范仲淹大吃一惊。

"不错。元昊狼子野心，意欲称帝。我本想直接报告给李都监，但又想他若是不想作为，恐怕便耽搁了消息。因为这个我才一路连换了几匹马，从速赶回润州。这个消息，也只有通过大人上报朝廷，贫道才放心。只是可惜了希文兄赠我的青骢马。"

"那马也该记上一功啊。德宝兄，辛苦你咯！那元昊之前已经自称兀卒，以自己为青天子，以今上为黄天子。这兀卒称号，与帝号就差一步，没想到他还不满足！"范仲淹说罢，一掌重重击在石桌上。

正在这时，李贵人亭子来报："大人，叶漕司来了。"

范仲淹闻言，拉着周德宝一起起身出了亭子，往来路一看，只见不远处几个人骑着马，后面跟着一辆马车正往这边赶来。

来者正是两浙转运副使叶清臣一行。

叶清臣见了范仲淹，甚是高兴。范仲淹先行了官礼，旋即将周德宝介绍给叶清臣。叶清臣见周德宝风尘仆仆的样子，便问："周道长一脸风尘，莫不是也刚到润州？"

周德宝笑道："正是！"

范仲淹当即道："赶巧了，德宝道长真的是刚刚才到，而且从西北带回来一个重要情报。清臣兄，不如先回我那里，然后再细说。"

叶清臣见范仲淹神色甚是凝重，料想范仲淹所说的重要情报，一定非同小可，当下也不多说，吩咐手下跟着范仲淹的人一起入了润州城。

范仲淹将叶清臣安排在自己的府中住宿，叶清臣也不见外，欣然同意。叶清臣的随从，范仲淹则着人安排在附近客栈中住下。

范仲淹将叶清臣请到家中，让纯祐、纯仁、纯礼皆出来拜见。叶清臣见纯祐、纯仁眉清目秀，气度深沉，心中甚是喜欢，便出了几个题目考两个孩子。纯祐、纯仁从容回应，对答如流。叶清臣又夸赞小纯礼活泼可爱，说得范仲淹心中大慰。

"三位公子前程不可限量啊！"叶清臣夸赞道。

范仲淹听叶清臣夸赞自己的三个儿子，自然高兴，可是转念想起妻子李氏已逝，又不觉伤感。叶清臣察觉到范仲淹的眼中泪光一闪，当即意识到方才的话无意间触及了范仲淹的伤心事，慌忙把话岔开去。

范仲淹吩咐李贵将三个孩子带下去，又吩咐婢女阿芷往后花园亭子中送些茶水和点心。随后，他便带着叶清臣、周德宝去了后花园的亭子。三人坐定后，范仲淹让周德宝将打探到的情报，同叶清臣又细说了一番。

叶清臣大惊失色："范兄，这事实在干系重大，你觉得如何是好？"

"我想今夜写一份密奏，加急报给陛下。只是……不知陛下会不会听我的建议。"范仲淹看了叶清臣一眼。他和叶清臣没见过多少次面，在京城做官的时候，他们也见得不多。但是，他看着眼前这个比自己小十多岁的人，却觉得并不陌生，不仅不陌生，而且有一种非常亲近的感觉，仿佛在此之前就已经熟识多年。他说话间不禁暗自仔细观察起叶清臣。叶清臣这年不到四十岁，鬓角却已有不少白发，一双眼睛在宽阔的额头下显得很亮很清澈，两条眉毛之间有些宽，鼻子不高不低，嘴巴紧闭着，显得非常严肃。如果忽略那鬓角的白发，这张脸看上去倒是很年轻。

这时叶清臣道："陛下新用张士逊、章得象为相，这两位相公必不愿对党项主动采取行动。陛下如先咨询两位执政，估计不会有何积极的反应。"

"范大人，不如我去一趟京城，在皇帝出巡时，寻机去拦下御驾，当面陈情。这个情报，须得想法让陛下重视才是。"周德宝急道。

"不可，那样恐怕于事无补。我方才细细寻思，那元昊行事张扬，此前自称兀卒时也不事遮掩，天下人皆知其用心，陛下岂能不知？况且，陛下在党项也不一定没有耳目。元昊欲称帝之事，陛下不一定就不知道。如果只是以这个情报上报，恐不足以促陛下对元昊采取措施。"范仲淹道。

周德宝急道："难道就不上报了？"

"当然不是！情报必须尽快密奏陛下，但是还得想办法力促陛下对元昊采取行动才是。称帝可不比称兀卒，元昊称兀卒，天下可以其为党项族之兀卒；如是称帝，那分明就是欲脱离朝廷自立，要与中原分庭抗礼。再这般下去，元昊下一步恐怕就欲图谋整个中原了！还有，那赵山遇来降，必须接纳才是，若不然，其必为元昊所害。所以，还得劝陛下接纳赵山遇来降，以此扰乱党项内部的人心。"范仲淹说着，重重拍了一下石桌。

叶清臣听范仲淹这么说，微微点头，抚了一下额下的短须，眼中精光一闪，说道："对了，近来皇上对右司谏韩琦亲近有加，韩琦数次上谏，多为所用。陛下又用韩琦为使者出使辽朝，知谏院。韩琦片纸落去四宰执，名动京师，陛下对他信任有加。为了国事，韩琦可真是豁出去了。上疏弹劾四宰执之前，他方成婚不久，夫人还怀着孩子。听说，他在上疏前给未出生的孩子取名'忠彦'，做好了被陛下责罚的准备。所幸，陛下明白他的苦心，非但没有责罚他，还完全采纳了他的建议。"

"韩琦长浩然之气，陛下纳忠诚之言，天下幸甚也！"范仲淹连连赞叹。

"韩琦还力主陛下大用孔道辅及范兄等，也是一个志于道、以社稷为重之人。范兄，不如也给韩琦去一封密札，告知情报，以便通过他说服陛下早做决定。"

"嗯，这倒是个不错的主意。韩司谏的奏书，我每每细读，也不禁为之折服。以其之志，凭其之才，若能被大用，乃社稷之福！"范仲淹听了叶清臣的建议，频频点头。

此时已经是傍晚，夕阳正往西边落下。范府后花园的草木，都被夕阳的光芒镀上了一层金光。范仲淹拿定了主意，便请叶清臣和周德宝两人在亭子中稍歇，吃些点心，他自回书房中去写给皇帝的密奏和给韩琦的信。

过了约莫一个时辰，范仲淹回到后花园亭子中。

"密奏和给右司谏的信都已着人十万火急送往京城。但愿陛下能够从速反应，遏制元昊的狼子野心。"范仲淹说话间扭头往京城方向看去。

"范大人，咱这中秋节，过得可不一般啊！"叶清臣笑道。

"道卿兄，要不是你现在提一句，我都忘了本是邀你来过中秋节的。"

眼见天色渐暗，一轮明月在天空中渐渐亮了起来，范仲淹干脆吩咐管家李贵，令厨娘张嫂和曹氏将酒菜都拿到后花园亭子中来。

明月之下，范仲淹、叶清臣、周德宝三人一边喝酒吃菜，一边纵论古今天下事，倒也逍遥。

酒过三巡，叶清臣仰望亭子外面的半边夜空，夜空中没有半片云彩，只有一轮巨大的圆月，孤单地悬挂在天幕上。这一望，勾起了叶清臣的无数心事。他想起范仲淹、余靖、尹洙、欧阳修等人被逐出朝廷后，吕夷简一派以朋党之名打击诸多忠直之臣，弄得朝野上下人心惶惶。虽然随后吕夷简亦因事被罢相，但是皇帝对"朋党"已深怀疑虑。朝廷里的气氛，已然比之前大为紧张，官员们变得不敢随意交往，更不敢联合起来谋事。"如此发展下去，忠直之臣会处于更加不利的局面啊。小人可以因利而结盟，君子则因道义而连心。小人因利依然抱团，绝不会因畏朋党之议而收敛。君子本是和而不同，却会因清高而避朋党之名，减少往来。故这朋党之名，于小人伤害无多，对君子伤害有加啊！长此以往，小人聚堆，君子离心，社稷危矣！"叶清臣想到这里，不禁面露忧色。沉思良久，叶清臣吟诗两首，宣泄心中忧虑。

范仲淹望着夜空中那轮明月，也沉默了。仿佛是从叶清臣那里获得共鸣一样，范仲淹也感受到了那轮明月的孤寂，也感受到了叶清臣的忧虑。

"那明月的确孤寂，像你与我这样的人，或许也不多，但我们这样的人，不是都一样喜爱它的明澈与纯净吗！"范仲淹这样想着，当下作诗二首，回应叶清臣，并与他互勉。

诗云：

　　天遣今宵无寸云，故开秋碧挂冰轮。
　　诗人不悔衣沾露，为惜清光岂易亲？

　　孤光千里与君逢，最爱无云四望通。
　　处处楼台竞歌宴，的能爱月几人同？[1]

叶清臣听了范仲淹吟的诗，立刻心中会意。他带着感激之情看了范仲淹一眼，旋即再次将目光投向那夜空中的月亮。范仲淹看到，月亮似乎从遥远的天际，在叶清臣的眼中，映下了一个小小的银色的圆圈，闪烁着晶莹的光。

---

1 《范仲淹全集》之《范文正公文集卷第六·依韵酬叶道卿中秋对月二首》。

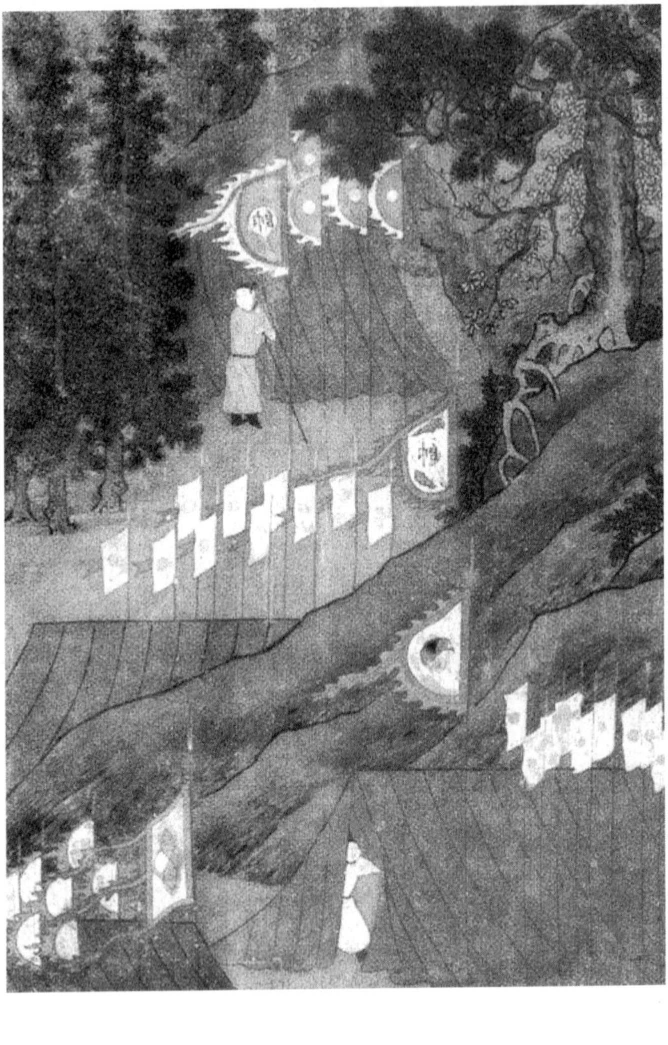

第十四章
屯卦之象

1

中秋节之后，叶清臣自打道回府去了。周德宝与范仲淹商量后，便决定再赴西北，回到李士彬营中。这时，曹氏突然因病去世了。曹氏与女儿棠儿是范仲淹巡察灾情路过无为军时收留的。四年多来，曹氏在范府打帮手，忙里忙外，范府一家人都对她产生了很深的感情。如今曹氏突然去世，范府上下无不感到悲伤。张棠儿没了母亲，自觉世上再无亲人，更是恸哭不已。

周德宝帮着范仲淹忙完曹氏的丧事，方才启程前往西北。临行前，范仲淹面授机宜，嘱咐周德宝见机行事。

九月的一天午后，周德宝正在李士彬给他安排的营帐中打坐。忽然，一个军士匆匆前来传话，说是都监有要事让他过去一趟。周德宝不敢怠慢，跟着那军士匆匆赶到都监营帐。

"道长，来来来，快给我算一卦！"李士彬坐在大帐中间的大将椅上,抬手招呼周德宝坐在他右手的一把交椅上。

周德宝朝李士彬施了礼,从容在椅子上坐了下来。

"都监,你今日要算什么?"

"那赵山遇日前又来约降。你帮我算算,那个赵山遇再三请求归降,究竟是真心还是假意。"

周德宝听李士彬这么一说,心中不禁一沉,暗想:"这卦还真不好算啊!不过,按照范大人和叶大人的意思,不管他赵山遇真降还是假降,我方掌握主动权,先纳了赵山遇是必需的。"他心里这么想着,脸上不禁现出迟疑之色。

"怎么了?"李士彬瞪大眼睛,赤红了脸膛,开始犯急。

"天下之事,人心最为难测。不过,贫道愿为大人来算上这一卦。"周德宝见李士彬急切的模样,打定主意要借这个机会劝其接纳赵山遇。他心中暗想:"赵山遇反对元昊的做法,元昊必杀之而后快,一旦山遇想归附中原的事情泄露,必遭元昊毒手,如此一来,岂非寒了那些想归附中原之人的心,岂不是也更令党项内部同心对付朝廷?若按朝廷目前不接纳党项将官归附的规定,不收山遇,即便是为了不打草惊蛇,也实为下策。"

李士彬见周德宝愿意算这一卦,心中大喜,连连道:"快算,快算!"

周德宝倒是不慌不忙,说道:"算卦用的蓍草,贫道还放在帐中的蓍草盒中,容贫道回去一趟。"因为知道李士彬喜欢找他算卦,他是故意不随身带着蓍草的。这样,遇到事情时多少可以借取蓍草为名,争取一点权衡的时间。

"不劳你跑腿儿!"李士彬说着招呼方才那位军士去周德宝帐中取蓍草。那军士得令,问了蓍草盒放置的地方便匆匆去了,不一会儿便取了蓍草盒子回来。

周德宝请军士搬来一张木案,随后将蓍草盒子置于木案上,从盒子中取出五十根蓍草,循着《易经》古法,算起卦来。

他从五十根蓍草中取出一根,放在一边不用。这一根不用的蓍草,象征着天地奥秘大衍之数。随后,他把剩下四十九根蓍草摆在木案上。

"都监,你来分一下。分的时候,务必心中想着你想要知道的事情。"周德宝对李士彬说。

李士彬之前已经请周德宝算过卦,对这一步操作并不陌生。他从大将椅子上起身走到周德宝跟前,俯下身子,略一沉吟,便将四十九根蓍草分为左右两堆。

周德宝将左右两堆蓍草分别握于左右手中,以左手象征天,右手象征地,然后从右手中抽出一根蓍草,夹在左手小指和无名指之间,以象征人。接着,他便开始以四根为一组,先数了左手那一份,又数了右手那一份。结果,经过这么一数,左右手余下蓍草一共四根,加上方才夹在左手小指和无名指之间那根,一共是五根。他随后将五根蓍草除去,将剩下的四十四根蓍草再次合在一处,又请李士彬来分为两堆,接下去按照之前的方法操作了一番。经过如此"三变",剩下了二十八根蓍草。

"一爻定矣,乃是少阳之爻。"周德宝道。

随后,周德宝拿着蓍草,又经过一番操作,历经随后十七变,得到一卦,乃是屯卦。

周德宝盯着桌上的蓍草,从旁边的茶杯中用手指蘸了蘸茶水,在案上画出了屯卦。

"此卦如何解?"李士彬皱起眉头问道。

周德宝盯着屯卦，也皱起眉头，暗暗叫苦，心道："这卦还真是应景。这震卦暗含新生、开始之意。若我中原主动，则以震为主，客方坎水下流，有利我中原也。只是，若被元昊占了主动，先抢居为震位，我中原变为客方，则坎水下流，力量迁于元昊，于我中原大不利也！"他寻思良久，想着如何解卦才有利于中原，于是道："此卦下震上坎，震为主，坎为客。坎主水，水总是流向低处。从地理上看，我大宋地势较党项之地要低一些，赵山遇要归附我中原之事，正应了此卦。屯卦也暗示，主方应该囤聚力量，以应对客方之变。不过，此卦也暗示，未来雷电交加，恐怕要发生大事啊。依此卦象，震为主位，大利。都监，贫道看那山遇乃是真归降，请都监纳其归附，以为我中原掌握主动。休违天意啊！"

李士彬听了周德宝的话，一言不发，愣愣盯着案上那屯卦。过了一会儿，李士彬脸上现出疲倦之色，冲周德宝说道："道长先回帐去休息吧。"

"李都监，决不能在此事中丧失主动权啊！"周德宝告辞前语重心长地说了一句。

李士彬只是沉默不答。

过了数日，李士彬再次将周德宝请到他的大帐。

"之前听了道长之言，我已经将赵山遇约降之事上报朝廷，并主张接纳赵山遇。可是鄜延路钤辖司转陛下旨意，只令我以己意劝山遇留在元昊那里，勿要归附中原。这件事可真是棘手。赵山遇想降，朝廷却不准受，让我夹在中间难做人。"

周德宝一听，心下大急："希文兄八月中秋向皇帝上了密奏，又给韩琦去了信，可是如今看来，皇帝终究还是对元昊那厮抱着幻想。皇帝不想收赵山遇，想来是要向元昊示意，对其还是很放心的。或者，皇帝根本就是害怕开罪了元昊，所以不敢接纳归顺之人。可是，听希文兄说，右司谏韩琦韩大人可是一心要对付党项的。难道韩琦大人也无法劝服皇帝吗？"

李士彬见周德宝神色犹疑，禁不住长叹一声，道："现在朝廷明令钤辖司及环庆、泾原、麟府等路，要求各路提醒斥候，一旦遇到赵山遇再派遣人前来约降，都令我以都监的名义劝其回去。朝廷的意思，是不想让边境发生纷扰啊。"

"只是，如果完全按照朝廷的旨意办，接纳也好，不纳也好，横竖出了事，朝廷都可在元昊面前说是都监的主意，都监都是替罪羊啊。"周德宝摊开双手，神情夸张地说道。

李士彬听了这话，哆嗦了一下，脸色变得煞白，急问道："道长，你可有何高见，能解我之危困？"

周德宝正襟危坐，沉思了一会儿，说道："明目张胆地抗旨都监定然不肯，不过贫道这儿倒是有个法子，也不用都监去抗旨。"

"哦，道长快讲。"

"贫道冒昧问一句，赵山遇现在何处？他带了哪些人归降？"

李士彬略一犹豫，说道："那赵山遇最近派人持伪诰来见我，打算自己带兵扼守黄河南渡，他的计划是带着妻子入野利罗、儿子赵呵遇及亲属三十多人来归降。我听了道长的建议，便让赵山遇带人过来，那赵山遇便带着三十多人到了保安军。知保安军朱若吉大人将消息告诉了知延州郭劝大人，可是未想到，郭大人和延州钤辖李渭狐疑不决，两人商议说朝廷自德明纳贡四十年来，从未留从党项来的归降者。正是因为他们将此事上奏给朝廷，朝廷才下诏要求我督促边境各路如果遇到赵山遇等来降，务必劝回。"

"贫道冒昧问一句，赵山遇来降，可曾献上礼物？"

"不曾有礼物献我。"李士彬说此话时,眼珠子骨碌碌乱转。其实,那赵山遇前来约降时,给李士彬献了不少珍宝,而且赠了十多匹良马给他。

周德宝知其说的乃是假话,也不点破,说道:"既然如此,贫道有一法子,都监可以一试。"

"哎呀,道长,你别卖关子了,快快说来。"

"都监,赵山遇与族人可还在保安军?"

"目下还在那里,可是郭劝和李渭急着要将他们劝回呢!"

"都监,可否带我去见郭知军和李铃辖?见了他们的面,我自然会说具体的法子。"

"这……"李士彬抬手挠了挠头,旋即说道,"也好!"

李士彬不敢耽搁,令亲兵备了马,带着周德宝风驰电掣般赶往保安军大营,直奔郭劝的知军大帐而去。

2

延州知州郭劝的亲兵见都监亲自前来,不敢怠慢,任由着李士彬和周德宝直入大帐。

"哎呀,李都监驾到,怎得不早点知会一声,本官也好去门口迎接啊!"郭劝忽见李士彬带着一个老道士进了大帐,不禁大吃一惊,慌忙从座椅上站了起来,一边说话,一边施礼相迎。

周德宝抬眼看那郭劝,只见他穿着官服,身材也不高,脸圆肚子圆,长着一双眯缝眼,脸上堆着笑。

"郭大人,不必客气。你应该知道今日本都监为何而来吧?"

"都监,不急说事,你先上座。"郭劝弯着腰,将李士彬扶入自己方才坐的椅子。

李士彬也不推辞，在椅子上坐定了。

"这位是周德宝道长。"

"啊，原来是周道长。来人哪，看座。"郭劝一挺腰杆，招呼亲兵为周德宝搬上了椅子。

李士彬见周德宝坐定，便将来意三言两语说明了。

郭劝听李士彬说完，满脸难色，说道："都监啊，莫不是你收了那赵山遇的金银财宝，才这样为他说话？"

李士彬听郭劝这么说，黑着脸冷笑了一下，说道："郭大人，你这话是何意？那赵山遇哪有什么金银财宝送我？我再三建议朝廷纳了赵山遇，乃是为了让朝廷掌握主动权，所谓圣君主政，天下归心。纳了赵山遇，天下有心向中原者，自然会大受鼓舞。那赵山遇来投诚，乃是为今上仁德所感召，岂是我一个小小都监为了点礼物而招来的？"

郭劝见李士彬这么说，脸上立刻堆起笑容，说道："对对对！乃是今上仁德的感召，是我失言了。只是——如今朝廷已经下诏，令我等劝回赵山遇。这可如何是好？"郭劝又抬出诏令，将皮球踢回给了李士彬。

"周道长，现在当着郭知军的面，你可以说说有何好计策了吧？"李士彬不再理会郭劝，将头扭向一边，向周德宝问道。

"郭大人，方才我在都监帐中算了一卦，你可知贫道得了哪一卦？"周德宝故作神秘地问道。他希望以此来引起郭劝的兴趣和重视。

"道长，八八六十四卦，这我哪里能够猜得出？"

"既如此，那贫道就如实说了。方才贫道求得的，乃是屯卦。

这屯卦啊，上坎下震，震为主，坎会客，坎水下流，利于主位。这不正是应了赵山遇来归附之事嘛！难道世上真有如此巧合之事？非也，此乃天意也！故接纳赵山遇，乃是我中原发挥主位之优势，取客位之力为我所用。这可是顺天意之事啊！郭大人，可得想法子接纳赵山遇才好啊！"周德宝又搬出屯卦来说事。

郭劝眯着眼听周德宝说了这些话，道："道长于这个时候求得此卦，也确实蹊跷。只是现在陛下已经下诏拒降，这才是真正的天意啊！"

周德宝暗想："这郭劝还真是个死脑筋。罢了，我便豁出去再劝劝试试。"遂压低声音说道："非也非也！陛下乃是天子，天子之意，并不等于天意。贫道以蓍草古法起卦，所得之卦源于大衍之数，乃是真天意也。拒降赵山遇，乃是天子意与天意相违也！"

郭劝一听，圆脸一绷，低声道："大胆！你怎敢口出如此大逆不道之言？天子意便是天意，哪还有什么真天意？"

"既如此，贫道便不多说了，他日郭大人因此害了自家性命，也怪不得贫道。"周德宝见郭劝不听，干脆放下脸，回敬了一句。

周德宝这句话倒是起了作用。郭劝毕竟还是挺惜命的，听周德宝这般警告，又琢磨方才其对屯卦的解说，不禁也暗暗犯嘀咕。他眯着小眼睛略一寻思，说道："陛下已经明令劝赵山遇回去，抗旨是万万不行的。周道长还有其他办法吗？"

周德宝听郭劝这么说，心知再怎么劝，郭劝和李士彬都不敢抗旨接纳赵山遇。看样子，只好用范大人说的法子了。

周德宝肃然说道："如果郭大人实在不能接纳赵山遇，就请郭知军容我去劝赵山遇，劝他带家眷进入鄜延路，隐入山林，郭大人装作不知即可。这便不算抗旨。如何？"

郭劝抬手抚摸着胡须稀疏的下巴，沉吟不语。

"郭大人，天意不可违啊！咱可以不顾赵山遇，但不可不顾自家性命啊。"李士彬在一旁说道。

"也罢。我本令监押韩周去劝返，那就请周道长随韩周一同去见赵山遇吧。若是那赵山遇能够听道长之劝，我便令韩周将其押出营后令其自便，他去哪里，我与李都监便都装作没看见。"

"好，知军大人英明。"周德宝顺便恭维了一句郭劝。

郭劝让人叫来监押韩周，令其带着周德宝一起去见赵山遇。李士彬见事情终究有了转机，大大舒了口气。他叮嘱了周德宝几句，便回自己营地去了。

3

赵山遇及家眷被郭劝着人安排在军中的几顶大帐之中。韩周带着周德宝赶到赵山遇帐中时，赵山遇正与儿子呵遇盘腿而坐商量着什么事。

赵山遇见韩周和周德宝进了帐，也不起身，半仰着脸，神情倨傲地大声问道："来者何人？"

"我乃延州监押韩周，这位乃是周德宝道长。"韩周抱拳向赵山遇自报了家门，又给他引介了周德宝。

"原来是韩将军和周道长，不知有何见教？"赵山遇稍微客气了些。

周德宝趁赵山遇说话时，将他和呵遇都打量了一番。赵山遇身上裹着一件厚厚的灰色羊皮袄，头戴一顶毡帽，脸很长，看上去便如马脸一般。他的儿子呵遇身上穿着一件黑色羊皮袄，看上去不过十七八岁的样子，也是长脸，有些像父亲，但是显得清秀多了。

"赵将军，朝廷旨意，还是请将军暂时回去。陛下旨意，这四十多年来，尔族向朝廷进贡有加，与中原本是一家，陛下不忍赵将军离乡背土啊。"韩周说道。韩周这么说，也不过是客套话。

党项的首领李继捧在大宋建立后臣服于宋，率族入宋。但是党项内部的意见并不一致，继捧的族弟李继迁向辽国臣服，辽国封继迁为夏国王。宋太宗一度打算灭了夏国，无奈军事进攻失败，也只能坐看夏国日益强大。宋真宗继位后，李继迁抓住机会攻占了灵州。宋景德元年，宋夏订立澶渊之盟。景德二年，李继迁死了，他的儿子德明与宋媾和。宋加封德明为西平王，同时赐姓赵。从此，党项这一族便随德明用了赐姓，改姓赵。明道元年，赵德明去世后赵元昊继位。他野心勃勃，自继位后便慢慢改变了对大宋的态度。

"好了好了，怎么依然是这几句老话？我带族人诚意来投，贵国怎能如此绝情？我拒绝回去！"赵山遇冷然说道。

韩周不语，扭头朝周德宝示意。

周德宝会意，冲赵山遇说道："赵将军，想来陛下念及朝廷与尔族的关系，多有顾虑。陛下如今诏令已下，恐难收回。今日贫道前来，倒是想为赵将军献上一策。赵将军愿意听否？"

赵山遇点点头，漠然道："道长说来听听。"

"依贫道之见，赵将军可以先随韩将军出营，此地已是延州境内，赵将军自可带家眷找一偏僻处暂住下来。韩将军既然已经送赵将军回去，告辞后自会回营复命。汉家有句话，叫'留得青山在，不怕没柴烧'。何时进京，且待时机。如此岂不是好？"

听周德宝这么说，赵山遇哼了一声，厉声说道："我家三十多人，岂能跟着我鼠窜山野？我是忍不下元昊那小子狼子野心，担心其终有一日,将我族人置于天兵锋芒之下。我再三来投,但盼陛下能够做主,免得日后我族遭那元昊小子牵连。南投之前,我老母不忍连累我等,已经绝食于室,我亲手纵火连室焚烧之。你们说,时至今日,我如何能回?!我拒绝回去,也不会投身山林,望韩将军再将我意禀报圣上。"说完,扭头不语。

原来,赵山遇名惟亮,与其弟惟永分掌元昊的左右厢兵,山遇的从弟惟序也在元昊身边用事。山遇有勇略,在党项族内颇负盛名。元昊暗中顾忌山遇的威望,曾私下对惟序说:"你出面告发山遇谋反,我将会把山遇的官爵都赐给你。不然,我一定灭了尔族。"惟序不忍心谋害山遇,私下将元昊的计谋告诉了山遇。山遇知道后大惊,遂准备投宋。他拿不到主意,便与惟永商量。惟永说:"宋朝之人,没有不知道兀卒野心的。你去投奔,宋人必然起疑,那样兄长就会进退维谷了。"山遇道:"元昊小子欲加害我,事已至此,无可奈何啊。如果宋朝有福,则应该接纳我啊!"于是山遇将计划告诉了老母亲。其母哭道:"儿啊,你自己定计谋吧!我已经年过八十,不能与儿同行连累我儿。你就将我锁在屋中,纵火为我送行吧。"山遇等闻言大哭,无奈只能任由老母待在屋中绝食,临行前依言放了一把火。

周德宝见赵山遇坚决不从,不禁长叹一声,一时无语。

"既如此,末将告辞!"韩周说罢,向赵山遇行了礼,拉着周德宝出了帐篷。

出帐后,韩周对周德宝说道:"道长,你也瞧见了,赵山遇是绝不愿意避居山野的。郭大人已经吩咐末将,如果赵山遇不从,也只能派兵押送他和家眷送给元昊。兵都已备好,容不得耽误了。"

周德宝长叹一口气道:"既然如此,请带上贫道,一起押送赵山遇。贫道再行劝他。如果他愿意避居山林，望将军网开一面。"

韩周呆了呆，然后点点头，说道："那就看他的决定了！"

次日，韩周按照郭劝的吩咐，点了三百精兵，派人直接闯入赵山遇及家眷的帐中，将人都押了出来，又强行将他们的行李打包好，一并装上十几辆大车，往宥州方向行去。原来，郭劝已经派人与元昊通了气，元昊同意在宥州接见韩周，但是未明言是否接纳赵山遇。郭劝为了执行圣旨，也顾不上这些细节，只责令韩周务必将赵山遇及其家眷押送到宥州。

不日，韩周押送着赵山遇一家三十多人到了宥州。一路上，周德宝数次劝赵山遇乘机避入山野，赵山遇终是不从。

到了宥州，元昊在一座王府中接见了韩周。周德宝没有去见元昊，他请求韩周准许他看着关押的赵山遇。

韩周进了王府，到了大厅之中，抬眼看王座上的元昊，只见他四十来岁的模样——实际上只有三十五岁——身上穿着明黄间紫色花纹的锦袍，头上戴着一顶黄绵胡帽。眉毛有些淡，唇上的胡须微微翘着，神色颇为严肃，眼中透着寒意。

韩周见过元昊，便简单将来意说了。

元昊冷笑道："延州诱我叛臣，我本应当率兵直杀延州，在延州知州厅内接收赵山遇这伙叛贼。如今，在这宥州，我是不会接收赵山遇这样的叛臣归来的。"

"西平王爷，这赵山遇乃贪图朝廷富贵，故有投奔之举，亦谈不上叛了王爷。王爷想，他若真是叛臣，为何当时不带了左厢兵马直奔延州呢？郭知州、李都监也考虑到王爷与朝廷向来交好，为避免误会，故特让末将将赵山遇将军送回。王爷还是不要多心才是，以免伤了和气。"韩周搬出早就准备好的说辞，劝说元昊。

元昊听了只是冷笑。韩周见状，翻来覆去又劝解一番。终于，元昊在一番沉思后，表示愿意接纳赵山遇及其家眷。任务完成了，韩周如释重负地出了王府。

"元昊如何说？"周德宝问韩周。

"元昊原先不乐意，最后终于同意接收赵山遇了。"

"元昊可曾说如何安置赵山遇？"

"这个倒是没有说。"

"依贫道看，那元昊绝不会如此轻易放了赵山遇。"

"这我就管不了咯！"

周德宝知与韩周多说也无用，便请韩周自回延州复命。

"道长为何不回？"

"贫道自有打算。你回去代我告诉李都监，就说贫道有机会再去拜望他。"

韩周听周德宝这么说，也不勉强，自带着三百精兵回延州复命去了。

原来，范仲淹之前猜测，若朝廷不接纳赵山遇，赵山遇也不愿退避山林，那元昊必然会杀赵山遇及家人以绝后患。所以，他叮嘱周德宝，一旦延州方面要将赵山遇遣回，就要务必想法子救出赵山遇。周德宝心知要救出赵山遇及其所有家眷已然无望，但既得了范仲淹的嘱托，他心里便琢磨着无论如何也得设法将赵山遇从元昊手下救出来。

元昊接收了赵山遇及其家眷，不待隔日，到了傍晚时分，便令一百精兵，押着赵山遇等往兴州方向行去。一百精兵中有二十余骑精兵在前开路，余下八十名步兵则行于赵山遇及其家眷两侧。周德宝远远跟在这队人马后面。他孤身一人，又是道士打扮，暮色朦胧中，在队伍后蹑足而行，押送赵山遇的党项士兵们根本没有发觉。

夜幕渐渐垂了下来，队伍不紧不慢往前行进。被押送的人群中，不时传出妇孺的哭泣声。

一座山坡出现在队伍前，黑黢黢的，如同一个巨大的怪物蹲在天地之间。山坡上长满了高大的野草，野草被风吹得狂舞，远远看去，如同无数怪物的毛发在风中飘动。

二十余骑兵突然在前面停了下来。其中一个首领模样的下令步兵们将赵山遇及其家眷朝前面山坡驱赶。

周德宝隐隐觉得大事不好，慌忙摸入乱草丛中，从后侧方往山坡上赶去。

赵山遇及其家眷在士兵的驱赶下一步一步向山坡走去。许多人仿佛意识到了死期将近，开始哭号起来。号哭声同风声和野草舞动的声音夹杂在一起，听起来甚是凄厉诡异。不一会儿，赵山遇及其家眷三十余人登上坡顶，转眼又被士兵们往山坡背面赶去。

突然，骑兵首领一声呼啸，众骑兵纷纷拔出羽箭，刹那间，黑暗中响起飞箭破空的嗖嗖之声。痛苦的呼叫声旋即在黑黢黢的山坡上此起彼伏。骑兵们连续射出了几波箭，转眼间，赵山遇及其家眷三十多人都已经倒在了野草之中。骑兵首领向诸步兵一招手，道："检查一下，务必斩尽杀绝。"惨绝人寰的屠杀，令八十名步兵也感到震惊，他们一时间逡巡不前。山坡野草中还在传来呻吟声，呻吟声断断续续，让人不免悄然生出恻隐之心。

就在黑暗的荒野上响起可怕的呻吟声之前片刻，赵山遇突然感到自己的手被黑暗中的某个人紧紧地抓住了。

"快跟我走，他们就要动手了！"

"你是何人？谁派你来的？"

"我是周德宝。"这时四周响起羽箭破空之声。周德宝用另一只手挥着长剑往上一抬，长剑还在剑鞘中，但是并不妨碍荡开飞箭。

"周道长，不，我不走，带我的儿子走吧。"赵山遇的声音有些颤抖。他在黑暗中伸出一只手，拽住了周德宝的衣领。

"赵将军，来不及了！"

"不，带我儿子走！"

周德宝从赵山遇的声音中听出了决绝之意。这时，他感到衣领一松，只见赵山遇将旁边一个人拽了过来，推到他身边。

"周道长，我儿就拜托你了！"

周德宝无奈，只能在黑暗中低低应了一声。

"呵遇，跟着周道长，走！"

"父亲！"

"快走！"

嗖嗖声中几支飞箭从周德宝身边划过，周德宝听到赵山遇痛苦地呻吟了一声。他再也来不及多想，手中挥舞宝剑，弯腰，护住赵呵遇，在一人高的野草中，往山坡一侧飞速奔去。

在他俩身后，狂风卷过荒坡，卷来一股浓重的血腥味，还有那可怕而凄惨的呻吟声。

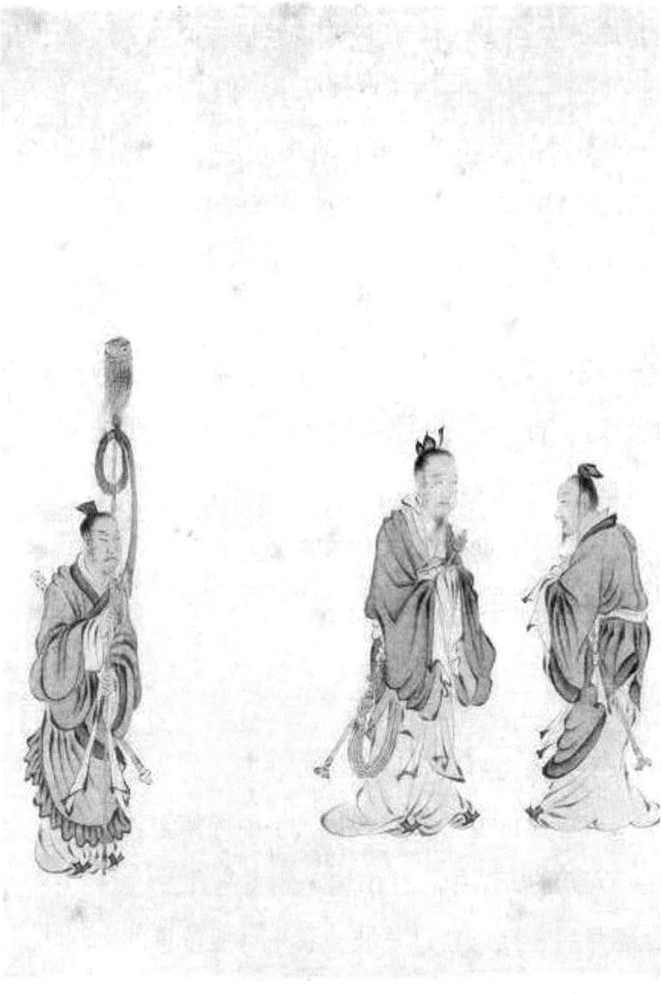

第十五章
经杭赴越

1

宋景祐五年（1038年）冬十月，甲戌日，赵元昊筑坛受册，僭号大夏始文英武兴法建礼仁孝皇帝，改大庆二年曰天授礼法延祚元年，派遣潘也布易里马乞点兵集于蓬子山，自己前往西凉府祭祀祖先。

元昊同时派使者弩涉俄疾、你斯闷、卧普令济、嵬伽崖奶等前往延州，要求去大宋京城送上表。郭劝、李渭见元昊使者前来，心下大惊。无奈之下，两人只能上奏朝廷，说元昊虽然僭中国名号，但是阅其表函，依然对宋称臣，可以慢慢以礼服之。

赵祯看了郭劝、李渭的奏书，忍住心中怒火，下诏许可元昊的使者赴京城。于是，郭劝派韩周带着元昊使者前往京城。这几个使者到延州时，都穿着元昊定制的党项服装，到了东华门外才勉强换上汉服前往皇城内觐见。使者弩涉俄疾向赵祯呈上装着上表的函盒，赵祯让中使接过表函，打开函盒，取表诵读。

表曰：

> 臣祖宗本后魏帝赫连之旧国，拓跋之遗业也。远祖思恭，当唐季率兵拯难，受封赐姓。臣祖继迁，大举义旗，悉降诸部，收临河五镇，下缘境七州。父德明，嗣奉世基，勉从朝命。而臣偶以狂斐，制小蕃文字，改大汉衣冠，革乐之五音为一音，裁礼之九拜为三拜。衣冠既就，文字既行，礼乐既张，器用既备，吐蕃、达靼、张掖、交河，莫不服从。军民屡请愿建邦家，是以受册即皇帝位。伏望陛下许以西郊之地，册为南面之君。谨遣弩涉俄疾、你斯闷、卧普令济、嵬伽崖奶奉表诣阙以闻。[1]

赵祯听了元昊的上表，心下恼怒，垂眼瞥了一眼跪在墀阶之下神色倨傲的党项使者，冷然道："诸位且回驿馆听命。"

弩涉俄疾、你斯闷、卧普令济、嵬伽崖奶本已抱必死之心来京城，此刻见皇帝没有马上斩杀他们，都暗中窃喜，谢了恩，便昂首退出大殿。

元昊使者退出大殿后，赵祯阴沉着脸，沉声问道："诸卿家，都说说吧，如何处置元昊的使者？"

大殿内，诸臣一时间都没有说话。

寂然无声的气氛制造了一种巨大的压抑感，赵祯的眉头攒得更紧了。

---

[1] 《续资治通鉴长编》卷一百二十三宝元二年春正月条。

过了片刻，右司谏韩琦出列道："陛下，臣度那元昊狼子野心，他日必公然反叛，不若现下拘禁其使，以观后效。"

赵祯听了，不置可否。

韩琦退下后，赵祯又道："诸卿家，还有何主意，快快说来。"

他沉着脸等了片刻，见无人说话，便道："既然诸位没有主意，今日就此休朝，责枢密院退朝后酌议此事，下次朝会拿出处置之法。那几个使者暂时依韩琦建议软禁着，不得任其出了驿馆。"

退朝后，枢密院诸官员回了官署，就如何处置元昊使者展开了激烈的争论。

"应当斩了西贼的使者，杀一杀西贼的气焰！"陈执中怒气冲冲地建议。

陈执中已经五十岁了，头发斑白，一张脸上窄下宽，下巴和两颊上长着浓密的髭须，一张嘴唇紫得有些诡异。此时，他任右谏议大夫，同知枢密院事。

王德用赞同陈执中的建议，认为应该立斩元昊的诸使者。

"如纵容西贼气焰，其必得寸进尺，不如速速遏制！况且西贼亦不可怕，他若敢起兵反叛，我愿提兵一战！"王德用身材魁梧，相貌雄毅，天生一张黑脸，加之多年军旅生涯，脸更是晒得黝黑发亮。他说这样的话，是有底气的。想当年，其父王超为怀州防御使，王德用随其驻守怀州，随后补衙内都指挥。十七岁时，他便随军出击，作为先锋，率万人大战铁门关，大败李继迁。

盛度、张观却坚决不同意。二人认为，自古两国交战不斩使者，岂可如此鲁莽？

次日上朝，枢密院将两种意见都呈报给了赵祯。赵祯听了，怒道："枢密院竟拿不出个定议，要枢密院何用！"

枢密院诸臣见皇帝发怒,只是垂头不语。

赵祯见状心下亦无奈,强忍怒气,眼光扫视其他官员,振声道:"诸卿家,有何建议,快快说来。"

赵祯语音方落,只听墀阶之下一人说道:"自古交兵,使者在双方之间往来,不宜斩杀,遣之即可,此乃示大体也!"

赵祯抬头看去,说话之人,乃是参知政事程琳。

程琳说完,旋即又有几人持笏出列表态,认为斩杀来使不妥。

赵祯皱着眉,暗想:"元昊上表中的语气倒是对朝廷还有些恭敬,若此时斩杀来使,的确有失仁义,不如听程琳等人之言,暂时遣还使者。"他这样寻思了片刻,便下令退还元昊使者带来的礼物,让扣押一段时间后,再遣他们离开京城,返回来处。

不料,数日后朝会上,枢密院奏报,负责监督元昊使者的驿馆官员来报,几个使者在驿馆内日益骄纵,整日骂骂咧咧,还嘲笑朝廷对待使者无礼。

参知政事程琳听了,出列奏道:"此乃杀使者之机也!请陛下速斩元昊使者。"

赵祯怒道:"之前你反对斩杀使者,如何今日又变了主张?"

程琳道:"之前我反对斩杀使者,是因为没有斩杀他们的理由。现在,作为使者,没有使者应有的礼仪,举止狂妄放肆,藐视朝廷,可以将他们的罪行诏告天下,然后诛杀他们,以明国体,以除隐患!"

赵祯听程琳这么说,怒气渐消。

程琳退下后,王德用出列道:"请陛下速斩来使,臣愿带兵出讨元昊,为国除贼!"

赵祯此时已经冷静下来,抬头看了看王德用,却不说话,只是微微抬起头,眼光越过了王德用的头顶往远处看去。大殿之外,露出一方灰白色的天空,几朵灰黑色的云在天空飘浮着,看上去似乎一动不动。

过了许久,赵祯收回目光,盯着愣愣站着的王德用说道:"兵者,死生之大事,不可不察。朕不欲以兵事伤民,且观元昊此后之举,再作决断吧。"

王德用听了,嘴唇一动,欲要再次发话,抬眼见赵祯已经垂下眼帘,当下不敢多言,行礼后退了下去。

这次,右司谏韩琦一言不发,只是瞪大眼睛观察着皇帝和诸位大臣的反应。他那张英俊的脸庞上,没有一丝表情,神色既冷漠,又平静,一双眼睛像冰一样,随着他头部的微微扭动,偶尔反射着一点光。

范仲淹在润州听到元昊称帝,却是焦虑多于震惊。不久前,周德宝道长带着一个年轻人风尘仆仆地来到了润州。那个年轻人,正是赵山遇的儿子赵呵遇。范仲淹将赵呵遇好生安抚了一番,替他改名为赵圭南,留在自己的身边。最初,赵圭南时不时暴躁如雷,或者痛哭流涕,嚷嚷着要想法子报仇,或者死气沉沉,一副了无生趣的样子。过了些日子,在范仲淹和周德宝的安抚下,赵圭南总算平静下来,但是经常沉着脸,将心事埋藏起来。

之前的密奏上呈后,范仲淹没有听到朝廷任何反应。给韩琦的密信寄出后,韩琦虽然回了一封信,信中却只说必待机劝皇上主动出击对付元昊,对于如何遏制元昊称帝的事情亦不着片语。范仲淹由此猜测,朝廷对元昊称帝之野心实无明确的应对之策。赵山遇及其家眷被元昊杀害,更令范仲淹觉得心寒。对于宋王朝来说,一个可怕的、冷酷的对手,正在西北崛起,而朝廷却一再采取绥靖之策,这如何能够消除祸患呢?范仲淹对于自己无法作为,既感到无奈,又感到愤懑。对于赵圭南,范仲淹抱着深深的同情,但是他知道,这个遭受沉重打击的年轻人心中的伤痛,还需要更长的时间才能抚平。

十一月,庚戌,赵祯皇帝祭祀天地于圆丘,大赦天下,改元宝元。景祐五年自此改称宝元元年。

一日,润州天降大雪。傍晚时分,在官署忙完公务后,范仲淹陪着纯祐、纯仁、纯礼在后花园凉亭中赏雪论对。凉亭中的石桌上,摆着一些日常糕点和刚刚烹好的热茶水。张棠儿静静地侍立在一边,听着范仲淹与三位公子说话,脸上挂着浅浅的微笑,一脸满足的样子,可是突然想起不久前病逝的亲娘,便不知不觉流下泪来。她怕范仲淹看到自己流泪,转身去抹。一转身之际,她又忽然想起了数年前在无为军军镇街头,自己和母亲举目无亲茫然立在巷口的情景,眼泪流得更加厉害了。

范仲淹无意间看了张棠儿一眼,见她正扭头偷偷用袖子抹眼睛,顿时心中一痛,暗想:"棠儿的娘不久前没了,丢下她一个人。夫人在的时候,也算她半个娘,还能多疼疼她。可是如今,她在这世间也没有其他亲人了。论虚岁,掐指算来,棠儿今年好像十八了,也该给她找个人家嫁了才是。"

他这样暗暗寻思着,开口道:"棠儿,这儿怪冷的,也快到晚膳时间了,你先回屋里去帮厨娘准备一下,我们一会儿便回屋子去。"

"是,大人!"张棠儿低头答应了一声,一转身出了凉亭,匆匆离开了。在白雪的映衬下,穿着浅黄色对襟短棉衣的张棠儿,显得格外娇弱。

范仲淹见她转身离开，目光又转向自己的三个孩子。最大的纯祐今年十五岁了。最小的纯礼也八岁了。看着三个孩儿渐渐长大，范仲淹心中甚感欣慰。可是，看着雪花飘零，转眼又快过了一年，他亦不觉有些伤感。他又想，朱氏兄弟如今还在宁陵，滕元发留在了京城，周德宝去了西北，曾经相聚在一起的人，如同一条藤蔓，随着斗转星移，分出了许多枝杈，这人世的沧桑，真是令人悲伤啊。不过，他不想在伤感的情绪中沉浸太久。今天，他刚刚与三个孩儿讨论一番孟子之学，这种情绪让他觉得甚是不合时宜。所以，他努力调整着，并不想让三个孩子感觉出他内心那种深沉的悲伤。

"孟子之学，其要乃在于养浩然之气。你们三个，还得好好领悟啊！"范仲淹对孩子们说道。

孩儿们听了，都点头称是。纯礼年岁还小，不时骨碌碌转着眼珠，看着亭子外的雪花。他心里想着，等父亲讲完学了，一会儿他要与两个哥哥去玩雪呢。

这时，管家李贵眉毛上挂着些雪花，匆匆跑来，呈上一封信。信是晏殊从京城寄来的。此前，晏殊已经被召回朝中，任御史中丞。范仲淹忙打开信，细细读起来。晏殊在信里简单介绍了一番新近朝廷中的大事，其中有一个消息，让范仲淹不禁悲从中来。晏殊在信中告诉范仲淹，资政殿大学士、左仆射王曾在郓州病卒；赵祯皇帝辍朝两日，赠王曾侍中衔，又赐谥号文正。

王曾是范仲淹一直敬重的老宰相，因被吕夷简排斥出朝，范仲淹早就为他大鸣不平。王曾为人端厚，平素寡言，为官廉洁，从来不因私废公，所以没有人敢用私事向他请托。王曾前后当宰相十来年，究竟提携和贬黜了哪些官员，谁都不知道。范仲淹有一次曾问王曾："为何相公不告诉别人，你曾提携了谁呢？"王曾正色答道：

"作为宰相,如果将恩泽都归之于己,怨又推给谁呢?"王曾的这句话,给范仲淹留下了难以磨灭的印象。从此,范仲淹对王曾佩服得五体投地。

此刻,范仲淹手中拿着晏殊的信,回想起自己与王曾那次对话,想起这位长者对自己的教诲,一时间泪眼婆娑,神情有些恍惚。他至今也不知道,当初正是因为王曾的一句话,晏殊才推荐他担任了秘阁校理,而那正是他走向朝廷的第一步。

"爹爹,你没事吧?"纯祐扬起冻得红彤彤的小脸,关切地问道。

范仲淹一惊,从回忆中回过神来,喃喃道:"没事,没事……是为父甚为尊敬的一位长者去世了。要不,现在与你们讲讲这位长者的故事如何?"

"好啊,父亲快快讲来!"纯仁道。

于是,范仲淹便先从王曾为相时的故事开始讲起,尤其是就王曾提携人物却不欲人知,他讲得尤为仔细。

数日后,一份诏书到了润州,令范仲淹迁知越州。偏巧这个时候,梅尧臣给范仲淹来了一封信,信后附了一首诗,《啄木》。

诗云:

> 中园啄尽蠹,未肯出林飞。
> 不识黄金弹,双翎坠落晖。[1]

---

[1] 《梅尧臣集编年校注》卷八《啄木》。

这又是圣俞借啄木鸟讽谏于我啊，又在劝我少多嘴、少向朝廷上谏啊！范仲淹心里满不是滋味，也无心情给梅尧臣回信。

既然诏书来了，圣命难违，范仲淹不敢耽搁，收拾了细软，带着全家由水路赶往越州就任。周德宝与赵圭南也随着范仲淹前往越州。

"江南水乡，真是名不虚传啊。在我的家乡，是没有这样的风景的。不过，我家乡有一望无际的草原……"赵圭南戴着一顶灰色的布巾帽子，立在船头，盯着青碧色的流水喃喃说道。因为髡发容易暴露行踪，在赵圭南入中原之前，周德宝已然将其头发尽数剃去。可是，一个光头年轻人也特别扎眼啊。于是周德宝又给赵圭南买了一顶灰色的布巾帽子，让他时时戴着。自那以后，赵圭南便一直戴这顶帽子。

"圭南大哥，等以后有机会了，你可要带我们去你家乡的草原看看啊，我可想在草原上骑马了！"纯祐说道。

赵圭南今年十七岁，比纯祐大两岁，到了范府后，因为与纯祐年岁相近，又很喜欢纯祐纯朴的性格，所以两人很快熟络了。可是，纯祐这么一问，却让他为难了。

"纯祐兄弟，我也很想回家乡，可是，什么时候能回去，我也不知道啊。我的父亲和亲人都被元昊杀害了，说不定，元昊还在搜捕我呢！"

"那个元昊真是个大恶人。我听父亲说，你们家族与中原本是一家，元昊为了个人的野心，自己要做皇帝，所以杀害了你父亲。要是以后我能去你家乡，我一定为你报仇！"纯祐说话时，情不自禁地握紧了拳头。

赵圭南扭过头，感激地看了纯祐一眼，笑道："纯祐兄弟，你现在还小呢，等你长大了再说。"

这时，范仲淹从船舱中走出来，立在赵圭南和纯祐身后，说道："圭南，你也还小，不要老去想报仇的事情。趁着年轻，你需好好读书，他日若有机缘，自有用武之地。在外面，不要随便提起你的身世，也不知那元昊是否会派人暗中潜入中原来寻你，还是小心为是。"

赵圭南转身向范仲淹深深鞠了一躬，说道："是，大人，圭南知道了。"

范仲淹微微颔首，说道："前面要经过杭州，为父顺道要去看望一位老朋友。纯祐，你与两个弟弟随为父一起去。之后，为父再带你，还有你的圭南哥哥和两个弟弟好好转转杭州啊！"

纯祐毕竟是少年，听父亲这么说，顿时拍手叫好，满口答应了。

到了杭州，范仲淹在驿馆将一家人安顿好后，带着三个孩子与赵圭南，由周德宝道长陪着，一起去拜望胡则。

胡则，字子正，老家在婺州永康，宋端拱二年考取进士，是婺州有史以来第一位取得进士功名的。自入仕后，他历经太宗、真宗朝，直到赵祯当政，一共做了四十多年的官，先后知浔州、睦州、温州、福州、杭州、陈州，在朝廷则担任过户部员外郎、礼部郎中、工部侍郎、兵部侍郎等官职。胡则为人仗义洒脱，为政力主以仁治事，宽刑狱，减赋税，除弊端。明道元年，江淮地区大旱，饿殍遍野。胡则上奏力谏，请求朝廷免除江南各地百姓的身丁钱。皇帝听了胡则的建议，下诏永久免了衢州、婺州两州的身丁钱。胡则十握州权，六持使节，历任高官，深得民心，向为范仲淹所敬佩。

如今,范仲淹几经迁官,经过杭州,想到历知十州的胡则恰好致仕居于此地,又想起当年在陈州时与胡则长子的交往及当年胡则父子来祭奠母亲的情义,自然是要去拜望请教的。因此,一到杭州,范仲淹头一件事便是去拜望胡则。

此时,范仲淹之名也已经传遍天下。胡则听说范仲淹来访,自然喜出望外。

范仲淹一行由胡府的管家引入,绕过一座巨大的雕花石影壁,沿着甬道,经过一个巨大的院子,便到了胡则会客的前堂大厅。

胡则正拄着一根龙头拐杖,立在前堂大厅门前迎接范仲淹的到来。

范仲淹抬眼看去,胡则白发苍苍,满脸皱纹,头戴一顶员外帽,身穿一袭深绿的绸面交领大袍,虽然气度雍容,却也难掩老年人的虚弱。

"胡公!"范仲淹喊了一声,便慌忙快步奔向胡则。

胡则笑道:"范待制啊,没想到你会来看我啊!"

"路过杭州,岂能不来看望胡公啊!"

胡则哈哈大笑,一手拉住范仲淹,往前堂大厅里走。

待主客双方坐定,范仲淹向胡则介绍了自己的三个儿子,又将周德宝和赵圭南引见给胡则。为了避免麻烦,范仲淹隐去了赵圭南的身份,只说他是周德宝的一个远房侄子。

胡则多瞧了赵圭南两眼,微微笑了笑,说了几句称赞的话语,亦未多问。

范仲淹旋即将自己调任越州的事情向胡则说了。

"皇恩浩荡,人在仕途,身不由己,但是为民为官,在哪里都是一样啊!"胡则笑着对范仲淹说道。

"胡公之语，切中要害，足以纾我胸中之郁气。"范仲淹笑道。

两人接着就江南风土人情聊了一番，胡则眯眼笑嘻嘻看着范仲淹，突然道："我观希文的神色，似乎颇有忧虑，我猜，这次你来杭州看望我，不仅仅是为了聊家常吧？"

"胡公……"范仲淹听胡则这么问，愣了愣，说道，"胡公果然眼光犀利，范某的心思被你识破了。不错，范某最近确实有些忧心忡忡。"

"哦，所因何事？"

"西北之事！"

胡则听范仲淹这么说，呆了一下，旋即微微将头一仰，往前堂外望去。范仲淹见胡则突然沉默，不觉仔细地观察起他的神色，但见胡则眼中晶光闪烁，嘴唇微微抖动，长长的白胡须似乎也在微微颤动。

"胡公！"范仲淹轻轻喊了一声。

"啊！"胡则回过神来，看了范仲淹一眼，说道，"你一提起西北，不禁令老夫想起了年轻时候的事情。人生真如白驹过隙啊！当年，老夫中了进士后不久，先补许田县尉，然后再调宪州录事参军。那一年，正逢灵、夏用兵，转运使索湘命我部送军粮。那是我第一次独立主办一事，现在回想起来，情景还历历在目。西北的荒原、戈壁、沙漠，就好像还在眼前一般。"

胡则说着说着，便不觉流下泪来。他叹了口气，缓缓抬起衣袖抹了抹眼泪。

"是仲淹令胡公伤怀了啊！"

胡则抬起头，哈哈一笑，冲范仲淹摆摆手，道："哪里，能够回想起年轻时候的事情，也是一件幸事啊。如不是希文兄提起西北，老夫倒是快忘记这番经历了。今日又看到这几个年轻人，一想到西北，老夫这心里啊，依然还觉得自己年轻呢！就和他们一个样啊。不提这个了，关于西北，希文兄想问什么？"

"胡公应该也知道元昊称帝的事情了吧？"

"嗯。"

"我猜那元昊必反，要不了多久，必然举兵进攻中原。若是我军对元昊作战，胡公以为，如何才能有胜算，抑或需要小心什么呢？我知胡公当年曾经神机妙算，早早料到那李继隆讨贼必不利。不知胡公可否见教，说说对夏用兵之策呢？"

胡则脸色变得凝重了，皱起眉头，想了片刻，说道："老夫也无妙计可言。回想当年所见的荒原、沙漠，倒是心有余悸。范待制啊，西北可不比中原和江南，有些地方尽是漫漫黄沙，有些地方则是茫茫荒原。在沙漠中，没有水源，再强的部队也只能等死；在茫茫荒原里，若是找不到敌人，战斗意愿再强，也无从用力。以老夫之见，日后要对元昊用兵，切忌孤军深入。当年李继隆对夏用兵，孤军深入，兵老无功，是为前车之鉴也！"

范仲淹听了，肃然起立道："胡公一番话，真是千金难买，仲淹先谢了！"

这时，胡则脸上露出狐疑之色，问道："希文兄问起对元昊用兵之事，莫非有意行伍？"

"胡公，正如你方才所言，皇恩浩荡，只要朝廷有用得着范某处，不论天涯海角，范某义不容辞！"

胡则听范仲淹这么说，心头一热，颤巍巍立起，抓住范仲淹的手，使劲摇了摇，说道："好啊！我大宋王朝，重文抑武，时间久了，武备易荒废啊。不过，有仲淹你这样的人，社稷不败，兆民有福啊!"

当晚,胡则着人在西湖画舫上设宴款待范仲淹一行。范仲淹于筵席上即兴赋诗一首,献给胡则。诗云:

> 官秩文昌贵,功名信史褒。朝廷三老重,乡党二疏高。
> 涯业尽图籍,子孙皆俊髦。西湖天下绝,今日盛游遨。[1]

2

宋宝元元年十二月甲子日,都城开封发生了一次地震。说来也巧,丙寅日,鄜延路都钤辖司的战报十万火急送到了京城:元昊反了!

赵祯得报后龙颜大怒。赵祯本希望与元昊相安无事,所以此前一忍再忍,对元昊的僭越行为装作不见,对来自党项的降臣降将也一律拒收,对韩琦、范仲淹等人请求积极应对元昊的密奏也不置可否。曾经有那么几次,他想要主动出击,讨伐元昊,最后都犹豫而作罢了。现在他回想起来,颇有些后悔。其中一次是因为祭祀南郊,元昊没有按规纳贡,他便想以此为由出兵讨伐元昊。胥偃谏曰:"就这样着急讨伐元昊,显得朝廷太凶暴了。不如先派遣使者责其不臣之状,等到他言辞屈服后再加兵,那么罪责就在元昊一方,王师便师出有名了。"他当时听了谏言,想想也有道理,便派了使者去责问元昊。可是,使者带回来的是元昊的一番诡辩,出兵讨伐之事也就不了了之。还有一次,就是元昊派使者来京城上表那次。

---

[1] 《范仲淹全集》之《范文正公文集卷第五·西湖筵上赠胡侍郎》。

当时，王德用于朝堂力谏发兵讨伐元昊，他左思右想后，也因为不想以兵伤民而拒绝了。

如今元昊公然反叛朝廷，赵祯便有了一种强烈的被欺骗的感觉。他对此感到无比恼怒，认为自己的一番好意、一片宽容全被元昊这个骗子给辜负了。其实，这种被欺骗的感觉只不过是他在精神与心理方面的一种自我保护罢了。他的内心，何尝不明白元昊早就暴露出来的野心？只不过，这种被欺骗的感觉，在很大程度上使他为自己之前错误的判断找到了一个借口。如今，面对着元昊的公然反叛，他终于不得不做出明确的应对之策了。

这月辛未日，赵祯下诏迁环庆路都部副署、殿前都虞候、邕州观察使刘平为鄜延路副都部署；癸酉日，命三司使、户部尚书夏竦为奉宁节度使、知永兴军，命资政殿大学士、吏部侍郎、知河南府范雍为振武节度使，知延州，命邈川首领、保顺军留后唃厮啰节度使。同一日，朝廷内部高级官员的任命也出现了一些新的动向：赵祯听取韩琦等人的谏言，命刑部尚书兼御史中丞晏殊复为三司使，龙图阁直学士、给事中、知延州孔道辅入朝为御史中丞。

还是这天，赵祯下诏，陕西、河东沿边与元昊界互市，全部禁绝。鄜延路、环庆路边境要害之地，一时间剑拔弩张。

丁丑日，赵祯又诏告天下，如果抓捕到元昊派往中原刺探情报的间谍，每人赏钱十万，同时，还下诏诸路都部署、巡检司考察缘边镇寨都监、监押使臣，要求向朝廷上报有勇有谋、熟悉边事的人的名单，年老和有疾病不能胜任者的名单。

戊寅，赵祯下诏，迁判许州吕夷简判天雄军——这是有意再起用吕夷简了。

乙卯日，赵祯下诏，知永兴军夏竦兼本路都部署，提举干、耀等州军马；泾原路、秦凤路安抚使，知延州范雍兼鄜延路都部署、鄜延环庆路安抚使。泾原路，秦凤路、鄜延路、环庆路皆是其时之行政区，泾原路统辖泾州、原州、渭州、仪州、德顺军、镇戎军等地，秦凤路属陕西路，鄜延路统辖延州、鄜州、丹州及坊州、保安军等地，环庆路则统辖庆州、环州、邠州、宁州、干州等地。

由此，夏竦、范雍一时间成为宋朝廷对付元昊最为主要的边帅。

风从山林中吹过来，有些凉。溪流很清澈，倒映出两边的山岭。范仲淹立在溪边，盯着溪水已经沉思了片刻。

"若是天下太平，在这越州一直待下去，倒也是一件乐事啊。可是，如今西北元昊公然反叛，这元昊不平，中原百姓，特别是陕西的百姓，日子就不好过啊。瞧，这溪水，多么清澈，多么自由自在啊。六百多年前，王羲之与谢安、孙绰等四十余位东晋官员，在此地修禊，记叙兰亭山水之美，抒发聚会欢乐之情，参悟生死之无常，难道不是受到这山林溪水的启发吗？我的祖先范蠡，功成身退，隐居于越州，也应该是喜欢在这山水间的自由自在吧……前几日，游翠峰院，我便动了常居于越州的念头……翠峰高与白云闲，吾祖曾居水石间。千载家风应未坠，子孙还解爱青山。只是……只是，每每看到很多地方的百姓尚被贫穷所困，每每想到边境尚被蛮夷骚扰，我这心就是静不下来啊。德宝兄，你说说，我这个人，是不是终究没有悟道之命啊？那贺知章的旧居天长观，里面的真堂也太简陋了些。我打算加以改建，然后把邵铢先生寄来的唐人许鼎所写的《祖先生墓志》和徐所撰的《别序》刻在祠堂的石壁上。你觉得可好？嗯嗯。好！那届时就刻上去……在润州出发来越州前，我给李泰伯写了信，邀他来此讲学，前两日他回信说一定前来。估计，到来年开春，他就能赶到会稽了。到时，咱们要一起聚聚。对了，圭南近来情绪如何？最近你与他可聊过？"范仲淹不紧不慢地说着话，不时扭头问周德宝。

到越州就任已经有段时间了，今日难得空闲，范仲淹便由周德宝和管家李贵陪着，一同到兰亭游览。此时，他心中装着大大小小各种事情，也没有忘记刚刚从西北来到江南的赵圭南。

"圭南这孩子，最近倒是好了些，不再天天念叨报仇了。"周德宝笑着说道。

"嗯，自从知道元昊称帝，这孩子便一直愤懑不已。老是这样可不行。"

"他最近几日常常闷在书房中，说是要画出地图，献给大人。"

"他若能主动为对付元昊出力，那当然好。但也不要为难他，咱虽然救了他，却也不必勉强他做事。"

"明白。不过，他虽然口头不再说报仇，这报仇之心可真没有丝毫减弱啊。这几日，他不时缠着我，让我教他中原武功。我可怜这孩子，也被他缠得不耐烦了，便教给他一些招数。纯祐和圭南特别要好，看到圭南学武，也让我教他。这两个孩子一起练习武功，倒也能够互相督促。"

"如此甚好，纯祐这孩子，身子弱，不时生病，习习武也能增强体质。"

范仲淹与周德宝一边说着话，一边沿着溪边往前行去。这时，管家李贵忽然匆匆从后面跑来。

"大人，大人！"

"出了何事？"范仲淹停下脚步，转过身子冲李贵问道。

"大人，方才官署那边来人报告，说户曹孙居中突然死了。"

"哦，怎么回事？"

"说是心疾发作突然走了。"

"走，赶紧回府。"

范仲淹说完，让李贵居前，自己与周德宝跟在后面。三人匆匆出了山林，乘马车随前来报信的老衙役一同赶回会稽。他们没有去官署，而是随着老衙役直接赶往户曹孙居中家。

在孙居中家门口，范仲淹刚下马车，便听到屋里传来女人和孩子的哭声。孙居中的家是邻街的一座屋舍，非常简陋，进了门是个小院子，穿过小院子，是一个小小的前堂。范仲淹一跨过前堂的门槛，便闻到一股浓重的霉味。前堂一边摆着一张旧八仙桌，几张榆木板凳，再没有其他家具。穿过前堂便是一间屋子，用帘子隔成两部分。帘子外面摆着一张旧床，围着打了补丁的床帘。孙居中的尸身正被放置在这张床上。一个穿着灰色布衣的女子，正趴在床沿上痛哭，女子身旁那个五六岁的小男孩瞪着眼睛发愣。还有一个两三岁的女孩站在女子身边，却在低声抽泣。另有一对白发苍苍的老夫妻，坐在床尾低声哭泣。

范仲淹见了这情景心中酸楚，走到床前，蹲下身子将那个发愣的男孩抱在怀中。

那男孩被范仲淹拥在怀中，突然放声大哭起来。

老衙役在一边说道："孙大嫂，孙老丈啊，范知州来看望你们咯。"

那女子听到老衙役的声音，身子一颤，呆了呆，慌忙从床沿上直起身，扭转头目光呆滞地看了范仲淹一眼，旋即转过身子来给范仲淹叩头，一边叩头，一边仍啜泣不已。两个白发老人此时也不禁颤巍巍地要给范仲淹下跪。

"免礼免礼，休要哭伤了身子。节哀顺变啊！"范仲淹一手抱着孩子，一手去扶孙夫人缓缓站起来。

老衙役见状，连忙上前帮着扶起那孙夫人。周德宝和李贵则慌忙去扶那两位老人。

"孙大嫂啊，孙户曹的丧事，有何打算啊？"范仲淹问道。

孙夫人哭着摇摇头，哽咽道："先夫老家在湖州乡下，还有个兄弟。小女子自小便是孤儿，是先夫收留了我，我便与他成家生子。从湖州来会稽时，一家有十来口，他小弟一家也跟着来的。几年前，因为生计困难，他小弟一家便先回湖州营生去了。如今，他走了，我这孤儿寡母，带着公公婆婆，真不知如何是好。大人这么一问，小女子倒是想将先夫的灵柩送回老家安葬，也好让他落叶归根。"

"嗯，这也是一个妥当的办法。"范仲淹想起当年千里葬母的经历，说话不禁有些哽咽。

孙夫人听范仲淹这么说，只是低头不语，不停哭泣。孙居中的老父老母此刻却是突然放声大哭起来。

"这是怎的了？怎么又哭了起来？"范仲淹问了这话，愣了一下，猛然想到一事，忙说道，"孙大嫂，两位老人，你们都先别着急。孙户曹平日奉公克己，范某一定帮你们安排好他的后事。明日，范某给你们拿些银两，一来可用做盘缠，一来也可为孙户曹助葬。你们都要节哀，勿要伤了自家身子，这孩子还需要娘来照顾呢。"

老衙役听范仲淹这么说，在一旁搭腔道："好了好了，我说你们啊，范大人都这么说了，就都别着急了。"

"是啊，人死不能复生，诸位还是要节哀顺变啊。"周德宝此时也在旁帮着安慰孙夫人和两个老人。

这时,孙夫人又给范仲淹跪下了,虽然心中无比感激,口中却说不出话,只是不停地叩头。老衙役见状,慌忙抢着又将她扶了起来。

范仲淹同孙氏母子又说了些安慰的话,方才与诸人告辞而去。

次日,范仲淹仍然由老衙役领着,在周德宝和管家李贵陪同下去看望孙氏母子。

见了孙家母子,范仲淹令李贵递上一包银两,说道:"孙大嫂啊,这里有些银子,你不要嫌少,拿着用就是了。我也命衙役护送你们一同前往湖州。"孙氏不知,这银两是范仲淹从自己的俸钱中拿的。

范仲淹说着,冲旁边的老衙役说道:"张伯啊,这次去湖州,可要劳烦你和几位弟兄了。"

"大人放心,我等一定将事情办得妥妥的。"

"大人,这可叫我们如何回报啊!"孙夫人接了银两,又要下跪谢恩。范仲淹慌忙一把扶住。

"我已经雇了一条去湖州的大船,你们收拾好后,随时可以出发。此去湖州,不论水路陆路,都要过些关卡,范某还有样东西给你,过关卡时你取出来,给守关卡的人,他们自然会放你们过去。"说着,范仲淹从怀中掏出一张信笺。

孙夫人伸手接过那信笺,但见信笺上写了一首诗,诗云:

十口相携泛巨川,来时暖热去凄然。
关津若要知名姓,此是孤儿寡妇船。[1]

---

[1] 《诗林广记》后集卷一。

孙夫人读了诗,心中不禁又是酸楚又是感激,几滴泪珠忍不住落下来,嗒嗒地落在了信笺之上。

3

蜡梅早早开了。越山的清晨,四处散发着一股清新的味道。范仲淹陪着刚刚到越州没几天的李觏游越山,已经在越山上住了一夜。

李觏一大早起来,便拉着范仲淹去爬山登高。待到了山顶,他立在一块大岩石上,默默望向远方。青色的山岭在他眼前绵延起伏,如同绿色的波涛,在这绿色的波涛之上,云蒸雾罩,使得这片山岭间充溢着一种清冷的神秘气息。范仲淹站在李觏身侧,晨风有点大,吹起了他们的衣襟,呼呼作响。

李觏的脸显得有些冷峻。他迎着晨风,望着远方,沉默了许久,口中吟出一诗:

腊后梅花破碎香,望中情地转凄凉。
游山只道寻高处,高处何曾见故乡。[1]

"好诗啊。泰伯兄弟,我看你这不完全是思念故乡吧?我昨夜半梦半醒之间,吟得一诗,心境倒是与你此诗相近。可愿一听?"范仲淹淡淡说道。

"哦,那是当然!"李觏回过神来,哈哈一笑。

---

[1] 《李觏集》卷三六《登越山》。

范仲淹略一沉吟,吟道:

夜入翠烟啼,昼寻芳树飞。
春山无限好,犹道不如归。[1]

"范先生果是一下子便洞悉了晚生的心情。不错,晚生诗中明写思念故乡,实则是放不下报效国家之初心。范先生这句'犹道不如归',恐怕也有此意。范先生虽在山中,却忘不了国事啊!"

范仲淹闻言,不置可否,说道:"泰伯兄弟,你千里来越州,可要好好教导越州子弟啊。"

说罢,两人对视一眼,仰天大笑。

宝元二年(1039年)四月,一个噩耗传到了越州:户部侍郎蔡齐在颍州去世了。范仲淹闻讯,恸哭良久。蔡齐是范仲淹的同年,相貌堂堂,为人方重,从不妄言,自入仕以来从不巴结权贵。丁谓为相时,想要笼络蔡齐为己所用,多次邀请蔡齐去其府中,蔡齐一次也未前去。蔡齐为人谦逊,即便做了善事,也从来不夸耀。对于故旧,蔡齐向来眷顾。他小时候与徐州人刘颜是好友,刘颜后来当官因事获罪,蔡齐上书为这位少年好友辩护,使其得以官复原职。刘颜死后,蔡齐还将自己的女儿嫁给刘颜的儿子。庞籍、杨偕、刘随、段少连等人都是蔡齐推荐的。

因蔡齐去世,范仲淹约了李觏喝酒消愁。

几杯酒下肚后,范仲淹想起自己在应天府书院时与蔡齐、晏殊

---

[1]《范仲淹全集》之《范文正公文集卷第四·越上闻子规》。

同饮的情景，不禁潸然泪下。

"我这个老友啊，性子倒是有点像我。当年他为御史中丞时，四川王齐雄仗着是太后的亲戚，横行乡里，后来杀了人，没有被判死罪，还复了官。我这个老友啊，哪里看得下去？直接在陛下面前说，这乃是以恩废法。今上无可奈何，终于将王齐雄治罪。后来，我这个老友啊，当了参知政事，没有想到与吕相不合，结果被罢官，出知颍州。蔡兄啊，你怎么就这样在颍州走了呢！你这样的人，为何老天不多给你一些福气啊？"范仲淹说罢，仰面长叹。

李觏忙在一旁安慰道："蔡相公也是晚生极敬仰之人，他以天下为忧，为官刚正不阿，人虽走了，名必书于青史！"

范仲淹点点头："话虽这么说，可蔡兄为人处世，难道只是为了留名青史吗？非也，那是为了追随心中所崇尚的道啊！这世上，有谁不知性命可贵，有谁不知荣华可羡？但是，正是有像蔡兄这样的人，才有了比这性命、比那荣华更值得追求的东西啊！"

李觏听了，默默点头，一时间沉思不语。

过了些日子，范仲淹为蔡齐作祭文。文云：

> 维宝元二年六月日，具官范某，谨致祭于故参知政事、户部侍郎蔡公之灵。天生巨公，泰山之东。初矫首于王庭，冠天下之英雄。孤标孑孑，美声隆隆。顾幽陋之何阶，亦卑飞于榜中。瞻公青云，日大月崇。出处二府，心醇道充。进惟兢兢，退无忡忡。端人之徒，莫不望公。近年京师，密仰青风。立朝礼隔，报国心通。忧愚之直，悯愚之忠。愚贬未还，公出而终。呜呼！邦之善人，胡福不

蒙？欲一问于苍天，天杳杳而谁穷？尚飨！[1]

范仲淹不仅表达了对蔡齐的敬仰，也表达了对其感激之情。在范仲淹心里，蔡齐已经是他的榜样。如今蔡齐早逝，他心痛地向苍天质问，为何善人不能多福？

后来，蔡齐灵柩在许州阳翟山下葬时，范仲淹又为蔡齐作了一篇长长的墓志铭，墓志中有文云：

1　《范仲淹全集》之《范文正公文集卷第十一·祭蔡侍郎文》。

在政府，浩然示至公于中外，以进贤为乐，以天下为忧，见佞色则嫉，闻善言必谢，孜孜论道，以致君尧舜为心。与大臣居，和而不倚，正而不讦，无亲疏之间，有方大之量，朝廷为之重，刑赏为之平。及其出也，未逾岁时，而天子思之，公遽不起。

呜呼！公之生也，天有意也；公之亡也，天无意乎？使在位而寿，则道德功名非竹帛之可胜矣。[1]

---

[1]《范仲淹全集》之《范文正公文集卷第十四·户部侍郎赠兵部尚书蔡公墓志铭》。

圓陣圖

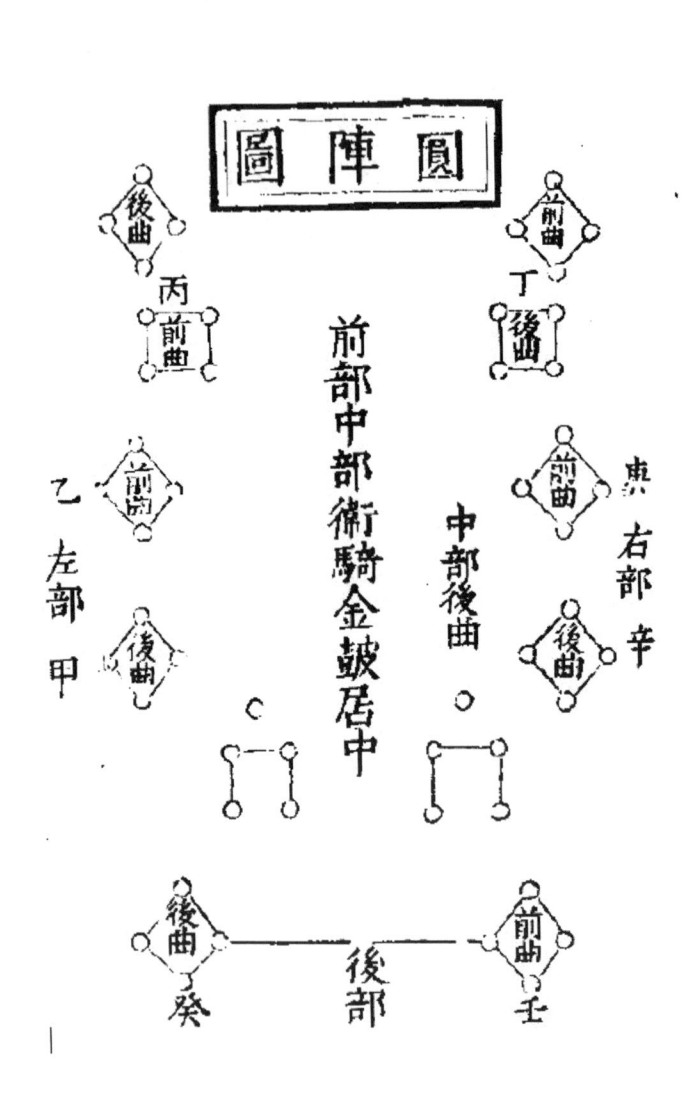

前部中部衛騎金鼓居中

丁 後曲／前曲
丙 前曲／後曲
庚 右部 前曲／後曲
乙 左部甲 前曲／後曲
壬 前曲　後部　癸 後曲

第十六章
西北风云起

1

"大帅！大事不好了！"

一个军校慌慌张张地奔进来，刚说了两句，就因跑得甚急加之紧张，憋红了脸，气喘吁吁竟然说不出话。

延州知州范雍正在看一份来自金明寨的牒文，此时抬起头来，道："莫要急，慢慢说来。"

范雍字伯纯，太原人，今年六十一岁了。岁月已经在他的额头刻下了深深的皱纹。他的眼睛不大，但是炯炯有神，同时又给人非常温和的印象。此刻，他神色看上去是镇定的，只隐隐透出一些忧虑。

"大帅，斥候来报，说元昊那边声言马上要进攻延州！"

"情报可当真？"

"斥候密报的，八成错不了。"

范雍脸上的肌肉绷紧了,两个嘴角也拉了下来。他抿着嘴,瞪着眼盯着军校片刻,说道:"你下去吧。令斥候继续搜集情报,元昊那边的动静,随时报来。"

"是,大帅!"军校匆匆退出。

范雍不知不觉咬牙切齿,额头的青筋也凸了起来:"那元昊正月初遣衙校贺真来见我,说想改过自新归附朝廷。当时我以厚礼遣之,又将之前俘获枭首于市的夏人都收殓安葬了。随后他又派伪供备使毛迎啜己乞和,我上奏朝廷,陛下也接受了他的议和之请,现在看来,贼子前番乞和,乃是使诈,以使我延州无备。蛮夷无信,我真是被他给蒙骗了啊!"他又惊又怒,从扶手椅上站起来,在书案前来回踱了半晌,复又坐下,拿起笔开始写一份奏书。

在奏书里,范雍说,延州处于迎战元昊的要冲之地,延州周围地势开阔而寨栅疏远,守卫的士兵不多,而且多为羸弱之兵;延州城中也无宿将可用,请求朝廷派兵,从速支援。奏书完成后,范雍派人将奏书加急送往京城。

康定元年(1040年)正月,未等朝廷对范雍求救的奏书作出反应,元昊便集结十万重兵,气势汹汹杀向保安军,从土门方向开始了进攻。

会稽城内的一家小酒店中,两个男子一边喝酒,一边低声耳语。

"听说了吗?出大事了!"

"啥?"

"元昊那贼率领十万大军,从土门攻入保安军,金明寨的李士彬将军被俘了。"

"那李士彬号称'铁壁相公',善于防守,怎么这么不堪一击呢?你从哪里听来的消息,莫不是谣言吧?"

"逃回来的人说的。是打了败仗的逃命传出来的消息。据说贼子元昊特善于用兵。他先是扬言某日要攻打金明寨,那铁壁相公李士彬便下令严防死守,自己披挂战甲,在寨楼上监督了整整一天,可元昊竟然没有来进攻。到了半夜,李士彬以为夜里夏兵必不会进攻,便卸了甲,去睡觉了。偏偏那元昊就是使诈,在后半夜下令对金明寨发起了进攻,结果寨门被攻破,李士彬就被擒了。李士彬的儿子在寨门被攻破后力战而死。可惜啊!可叹啊!要细说,那李士彬将军其实早就中了元昊的计谋,才终逃不了此劫啊。他手下本有兵近十万,范雍老帅因此让他扼守中路。于是李士彬严防死守,便得了个绰号叫'铁壁相公',夏人颇畏他。元昊公然反叛后,派人诱降李士彬,李士彬倒是有骨气,将来人都杀了。元昊那贼子诡计多端,于是派士兵装成百姓向李士彬归附。李士彬向范雍老帅报告,请将这些归降的人都迁到南方去。据说范雍老帅说:'讨而擒之,孰若招而致之?'给那些投降的人赏赐了金帛,令他们在士彬麾下用事。接下来一段时间,不断有夏人前来归降,李士彬渐渐也就放松警惕,犯了糊涂,得意起来,于是将这些人都分到各个营寨用事。元昊那贼子还吩咐部下,凡是遇到李士彬不要对战,要立即撤走,并且扬言:'吾士卒一听到铁壁相公的大名,无不肝胆坠地,狼狈奔走!'这样一来,李士彬将军就更加骄纵了。平日,他对士卒很严厉,所以士兵们多有怨言。元昊贼子于是派人偷偷用功名利禄诱惑李士彬身边的将士。那些将士往往都偷偷接受了,李士彬将军却不知道。我知道这些,都是听后来从三川口逃出来的士兵说的。所以,等到元昊率大军来攻打时,李士彬就被身边那帮被收买的人给耽误了。当时，李士彬将军正在黄堆寨，听说元昊大军进攻金明寨，便让左右备马，结果左右推说他的战马突然病了，故意给他牵来一匹弱马。李士彬无奈，骑马赶到金明寨时，元昊大军已经攻到近处了。于是李士彬令一个绰号叫赤豆的心腹军校，带着他那镶嵌着珠玉的腰带去找他的母亲与妻子，示意她们赶紧逃离。李士彬的母亲、妻子随着赤豆策马逃到了延州。范雍老帅至此还怀疑军情不实，派人去元昊那里质问，结果都被元昊给扣押了。李士彬战败被擒后，元昊劝其投降。他倒是个硬骨头。据说，他就是不从，只是放声大呼：'此命也！悔不听周道士所言，反被贼占了主动！'那元昊贼子恼羞成怒，偏偏不杀李士彬，而是将他双耳割了，囚在军中。元昊好奇李士彬说的那个周道士究竟是何方神圣，对李士彬严加审问，偏偏那李士彬自此不提有关周道士一个字。元昊无奈，只得将李士彬严加囚禁。元昊既攻破李士彬的三十六寨，便乘胜进军，兵临延州城下。"

挑起话头的是一个脸庞瘦削、留着山羊胡须的男子。他话说到这里闭了嘴，拿起桌上的酒杯一饮而尽。他对面那个长着一张圆脸的男子伸长了脖子，瞪大眼睛，问道："那这元昊兵临延州城，延州岂不危险了？"

这时，旁边一个声音突然插了进来："这位兄台，你方才说的金明寨被元昊攻占，是发生在何时的事情？"

那留山羊胡须的男子一惊，抬起眼皮，扭头看去，却见邻桌一名少年正扭过半个身子向他看来。那个少年对面，坐着一位须发皆白的老道士。这少年正是赵圭南，坐在对面的老道士，正是周德宝。

"这……其实我也不知道元昊贼子兵临延州的具体时日，不过想来至少也得是个把月前吧。你想啊,那延州至越州何止千里,这消息从西北传过来,可不要点时日啊?"男子欲言又止,但终究忍不住发表点意见。

赵圭南听了,追问道:"兄台,那延州后来守住了吗?"

男子本打算闭口不谈此话题,以免招惹是非,但见赵圭南面露焦急之色,便又喝了一杯酒,拍了一下桌子,忍不住说道:"据说啊,延州的范雍在元昊贼子进攻金明寨时,便传檄命令鄜延、环庆副都部署刘平将军从庆州赶往保安,与鄜延路副都部署石元孙合军后一同赶往土门支援。那刘平将军本是文臣,却是文武双全,功夫甚是了得,这恐怕便是朝廷用他为边帅的原因吧。但是,元昊贼子迅速攻占了金明寨,范雍老帅的支援计划落空。范雍老帅便又传檄刘平、石元孙将军,令他们从土门回军救援延州。且说那刘平将军得了范雍老帅最初的命令,率领三千骑兵从庆州出发,行了数日赶到保安,与石元孙会军后赶往土门。这个时候,金明寨已经被攻破的消息传到了土门。紧跟着,范雍的后一道命令也到了。刘平、石元孙只好听令还军,回到了保安。哎,这是被那元昊牵着鼻子走啊!话说那刘平将军倒是有志气,可却是太轻敌了一些。据说啊,刘平对部下说,义士赴人之急,赴汤蹈火犹走平地,何况国事乎!说了这慷慨之语,他便率兵日夜兼行。后来,听说刘平、石元孙率兵到了万安镇。两位将军令骑兵打先锋,步军后进。某日晚上,眼看夜色降临,两位将军便下令在三川口西边十里处扎营。也有逃兵说,是在三川口西边十五里处扎营的。据说,这个时候,天下起了大雪。刘平将军可能怕骑兵被大雪困住,所以又率骑兵连夜赶往延州。当时鄜延路都监黄德和正率领两千人驻扎在保安以北的碎金谷,巡检万俟政、郭遵各将军率领所部也分别驻扎在附近。范雍老帅便召集诸位将军从外围支援延州。次日清晨,刘平、石元孙将军见自己的步兵还未赶到,延州城又被重兵围着,不得已便又带着两千骑兵返回去与步兵会合。两将率骑兵行了二十里,便遇到了自己的步兵,此时,黄德和、万俟政、郭遵各将军各部人马也应范雍老帅之令赶到了。据说,这五位将军一会合,总兵马加起来有一万余人。于是,刘平将军令诸军结阵东行,行了五六里后,到了三川口。据说,这个时候,平地上的雪已经积了有数寸厚……"

他喋喋不休地说到此处,忽然停下来,喝了一口酒,扭头朝着西北方向望了望。

"然后呢?"圆脸男子问道。

"这样的雪天,可是有利于元昊那贼啊!那贼子常在雪天练兵。"赵圭南恨恨说道。

山羊胡男子扭头看了赵圭南一眼,有些好奇。此时,赵圭南已经蓄了发,穿戴也是中原服饰,仅从相貌着装,看不出他原是一个党项人。

"这位小哥,你莫非去过党项之地?"

赵圭南一愣,支吾道:"那倒没有,我,我是听一个去过兴州的朋友说的。"

山羊胡男子点点头,扭回头不紧不慢从桌上夹了口菜,嚼了几下吞入肚中,又喝了一口,方才继续说道:"且说那时地上已经积雪数寸,刘平将军便率部摆出偃月阵备战。当时刘平将军所部阵地的前面便是江水。你想啊,天寒地冻的,那江水里面尽是冰水,刘平将军这样列阵,也算得法。他大约是料想夏军不敢冒险涉江。未料到夏军骑兵步兵涉水强行进攻,刘平将军便令所部在江边击杀贼兵。不料贼兵凶悍异常,且人数众多,竟然涉江成功,也摆出了偃月阵与刘平将军所部对杀。郭遵将军和御前忠佐龙卫都虞候兼鄜延巡检王信将军见形势危急，争先带部下向贼兵阵地猛攻。这一阵子猛攻，击杀贼兵骑兵七百余人后，才退回己方阵地。贼兵见郭遵和王信凶猛异常，便将大盾置于阵前。刘平等将军再次率部进攻，一番凶猛冲杀，贼兵退入身后江水中，死伤了八九百人。刘平将军在这次进攻中负伤，左耳右胫皆被流矢击中，血流披面，浑身是血，犹自高呼进攻。夏军见刘平等将勇猛凶悍，非常害怕，暂时不敢再次进攻。日暮时分，战士们将所斩获的贼兵首级和缴获的战马献上论功，刘平将军便对他们说：'战斗尚未结束，功劳先都记着，以后皆会按功论赏。'据说啊，话还未说完，那边敌人便又开始进攻了。这时迫于敌军的压力，我军被迫后退了二十余步。二十余步啊，就是这短短的二十余步，也是一番血战啊，就在这二十余步内，贼兵又倒下了许多，我军也牺牲了不少战士。可是，阵前誓死力战，阵后却出了大问题。鄜延路都监黄德和却率所部先行退却了。别忘了，当时我军五将所部合兵才一万余人，黄德和手下有两千人。这两千人一退却，对全军士气打击太大了。刘平将军闻知黄德和临阵退却，又急又怒，令其子刘宜孙快马加鞭追上黄德和。听逃回来的兵说，当时刘宜孙追上黄德和，抓住其辔，大声说：'将军应该立即率兵返回阵地，与众军一起力战拒贼，怎可先行退去？！'那该挨千刀的黄德和不从，纵马继续奔逃，逃往甘泉。刘宜孙无奈，只得继续追黄德和，希望能够劝其返回阵地。黄德和一退却，剩下的诸军军心大乱，一时间纷纷退却。刘平将军与亲兵只得以刀剑斩杀退兵，因此留下千余人在阵地拼死力战。贼兵未料到我军在这种情况下依然如此勇猛，估计是以为后面有援军来了，不得不再次退却，竟然一下子又退回江水对面去了。刘平将军因此得以率领所部兵马转移到延州城西南的山下，在那里立起七个营寨以对抗敌军。刘平将军的营寨离敌军很近，也就一里地左右。到了晚上，贼兵便派人到寨前喊话，问我军主将所在。刘平将军便下令不得回应敌军喊话。到了半夜，贼兵又派人伪装成送文牒的戍卒来到寨门前要求入寨。刘平将军令人从寨楼上射杀了伪装而来的贼人。夜里四鼓时分，敌军令人环寨大呼：'几许残卒，不降何待？'刘平将军便派人大声回应：'狗贼，你们不投降，我为何投降？明日我大军将至，你们区区这些兵马，简直不堪一击！'贼兵无奈，等到黎明时分，又来寨前喊话说：'你们还不投降吗？再不投降，就都准备受死吧！'刘平将军也是打算誓死报国了，于是又令人喊话说：'你们若想讲和，我将为你们向朝廷求情。'贼兵拿刘平将军没有办法，一怒之下，集结重兵猛攻刘平将军营寨。当时石元孙将军也与刘平将军在一起，眼见七座营寨都被攻破，只能率残兵向东面突围。贼兵势众，将两位将军所部一分为二，团团围住。"

山羊胡男子一口气眉飞色舞口沫四溅地说了一大通，圆脸男子、赵圭南、周德宝诸人听着，仿佛身处战场，周围尽是刀光剑影、乱枪流矢，大气也不敢出一声，听他讲到刘平将军率军浴血奋战时，都不禁全身血脉偾张，有的手心里捏着一把汗，有的瞪大了眼睛，有的涨红了脸。这时，山羊胡男子突然停住不说了，众人一时间都盯着他，急切地想知道后面的事情。

"刘平将军突围成功了吗？"赵圭南忍不住问道。

"哎，那刘平将军啊，有人说，看到他被敌人围住，最后力战而死，也有的说他被围住后力竭倒地，被敌人俘虏了。还有传言说，刘平将军向元昊投降了。至于那石元孙将军，被敌人围住后，也是下落不明啊！"

赵圭南听了,脸憋得通红,挥拳在桌子上重重一击,说道:"贼子元昊!若不杀他,我……"

周德宝见状,伸出手轻轻在赵圭南手臂上拍了两下。赵圭南立刻会意,慌忙闭了嘴,默然不语。

这次山羊胡男子倒并没在意赵圭南的反应,他自己似乎也沉浸在自己的叙述中,正自神游三川口。

"刘平将军兵败后,延州岂不危险了?"圆脸男子说道。

山羊胡男子回过神,叹道:"可不!贼兵继续围住延州城,转眼过了七天。据说那范雍老帅用兵虽说不上有谋有略,还失了刘、石二将,不过倒是硬气。为啥说范雍老帅不善用兵?李士彬将军折在元昊贼子那里,他也是有干系的。据说,范雍老帅初任延州时,令李士彬的十万兵马分守三十六寨,想要护了延州周全。李士彬的儿子李怀宝向其父进言,说应当集中兵马以应敌军,若分兵防卫,力量便弱了。李士彬不从。结果,可惜了怀宝,最后也是力战而死!可惜啊!话说回来,范雍老帅也有功,他虽是个文官,手下只有千人,却自己披挂起来,动员了城内老百姓登上城楼,一起守护延州城。贼兵见城中军兵死守不出,一时间也无奈何。转眼过了七天,眼看城中粮食越来越少,破城也是迟早的事情。范雍老帅仿佛是铁了心要与城共存亡,他干脆不回官署,夜里也搬到城楼上来住。也算老天有眼,围城的第七日晚上,天上突然下起了鹅毛大雪。就说那大雪,七日前已经下了一天一夜,地上积雪数寸,因为天气极寒,未能化去分毫。这日继续下起大雪,那贼兵估计没有足够军粮,也担心我军援军到来,自己反而会被我军困住,便舍了延州城,匆匆撤走了。这样,延州城万幸保住了。"

"后来夏军又有何举动?"圆脸男子问道。

"这后来的事情,就不知道了。"山羊胡男子摇摇头,喝了一口闷酒,便不再说话了。

赵圭南见山羊胡男子不再说话,怅然若失地转回身子,看着对面的周德宝道长,说道:"周道长……"

周德宝微微抬起手,示意他不要说话。

赵圭南愣了愣,把后半句话咽回了肚中。

这时,周德宝从怀中摸出几枚铜钱放在桌上,起身对赵圭南说道:"走,咱们回去再说。"

2

范仲淹静静地听完了赵圭南对三川口战役的讲述,沉默不语。

赵圭南急道:"大人,圭南感念大人收留之恩,只是大仇未报,请允许圭南潜回兴州,圭南必择机刺杀元昊那贼,为父报仇,为朝廷雪恨!"

"胡闹!刺杀元昊谈何容易!"

"大人,圭南自小长在西北,于兴州、灵州等地皆熟,请大人准许圭南回去!"

"圭南,那元昊行事谨慎细密,必知你未死,身边卫士定然戒备有加。你现在回西北,那等于是送死。况且,朝廷在去年六月就以节度使之职为奖赏,在边境悬赏要元昊人头,至今那元昊照旧好好的。你想想,天下多少死士刺客都未能得逞,难道你一去,就能拿下元昊人头了?"

圭南听了范仲淹一番言语,不禁涨红了脸,羞惭得说不出话来。

周德宝说道:"方才所听传言如果属实,范雍老师恐为元昊所破。以贫道之见,朝廷若不能派出善用兵的将帅,形势堪忧啊!"

范仲淹神色肃然,微微点头,说道:"不久前,朝廷下诏鄜延路副都部署石元孙、都监黄德和领兵防边,又令鄜延、环庆副都部署刘平支援他们,还令延州继续召集李士彬部所属的蕃汉人户。看样子,那个时候朝廷还不知道延州被围、刘平等已败了。朝廷随后迁新知滑州、引进使、郓州防御使魏昭昞知通州,又加其为鄜州防御使。又以殿前副都指挥使郑守忠、马军副都指挥使高化为亲事官。富弼进谏反对用魏、郑两人,可今上并未改变主意。诚如德宝道长所言,我也有这方面的担心啊。"富弼其时任职知谏院,他向赵祯上书,认为魏昭昞乃是乳臭儿,必败事,又称郑守忠、高化皆奴才小人,不可用。富弼在给范仲淹的一封信中提及此事,故范仲淹知道得很清楚。

根据富弼、晏殊等人的来信,结合了邸报上的一些消息,范仲淹对过去一年多来的朝廷大事还是有八九分了解的。

自宝元元年(1038年)十二月元昊公然反叛,赵祯皇帝命范雍知延州兼鄜延路都部署,至康定元年(1040年)二月,短短一年多来,因为西北风云骤起,朝廷发生了很多大事。康定二年朝廷数次往西北调兵遣将,同时采取其他各种措施以应对元昊的反叛。朝廷内部,随着局势之变化,也经常出现唇枪舌剑的场面。

宝元二年春正月,赵祯皇帝以殿前都虞候、邕州观察使、环庆路副都部署刘平兼鄜延环庆路安抚副使。正月甲寅,知延州、工部郎中、天章阁待制郭劝落职,改知齐州。鄜延铃辖兼知鄜州、四方馆使、惠州刺史李渭降授尚食使、知汝州,因不察敌情。

二月，庆州柔远寨蕃部巡检珪威，招诱了党项白豹寨都指挥使裴永昌以族内附。赵祯皇帝下诏裴永昌为三班借职、本族巡检。陕西边境局面变得日益复杂。元昊派出的假降者和真正想要归附中原的人鱼龙混杂。朝廷内部对于如何处置投诚者意见纷然。

三月壬寅日，右正言、直集贤院吴育向赵祯皇帝进言：

> 夫朝廷总制天下，必建基立本，以消患于未萌。若政令修、纪纲肃、财用富、恩信洽、赏罚明、士卒精、将帅练，则四夷望风，自无异志。有一未备，则强敌乘闲而生心。方今天下少安，人情玩习，而多务因循，居常有议及政令、纪纲、边防机要，则谓之生事。或有警急，则必至忽遽而莫知所为。若稍安静，又无人敢辄言。且夏州久有人往来中国，熟见朝廷有因循之势，遂敢内畜奸谋。若以一时之事，苟且支持，或至烂额救焚，扬汤止沸，覆视前古，厥鉴甚明。伏望陛下从容延对左右大臣，讨论阙政，博访群议，修节用爱民之经，求训兵练将之策，则一方小警，不足虑也。[1]

吴育这番进言，赵祯皇帝颇为认可。

就在这个月，编修院与三司献上了历代天下户数：前汉千二百二十三万三千六十二，后汉千六百七万七千九百六十，魏九十四万三千四百二十三，晋二百四十五万九千八百，宋九十万六千八百七十，后魏三百三十七万五千三百六十八，北齐三百三万

---

[1] 《续资治通鉴长编》卷一百二十三宝元二年三月壬寅条。

二千五百二十八，后周三百五十万，隋八百九十万七千五百三十六，唐九百六万九千一百五十四，太祖朝二百五十万八千九百六十五，太宗朝三百五十七万四千二百五十七，真宗朝八百六十六万九千七百七十九，宝元元年一千一十万四千二百九十。从天下户数来看，宋王朝的人口比前朝又有不少增长。赵祯皇帝知晓了户数，龙颜大悦。

三月甲辰日，西上门使、唐州刺史、并代路铃辖王仲宝进言说，近年来内属蕃部，数逃徙外界，是因缘边博籴配率难以完成，心生恐惧而逃，因此请求一切蠲除，缓急有警，这样就可使内属蕃部捍御边陲，并乞诏府州折继宣常加存抚。赵祯皇帝听从了这个建议。

丙午日，吴育又上言说：

> 圣人统御之策，夷夏不同，虽有远方君长，向化宾服，终待以外臣之礼，羁縻勿绝而已。或一有背叛，亦来则备御，去则勿追，盖异俗殊方，声教迥隔，不足责也。今元昊若止是钞掠边隅，当置而不问，若已见叛状，必须先行文告，以诘其由，不可同中国叛臣，即加攻讨。大凡兵家之势，征讨者贵在神速，守御者利在持重。况羌戎之性，惟是剽急，因而伪遁，多误王师。武夫气锐，轻进贪功，或陷诱诈之机。今宜明烽候，坚壁清野，以挫剽急之锋，而徐观其势，此庙堂远算也。[1]

1　《续资治通鉴长编》卷一百二十三宝元二年三月丙午条。

吴育这次上言，是因为之前的上疏没有被采纳。之前，朝廷知道元昊反叛的消息后即议出兵，群臣争相表示元昊小丑，可即行诛灭。吴育却建议说，元昊虽是有名藩臣，其尺赋斗租不入县官，穷漠之外，服叛不常，宜外置之，以示不足责。如今他已经僭舆服，而且以此向诸酋豪夸耀，势必不能自削名号，朝廷应该参考国初江南故事，稍易其名，可用顺抚的办法收降他。吴育的上疏呈上后，宰相张士逊笑着说："人人都说吴正言心风，果然。"对于元昊的态度，吴育的意见是没有必要立刻出兵，即便元昊已然反叛，也应该以文书责之，不可如对待中原叛臣那样立刻加兵讨伐。对付元昊这样的叛敌，应该坚壁清野，以挫其锋芒，观其势再作谋断。这次上疏，照旧未被采纳。

戊申日，吴育再次进言说：

> 近年以来，多有造作谶忌之语，疑似之文。或不显姓名，暗贴文字，恣行毁谤，以害仇嫌。或密闻朝廷，自谓赤忠。若真是公直无隐，何不指事明言？若凭虚造作，必蕴邪谋，更与隐秘姓名，正使奸人得计。臣恐自今忠良立身，易为倾陷，国家举事，便欲摇动。惑君害时，无大于此。在古之法，皆杀无赦。虽陛下聪明，必不荧惑，亦不可使圣朝长此风俗。[1]

这次进言，赵祯皇帝倒是采纳了，他下诏开封府、御史台认真调查情况随时上报。

---

1 《续资治通鉴长编》卷一百二十三宝元二年三月戊申条。

三月下旬的时候，元昊写了书信，令人将书信及锦袍、银带扔在鄜延边界处，书信是写给金明寨宋将李士彬的，信中约李士彬反宋。有巡逻的宋兵捡到了元昊给李士彬的书信和物件，上报给鄜延路都部署，于是诸将都开始怀疑李士彬。这时，唯独副都部署夏元亨说："这明显就是离间计。士彬与羌是世仇，如果与元昊有密谋、通赠遗，怎能让众人知道呢？"于是，夏元亨召见李士彬，请他喝酒，从厚安抚。李士彬大为感激。数日后，李士彬果然出兵，杀了不少夏兵，俘获了不少羊马来献。

夏元亨知人善辨，由此可见一斑。可惜到了五月，因其父夏守赟知枢密，石元孙于六月为鄜延副部署，取代了夏元亨。

朝廷为利用唃厮啰对付党项，一直以来对其眷顾有加。夏四月，朝廷因为保顺军节度使、邈川大首领唃厮啰前妻安康郡君李氏为尼，下诏赐给她紫道袍——其实李氏为尼是之前的事情，这时候朝廷下诏赐紫衣，只不过是以这个为由头来安抚唃厮啰。朝廷同时下诏以唃厮啰妻子太原郡君乔氏为永嘉郡夫人，任其子瞎毡为澄州团练使、磨毡角为顺州团练使，各赐予袭衣、金带、器币及茶，仍旧每月另外赠给彩绢各十五匹。当时，唃厮啰父子相互猜忌，分地而居，不相统属。朝廷的策略是一律加以抚慰。但是，朝廷的如意算盘打得虽然响，事情的发展却并不遂人愿。唃厮啰之子瞎毡与磨毡角虽各治一城，却是各自订立文法。不论唃厮啰还是他的两个儿子，终不能统辖各个蕃部，只能自保而已。

在四月，宋皇宫里还发生了一件大事。赵祯体谅宫女幽闭之苦，又想节省宫禁花费，决定放二百零七名宫女出宫。有官员为了邀宠，用牛车载了一对孪生少女献给赵祯，赵祯也谢却不受。宰相张士逊之前也曾给赵祯献纳宫女，被御史杨偕弹劾。此时，他赞扬赵祯皇帝的做法，对赵祯说："前代帝王多为女色所惑，如今陛下不受其献，又放宫嫔出宫，真是盛德之事啊！"

这年四月，赵祯还连续下了多道圣旨以应对西北局面。四月丁卯，环庆钤辖高继嵩上书说，如今元昊将举兵进攻延安，请令石、隰州发五关塞之兵捉拿生兵，趁夜渡过黄河，入定仙岭铁箔平之地，设下埋伏。赵祯接纳此计，令其按计而行。丙戌日，环庆副都部署刘平请求皇帝下诏陕西沿边都部署司，如果遇到夏兵劫掠边境，令诸路会兵，彼此应援。丁亥，赵祯下诏，令河东、陕西招募百姓入粟来充实边境军粮。癸巳，赵祯又下诏，要求翰林学士至知杂御史，节度使至诸司使，各举荐京朝官及殿直以上当中有方略材勇、通知边事者各两人。

五月癸卯，司封员外郎、直集贤院兼天章阁侍讲贾昌朝上书曰：

> 今西夏僭狂，出师命将，以遗朝廷之忧。臣窃谓此固不足虑，而国家用度素广，储蓄不厚，民力颇困，是则可忧。自天圣以来，屡诏有司节省用度，以至于今，未闻有所施行。古者，四方无事，则修政令，务稼穑，仓廪有积谷，府库有羡财，节用爱人，以戒不虞。卒有水旱、寇攘之至，而无所忧。自三代而下，称王业盛者，惟汉耳。文、景以恭俭，故风俗厚、财用足。至于武帝，务勤征伐，始算缗钱、榷酤，以助军旅之给，而天下萧然矣。至昭帝议盐铁，罢榷酤，省徭役，笃耕种。凡侵蠹民利者，一切宽贷。时赐租赋，使民得以足衣食。内则省宰夫，减乐工，希文、景之风以厚储蓄。数百年间，四夷咸服。百

姓不厌汉德者，无它道也，节用爱人，敦本抑末之所致也。宋受命八十载，可谓治平矣。然节爱之术有所未至，边陲虽宁而兵备不省，徭役虽简而农务不笃，外厚币聘而内丰廪给，自余虚用冗费，难以悉数。天下诸道，若京之东、西，财可自足，陕右、河朔，岁须供馈，所仰者淮南、江东数十郡耳。故田税不足，重以榷禁，凡山泽、市井之利，靡有厚薄，悉入于公上，而民不得售。加以不耕不织，游惰之俗，蚕食为害；都人士女，燕安太平，忘衣食艰难之患，习尚奢侈，重伤民力。农所以困，国之储蓄所以不厚者，职此之由。夫国财民力，靡于无用之日，故当其有用，不得不忧。臣尝治畿邑，有禁兵三千，而留万户赋输，仅能取足，其三年赏给，仍出自内府，况它郡邑兵不啻此。推是，可以知天下虚实矣。臣又尝掌京廪，计江、淮岁运粮六百余万，以一岁之入，仅能充朝廷之用，三分二在军旅，一在冗食。先所蓄聚不盈数载，天下太平已久，而财不藏于国，又不在于民，傥有水旱频仍之灾，军戎调度之急，计将安出哉！愿陛下鉴已往之失，察当今之务，取景德已来迄于景祐，凡百度用，靡有巨细，校其所入所出之数，约以祖宗旧制，其不急皆省罢之。[1]

赵祯皇帝认为贾昌朝的建议有利于应对西北局面，立刻诏枢密直学士、工部侍郎张若谷，右谏议大夫任中师，右司谏、直集贤院韩琦与三司详细定夺后上报。

---

[1] 《续资治通鉴长编》卷一百二十三宝元二年五月癸卯条。

为了应付西北局面，赵祯费了很多心思，接连不断地调兵遣将。丙午，赵祯以刑部员外郎、天章阁待制庞籍为陕西体量安抚使，西上阁门使王克基为副使。以度支副使、兵部员外郎段少连为河东体量安抚使，西染院副使兼阁门通事舍人符惟忠为副使，令他们到达陕西、河东之后，犒赏守边将校及蕃部首领。同一天，赵祯还下诏徙环庆铃辖高继嵩为泾原铃辖。

这时候，发生了一件非常奇怪的事情。有人向皇帝密报，宣徽南院使、定国节度使、知枢密院事王德用，状貌雄毅，脸面黝黑，但脖颈之下却是白皙的，相貌非常奇特。王德用居第在泰宁坊，正好在宫城北面。开封府推官苏绅之前曾经上奏说"德用宅枕干冈，相貌类似太祖"。赵祯皇帝得书后，心中疑惧，将苏绅的上奏密藏不出。御史中丞孔道辅对王德用也有看法，说了与苏绅类似的话，而且认为王德用似乎有意收买人心，不宜令其长久掌握机密。王德用所任宣徽南院使之职，在宋太祖朝，太祖亲信李处耘也担任过。后来李处耘还担任过枢密使。如今，王德用还兼任枢密院事，确实是有接触朝廷最高机密的机会。赵祯听了苏、孔之言，对王德用不能不心生怀疑。壬子日，赵祯将王德用罢为武宁节度使，调赴本镇。王德用也听到了传言，为了避嫌，旋即将自己的宅邸献给了朝廷。

赵祯在王德用没有明显过错的情况下将其贬官外放，心中有愧，随后下诏将王德用之宅交于芳林园管理，将宅邸按照市价从王德用那里买了下来。

镇海节度使夏守赟知枢密院事，上朝时班次在陈执中上，李若谷下。夏守赟当时还兼任真定府路都部署，赵祯便打算召而用之。夏守赟入京后，赵祯问他西北之事，夏守赟说："陕西平时各小寨每处屯兵马不过千余，只能应付草寇罢了。若是贼兵大举进攻，固守不暇，哪里还能出战？应该合并小寨兵马，共扼冲要，伺机攻击夏军，那样便可以成功。"赵祯虽然嘴上说夏守赟说得很对，但是对陕西的兵马屯驻方式并未作出调整。

因为西北军费紧张，五月里，右司谏韩琦上书建议从宫掖开始节省浮费。赵祯下诏，禁中支费，入内内侍省、御药院、内东门司应一同参照过去的文书，以核算减省方案。韩琦于是上言："景德至景祐文书，有司必不备具。若等到取索齐集，才开始商议裁减，恐怕事情不了了之。其实可以直接调查当下实际的浮费，这样便可节省。比如，故将相、戚里及权近之家，多占六军之用，又耗蠹县官衣粮，有妨征役，在京的人数不少于数千人。像这类情况，何必要等到找出景德、景祐文书来比较再裁剪呢？"在韩琦的一再劝谏下，赵祯也只好听从了韩琦的建议。

六月丙寅，赵祯升左侍禁鲁经为阁门祗候。鲁经出使唃厮啰回京，所以赵祯特意拔擢他。之前，赵祯派遣鲁经持诏谕唃厮啰，令其出击元昊，以分其势，还赐给唃厮啰帛二万匹。唃厮啰奉诏出兵四万五千，进攻西凉。西凉有备，唃厮啰知不可攻，捕杀了游逻之兵数十人便退兵了。唃厮啰信誓旦旦，向朝廷声言，将再度出兵，可终于未能实现。当初，朝廷商议，重贿唃厮啰使其出兵击元昊，然后以所得之地赐给他。参知政事程琳谏言说："若使唃厮啰得地，那就是再造出一个元昊，不若用间，使二羌势不合，即中国之利也。"因此，对于唃厮啰的策略，朝廷基本上就是利用唃厮啰来打击元昊，但不给实际的属地。

六月辛未，赵祯任殿前都虞候、荣州防御使石元孙为鄜延路副都部署。

知沧州、莱州团练使葛怀敏，是王德用的妹婿。六月底，王德用外放徐州任职。有人上书说，葛怀敏是王德用当权时擢用的。赵祯于是下诏降葛怀敏知滁州。

这月知永兴军夏竦上奏，奏云：

> 继迁一族，本党项遗种，居呼韩旧地，东薄银、夏，西并灵、盐，南趋鄜、延，北抵丰、会，迤逦平夏，幅员千里。太平兴国中，继迁逃背，鸠集万骑，屡寇朔方，岁发兵夫，送粮瀚海，邀险肆掠，为害不一。至道初，特遣洛苑使白守荣率重兵护粮四十余万，遇寇浦洛河，兵夫溃走，自相蹈籍，粮卒并没，守荣等仅以身免。朝廷旰食，关辅骚然。太宗皇帝召宰臣议，而吕端始欲发卒，由麟府、丹延、环庆三路趋平夏，袭其巢穴，太宗难之，且曰："三道深入，用甲兵几万，以何人为将帅，表里沙碛，于何地会合，须更熟筹，不可轻举。"是时，边患方深，议者不已。至秋，遂命李继隆出环州，丁罕出庆州，范廷召出延州，王超出夏州，张守恩出麟州，五路趋平夏，竭内帑之财，罄关中之力。继隆与丁罕兵合，行十数日，不见贼；张守恩见贼不击，相继引还。王超、范廷召至乌白池，以诸将失期，士卒困乏而还。是时，臣父皓隶廷召麾下，并见轻举之害。然继迁当兄继捧入朝之后，为曹光实掩袭之余，遁逃之迹，穷蹙可知。凉州潘罗支、沙州曹延禄，皆受朝廷节度使，犄角追讨灵州河外，大掠河西北。藏才等数十大蕃族，皆有仇怨，愿助国讨除尚犹积年不能扑灭。太宗又谓宰臣曰："卿等莫有擘画否？"时宰臣相顾

错愕，莫能对，太宗亦不悦。久之，真宗即位，监追讨之弊，愍关辅之劳，惟戒疆吏谨烽候，严卒乘，来即驱逐，去勿追捕。尝出陕右地图，自指山川堡塞，以示辅臣，令移民简费。又以泾原最要害，屯兵且众，命增置钤辖、都监，以备奔轶。此实真宗之远图也。

然拓拔之境，自灵武陷没，银、绥割弃以来，假朝廷威灵，聚中原禄赐，略有河外，服属小蕃，德明、元昊久相继袭，货易华戎，捃剥财利，拓地千余里，积货数十年，较之继迁，势已相万。其于朝廷，待以羁縻，置而不问。刍豢过饱，猖獗遽彰，议者莫不欲大行诛讨。然而兵者凶器，战者危事，圣人不得已而用之。自昔兵家皆欲先胜而后战，即举无遗策。以继迁穷蹙，比元昊富厚，事势可知也；以先朝累胜之军，较当今关东之兵，勇怯可知也；以兴国习战之师，方缘边未试之将，工拙可知也；继迁逃伏平夏，元昊窟穴河外，地势可知也。若分兵深入，则军行三十里，自赍粮糗，不能支久，须载刍粟，难于援送。师行贼境，利于速战，傥进则贼避其锋，退则敌蹑其后，昼设奇伏，夜烧营栅，师老粮匮，深可虞也。若穷其巢穴，须渡大河，既无长舟巨舰，则须浮囊挽缆，贼列寨河上，以逸待劳，我师半渡，左右夹击，未知何谋可以捍御？臣以为不较主客之利，不计攻守之便，议追讨者，是为无策。

若缮治壁垒，修利器械，约束将佐，控扼险阻，但趣过于岁月，不预计于胜负，是今之常制也。所虑体分势异，众力不齐，旷日持久，军食难继，事不先定，必有后忧。若诘以威令，格以干羽，胜决帷幄，师行枕席，必有成算，系于前筹，此非臣之所及也。谨上十策：一，教习强弩以为奇兵；二，羁縻属羌以为藩篱；三，诏唃厮啰父子并力破贼；四，度地形险易远近、寨栅多少、军士勇怯，而增减屯兵；五，诏诸路互相应援；六，募土人为兵，号神虎保捷，州各一二千人，以代东兵；七，增置弓手、壮丁、猎户，以备城守；八，并边小寨，毋积刍粮，贼攻急则弃小寨，入保大寨，以全兵力；九，关中民坐累若过误者，许入粟赎罪，铜一斤为粟五，以赡边计；十，损并边冗兵、冗官及减骑军，以纾馈运。[1]

赵祯皇帝阅奏后，召集宰执商议，认为夏竦所言颇为可取，采纳了其意见。但是，实际上，有些策略虽然被采纳，在实施过程中却未能充分落实。有些措施，比如减少骑兵等，也被一些官员认为大大不妥。

六月壬午，赵祯下诏削夺赵元昊官爵，除属籍，又下令将元昊画像在边境四处张贴，募人擒拿元昊，若能将元昊斩首献上，即可封为定难节度使。又宣布，元昊界蕃汉职员能率族归顺者，加官晋爵。

就在这个月，赵祯下诏徙监泰州酒税、秘书丞余靖知英州，迁崇信掌书记，监郢州酒税尹洙为太子中允、知长水县，乾德县令欧阳修为镇南掌书记、权武成军判官。这个消息传到越州后，范仲淹大感欣喜。在他看来，这是朝廷决定重新重用余靖、尹洙、欧阳修

---

[1] 《续资治通鉴长编》卷一百二十三宝元二年六月条。

等人的征兆。此三人因他而被贬官,范仲淹一直感到内疚,如今他们三人有望重新被重用,他心底自然感到欣慰。

宝元二年七月癸卯,赵祯下诏令鄜延、环庆副都部署刘平兼管勾泾原兵马事。甲寅,以右司谏、直集贤院韩琦为起居舍人、知谏院。之前,韩琦出使辽朝,回京城后出任同三司省国用,如今转官为起居舍人、知谏院,可见赵祯对其愈加信任。戊午,赵祯又徙判郑州陈尧佐判永兴军,知永兴军夏竦知泾州兼泾原秦凤路缘边经略安抚使、泾原路都部署,知延州范雍兼鄜延环庆路缘边经略安抚使、鄜延路都部署。本职官兼经略安抚使,虽官品未升,但因为监管了军事事务,权力大增,尤其是缘边经略安抚使,那就是真正的封疆大吏,地位尤其高。

炎炎盛夏,不知出于何因,赵祯皇帝突然生病,太医数次进药,不见全好。知谏院韩琦请自今起皇帝双日只到后殿视事。赵祯问辅臣前代惯例,宰相张士逊说:"唐每五日一开延英殿,是为了以必要的闲适来辅养皇帝的精神。"赵祯皇帝听了摇摇头,笑着说:"前代帝王,无不是最初勤于政事,而后失于逸豫,不可不戒也。"于是每日上朝如故。

七月甲子,新判永兴军陈尧佐复判郑州。当时御史说西边用兵,应该用有重望的大臣以镇关中。陈尧佐自陈与范雍为亲家而力辞之。

此月,赵祯徙知并州、龙图阁学士、工部侍郎杜衍知永兴军,加刑部侍郎。右谏议大夫、集贤院学士任中师为龙图阁直学士、知并州。赵祯非常信任任中师,亲自赐其御剑,令他便宜从事。戊辰,秦凤部署司向赵祯皇帝上奏说,笮篥城蕃部唃厮波等前来归附。

知庆州、礼宾使张崇俊上书说："知丰州王庆余之祖王承美，本来是藏才族的首领，自从归附朝廷后，于府州西北二百里处建了丰州。朝廷以承美为防御使，知蕃汉公事。藏才族一共有三十八族，在黑山前后，承美每年自丰州带着锦袍、腰带、彩茶等物品前往招诱，这些部族有时候也将羊马入贡京师，部族内的人犯了罪，就会移报给丰州，王承美以蕃法处之。天圣初，承美死。他的子孙虽相袭知丰州，但是从未被封为侍禁、殿直，又因为多年不习边事，威望不振，以致藏才族至今各置首领，而不常向丰州汇报。且藏才族十余万众，人马勇健，与元昊贼子是世仇。故请求选王氏族中有才干机略者，加官晋爵，令其知丰州，同时秘密派人带金帛和悬赏元昊首级的敕书，散与藏才三十八族，其势必能共力对付元昊。又听说唃厮啰已发人马入西界，若能使藏才族与唃厮啰配合攻打元昊，那么元昊就会有腹背受敌之患。"赵祯皇帝觉得张崇俊之策甚好，但是犹豫再三，终于没有按照张崇俊之策选人替换王庆余。

且说王德用因为孔道辅等的进言而被罢后，河东都转运使王沿又上书说王德用曾经私自下令府州折继宣市马。于是，七月己巳日，赵祯皇帝降武宁节度使王德用为右千牛卫上将军、知随州，仍旧特置判官一员。因为王德用被一贬再贬，其家人都惶恐不已，但王德用举止言色如常，只是谢绝宾客而已。

宝元二年九月，太子中允、直集贤院富弼就赵元昊事上疏。疏曰：

> 窃闻去岁十二月赵元昊反，陛下召辅相于宴会，不容顷之间，辅相驰车马于康衢，殊乖坐镇之重。变起仓卒，事无准绳，众皆谓之忽然，臣则知其有素。昔者元昊

常劝德明勿事中朝，且谓所得俸赐只以自归，部落实繁，穷困颇甚，苟兹失众，何以守邦，不若习练干戈，杜绝朝贡，小则恣行讨掠，大则侵夺封疆，上下俱丰，于我何恤。时德明以力未甚盛，不用其谋。岂有身自继立而不行其说邪！此元昊反状有素者一也。自与通好，略无猜情，门市不讥，商贩如织，纵其来往，盖示怀柔。然而迹稔则容奸，事久则生变。故我道路之出入，山川之险夷，邦政之臧否，国用之虚实，莫不周知而熟察。又比来放出宫女，任其所如，元昊重币市之，纳诸左右。不惟朝廷之事为其备详，至于宫禁之私亦所窥测。济以凶狡之性，贪欲之谋，岂顾守宗盟，坐受羁制！此元昊反状有素者二也。西鄙地多带山，马能走险，瀚海弥远，水泉不生，王旅欲征，军需不给。穷讨则遁匿，退保则袭追，以逗挠为困人之谋，以迟久为匮财之计。元昊恃此艰险，得以猖狂。复知先朝加兵于我，而终弃灵、夏，况我强盛百倍往时，今若称兵，必能得志。此元昊反状有素者三也。朝廷累次遣使，元昊多不致恭，或故作滞留而不迎，或佯为匆遽而见迫，或欲负扆而对，或欲专席而居。虽相见之初，暂御臣下之服，而送出之后，便具帝者之仪。盖久已称尊，成其骄态，忽下编于臣列，深耻见于国人，日讲异图，自求足志。此元昊反状有素者四也。顷年灵州屯戍军校郑美奔戎，德明用之持兵，朝廷终失灵武。元昊早蓄奸险，务收豪杰。故我举子不第，贫贱无归，如此数人，自投于彼。元昊或授以将帅，或任之公卿，推诚不疑，倚为谋主。彼数子者，既不得志于我，遂奔异域。观其决策背叛，发愤包藏，肯教元昊为顺乎，其效郑美必矣。此元昊反状有素者五也。西北相结，乱华为虞，自古闻之，于今见矣。顷者，元昊援契丹为亲，私自相通，共谋寇难，缓则指为声势，急则假其师徒，至有掎角为奇，首尾相应。彼若多作牵制，我则困于分张。盖先已结大敌之援，方敢立中原之敌。此元昊反状有素者六也。

是六者，岁月已久，中外共闻，而天子不得知，朝廷不为备，养成深患，遂至大骚。此乃两府大臣之罪也。臣今略举八条，止为戎事，未论其他。伏惟圣明详择。

一事。伏闻元昊遣使，全拟契丹，部伍甚雄，辞礼俱亢。观其勇悍难制，强辨自高，若非使者请行，即是元昊选任，取其筹划，推为腹心，必谓不敢加诛，得以恣行倔强，以能揣敌情为有智，以不辱君命为得贤。我若察其所叛之谋，知其所来之意，是存之则元昊遂其志，诛之则元昊丧其魄。所宜始至之日，尽斩都市，事出不意，乖其本谋，实时宣闻，遂行削夺。或命将致讨，或发兵备边，上则可以示大邦不测之威，下则可以杜小人好乱之渐，岂不韪哉！岂不快哉！戎人必惮而失图，战士必为之增气。而反远从境上，召至都下，恣其货易，待以雍容，重币遣还，优辞慰恤者，岂非冀其回心易虑，而服义向化乎？夫朝廷结以恩信，凡四十载，尚无怀感之意，终致反常之祸，岂兹姑息，遂可悛移！且以放还谓之怀柔耶，则元昊悖逆之性，岂怀柔之肯驯！谓之矜恕耶，则元昊僭窃之罪，何矜恕之可忍！谓之他计，率无可观。只是执事者选懦自居，优游不断，杀之恐其急击，囚之恐其有辞，遂至放还，假示宽贷。向若未能加戮，只宜境上斥回，使其不测浅深，犹可谓之下策。召而复遣，理有可从，乃是大国之谋，悉为小戎所料，遂其所以能揣敌情之智，成其所以不辱君命之贤。况当时调发，正当辇运相属，道路杂沓，民口沸腾，使之往来，尽得闻见。谋事如此，取侮之道也。

二事。伏自元昊称乱，西鄙震惊，或帅臣乞师，或朝议遣戍，缘边要害，宿兵猥繁，虽旧不侔，然亦不过三二十万，京师屯卫则差减，天下禁旅则尚多，起为应兵，未尝乏使。窃见自去年十二月至今年四月，未及半年之内，相继三度拣军，皆遣使臣，传布宣命，每至郡邑，无不张皇，仍带殿侍数员，番次押人赴阙。村民恐惧，谓点乡军，致有奔窜山林，钻凿支体，不顾伤毁，苟避刺黥。久乃知其非然，其如终是已惑。三拣兵士，厥数臣则不知，然观此施为，所获必鲜。若其事频惊众，则莫甚于兹。臣又伏思，内则省廷，外则转运司以至州县，勤劳供职，严峻用刑，所急之须，惟财赋是务，尽农亩之税，竭山泽之利，舟车屋宇，虫鱼草木，凡百所有，无一不征，共知困穷，都为赋敛。自来天下财货所入，十中八九赡军。军可谓多矣，财可谓耗矣。今始用武，遽称乏人，即不知向时所赡之军何在，所耗之财何益！殊未战斗，已大惊扰。万一或致败衂，频有杀伤，须行补添，别设应援，至时又不知调发者何所，拣选者几番！比之今来，必大兴作。凡系兵籍，既已不充，所谓乡军，岂免强配。此时百姓所惧，将来必见不虚。若果行之，所患非细。

三事。伏见今年四月降中书札子，称臣僚上封，财赋所出，各有攸司，由外以充内，自下而奉上者也。又曰仍取羡登，用备供入。乞戒谕诸路转运司，如用度阙，须管自擘划支赡，若的是圆融不出，即许于邻道钱谷有剩处支那，不得更似日前，乞自京般请钱银之类，遍行下者。伏以国初疆境甚隘，财赋至微，而征伐不停，用度亦足。洎太祖、太宗尽取川蜀、河东、江南、两浙、荆南、湖南、广南、闽、粤之地，何啻万里，不许逐方私积宝货，当时尽归京师。且以后来赋税无不经度，逐州只留实约军费，其余每岁尽数上供。民力所输，秋毫无隐，不间远迩，不问炎凉，辇运纵横，水陆奔凑，官司督责，时无暂休。凡天下如此者已七十年矣，岂非由外以充内，自下而奉上者乎。而又干戈不作，华夏底宁，惟是常须，绝无他费。臣谓都下财货，固当在处如阜，有入无出，莫知纪极。今诸路运司以逐州实约之费无多羡余，其间年岁有凶歉，则必蠲除，朝廷有要索，则必应副，多方搜括，才可张罗。若又分外督之，不知出于何所。朝廷既行诫谕，运司不敢冒违，无计以供，惟民是取。民若可出，岂复行仁，民又不禁，必生怨怒，亏损和气，驯致深忧。况是元昊扰边，陕西被苦，士马日济，刍粟顿加，缮治甲兵，修筑城垒，百役兴作，万倍艰难。复值旱灾，无收农赋，中籴之入既不厚，鬻爵所得又不丰，数十万兵，何所仰给？坐观困敝，不行救恤，而执事者尚曰："财赋者由外以充内，自下而奉上。尔之不足，不系于我，尔自营求。"是何乖方之深也！窃闻太宗皇帝初实内帑，尝谓侍臣曰："河东敌境甚迩，吾必取之，至时不免扰民。今内帑所积，以备调发。"

盖重扰民也。其后皆如诏，卒不挠下。今元昊背畔，关中用兵，要在安民，图共御寇，而反靳中府无用之物，扰四方已困之民，惜财费人，非太宗皇帝之用心也。

四事。窃见去岁降诏，令内外两省官及诸司使副在边者并军职、刺史等近百人，各同罪保举殿直京官已上，委无赃私，即充边任者。臣闻有德者然后知人之德，有才者然后识人之才。无德者见有德必憎，非才者见有才必忌，惟憎与忌者，固非存公。万一才德虽疏，憎忌不作，其如所见相戾，所为相乖，使之择人，何由得士。臣又闻官大者德未必大，位高者才未必高。若限以官选求，必恐其才德遗逸。小而下者，安可厚诬。京朝官殿直之流，固有可采，借奉职选人之辈，岂尽无能！假有两省识一选人果有奇才，又有诸司使副识一借职果有异术，皆可荐举，寘于边陲，而限以诏条，须且弃置。宛转寻访，别得所闻，久谙与旋择固殊，目睹与耳闻又邈，限官而选，得士为难。臣伏望两省官、诸司使副或军职、刺史在边者，不可一例受诏。宜令两府精择有才识公望卓然为人所称者，方令举官，仍宜不限品秩，自借奉职选人以上，皆得充举。所保之事，须保堪任边上重难任使，如上之所陈。或本人边事不集，并当同罪，则人人自畏，岂敢容易而举哉？十得十，百得百，不虚受，不滥赏，断可知矣。

五事。窃闻鄜延路尝与蕃兵接战，有一寨主为蕃兵所得，及掳去军民甚众，西头供奉官、阁门祗候马遵引兵追战，实时夺回。延帅范雍及副部署刘平奏乞酬奖，朝命只迁东头供奉官而已。夫马遵者，出死力，突坚围，引既岫之兵，入不存之地，夺已擒之将士，拔已陷之师徒，虽非大功，亦可谓之奇节矣。伏见范雍、刘平者，国家方大倚注，保奏理合超迁，只进一官，殊乖舆论。当兹始初用武，尤在赏劝激人，苟未得宜，必难励众。臣窃闻河北一都巡检王守琪捉杀得浊流寨溃散兵士二三十人，自礼宾副使转供备库使，差知陇州。又见京东都巡检李知和捉得劫贼七人，自内殿崇班转供备库副使。此二贼徒者，只是草窃之辈，固非勍敌之人，杀之不足震天威，纵之不能成大患，而王守琪则骤迁十余级，李知和亦超转两资官。至于马遵者，出境讨贼，不顾存亡，援溺救焚，皆得全活，上可以壮朝廷之武，下可以抑僭国之强，比王、李之功效则度越有余，比王、李之迁酬则数倍不足，边臣见之失色，元昊闻之长奸，用人若斯，致寇之道也。

六事。近于七月中，伏闻中书、枢密院同进购募元昊科格，遂告示天下者。夫购者起于乱秦，用于末世，三代已往，不闻有此，岂我太平之世，天下一统，偶有小丑，辄滋背畔，稽之典策，自存讨御，而执事者不为良画，遽劝陛下行乱秦末世之事乎？既非至公之谋，又非常行之法，然有不得已者，亦或为之。何则？苦于用兵，为助兵之术，则购之，汉高祖购项羽是也。兵力骤败，敌势转盛，内怀震惧，计无所出，则购之，王莽购刘缜是也。用兵不一，困于支离，敌又相乘，力未能应，则购之，梁太祖购刘知俊是也。一夫跳走，不知所从，虽有兵甲之强，无以加讨，则购之，楚平王购伍员之类是也。四购虽设，无一获者，是购为无益，不可全任明矣。

七事。伏闻秋初，夏守赟为枢密使。夫枢密之任，秉国大权，起于有唐，始用宦者，降及后世，更以武臣。国家恩礼益隆，委任尤重，本天下之兵柄，代天子之武威，势均中书，号称两府，苟为轻授，不若阙官。夏守赟早事先朝，尝参储吏，既缘攀附，渐致显荣，但事贵骄，罔思畏谨，每更剧任，颇乏清名，才术无闻，公忠弗有，一旦擢居众贤之上，俾赞万务之机，朝命则行，人心不允。伏况元昊作梗，西陲用兵，上资睿圣之谋，下取枢臣之画，庶臻泰定，以安黔黎。所宜遴择才能，削平祸乱，而罔询厥德，遽用斯人，不问贤愚，皆所轻笑，亟宜罢免，以重观瞻。臣又虑议者以其尝为攀附而谓之亲信可使，以其久历寄任而谓之耆旧可尊，以其官是节制而谓能知兵，以其貌甚魁梧而谓能镇俗。是皆不然。惟尽公者可以亲信，不主乎攀附之遇。惟宿德者可谓耆旧，不主乎寄任之多。有才武而好学则能知兵，不在乎官。有器业而不佻则能镇俗，不在乎貌。伏惟陛下察守赟之所立，验守赟之所为，可谓尽公、宿德者乎？可谓有才武而好学、有器业而不佻者乎？

八事。伏闻西鄙用兵已来，不住差移武臣往彼，每有过阙下而求见者，多不许见。臣窃详所谓，未见其宜。谓之天子至尊，不可令小臣浼渎，则非所以询刍荛而广接纳也。谓之循守旧例，未尝许小臣求见，则方今用兵要在开通壅塞，与旧不侔，非可以循旧例阻绝人臣之时也。谓之武臣多鄙，不可令容易面对，则既已委任，用为好人，非所宜鄙之也。谓之朝廷差除，自有命令，本职所管，自有局分，不必令对，则用兵之际，事与旧殊，本职或有更张，局分亦有规制，何由闻达，非所以博究利病而翦除凶孽之意也。以此四事求之，臣故曰窃详所谓，未见其宜。今边寇方兴，陕西大扰，朝廷多发兵伍，选任武臣，虽则直御寇戎，盖亦旁备它盗。凡有武臣请对，必于边事有闻，陛下听朝之余，何惜一见。召于咫尺，待以从容，霁其威颜，加之善诱，使无惧慑，尽意敷陈，然后观其奏对之是非，察其趋向之邪正，可者则奖激而遣之，不可亦优容而罢之。如此，则谓官家知我姓名，身心有所分付，不患边奏不省，不忧权臣害能，各尽所怀，无不感悦，勇锐而去，罄竭为期，刻志夷凶，立功报主，局分岂有不集，边事岂有不宁！圣人所以感人心而天下和平者，盖用此矣。又何忧乎叛寇，何恤乎用兵！陛下勤劳之心，岂不至哉！接纳之礼，岂不优哉！闻见之事，岂不博哉！议者又谓臣曰：此非主上怠于勤劳，而疏于接纳，盖执政者自知致寇，常虑获辜，不欲许人非次上殿，或论奏四方之事，或指陈两府之非，开悟圣人聪明，则非己之利也。故但奏云某人已有差使，某人已与迁陟，所求入见，不宜允从，只是徼望恩荣，别希锡赐。以此罔上，上以为然，意要阻绝天下是非，蔽塞天子耳目，自以为安身之计也。臣谓果有是事，则非臣所知，惟在陛下察其忠邪而进退之，则苍生之福也，宗社无疆之庆也。[1]

---

1 《续资治通鉴长编》卷一百二十四宝元二年九月条。

冬十月辛酉，赵祯以环州生户啰埋为右班殿直，以其子日威为本族军主。啰埋曾经接受元昊授予的防御使之职，如今率其族来归，赵祯与宰臣商议后，决定给其加官，以利用其族之力对付元昊。

庚午，赵祯下诏赐麟、府州及川峡军士缗钱，以此鼓励将士。

丁酉，武宁节度使、知枢密院事盛度因为侵占民房被降为尚书右丞，知扬州。尚书左丞、参知政事程琳因为巧谲市第被降为光禄卿、知颍州。御史中丞孔道辅则因替程琳说情被降为给事中，知郓州，刑部员外郎、天章阁待制庞籍迁知汝州。

这几位官员被贬，都是因为使院行首冯士元犯罪被牵连。御史中丞孔道辅被牵连，则是中了宰相张士逊设的圈套。张士逊向来讨厌程琳，也暗恨孔道辅不附己，想要寻机并逐二人。他察觉出皇帝不认可程琳，便对孔道辅说："陛下对程公甚厚，如今他为小人所诬，你应该去见陛下为程公辩解啊。"孔道辅是个直性之人，于是去见赵祯皇帝，上言说程琳罪轻，不足以治重罪。如张士逊所料，赵祯果然大怒，认为孔道辅结交朋党，因此将他贬了官。

壬寅，右谏议大夫、参知政事王鬷为工部侍郎，知枢密院。翰林学士、刑部员外郎、知制诰宋庠为谏议大夫、参知政事。

赵祯考虑到刑部员外郎、直史馆、同修起居注宋祁按照升迁次序应当知制诰，但因为兄宋庠已在中书，于是授其为天章阁待制、同判礼院。

因为陕西用兵，调费日蹙，宋祁上疏，论三冗三费。上疏曰：

> 兵以食为本，食以货为资，诚圣人所以一天下之具也。以天下取之，以天下用之，量入为出，故天子不得私

焉。今左藏无积年之镪，太仓无三岁之粟，南方冶铜匮而不发，承平如此，已自凋困，何哉？良由取之既殚，用之无度。今朝廷大有三冗，小有三费，以困天下之财。财穷用褊，更欲兴数十万众以事境外，可谓无谋矣。陛下诚能超然远览，烛见根本，去三冗，节三费，专备西北之屯，尚可旷焉高枕，无匮乏之患。

何谓三冗？天下有定官，无限员，一冗也。天下厢军不任战而耗衣食，二冗也。僧道日益多而无定数，三冗也。三冗不去，不可以为国。请断自今日，僧道已受戒具者姑如旧，其方着籍为徒弟子者悉还为民，勿复岁度。而州县寺观留若干，僧道定若干，后毋得过此数。此策一举，得耕夫织妇数十万人，一冗去矣。天下厢军，不择屠小冗弱，而悉刺之，才图供役，本不知兵。亦且月费廪粮，岁费库帛，数口之家，不能自庇，于是相挺逃匿，化而为盗贼者，不可胜计。朝廷每有夫役，更籍农民以任其劳，假如厢军可令驱以就役，又且别给口券，复觊赐钱，广募之无益。请罢天下招厢军，其已在籍者许备役终身，如此，则中下之家悉入农业，又得力耕者数十万，则二冗去矣。国家郡县素有定官，譬以十人为额，常以十二加之，即迁代罪谪，足以无乏。今则不然，一官未阙，十人竞逐，纡朱满路、袭紫成林，州县之地不广于前，而官五倍于旧，吏何得不苟进？官何得不滥除？请诏三班审官院、内诸司、流内铨明立限员以为定法，其门荫、流外、贡举之色，实置选限，稍务择人，候有阙官，计员增吏，则三冗去矣。

何谓三费？一曰道场斋醮，无日不有，或七日，或一月，或四十九日，各挟主名，未始暂停，至于蜡、蔬、膏、面、酒、稻、钱、帛，百司供亿，不可赀计。而主者利于欺攘，故奉行崇尚峻于典法，皆以祝帝寿、奉先烈、祈民福为名，欲令臣下不得开说。臣愚以为陛下上事天地宗庙，次事社稷百神，醴酪粢盛，牺牲玉币，使有司端委而奉之，岁时而荐之，足以竦明德于天极，介多福于黔庶，何必道场斋醮，希屑屑之报哉？是国家抱虚以考祥，小人诬神而获利耳。宜取其一二不可罢者，使略依本教，以奉薰修，则一费节矣。二曰京师寺观，或多设徒卒，或增置官司，衣粮所给，三倍它处。帐幄谓之供养，田产谓之常住，不徭不役，坐蠹齐民。而又别饰神祠，争修塔庙，皆云不费官帑，自募民财，此诚不逞罔上之尤者。夫民藏于国，国藏于民。财不天来，而由地出也。役不使鬼，而待人作也。舍国取民，其伤一焉。请一切罢之，则二费节矣。三曰使相、节度，不隶藩要，贪取公用，以济私家。迹夫节相之建，或当边镇，或临师屯也。公用之设，所以劳众而飨宾也。今则不然，大臣罢黜，率叨恩除，取生人之资力，为无功之奉养，坐縻邦用，莫此为甚！请自今地非边要、州无师屯者，不得建节度，已带节度，不得留近藩及京师，则三费节矣。

　　臣又闻之，人不率则不从，身不先则不信。陛下若能躬服至俭，风示四方，衣服醪膳，无溢旧规，请自乘舆始；锦彩珠玉，不得妄费，请自后宫始。然后天下向应，民业日丰，人心不摇，师役可举，虽使风行电照，饮马西

417

河，蠢尔戎酋，可玩之股掌中矣，宁与今日诛求财用，课盐榷茗，为戚戚之计者同日语哉！[1]

在陕西边境，元昊骚扰进攻愈加频繁。延州东路巡检潘湜与儿子若愚、若谷在与夏军作战时，皆以身殉国。战报送到京城，赵祯为潘家父子三人的悲壮故事所感，于甲辰日下诏赠右侍禁、阁门祗候潘湜为登州刺史，追赠其子若愚、若谷并为右班殿直，以其子若冲三班奉职，若钦三班借职。

十一月，元昊发兵进攻保安军，鄜延钤辖卢守懃等打退了元昊的进攻，元昊又派三万骑围攻承平寨。当时，鄜延部署许怀德正在城中，便率劲兵千余人突围。夏军聚集起来，排出战阵，派人出阵前据谩骂。许怀德引弓射杀，夏军于是撤退而去。同月，环庆钤辖高继隆等出兵破夏军于后桥寨。

十二月，赵祯下诏，赐自今至鄜延路的马递及急脚铺卒缗钱，又赐鄜延路戍兵缗钱。乙丑，下诏奖保安军守御之功，以鄜延钤辖、六宅使、荣州防御使卢守懃为左骐骥使，宁州都监、东头供奉官、阁门祗候郑从政为内殿崇班，权东路都巡检左侍禁张建侯、南安寨策应左侍禁李惟熙并为东头供奉官；以东路巡检、右侍禁、阁门祗候孟方为西头供奉官，保安军北路巡检、左侍禁、南安寨策应、右班殿直赵瑜为右侍禁，都巡检司指使、散直狄青为右班殿直。蕃官巡检、礼宾副使米知顺降敕书奖谕。西河人狄青军功最多，所以越四级授予其右班殿直。

此月，刘怀忠与夏军作战，其妻黄赏怡率兵援助，多所俘获，

---

[1]《续资治通鉴长编》卷一百二十五宝元二年十一月条。

一时间传为佳话。丙寅，赵祯下诏封黄赏怡永宁县君。

孔道辅被贬郓州，方知为宰相张士逊所陷害，心中怨怒，行至韦城，发病而卒。

润十二月己酉，赵祯下诏，令开封府推官、太子中允、直集贤院富弼知谏院。

壬子，赵祯又下诏赐陕西及麟、府、石三州缘边军士缗钱。

这年末，直史馆苏绅上奏，陈八事，奏云：

> 一曰重爵赏。先王爵以诏德，禄以赏功，名以定流品，位以居才实，未有无德而据高爵，无功而食厚禄，非其人而受美名，无其才而在显位者。不妄与人官，非惜宠也，盖官非其人，则不肖者逞。不妄赏人，非爱财也，盖赏非其人，则徼幸者众也。非特如此而已，则又败国伤民，纳侮贻患，上乖天气，下戾人心。灾异既兴，妖孽乃见，故汉世五侯同日封，而天气赤黄，及丁、傅封而其变亦然，杨宣以为爵土过制，伤乱土气之祥也。

> 二曰慎选择。今内外之臣，序年迁改，已为官滥。而复有论述微效，援比希进者，朝臣则有升监司，使臣则有授横行。不问人材物望，可与不可，并甄录之，不三数年，坐致清显。如此不止，则异日必以将相为赏矣。

> 三曰明荐举。今有位多援亲旧，或迫于权贵，甚非荐贤助国，为官择人之义。若要官阙人，宜如祖宗故事，取班簿亲择五品以上清望官，各令举一二人，述其才能德业，陛下与执政大臣参验以擢之。试而有效，则先赏举者，否则黜责之。如此，则人人得以自励。又选人条约太

严。旧制三人保者迁京官，今则五人。旧转运使、提点刑狱率当三人，今止当一人。旧大两省官岁举五人，今才举三人，升朝官举三人，今才举一人。旧不以在任及所统属皆得荐举，今则须在任及统属方许论荐。驱驰下僚，未免有贤愚同滞之叹也。

四曰异服章。朝廷中有执技之人与丞郎清望同佩金鱼，内侍班行与学士同服金带，岂朝廷待贤才加礼遇之意？宜加裁定，使采章有别，则人品定而朝仪正矣。

五曰适才宜。古者自黄、散而下，及隋之六品，唐之五品，皆吏部得专去留。今审官院、流内铨则古之吏部，三班院则古之兵部。不问官职之闲剧，才能之长短，惟以资历深浅为先后，有司但主簿籍而已。欲贤不肖有别，不可得也。太宗皇帝始用赵普议，置考课院以分中书之权，今审官是也，其职任岂轻也哉？宜择主判官，付之以事权，责成其选事。若以为格例之设已久，不可遽更，或有异才高行，许别论奏，如寇准判铨，荐选人钱若水等三人，并迁朝官，为直馆。其非才亦许奏殿，如唐卢从愿为吏部，非才实者并令罢选，十不取一是也。

六曰择将帅。汉制边防有警，左右之臣，皆将帅也。唐室文臣，自员外郎、郎中以上，出为刺史、团练、防御、观察、节度等，皆是养将帅之道，岂尝限以文武？比年试武举，所得人不过授以三班官，使之监临，欲图其建功立事，何可得也？臣僚举换右职者，必人才弓马兼书算策略，亦责之太备。宜使有材武者居统领之任，有谋画者任边防之寄，士若素养之，不虑不为用也。

七曰辨忠邪。夫忠贤之嫉奸邪，谓之去恶，恶不去则害政而伤国。奸邪之陷忠良，谓之蔽明，明不蔽则无以稔其慝而肆其毒矣。忠邪之端，惟人主深辨之。自古称帝之圣者，莫如唐尧，然而四凶在朝，圮毁善类。好贤之甚者，莫如汉文，然而绛、灌在列，不容贤臣。愿监此而不使誉毁之说得行，爱憎之徒逞志，则忠贤进而邪慝消矣。

八曰修备豫。国家承平，天下无事，将八十载，民食宜足而不足，国用宜丰而不丰，甚可怪也。往者，明道之初，虫螟水旱，几遍天下。始之以饥馑，继之以疾疫，民之转流死亡，不可胜数。幸而比年稍稔，流亡稍复，而在位未尝留意于备豫。夫备豫之道，莫若安民而厚利，富国而足食。欲民之安，则为之择守宰，明教化；欲民之利，则为之去兼并，禁游末，恤其疾苦，宽其徭役，则民安而利矣。欲国之富，则必崇节俭，敦质素，蠲浮费；欲食之足，则省官吏之冗，去兵释之蠹，绝奢靡之弊，塞雕伪之原，则国富食足矣。民足于下，国富于上，虽有灾沴，不足忧也。[1]

赵祯皇帝对苏绅的上奏甚是看重，专门送到史馆令修撰。苏绅又上奏，奏云：

今边兵止备陕西，恐贼出不意，窥视河东，即麟、府不可不虑，宜稍移兵备之。鄜延与原州、镇戎军皆当贼

---

[1] 《续资治通鉴长编》卷一百二十五宝元二年闰十二月条。

冲，而屯兵众寡不均。或寇原州、镇戎军，则鄜延不能应援。陕西屯卒太多，永兴为关陇根本，而戍者不及三千。宜留西戍之兵壮关中形势，缓急便于调发。郡县备盗不谨，请增尉员，益弓手籍。[1]

苏绅的上奏，所论利害之处甚多。

关于如何对付元昊，知延州范雍也有上奏。奏云：

> 自昊贼不臣，鄜延、环庆、泾原三路并近贼界，河南麟、府亦接连延州，最当要害。其地阔远，而贼所入路颇多。又寨栅疏远，土兵至少，无宿将精卒，熟谙山川形势。昨僭称使人，直来本州，当时以边备未修，不欲约回。及朝廷却其蕃部驼马，益慢侮不肯收接，复要开置榷场。既不得如请，积怀奸谋，遂招降熟户，要坏缘边篱落。近于十一月中，尽点其众作五头项，每头项八溜，共四十溜，欲尽收熟户于所住坐处下寨。上假天威，偶然杀戮得退。今缘边七百里兵相继不绝，虏刘怀忠族寇保安军，虽尽遣官兵，分路以出，但虏贼众倍多，未能御敌。

> 然自有边事以来，当州常控制不暇。其环庆路边寨甚密，远者不过四五十里，近者三十里，列据要害，土兵得力。贼又不知彼处山川道路，兼有宿将刘平、赵振在彼。其泾原路，即镇戎军、渭州，城壁坚固，屯兵亦众，复有弓箭手、蕃落骑精强，况高继嵩累经任使，其余偏裨，并是诸处选换之人，兼有西蕃瞎毡牵制，贼众不敢辄进。河

---

[1]《续资治通鉴长编》卷一百二十五宝元二年润十二月条。

东远在一隅，地阻兵强，并无事宜。惟知此路官军不多，土兵又少，间出冲突。今东路自承平至安远，约二百里，自长宁至承平百余里，自长宁至黄河一百里，中间空阙，并无城寨。旧分三道，兵马控扼，每处约三千人正军，每军须得阁门祗候、诸司使副一两人，指使、班行四五人，前后排布。缘临阵斗敌，事不可测，缓急更须藉人。今旋抽差同州都监朱吉、环州都监孟方，各领一将兵马。其孟方近因抗对，副总管许怀德捃拾申奏，虽已告朝廷权留、尚虑其人怀不安之心。且怀德新落兵权，未尝历军阵，东路巡检高继升又在道物故，保安军德靖寨控数路之要，而钤辖卢守勋亦在病告，遂差都监黄德和往彼，恐不为将士所服。见全阙官兵，先曾奏请。如贼入一路，即令诸路举兵以牵制之。朝廷已降处分，及贼奔冲之时，移牒诸路，惟环庆泊河东路出兵深入，因得破贼后桥。今闻上言者以为引惹生事，乞不酬赏。是欲坐观此路被害，更无首尾相救之势，万一败事，臣虽尽死节，已误国家之寄。望察不当职臣僚上言之弊，更严下约束，如诸路因牵制而获功者，即明行军赏。傥一路获全，则诸路皆得无虞。仍乞早选差官兵，共力御贼。[1]

近年底时，鄜延、环庆副都部署刘平上攻守之策。奏曰：

五代之末，中国多事，四方用兵，惟制西戎，似得长

---

[1]《续资治通鉴长编》卷一百二十五宝元二年润十二月条。

策。于时中国未尝遣一骑一兵，远屯塞上，但任土豪为众所服者，以其州邑就封之。凡征赋所入，得以赡兵养士，由是兵精士勇，将得其人，而无边陲之虞。太祖廓清天下，谓唐末诸侯跋扈难制，削其兵柄，收其赋入。自节度使以下，第其俸禄，或四方有急，则领王师行讨，事已，兵归宿卫，将还本镇。虽为长策，然当时大臣不能远计，亦以朔方李彝兴、灵武冯继业徙于内地，自此灵、夏渐散，中国命将出守，发兵就屯，千里馈粮，远近骚动，十年之中，兵民交困。灵武既失守，赵德明以僻守一隅，且惧问罪，亟驰驿奏，愿备藩臣。朝廷姑务息民，即以灵、夏两镇授之。德明潜治甲兵，日滋边患。当时若止弃灵、夏、绥、银四州，限山为界，使德明远遁漠北，则无今日之患。既以山界蕃汉人户并授之，而鄜延、环庆、泾原、秦陇岁宿兵数万。

今元昊僭逆，恣行杀害，众叛亲离，复与唃厮啰相持已久，结隙方深，此乃天亡之时。臣闻寇不可玩，敌不可纵。或元昊一旦为人杀戮，酋豪代立，与唃厮啰通和，约契丹为表里，则西北之患，未可测矣。若以鄜延、环庆、泾原、秦陇四路军马，分为两道，益以蕃汉弓箭手、步骑，得精兵二十万，比元昊之众三倍居多，乘人心离散，与唃厮啰立敌之时，缘边州军转徙粮草二百余里，不出一月，可坐致山界洪、宥等州。招集土豪，授以职名，给衣禄金帛，自防御使以下，刺史以上，第封之，以土人补将校。勇者贪于禄，富者安于家，不期月而人心自定。或授唃厮啰以灵武军节度使、西平王，使逼元昊河外族帐。复出鄜、延、石州蕃汉步骑，收河西部族，以厚赏招其酋帅，其众离贰，则以大军进讨，以所得城邑而封之，元昊不过鼠窜河外，为穷寇尔，何所为哉！今倚山界洪、宥等蕃部为肘掖，以其劲勇而善战斗，若失之，是断其左右臂。灵、夏、绥、银不产五谷，蕃部驰骋，不习山界道路，每岁供给资粮以赡之。若收复洪、宥，以山界凭高据险，下瞰沙漠，各列堡障，量以戍兵镇守，此天险也。彼灵、夏、绥、银，千里黄沙，本非华土。往年调发远戍，老师费粮，官私疲敝，以致小丑昌炽，此谋之不臧也。

今朝廷贷元昊之罪，更示含容，不惟宿兵转多，经费尤甚。恐北狄谓朝廷养兵百万，不能制一小戎，有轻中国之心，然亦须议守御之长计。或元昊潜与契丹结为声援，以张其势，则安能减西戎以应河北！譬如一身二疾，不可并治，必轻者为先，重者为后也。如何减兵，以应河北，请召夏竦、范雍与两府大臣议定攻守之策，令边臣遵守。[1]

之前，夏竦曾请增置土兵，易戍兵东归。知河中府、龙图阁直学士杨偕上奏反对，认为自德明纳款以来，东兵可以一当百，犹不可代，何况如今？

夏竦于是上奏说：

陕西防秋之弊，无甚东兵，一则不惯登陟，二则不耐寒暑，三则饮食难充，骄懦相习，四则廪给至厚，倍费钱

---

[1]《续资治通鉴长编》卷一百二十五宝元二年闰十二月条。

帛。今募土兵，一则劲悍便习，各护乡土，人自为战。二则识山川道路，堪耐饥寒。三则代东兵归卫京师。四则岁省刍粮巨万。五则今岁霜旱，收聚小民，免至春饥，起而为盗。六则增数十指挥精兵，詟伏贼气，乃国家万世之利。臣尝奏云，虑有不忠小人，以谋非己出，或为人所使，曲要破坏，果有杨偕上书，荧惑圣听。且偕云"以寡击众，以一当百"。以臣所见，此乃虚言。古者名将王翦，南取荆楚，须六十万人。韩信北举燕、赵，亦请益兵三万。惟光武昆阳之战，乘累捷之后，前史曾云无不一当百，乃一时之言，非持久之事。若偕能之，乞命以代臣，尽减并边兵马，万人留百，百人留十。果以此数平凶荡寇，即乞不次旌赏；如其不能，乃是挟私，或怀希望，亦乞严谴，以戒谀憸。[1]

赵祯皇帝令将夏竦的上疏给杨偕，杨偕于是再次上疏。疏云：

臣之所陈，盖以增兵，习既不精，徒费国用，是敌未平而中原困矣。竦乃比臣为不忠小人，及为人所使，此其用意，非独欲中伤臣，亦欲倾朝廷大臣也。且竦引王翦事为解，夫秦、楚，敌国也，楚多勇士，故翦有此言。今元昊一小贼尔，岂与本朝为敌国哉？

自古将帅深入虏廷，未有用六十万人者。霍去病与轻勇骑八百，直弃大将军数百里赴利，斩捕首虏过当；后

---

[1] 《续资治通鉴长编》卷一百二十五宝元二年润十二月条。

又将万骑逾乌盩，讨遨濮，涉狐奴，历五王国，过焉支山千有余里，合兵鏖皋兰下，杀折兰王、卢侯王，执昆邪王子，收休屠祭天金人。赵充国亦以万骑破先零。李靖以骁骑三千破突厥，又以精骑一万至阴山，斩首千余级，俘男女十余万，擒颉利以献。此数将之兵，皆不过万人，其余深入蕃境，或至西域诸国，用少击众，不可胜数。今竦在泾原，守其城垒，据其险阻，来则御之，去则释之，不闻出师讨伐，何用兵众？盖竦意战或败衄，欲以兵少为辞耳。

又竦言土兵各护乡土，此乃浅近之见。自古兵有九地，士卒近家谓之散地，言其易离散也。且以近事言之，阁门祗候王文恩入虏界，为虏兵所败，土兵皆窜走，惟东兵近二百人拒捍，射杀虏兵甚众，以此知兵之强弱，不系东西。将有谋，则兵虽寡必精而难陷；将非才，则兵虽众必骄而易败。今边郡参用东兵、土兵得其宜，若尽罢东兵，亦非计也。古人曰："非陇西之民有勇怯，乃将吏之制巧拙异也。"有必胜之将，无必胜之民。世尝谓河北兵勇，臣以为不然。昔袁绍、曹操战于官渡，沮授谓绍曰："北兵虽众，而劲果不及南军。"绍不听，果败。今江、浙兵最称懦弱，然昔项羽领江东子弟八千，诸侯不敢仰视。是知兵不系土地，系于将帅训习节制、抚养激励之如何尔。今防边东兵，人月受米七斗五升，土兵二石五斗，而竦乃言东兵廪给至厚，此又不知之甚也。竦又言，土兵募足，量加训练，以代东兵。且土兵数万，须募足训练，虽三二岁未得其用。兵精用之，犹恐奔北，岂有量加训练而能取胜哉?[1]

皇帝阅杨偕上奏,认为所言甚是,夏竦的意见因此被搁置。

宝元二年的大小事无数,范仲淹对于重要人事极为关注。对于御史中丞孔道辅死于贬官路上,范仲淹深感痛心。他数次回想起孔道辅与自己一同进谏的往事,不禁默然垂泪。

范仲淹身在越州,对于一年以来的诸事,尤为关注的就是西北之事。因此,关于西北的人事、上奏、上疏之文,他都设法通过晏殊、富弼、叶清臣等友人及邸报获知。对于夏竦与杨偕之议,范仲淹通过所得到的上疏抄本研读多次,但是因为自己未曾亲到陕西,他对两人所提之建议,都不敢轻下定论。

此时,赵圭南和周德宝道长将在小酒店中听到的关于三川口兵败的传言转述给范仲淹,由于其中细节生动,所述及之战斗又有具体的时间地点,这使他不得不相信,传言多半是真实的。

沉思良久后,一个想法在他内心慢慢形成:对付元昊,夏竦和杨偕之见或许各有可取之处,可是,两人恐怕都有克敌制胜的关键因素没有论及,那就是任帅之人、将兵之法。若传言为真,则刘平之败,败在五将无首,刘平难以号令其他四将,故虽有克敌之心,却势单力孤,无法成功。而范雍老帅虽然有殉国之勇,却略缺统帅之谋啊!若是陛下派我去陕西,我可以做得比范雍老帅更好吗?他想到这,不禁微微垂下头,神色也变得愈加凝重了。

正在这时,管家李贵送来一封书札。

---

1 《续资治通鉴长编》卷一百二十五宝元二年润十二月条。

范仲淹接过一看，却是叶清臣寄来的。信中，叶清臣也就西北之事发了一些议论，信后附了一份他给朝廷的上疏。叶清臣在这份上疏中写道：

> 当今将不素蓄，兵不素练，财无久积，小有边警，外无重兵。举西北二陲观之，若濩落大瓠，外示雄壮，而中间空洞，了无一物，脱不幸戎马猖突，腹内诸城，非可以计术守也。自元昊僭窃，因循至于延州之寇，中间一岁矣。而屯戍无术，资粮不充，穷年畜兵，了不足用。连监牧马，未几已虚。使茕茕之氓，无所倚而安者，此臣所以孜孜忧大瓠之穿也。今羌戎稍却，变诈无穷，岂宜乘实时之小安，忘前日之大辱？又将泰然自处，则后日之视今，犹今之视前也。[1]

"外示雄壮，而中间空洞！"范仲淹读完叶清臣的上疏，心中沉重，微微仰起头，不禁将此句喃喃重复了数次。

赵圭南在一旁见范仲淹似乎神思恍惚，关切地问道："大人，可是又出了什么大事？"

范仲淹意味深长地看了赵圭南一眼，又朝周德宝看看，说道："圭南，德宝道长，我看元昊已然成了气候，要克元昊，恐怕得假以时日啊。所谓天下兴亡，匹夫有责。我偏处东南，可是身为朝廷命官，岂能坐享太平？我欲向朝廷进言，却苦于未曾亲自去过西北，对西北地理、风土、人情皆不熟悉。轻易上言，恐误大事。故

---

[1] 《续资治通鉴长编》卷一百二十五宝元二年润十二月条。

还想劳烦两位相助……"说到这里，范仲淹住了口，欲言又止。

周德宝道："大人，我猜，你是欲让我带着圭南，三赴西北边境吧。"

"是啊！只是此行凶多吉少，德宝兄，可愿意再走一趟？"

"希文兄啊，你还不知道贫道的本事吗？若没有本事，如何能够救了圭南？要说凶险，救圭南时岂不凶险？圭南，你说是吧？所以，大人不用担心。圭南，你之前不是想回西北报仇吗？这下好了，大人要让我们去西北办事，你不怕吧？"

赵圭南急道："道长，我何曾怕过？若让我见到元昊，我必取其首级！"

范仲淹笑道："圭南，我可不是让你去学荆轲啊！"

"荆轲是谁？"圭南愣愣问道。

周德宝和范仲淹见圭南问得可爱，不禁哈哈大笑。

"圭南，关于荆轲是谁，等回西北的路上，我细细讲给你听。"

"好啊，那敢情好啊！"

范仲淹敛容肃然道："按照酒店中那人的说法，李士彬、刘平、石元孙等将军如今生死未卜。圭南，你熟悉元昊那边的情况，如果你与德宝道长回西北边境，能够有机缘潜入元昊营地，探得几位将军的消息，那便对朝廷大有用处。他们若是还活着，就得设法营救才是。另外，这次啊，我想让两位去西北边境之地，一来是想让两位助我刺探元昊之军情，描绘山川地形，二来，也是希望两位能够摸清我军阵营中的可用之将。一年来，我细读从鄜延等地发往朝廷的战报，留意到多人。其中一人战功尤殊，名叫狄青。我已经令人查过他的身世，狄青十几岁时与乡人发生冲突，被官府投入监牢，并在脸颊上刺了字，注销了户籍，发配京师充军。因其精通骑马，长于射击，所以虽然一开始仅是御马直一名骑兵，但很快被选为散直。宝元初年，朝廷以狄青为三班差使、殿侍兼延州指挥使前往陕西边疆作战。他屡获战功，非一般战将可比。朝廷因他多次立功，也越级提拔他为右班殿直。此次你们去西北，若能见到这位将军，务必多向他请教。"

"是！大人放心，圭南记住了！"

"如此甚好，若得情报，随时使人送来越州便是。"

"大人，要是李士彬、刘平等将军在敌营中还活着，圭南一定设法营救。"

范仲淹沉吟不语，片刻后方才说道："圭南，你刚才的话，倒是提醒了我一件事。三川口大败后，真相未明，朝廷内外，必然群情汹涌，陛下很可能迫于舆论压力，将李士彬、刘平等将在京家眷全部收押。若是他们有人真投敌，很可能会被族诛。你与道长此去西北，务必先摸清楚他们几个的生死，弄清楚他们是否投敌了。此行不易，你与道长见机行事，一定注意安全。"

"大人放心，道长与大人的再生之德，圭南无以为报，此行义不容辞，在所不惜！"

范仲淹神色凝重地拍了拍赵圭南的肩膀，随即又将去西北的诸般事要，向他和周德宝细细交代了一番。